politik. wirtschaft. gesellschaft.

Politische Partizipation zwischen Anspruch und Wirklichkeit

Themenheft
für das Kurssemester 12.1

Dr. André Griemert
Stefan Prochnow

Ernst Klett Verlag
Stuttgart · Leipzig

1. Auflage

1 ⁵ ⁴ ³ ² ¹ | 26 25 24 23 22

Alle Drucke dieser Auflage sind unverändert und können im Unterricht nebeneinander verwendet werden.
Die letzte Zahl bezeichnet das Jahr des Druckes.

Autoren: Dr. André Griemert; Stefan Prochnow

Entstanden in Zusammenarbeit mit dem Projektteam des Verlages.

Titelbild: stock.adobe.com, Dublin (Ingo Bartussek)
Satz: krauß-verlagsservice, Wassertrüdingen
Druck: AZ Druck und Datentechnik GmbH, Kempten/Allgäu

Printed in Germany
ISBN 978-3-12-007576-9

9 783120 075769

So arbeiten Sie mit diesem Buch

Das Themenheft besteht aus 8 Kapiteln und einem Glossar.
Jedes Kapitel enthält eine oder mehrere Methodenseiten und am Ende jeweils eine Zusammenfassung.

Die **Verfassertexte** sind in der Regel Einleitungstexte. Sie aktivieren das Vorverständnis und ordnen die nachfolgenden Inhalte in einen größeren Zusammenhang ein.

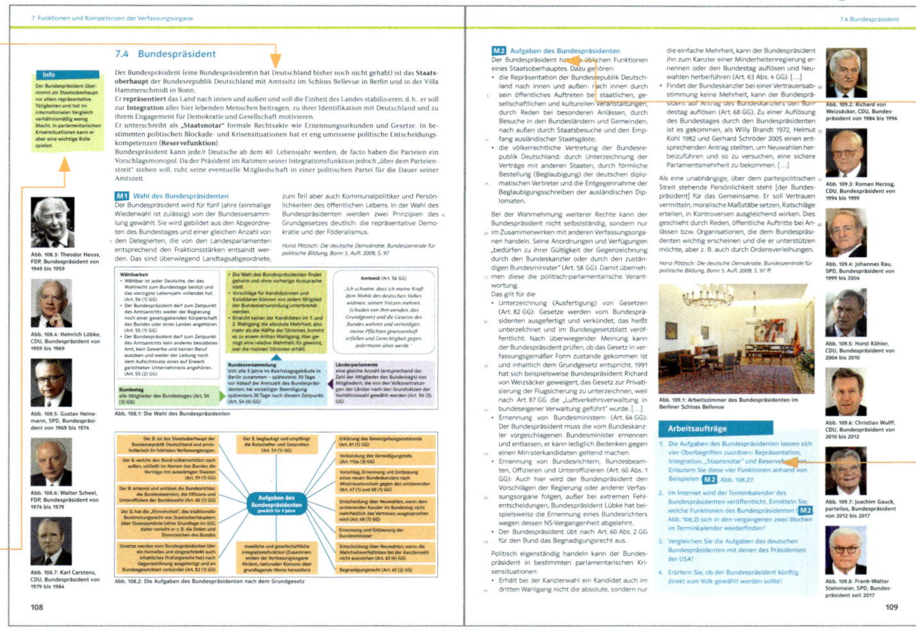

Die **Materialien** sind mit einem **M** gekennzeichnet und können Quellentexte, Karikaturen oder Grafiken enthalten.

In den **Info-Kästen** finden Sie hilfreiche Informationen zu Personen, Begriffen und Fremdwörtern.

Die **Arbeitsaufträge** beziehen sich in der Regel auf die Materialien. Die verwendeten Operatoren sind auf der vorderen Umschlagseite erklärt.

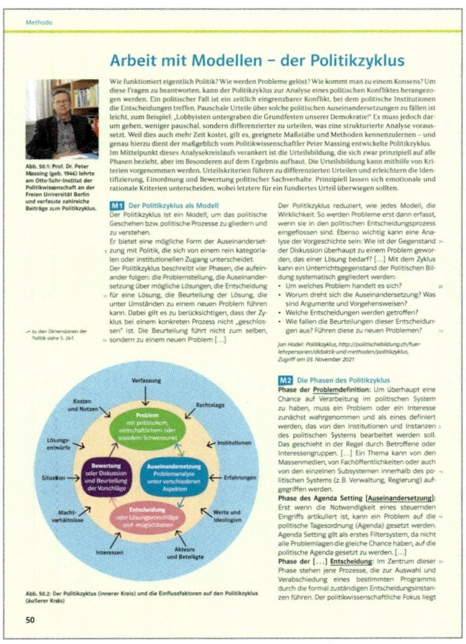

Die **grünen Methodenseiten** erklären Schritt für Schritt die wichtigsten Methoden im Unterrichtsfach Politik-Wirtschaft.

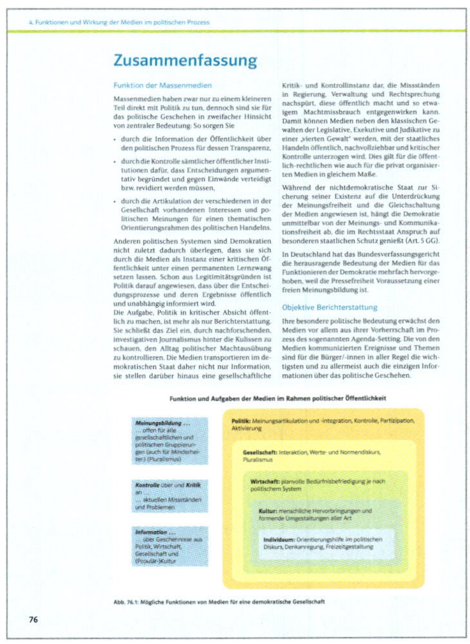

Die **blauen Zusammenfassungsseiten** geben die wichtigsten Inhalte des Kapitels kompakt wieder.

Symbole im Buch

Online-Code
Auf einigen Seiten im Buch finden Sie **Online-Codes**.
Diese führen Sie zu Musterklausuren im Internet.
Geben Sie den Code dazu in das Suchfeld auf www.klett.de ein.

→ Begriffserklärung im Glossar
Die mit → gekennzeichneten Begriffe sind im Glossar am Ende des Buches beschrieben und erklärt.

Inhalt

1. Demokratietheorien

„Demokratie ist die schlechteste aller Regierungsformen – abgesehen von all den anderen Formen, die von Zeit zu Zeit ausprobiert worden sind."

Winston Churchill, Rede vor dem Unterhaus am 11. November 1947

Demokratie hin oder her.
Der „kleine Mann" kann ja doch nichts ändern.

nach Hans Fallada (1893–1947)

Democracy is government of the people, by the people and for the people.

nach Abraham Lincoln (1809–1865)

Demokratie ist eine angenehme, herrenlose und bunte Verfassung, die ohne Unterschied Gleichen und Ungleichen dieselbe Gleichheit zuteilt.

Platon (ca. 428–347 v. Chr.)

Mehrheit? Was ist die Mehrheit? Mehrheit ist Unsinn, Verstand ist stets bei wen'gen nur gewesen. Bekümmert sich ums Ganze, wer nichts hat? Hat der Bettler eine Freiheit, eine Wahl? Er muss dem Mächtigen, der ihn bezahlt, um Brot und Stiefel seine Stimm' verkaufen. Man soll die Stimmen wägen und nicht zählen: Der Staat muss untergehn, früh oder spät, wo Mehrheit siegt und Unverstand entscheidet.

Friedrich Schiller (1759–1805): Demetrius oder die Bluthochzeit zu Moskau, 1. Aufzug, 1. Szene

„Es genügt nicht, dass das versammelte Volk die Staatsverfassung einmal durch die Bestätigung eines Gesetzbuches festgesetzt [...] hat, sondern es muss [...] regelmäßige und periodische [Volksabstimmungen] geben, [bei denen] die Person des geringsten Bürgers ebenso heilig und unverletzlich [ist] wie die des höchsten Staatsbeamten."

Jean-Jacques Rousseau (1712–1778)

Demokratie herrscht, wenn stets das gemacht wird, was die Mehrheit des Volkes will.

unbekannter Verfasser

Diktatur versus Demokratie

Gegen Ende des 20. Jahrhunderts verbreitete sich unter dem Eindruck der politischen Umbrüche in Osteuropa und dem Scheitern der kommunistischen Systeme die Ansicht, die Demokratie hätte weltweit ihren Siegeszug angetreten. Nahezu jeder Staat nimmt heute für sich in Anspruch, demokratisch zu sein. Überprüft man jedoch, in welchen Ländern die Merkmale einer Demokratie (siehe Material auf S. 7) tatsächlich erfüllt sind, so reduziert sich die Anzahl der demokratischen Staaten erheblich. Einige Staaten sind auf dem Weg zu einer Demokratie in einem Zwischenstadium stecken geblieben; sie bilden unvollständige, defekte Demokratien. Andere Staaten werden klar von Diktatoren regiert. Sei es von Diktatoren, die lediglich an ihrer Machterhaltung interessiert sind (**autoritäre Diktaturen**, z. B. Militärregime), oder von Diktatoren, die vor dem Hintergrund einer Ideologie bestrebt sind, mit unbegrenztem Herrschaftsanspruch alle Lebensbereiche und die Denkweise der Einwohner in ihrem Sinne zu beeinflussen (**totalitäre Diktaturen**, z. B. NS-Regime, islamische Gottesstaaten).

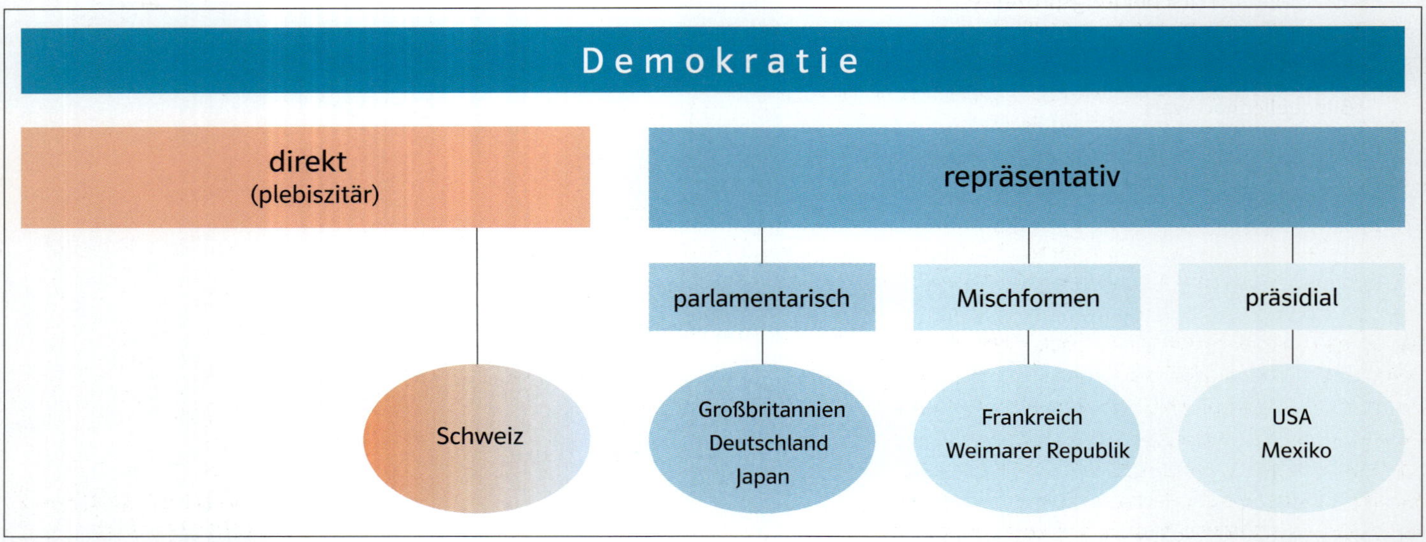

Abb. 6.1: Schematischer Überblick über demokratische Regierungssysteme

M1 Lexikonartikel „Demokratie"

Demokratie (griech.: Volksherrschaft): Form der politischen Gesellschaftsordnung, die von der Gleichheit und Freiheit aller Bürger ausgeht und in welcher die Regierenden ihre Herrschaft vom Willen des gesamten Volkes ableiten. Das Volk legitimiert und kontrolliert die Regierenden und artikuliert seinen Willen in Form von freien Wahlen oder Abstimmungen.

Geschichte

Demokratische Verfassungen gab es bereits in der griechischen Antike (z.B. in Athen, 508 v.Chr.), allerdings ohne Beteiligung von Frauen und Sklaven. Sie entstanden meist als Gegenbewegung zur Oligarchie (Herrschaft weniger) und Monarchie (Herrschaft eines Einzelnen, z.B. eines Königs).
1776 legten die USA mit der Unabhängigkeitserklärung und der „Erklärung der Menschen- und Bürgerrechte" den Grundstein für die moderne Demokratie. In Europa verbreitete sich demokratisches Gedankengut vor allem im Zuge der Französischen Revolution (1789).

Merkmale

Zu den Grundmerkmalen moderner westlicher Demokratien zählt man im Allgemeinen:

1. **Volkssouveränität**: Jede staatliche Gewalt muss durch das Staatsvolk legitimiert sein. Dafür müssen regelmäßig allgemeine, freie, geheime Wahlen stattfinden. Das Volk muss bei den Wahlen Auswahlmöglichkeiten haben, der Wahlkampf frei und fair (Chancengleichheit) ablaufen.
2. **Rechtsstaatlichkeit**: Die Gesetze gelten auch für die Regierenden. Die Grundrechte werden allen – auch der Minderheit – garantiert.
3. **Gewaltenteilung**: Die drei Hauptaufgaben der staatlichen Machtausübung, Legislative (Gesetzgebung), Exekutive (Regierung) und Judikative (Rechtsprechung) sind auf verschiedene, nicht weisungsgebundene Organe verteilt.

Formen der Demokratie

In einer **direkten Demokratie** ist das Volk unmittelbar an politischen Entscheidungsprozessen beteiligt, z.B. mithilfe von Plebisziten (Volksabstimmungen) zu einzelnen Gesetzen. In der Schweiz spielen Volksabstimmungen eine große Rolle; gleichwohl werden heute auch dort die meisten Gesetze durch Volksvertretungen beschlossen. In **repräsentativen Demokratien** hat das Volk seine Entscheidungsbefugnisse durch die Wahl von Abgeordneten an eine Volksvertretung (Parlament) übertragen. Das Parlament beschließt im Auftrag des Volkes die Gesetze.
Die Regierung wird in einer **parlamentarischen Demokratie** durch das Parlament gewählt und kontrolliert. Sie kann auch vom Parlament abgewählt werden (→ **Misstrauensvotum**). Regierungschef (in Deutschland: Bundeskanzler) und Staatsoberhaupt (in Deutschland: Bundespräsident) sind zwei verschiedene Personen, wobei der Regierungschef und die Minister dem Parlament angehören dürfen (Gewaltenverschränkung).
Das Parlament kann durch den Einfluss des Regierungschefs aufgelöst werden (in Deutschland z.B. kann der Bundespräsident nach einer gescheiterten Vertrauensfrage des Bundeskanzlers den Bundestag auflösen).
In der **Präsidialdemokratie** wählt das Volk den Staatspräsidenten, der die Regierung ernennt, und das Parlament in zwei getrennten Wahlen. Der Präsident ist Staatsoberhaupt und Regierungschef zugleich (z.B. der Präsident der USA); er ist nicht vom Vertrauen des Parlaments abhängig – kann also von ihm nicht abgewählt werden –, Gesetze bedürfen aber der Zustimmung der Volksvertretung. Regierungsmitglieder dürfen nicht dem Parlament angehören (strenge Gewaltenteilung). Der Präsident darf das Parlament nicht auflösen.
Daneben gibt es eine Reihe von Ländern, die **Mischformen** zwischen dem präsidialen und parlamentarischen Regierungssystem aufweisen. In der gegenwärtigen fünften französischen Republik etwa wird der Staatspräsident direkt vom Volk gewählt. Die Regierung ist jedoch nicht von ihm allein abhängig, sondern gegenüber dem Parlament verantwortlich und vom Parlament absetzbar.
Hinsichtlich der Willensbildungsprozesse unterscheidet man zwischen der **Konkurrenzdemokratie** (Entscheidung durch Mehrheit) und der **Konkordanzdemokratie** (Entscheidungen im Konsens, d.h. möglichst einstimmig oder mit großer Mehrheit).

Herder Lexikon Politik, Herder Verlag, Freiburg i.Br. 1992, S. 51f.

Arbeitsaufträge

1. Beurteilen Sie die Aussagen in der Zitatensammlung auf S. 6: Welchen beiden Aussagen stimmen Sie am meisten, welchen am wenigsten zu? Begründe Sie Ihre Position in Einzel- oder Partnerarbeit!
2. Erstellen Sie eine Mindmap mit allen Merkmalen, die Ihres Erachtens notwendigerweise zu einer funktionierenden Demokratie gehören!
3. Vergleichen Sie Ihre Ergebnisse aus Aufgabe 3 mit den Kriterien für eine freiheitliche Demokratie, wie sie die Organisation „Freedom House" anwendet (freedomhouse.org)!
4. Erklären Sie die Unterschiede zwischen den verschiedenen Formen der Demokratie (Abb. 6.1, M1)!
5. Sammeln Sie Kritikpunkte an der gegenwärtigen politischen Praxis in Deutschland! Nehmen Sie nach der Behandlung der Kapitel 1.1, 1.2 und 1.3 jeweils aus der Sicht der dargestellten politischen Theorien Stellung zu den von Ihnen gesammelten Kritikpunkten!

→ zur **Gewaltenverschränkung** siehe auch Abb. 93.1

1.1 Identitäres Demokratiemodell

Info

Die → **„identitäre Bewegung"** hat nichts mit dem identitären Demokratiemodell von Rousseau zu tun, abgesehen vom ähnlich lautenden Namen.

Abb 8.1: Jean-Jacques Rousseau

Es existieren unterschiedliche Auffassungen darüber, wie eine Demokratie aufgebaut sein soll. Diese Auffassungen lassen sich auf zwei alternative Demokratietheorien zurückführen, die in der Auseinandersetzung mit dem → **Absolutismus** entstanden sind; sie sind später von der Politikwissenschaft als „Identitätstheorie" bzw. als „Konkurrenztheorie" bezeichnet worden.

Die **Identitätstheorie** geht im Wesentlichen auf die politische Philosophie von **Jean-Jacques Rousseau** (1712–1778) zurück. Rousseaus zentrale Frage war: Wie kann im gesellschaftlichen Zusammenleben Herrschaft von Menschen über Menschen ausgeschlossen und damit die ursprüngliche natürliche Freiheit des Einzelnen gesichert werden? Seine Antwort lautet: Der gesellschaftliche Wille darf kein anderer sein als der des natürlich freien Menschen; es muss eine **Identität** von Einzelwillen und Gemeinwillen bestehen. Voraussetzung dafür ist, dass die Staatsgewalt ausschließlich beim Volk liegt. Diese **Volkssouveränität** darf nicht veräußert werden; sie ist **unteilbar** und sollte möglichst auch nicht an **Volksvertreter** abgegeben werden. Nur wenn es – beispielsweise wegen der Flächengröße des Staates – nicht praktikabel sein sollte, dass das Volk seinen Willen durch **Volksabstimmungen** äußert, akzeptiert Rousseau ein Parlament und Abgeordnete. Allerdings dürfen die Bewohner eines Wahlkreises „ihrem" Abgeordneten Weisungen zum Abstimmungsverhalten erteilen (**imperatives Mandat**). Rousseau lehnt somit das Repräsentationsprinzip und die Gewaltenteilung ab. Zwar hält er eine Regierung für notwendig, aber diese ist ein **jederzeit absetzbares** Vollzugsorgan, das die vom Volk erlassenen Gesetze lediglich auszuführen hat.

Dies führt zu der Frage, wie die Gesetze beschlossen werden. Rousseau favorisiert hier die **direkte Demokratie**. Gesetze sollen also durch Volksabstimmungen verabschiedet werden. Doch hierbei soll nicht einfach die Mehrheit entscheiden. Rousseau geht davon aus, dass es einen einheitlichen Volkswillen gibt, den **Gemeinwillen** (volonté générale). Das ist die Entscheidung, die objektiv richtig ist und dem **Gemeinwohl** dient. Der Gemeinwillen kristallisiere sich in der Diskussion während der Volksversammlung aus der Vielzahl der Einzelwillen (volontés particulières) heraus. Der Gemeinwille sei also nicht einfach die Gesamtheit der egoistischen Einzelinteressen (volonté de tous), sondern die jeweils vernünftige, gemeinwohlorientierte Lösung. Es komme darauf an, die gemeinwohlorientierte Lösung eines politischen Problems zu erkennen. Rousseau ist der Ansicht, *dass nicht nur eine Mehrheit* den Gemeinwillen erkennen sollte, sondern möglichst *alle Bürger*: Denn nur, wer Gesetzen gehorche, deren Sinn er selbst erkannt habe (und denen er selbst zugestimmt habe), sei wirklich frei. Daher fordert Rousseau ein hohes Bildungsniveau der Bevölkerung, damit diese in der Lage sei, die anstehenden politischen Probleme angemessen zu beurteilen.

Der Gemeinwillen könne sich am besten unter der Voraussetzung bilden, dass es keine organisierten Interessen, etwa in Form von **Parteien** oder Gewerkschaften gebe, da ein geschlossenes Auftreten von Sonderinteressen deren Durchsetzung erleichtere. Wenn sich Interessenorganisationen bildeten, könne es vorkommen, dass der Mehrheitswillen der Bürger zum Ausdruck von Sonderinteressen werde; er stimme dann nicht mit dem Gemeinwillen überein. In diesen Fällen besteht nach Rousseaus Ansicht die Gefahr einer Tyrannei der Mehrheit.

Im Grunde setzt also Rousseaus Theorie eine **homogene Gesellschaft** voraus, in der Partei- und Verbandsbildungen überflüssig sind. Die sozialen Gegensätze sollten möglichst gering sein, an die Stelle verschiedener Religionen sollte ein gemeinsamer Wertekanon, eine gemeinsame Ideologie (religion civile) treten.

Die moderne **Rousseaukritik** hat ihn als, wenn auch unfreiwilligen, Wegbereiter totalitärer Ideologien bezeichnet. Mit seiner Annahme eines **a priori** (von vornherein) objektiv erkennbaren Gemeinwohls, seiner Absage an einen gesellschaftlichen Pluralismus, mit seinen Zweifeln am Mehrheitsprinzip könne eine **Erziehungsdiktatur** gerechtfertigt werden, könnten Einzelne vorgeben, das Wahre und den richtigen Weg dorthin zu wissen. Im **Dritten Reich** erhob Hitler für seine Person einen derartigen Anspruch; Volksabstimmungen hatten lediglich den Zweck, die Zustimmung des Volkes zur Politik des „Führers" zu demonstrieren. Auch Lenins Überzeugung, dass eine Avantgarde der Arbeiterklasse, die **kommunistische Parteielite**, höhere Einsichten besitze und dazu berufen sei, dem übrigen Volk den richtigen Weg zum feststehenden Endziel zu zeigen, geht in diese Richtung. Ungeachtet dieser missbräuchlichen Interpretationen der Rousseauschen Theorie werden in aktuellen Diskussionen über **Reformen** der gegenwärtigen Demokratien Teile des identitären Demokratiemodells aufgegriffen, z. B. in Bezug auf die vermehrte Einführung von Volksabstimmungen zur stärkeren Beteiligung des Volkes an politischen Entscheidungen. Auch Forderungen nach einem imperativen Mandat, nach Ämterrotation und Basisdemokratie sind seit den 1980er-Jahren vor allem in der Partei der **Grünen** diskutiert worden.

M1 Du contrat social (1762)

Rousseau entwickelte im contrat social seine Grundvorstellungen von Demokratie.

Der Mensch wird frei geboren, und überall ist er in Ketten. (I, 1)

„Wie findet man eine Gesellschaftsform, die mit der ganzen gemeinsamen Kraft die Person und das Vermögen jedes Gesellschaftsmitglieds verteidigt und schützt und kraft dessen jeder Einzelne, obgleich er sich mit allen vereint, gleichwohl nur sich selbst gehorcht und so frei bleibt wie vorher?" Dies ist die Hauptfrage, deren Lösung der Gesellschaftsvertrag (contrat social) gibt. […]

Scheidet man […] vom Gesellschaftsvertrag alles aus, was nicht zu seinem Wesen gehört, so wird man sich überzeugen, dass er sich in folgenden Worten zusammenfassen lässt: „Jeder von uns stellt gemeinschaftlich seine Person und seine ganze Kraft unter die oberste Leitung des allgemeinen Willens, und wir nehmen jedes Mitglied als untrennbaren Teil des Ganzen auf." (I, 6)

Die Staatsgewalt ist unveräußerlich

Die erste und wichtigste Schlussfolge aus den bisher aufgestellten Grundsätzen ist die, dass der allgemeine Wille allein die Kräfte des Staates dem Zwecke seiner Einrichtung gemäß, der in dem Gemeinwohl besteht, leiten kann; denn wenn der Gegensatz der Privatinteressen die Errichtung der Gesellschaften nötig gemacht hat, so hat sie doch erst die Übereinstimmung der gleichen Interessen ermöglicht. […] Einzig und allein nach diesem gemeinsamen Interesse muss die Gesellschaft regiert werden.

Ich behaupte also, dass die Staatshoheit (souveraineté), die nichts anderes als die Ausübung des allgemeinen Willens ist, nie veräußert werden kann und sich das Staatsoberhaupt als ein kollektives Wesen nur durch sich selbst darstellen lässt. […] (II, 1)

Die Staatshoheit ist unteilbar

Derselbe Grund, aus dem die Staatshoheit unveräußerlich ist, spricht auch für ihre Unteilbarkeit, denn der Wille ist allgemein, oder er ist es nicht; er ist der Ausfluss der Gesamtheit des Volkes oder nur eines seiner Teile. […] (II, 2)

Wenn man in der Volksversammlung ein Gesetz einbringt, fragt man nicht danach, ob die Vorlage den Einzelinteressen der Bürger entspricht, sondern ob sie dem Gemeinwohl dient. Jeder gibt also mit seiner Stimme seine Meinung darüber ab, ob das Gesetz mit dem Gemeinwohl vereinbar ist oder nicht. (II, 3)

Von den Abgeordneten oder Vertretern des Volkes

Die Staatshoheit kann aus demselben Grund, der ihre Veräußerung unstatthaft macht, auch nicht vertreten werden; sie besteht im Wesentlichen im allgemeinen Willen, und der Wille lässt sich nicht vertreten; er bleibt derselbe oder er ist ein anderer. Die Abgeordneten eines Volkes sind also nicht seine Vertreter und können es gar nicht sein; sie sind nur seine Bevollmächtigten und dürfen nichts beschließen. Jedes Gesetz, das das Volk nicht persönlich bestätigt hat, ist null und nichtig; es ist kein Gesetz. Das englische Volk wähnt frei zu sein; es täuscht sich außerordentlich; nur während der Wahlen der Parlamentsmitglieder ist es frei; haben diese stattgefunden, dann lebt es wieder in Knechtschaft, ist es nichts. […] (III, 15)

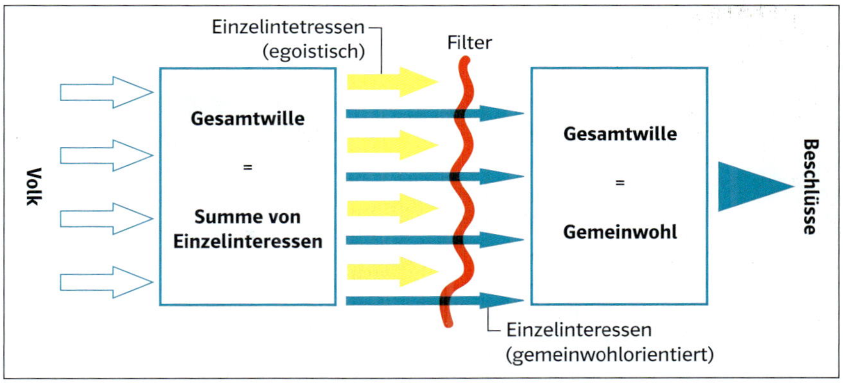

Abb. 9.1: Demokratie als Identität (Stefan Prochnow)

Kann der Gemeinwillen irren?

Aus dem Vorhergehenden folgt, dass der Gemeinwille immer Recht hat und immer auf das Gemeinwohl zielt; aber es folgt nicht daraus, dass die Beschlüsse des Volkes immer richtig sind. Man will immer sein Bestes, aber man sieht es nicht immer. Das Volk lässt sich nie bestechen; aber es wird oft getäuscht; und dann erst scheint es zu wollen, was schlecht ist.

Oft besteht ein großer Unterschied zwischen dem Gesamtwillen (volonté de tous) und dem Gemeinwillen (volonté générale). Letzterer zielt nur auf das Gemeininteresse, der andere auf das Einzelinteresse und ist nur die Summe der Einzelinteressen. Zieht man davon die Extreme ab, die sich gegenseitig aufheben, so bleibt als Summe der Differenzen der Gemeinwille übrig.

[…] Wenn sich aber auf Kosten der Gemeinschaft Klüngel und Parteien bilden, dann wird aus dem Willen eines jeden dieser Verbände in Bezug auf seine Mitglieder ein Gemeinwille und in Bezug auf den Staat ein Sonderwille. Dann kann man sagen, dass es nicht mehr so viele Stimmberechtigte wie Menschen gibt, sondern nur mehr so viele wie Verbände.

Jean-Jacques Rousseau: Der Gesellschaftsvertrag oder Die Grundsätze des Staatsrechtes, übersetzt von Hermann Denhardt, hrsg. von Heinrich Weinstock, Stuttgart 1963, S. 7–21
Zwischenüberschriften von Stefan Prochnow

Arbeitsaufträge

1. Beschreiben Sie die Unterschiede von Gemeinwillen (volonté générale), Gesamtwillen (volonté de tous) und Einzelwillen (volonté particulière)!
2. Erläutern Sie das Schaubild Abb. 9.1! Was könnte mit dem „Filter" gemeint sein?

1.1.1 „Freistadt Christiania" – ein basisdemokratisches Experiment

Abb. 10.1: Leben in Christiania

Die Freistadt Christiania ist eine alternative Wohnsiedlung, die im Jahr 1971 von Hausbesetzern besiedelt wurde. Christiania umfasst ein 34 Hektar großes Gebiet im Kopenhagener Stadtteil Christianshavn, darauf leben knapp 650 Einwohner, die sich selbst Christianitten nennen.

Die Bewohner betrachten sich selbst als in einer Freistadt lebend, die sich unabhängig von den staatlichen dänischen Behörden regiert und verwaltet. Entscheidungen sollen basisdemokratisch und im Konsens getroffen werden. Eine Polizei gibt es nicht. Verschiedene Formen von Versammlungen intervenieren im Bedarfsfall und können als „Höchststrafe" den Ausschluss aus der Gemeinschaft beschließen.

Das Zentralmeeting (Fællesmøde)
In einer Art Vollversammlung aller erwachsenen Einwohner werden Angelegenheiten beraten, die die gesamte Gemeinschaft betreffen, wie z. B. der Beschluss des jährlichen Haushaltsplans oder die „Außenpolitik" in Form der Zusammenarbeit mit dem dänischen Staat. In solchen Fällen bildet das Zentralmeeting die gesetzgebende Macht. Außerdem werden Beauftragte gewählt, die die Weisungen des Zentralmeetings ausführen, also eine Art Regierung bilden. Allerdings sollen die Regierenden nicht wiedergewählt werden, damit möglichst viele Einwohner die Chance bzw. die Pflicht haben, die Gemeinschaftsbeschlüsse zu realisieren.

Die Gebietssitzung (Områdemøde)
Hier werden die lokalen Probleme in jedem der 15 Stadtgebiete Christianias besprochen und im Konsens gelöst. Sie wird in der Regel monatlich einberufen.

Angriffe auf die Autonomie
Versuche der dänischen Polizei, die Hausbesetzer vom Gelände zu entfernen, schlugen aufgrund der großen Anzahl der Personen und der Größe des Areals fehl. Daraufhin entschloss sich die damalige dänische Regierung im Jahr 1972, die Besetzung als „soziales Experiment" zu betrachten und zu dulden. Im Gegenzug erklärten sich die Bewohner bereit, Betriebskosten für Wasser, Strom usw. zu bezahlen. 2011 wurde das Areal von seinen Bewohnern rechtsgültig gekauft.

Zusammenstellung aus der offiziellen Homepage Christianias: www.christiania.org, Zugriff am 27. November 2020

1.1.2 Elemente des identitären Demokratiemodells in der politischen Praxis

M1 Christiania in der Praxis

Wie funktioniert die Demokratie in Christiania?
Ausgangspunkt aller Entscheidungen sind die Gebietssitzungen (Områdemøde). Hier kennt man sich, begegnet sich täglich und versucht bei allen sachlichen Diskussionen miteinander auszukommen. In den Gebietssitzungen bereiten die Einwohnerinnen und Einwohner auch Themen für den zentralen Finanzausschuss und die Zentralmeetings vor.

Wie laufen die Zentralmeetings ab?
Bei den Zentralmeetings kann jeder das Wort ergreifen. Es wird so lange diskutiert, bis ein Konsens gefunden wird. Das kann manchmal sehr lange dauern. Doch ein Parlament, das für die Menschen redet, oder eine Regierung, die über die Köpfe der Einwohnerinnen und Einwohner hinweg entscheidet, das will in Christiania niemand.

Klappt die Arbeit des Rates?
Das Fællesmøde oder der Zentralrat ist die oberste Instanz in allen Fragen. Die Mitglieder im Rat müssen regelmäßig wechseln und dürfen nur das ausführen, was im Zentralmeeting beschlossen wurde. Nachteil an den häufigen Wechseln ist, dass vieles länger dauert, weil sich jedes Ratsmitglied erst in die Aufgaben einarbeiten muss. Dennoch wollen die Einwohnerinnen und Einwohner daran festhalten, denn es soll auf jeden Fall vermieden werden, dass manche Personen mehr Macht haben als andere.

Stefan Prochnow, eigener Text

M2 Politische Partizipation

Für die demokratische Auffassung vom Menschen ist die Teilhabe an der Gestaltung des Gemeinwesens […] eine Form der Entfaltung und Betätigung menschlicher Möglichkeiten überhaupt.
Ohne politische Teilhabe wäre der erwachsene Mensch weder frei noch glücklich, selbst dann nicht, wenn zufällig die vorhandene Gestalt des Gemeinwesens im Übrigen seinen Wünschen entspräche. Die Teilhabe ist kein Mittel, sondern ein Wert an sich.

Iring Fetscher: Konkrete Demokratie heute, in: Frank Grube/Gerhard Richter: Demokratietheorien. Konzeptionen und Kontroversen, Hamburg 1975, S. 195

M3 Radikale Demokratie

[...] Aus diesem Grunde schließt auch heute noch die Tatsache, radikaler Demokrat zu sein, das Bekenntnis zu Rousseaus Theorem ein: dass Gruppen, die sich bloß repräsentieren lassen, nicht frei sein können und dass jede Repräsentation, die mehr sein will als ein notwendiger und unumgänglicher Ersatz für Selbstbestimmung, den Gedanken der Selbstbestimmung verfälscht.

Urs Jaeggi: Kapital und Arbeit in der Bundesrepublik. S. Fischer *Frankfurt am Main 1973, S. 138*

M4 Aus dem Gründungsprogramm der Grünen

Abb. 11.1: Gründungslogo der Grünen

Wir sind die Alternative zu den herkömmlichen Parteien [...] Unsere Politik wird von langfristigen Zukunftsperspektiven geleitet und orientiert sich an vier Grundsätzen: Sie ist ökologisch, sozial, basisdemokratisch und gewaltfrei. [...]

Basisdemokratische Politik bedeutet verstärkte Verwirklichung dezentraler, direkter Demokratie. Wir gehen davon aus, dass der Entscheidung der Basis prinzipiell Vorrang eingeräumt werden muss [...] Wir setzen uns in allen politischen Bereichen dafür ein, dass durch verstärkte Mitwirkung der betroffenen Bevölkerung in regionalen, landesweiten und bundesweiten Volksabstimmungen Elemente direkter Demokratie zur Entscheidung lebenswichtiger Planungen eingeführt werden. [...]

Wir sind entschlossen, uns eine Parteiorganisation neuen Typs zu schaffen, deren Grundstrukturen in basisdemokratischer und dezentraler Art verfasst sind. [...] Kerngedanke ist dabei die ständige Kontrolle aller Amts- und Mandatsträger und Institutionen durch die Basis (Öffentlichkeit, zeitliche Begrenzung) und die jederzeitige Ablösbarkeit, um Organisation und Politik für alle durchschaubar zu machen und um der Loslösung Einzelner von ihrer Basis entgegenzuwirken. Die Kontrolle aller Amts- und Mandatsträger durch die Basis soll dadurch sichergestellt werden, dass

- alle Sitzungen auf allen Ebenen allen Mitgliedern zugänglich sind;
- auch Nichtmitgliedern in Arbeitsgruppen und bei Versammlungen ein Rede- und Antragsrecht eingeräumt wird;
- alle politischen Ämter der Rotation unterliegen;
- Ämterhäufung verboten wird.

Kontrolle durch die Basis, Ämterrotation und das Verbot der Ämterhäufung sind die Mittel, mit denen wir Berufspolitikertum, verkrustete Strukturen und die Abschottung der Mandatsträger nach unten verhindern wollen.

Die Grünen: Das Bundesprogramm, Bonn 1980, S. 4 f.

M5 Das Verhältnis von Führer und Volk im Nationalsozialismus

Die Volksbefragung

Der Sinn der Abstimmung ist nicht, dass das Volk von sich aus anstelle des Führers handelt und dass das Ergebnis anstelle des Führerwillens tritt. Die Abstimmung hat vielmehr den Sinn, das gesamte lebendige Volk für ein vom Führer aufgestelltes politisches Ziel aufzurufen und einzusetzen. Sie soll die Einheit und Übereinstimmung herstellen zwischen dem im Führer verkörperten objektiven Volkswillen und der in den Volksangehörigen lebendigen subjektiven Volksüberzeugung. [...]

Der Reichstag ist kein Kontrollorgan und damit kein Organ der Opposition mehr, sondern er ist eine Einrichtung, die dazu dient, die politische Übereinstimmung von Volk und Regierung öffentlich zum Ausdruck zu bringen.

Ernst Rudolf Huber: Verfassungsrecht des Großdeutschen Reiches, Hamburg 1939, S. 139 f. und 208

M6 Das Lied der Partei

Das Lied der Partei bezog sich auf die kommunistische Partei der Sowjetunion und wurde später von der DDR-Staatspartei SED (Sozialistische Einheitspartei Deutschlands) übernommen. Nachdem Stalin in Ungnade gefallen war, wurde sein Name aus dem Lied entfernt.

Die Partei, die Partei, die hat immer Recht,
und Genossen, es bleibe dabei;
denn wer kämpft für das Recht,
der hat immer Recht gegen Lüge und Ausbeuterei.
Wer das Leben beleidigt, ist dumm oder schlecht;
wer die Menschheit verteidigt, hat immer Recht.
So aus leninschem Geist wächst,
von Stalin geschweißt*,
die Partei, die Partei, die Partei.

Abb. 11.2: Logo der SED

**später geändert in: „zusammengeschweißt"*

F.: Refrain zum „Lied der Partei", in: Inge Lammel (Hrsg.): Lieder der Partei, Leipzig 1971, S. 150

Arbeitsaufträge

1. Arbeiten Sie heraus, inwieweit in Christiania Merkmale einer identitären Demokratie erkennbar sind!
2. Beurteilen Sie die basisdemokratischen Ansätze in Christiania!
3. Stellen Sie Argumente zusammen, die für und gegen a) eine Basisbeteiligung bei politischen Entscheidungen, b) das Rotationsverfahren innerhalb einer Wahlperiode für alle Abgeordneten, c) das Verbot der Ämterhäufung sprechen! (M3)
4. Erläutern Sie anhand von M5 und M6, auf welche Weise das Modell der identitären Demokratie in Diktaturen zur Legitimation der eigenen Macht instrumentalisiert werden konnte!

Info

Die Pflicht zur Ämterrotation, z. B. die planmäßige Ablösung von Abgeordneten während einer → **Legislaturperiode**, wurde vom Niedersächsischen Staatsgerichtshof untersagt, weil dies dem Grundsatz des → **freien Mandats** widerspricht. Mittlerweile sind die Grünen von den genannten Prinzipien auch aus organisatorischen und politischen Gründen abgerückt.

1.2 Konkurrenzdemokratisches Modell

Info

„Politik ist, was umstritten ist." Die Konkurrenzdemokratie geht davon aus, dass wir die politisch „richtige" Entscheidung nicht im Voraus als solche erkennen können. Daher können solche Entscheidungen nicht von Experten oder Wissenschaftlern getroffen werden, sondern müssen im Willensbildungsprozess diskutiert und nach dem Mehrheitsprinzip parlamentarisch beschlossen werden.

Die liberale angelsächsische Demokratietheorie ist von der politischen Philosophie **John Lockes** (1632–1704) beeinflusst. Nach Locke hat der Staat im Wesentlichen die Aufgabe, Leben, Freiheit und Eigentum seiner Bürger zu schützen. Im liberalen Verständnis sollte der Staat sich weitgehend aus den Angelegenheiten der Wirtschaft und der Gesellschaft heraushalten. Den Liberalen ging es in erster Linie um eine Abwehr möglicher Übergriffe des Staates, um die Verhinderung des Missbrauchs staatlicher Macht, sei es durch einen Monarchen, sei es durch einzelne Gruppen. Daher haben sie die politische Beteiligung der Bürger in den **Parlamenten** und die Institutionalisierung der **Gewaltenteilung** gefordert; daher haben sie die Grund- und Menschenrechte vor allem als **Freiheitsrechte**, als Abwehrrechte gegen den Staat formuliert; daher haben sie auch ein **Widerstandsrecht** befürwortet.

In der Aufsatzsammlung **„The Federalist Papers"**, die während der Diskussion um den Entwurf einer Konföderationsverfassung für die Vereinigten Staaten von Amerika in den Jahren 1787/88 entstanden ist, um für deren Annahme zu werben, sind wesentliche Grundelemente der liberalen angelsächsischen Demokratietheorie formuliert. **James Madison** (1751–1836), Nachfolger Jeffersons als Präsident der USA, wirft in den Federalist Papers die Frage auf, wie die Vielfalt der gesellschaftlichen Teilinteressen, die er als Ausdruck eines freiheitlichen Gemeinwesens betrachtet, angesichts des menschlichen Macht- und Besitzstrebens gewahrt werden kann. Er befürchtet, dass die Interessen sozialer Minderheiten durch Mehrheitsbildungen unterdrückt werden können. Seine Sorge ist vor dem Hintergrund der Einführung des allgemeinen Wahlrechts in den Vereinigten Staaten zu sehen. Madison tritt zwar für das allgemeine Wahlrecht ein, will jedoch mögliche negative Auswirkungen einer Herrschaft der Vielen, eine demokratische Tyrannei, abwehren. Er will dieser Gefahr auf zwei Wegen begegnen:

1. Die Freiheit der Einzelnen solle durch eine Verstärkung der **Gruppenpluralität** gesichert werden. Ob eine politische Entscheidung richtig oder falsch war, ob sie dem Gemeinwohl dient oder nicht, könne man erst **a posteriori** (im Nachhinein) erkennen: „Politik ist, was umstritten ist." In einem Staat mit einer großen Zahl konkurrierender Gruppeninteressen sei kaum die Gefahr einer dauerhaften Übermacht einer einzelnen sozialen Gruppe gegeben. Madison plädiert deshalb für große, föderativ organisierte Flächenstaaten, da in einem räumlich ausgedehnten, sozial und wirtschaftlich differenzierten Bundesstaat eine große Interessenvielfalt zu erwarten sei.
2. Die Freiheit sollte außerdem durch eine Verfassung gesichert werden, die sich am Repräsentationsprinzip und – in Anlehnung an die Gedanken **Montesquieus** – an der Gewaltenteilung orientierte. Gewählte, **weisungsunabhängige**, sich gegenseitig kontrollierende **Repräsentanten** sollten die konkurrierenden Gruppeninteressen filtern und ausgleichen. In den Federalist Papers werden hohe Erwartungen an die Repräsentanten gestellt. Ihre Verfasser gehen davon aus, dass sich in Wahlen nur solche Persönlichkeiten durchsetzen, die bei breiten Bevölkerungsschichten angesehen sind, „Männer, die weise genug sind, um zu erkennen, was dem Gemeinwohl der Gesellschaft am besten dient, und tugendhaft genug, in dieser Erkenntnis entsprechend zu handeln".

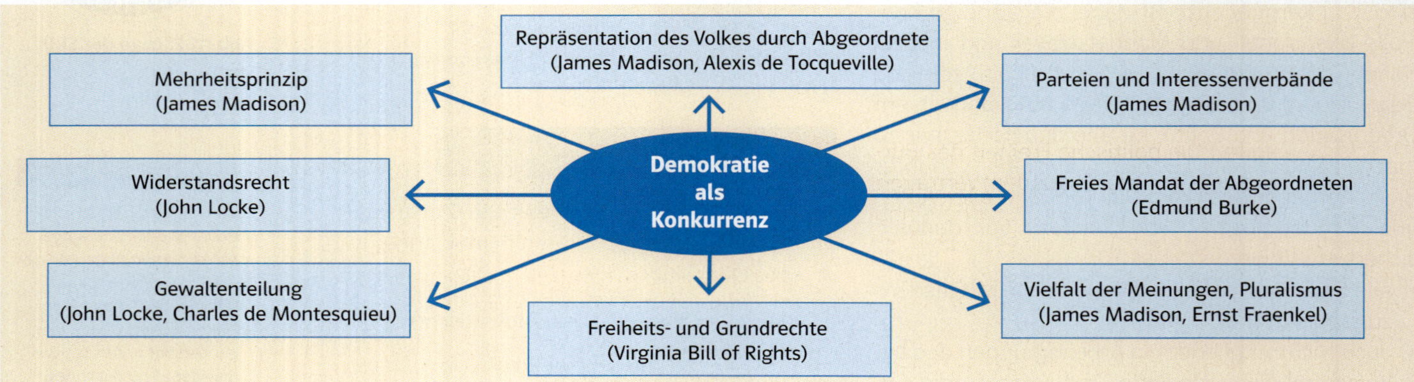

Abb. 12.1: Demokratie als Konkurrenz (Stefan Prochnow)

Kritiker haben den Verfassern der Federalist Papers vorgeworfen, eine Herrschaft der „Wenigen und Wohlgeborenen" gefördert zu haben. Später wurde die Kritik dahingehend erweitert, dass die repräsentative Demokratie rasch zu einer **„Elitenherrschaft"** verkomme, in der das Volk nur noch **Zuschauer** sei. Die Federalists selbst räumen ein, dass ein Parlament kaum ein soziales Spiegelbild der Gesellschaft sein könne.

Repräsentative **Regierungssysteme**, die auf Interessenvielfalt und **Parteienkonkurrenz** basieren, finden wir heute in den meisten demokratischen Ländern, etwa in den USA, Großbritannien, Frankreich, Italien und auch in der Bundesrepublik Deutschland.

M1 Gegen das Gottesgnadentum

(§134) Das große Ziel, das Menschen, die in eine Gesellschaft eintreten, vor Augen haben, liegt im friedlichen und sicheren Genuss ihres Eigentums, und das große Werkzeug und Mittel dazu sind die Gesetze, die in dieser Gesellschaft erlassen worden sind. So ist das erste und grundlegende positive Gesetz aller Staaten die Begründung der legislativen Gewalt, so wie das erste und grundlegende Gesetz, das sogar über der legislativen Gewalt gelten muss, die Erhaltung der Gesellschaft und (soweit es mit dem öffentlichen Wohl vereinbar ist) jeder einzelnen Person in ihr ist. Diese Legislative ist nicht nur die höchste Gewalt des Staates, sondern sie liegt auch geheiligt und unabänderlich in den Händen, in welche die Gemeinschaft sie einmal gelegt hat. Keine Vorschrift irgendeines anderen Menschen, in welcher Form sie auch verfasst, von welcher Macht sie auch gestützt sein mag, kann die verpflichtende Kraft eines Gesetzes haben, wenn sie nicht ihre Sanktion von derjenigen Legislative erhält, die das Volk gewählt und ernannt hat. Denn ohne sie könnte das Gesetz nicht haben, was absolut notwendig ist, um es zu einem Gesetz zu machen, nämlich die Zustimmung der Gesellschaft.

John Locke: Zwei Abhandlungen über die Regierung, übersetzt von Hans Jörn Hoffmann, hrsg. von Walter Euchner, Frankfurt am Main 1989, S. 216 f.

Abb. 13.1: Der englische Arzt und Philosoph John Locke gehört zu den bedeutendsten Philosophen der englischen Aufklärung. In seinem politischen Hauptwerk, den „Two Treatises on Government" von 1690, wendet er sich gegen damals gängige Herrschaftstheorien, nach denen ein Monarch seinen absoluten Herrschaftsanspruch von Gottes Gnade ableiten könne. Locke behauptet, die Grundlage der staatlichen Ordnung sei ein Vertragsverhältnis zwischen Regierung und Bürgern.

M2 Gewaltenteilung

(XI. Buch, 6. Kapitel) Die politische Freiheit des Bürgers ist jene Ruhe des Gemüts, die aus dem Vertrauen erwächst, das ein jeder zu seiner Sicherheit hat. Damit man diese Freiheit hat, muss die Regierung so eingerichtet sein, dass ein Bürger den anderen nicht zu fürchten braucht. Wenn in derselben Person oder der gleichen obrigkeitlichen Körperschaft die gesetzgebende Gewalt mit der vollziehenden vereinigt ist, gibt es keine Freiheit; denn es steht zu befürchten, dass derselbe Monarch oder derselbe Senat tyrannische Gesetze macht, um sie tyrannisch zu vollziehen. Es gibt ferner keine Freiheit, wenn die richterliche Gewalt nicht von der gesetzgebenden und vollziehenden getrennt ist. Ist sie mit der gesetzgebenden Gewalt verbunden, so wäre die Macht über Leben und Freiheit der Bürger willkürlich, weil der Richter Gesetzgeber wäre. Wäre sie mit der vollziehenden Gewalt verknüpft, so würde der Richter die Macht eines Unterdrückers haben. Alles wäre verloren, wenn derselbe Mensch oder die gleiche Körperschaft der Großen, des Adels oder des Volkes diese drei Gewalten ausüben würde: die Macht, Gesetze zu geben, die öffentlichen Beschlüsse zu vollstrecken und die Verbrechen oder die Streitsachen der Einzelnen zu richten […]

Da in einem freien Staate jeder, dem man einen freien Willen zuerkennt, durch sich selbst regiert sein sollte, so müsste das Volk als Ganzes die gesetzgebende Gewalt haben. Das aber ist in den großen Staaten unmöglich, in den kleinen mit vielen Misshelligkeiten verbunden. Deshalb ist es nötig, dass das Volk durch seine Repräsentanten das tun lässt, was es nicht selbst tun kann. […] Alle Bürger […] müssen das Recht haben, ihre Stimme bei der Wahl des Repräsentanten abzugeben, mit Ausnahme derer, die in einem solchen Zustand der Niedrigkeit leben, dass ihnen die allgemeine Anschauung keinen eigenen Willen zuerkennt. […]

Zu allen Zeiten gibt es im Staat Leute, die durch Geburt, Reichtum oder Ehrenstellungen ausgezeichnet sind. Würden sie mit der Masse des Volkes vermischt und hätten sie nur eine Stimme wie alle übrigen, so würde die gemeine Freiheit ihnen Sklaverei bedeuten. Sie hätten an ihrer Verteidigung kein Interesse, weil die meisten Entschließungen sich gegen sie richten würden. Ihr Anteil an der Gesetzgebung muss also den übrigen Vorteilen angepasst sein, die sie im Staate genießen. Das wird der Fall sein, wenn sie eine eigene Körperschaft bilden, die berechtigt ist, die Unternehmungen des Volkes anzuhalten, wie das Volk das Recht hat, den ihrigen Einhalt zu gebieten. So wird die gesetzgebende Gewalt sowohl der Körperschaft des Adels wie der gewählten Körperschaft, welche das Volk repräsentiert, anvertraut sein. Beide werden ihre Versammlungen und Beratungen getrennt führen, mit gesonderten Ansichten und Interessen. […]

Die vollziehende Gewalt muss in den Händen eines Monarchen liegen. Denn dieser Teil der Regierung, der fast immer der augenblicklichen Handlung bedarf, ist besser durch einen als durch mehrere verwaltet, während das, was von der gesetzgebenden Gewalt abhängt, häufig besser durch mehrere als durch einen Einzelnen angeordnet wird. […]

Charles de Montesquieu: Vom Geist der Gesetze, hrsg. von Ernst Forsthoff, Tübingen 1992, S. 214 ff.

Abb. 13.2: Der französische Staatsrechtler und Philosoph *Charles*-Louis de Secondat, Baron de la Brède et *de Montesquieu* (1689–1755) gilt als Begründer der modernen Lehre von den drei staatlichen Gewalten und ihrem Verhältnis zueinander. In seinem Hauptwerk – „Vom Geist der Gesetze" (1748) – beschreibt er die Grundlagen und Voraussetzungen für eine gute Regierung.

Arbeitsaufträge

1. Erläutern Sie, welche Aspekte in den Ausführungen Lockes (M1) und Montesquieus (M2) auf Elemente des konkurrenzdemokratischen Modells hinweisen!
2. Beurteilen Sie, welche Forderungen in M1 und M2 Ihrer Meinung nach in einer heutigen Demokratie nicht vertretbar sind!

M3 Virginia Bill of Rights

In der ältesten „Bill of Rights" der Neuen Welt vom 12. Juni 1776 wurden Grundrechte proklamiert, die zur Grundlage für die Unabhängigkeitserklärung und die Verfassung der USA wurden.

1) Alle Menschen sind von Natur aus in gleicher Weise frei und unabhängig und besitzen bestimmte angeborene Rechte, [...] und zwar den Genuss des Lebens und der Freiheit, die Mittel zum Erwerb und Besitz von Eigentum und das Erstreben und Erlangen von Glück und Sicherheit.

2) Alle Macht ruht im Volke und leitet sich folglich von ihm her; die Beamten sind nur seine Bevollmächtigten und Diener und ihm jederzeit verantwortlich. [...]

5) Die gesetzgebende und die ausführende Gewalt des Staates sollen von der richterlichen getrennt und unterschieden sein; die Mitglieder der beiden ersteren sollen in bestimmten Zeitabschnitten in ihre bürgerliche Stellung entlassen werden und so in jene Umwelt zurückkehren, aus der sie ursprünglich berufen wurden.

6) Die Wahlen der Abgeordneten, die als Volksvertreter in der Versammlung dienen, sollen frei sein. [...]

12) Die Freiheit der Presse ist eines der starken Bollwerke der Freiheit.

Hartmut Wasser: Die USA – der unbekannte Partner. Paderborn 1983, S. 38 ff.

Abb. 14.1: Benjamin Franklin, Thomas Jefferson, John Adams, Robert R. Livingston und Roger Sherman (v. l. n. r.) unterzeichnen die amerikanische Unabhängigkeitserklärung.

M4 Federalist-Artikel Nr. 10

Die „Federalist Papers" wurden 1787/88 in New York unter dem Pseudonym „Publius" veröffentlicht. Ihre Verfasser waren James Madison, Alexander Hamilton und John Jay. Verfasser des Artikels Nr. 10 war James Madison.

Überall beklagen sich unsere besonnensten und ehrenhaftesten Bürger, die für öffentliche und private Redlichkeit eintreten, dass unsere Regierungen zu labil seien, dass das öffentliche Wohl in den Streitigkeiten der rivalisierenden Cliquen missachtet werde und dass Beschlüsse nur zu oft nicht in Übereinstimmung mit den Forderungen der Gerechtigkeit und den Rechten der Minderheit gefasst werden, sondern aufgrund der überlegenen Macht einer selbstsüchtigen und anmaßenden Mehrheit.

Mögen wir auch noch so sehr wünschen, dass diese Klagen unbegründet wären – die offenkundigen Tatsachen gestatten uns nicht zu leugnen, dass sie in einem gewissen Ausmaß berechtigt sind. [...]

Unter einer Clique verstehe ich, dass sich eine Gruppe von Bürgern – es kann die Mehrheit oder eine Minderheit sein – unter dem Antrieb von Leidenschaften und Interessen zusammenschließt, die im Gegensatz zu den Rechten der übrigen Bürger oder zu den dauernden und allgemeinen Interessen der Gemeinschaft stehen.

Es gibt zwei Methoden, dieses Übel abzustellen: Beseitigung seiner Ursachen oder Kontrolle seiner Folgen. Auch zur Beseitigung der Ursachen des

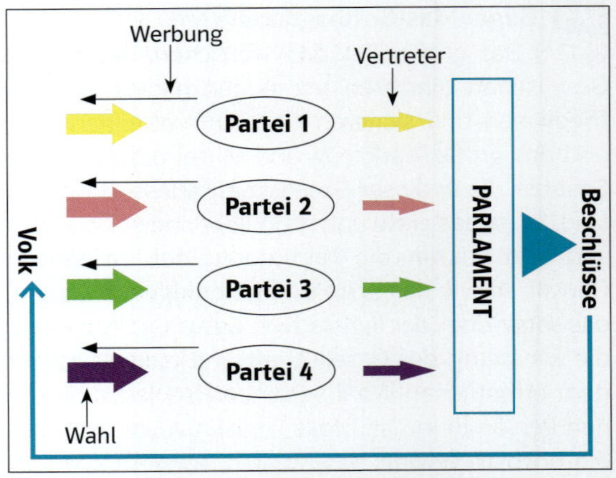

Abb. 14.2: Willensbildungsprozess in der Konkurrenzdemokratie (Stefan Prochnow)

Cliquenwesens gibt es zwei Methoden: Entweder man schafft die Freiheit ab, die zu seiner Existenz notwendig ist, oder man schreibt allen Bürgern die gleichen Ansichten, Leidenschaften und Interessen vor. Auf nichts könnte der Ausspruch, dass das Heilmittel schlimmer sei als die Krankheit, mit größerer Berechtigung angewendet werden als auf die erste der genannten Methoden. [...]

Die zweite Methode ist ebenso undurchführbar, wie die erste unsinnig wäre. Solange die menschliche Vernunft unzulänglich bleibt und man dem Menschen die Freiheit lässt, sich dieser unzulänglichen Vernunft zu bedienen, wird es verschiedene Meinungen geben. Solange eine Verbindung zwischen der Vernunft des Menschen und seiner Eigenliebe besteht, werden seine Meinungen und seine Leidenschaften einander beeinflussen, und aus Meinungen werden Ziele entstehen, auf die er seine Leidenschaften richtet. Dazu kommt als weiteres unüberwindliches Hindernis für eine Gleichwertigkeit der Interessen die Verschiedenheit der Fähigkeiten der Menschen, aus der die Eigentumsrechte entspringen. Der Schutz dieser Fähigkeiten ist die wichtigste Aufgabe der Regierung. Aus dem Schutz verschiedener und ungleicher Fähigkeiten zum Erwerb von Eigentum ergibt sich unmittelbar der Besitz von Eigentum verschiedener Art und verschiedenen Ausmaßes, und aus seinem Einfluss auf die Gefühle und Meinungen der Besitzer folgt eine Spaltung der Gesellschaft in verschiedene Interessengruppen und Parteien. Die verborgenen Ursachen der Spaltung in Parteien sind also tief in der menschlichen Natur verwurzelt. [...] Diese verschiedenen einander widersprechenden Interessen miteinander in Einklang zu bringen, ist die Hauptaufgabe der modernen Gesetzgebung. Parteigeist und Spaltung in Interessengruppen haben also ihren Platz im normalen Ablauf der Regierungstätigkeit. [...] Wir gelangen daher zu dem Schluss, dass die Ursachen der Spaltung in Interessengruppen nicht beseitigt werden können und dass Heil nur darin zu suchen ist, Mittel zur Kontrolle der Auswirkungen zu finden. [...]

In einer reinen Demokratie, womit ich eine zahlenmäßig kleine Gemeinschaft meine, deren Mitglieder sich versammeln und selbst die Regierung ausüben,

[kann] kein Heilmittel für das Übel der selbstsüchtigen Interessengruppen gefunden werden.

In fast allen Fällen wird die Mehrheit eine gemeinsame Leidenschaft oder ein gemeinsames Interesse haben. Der Zusammenschluss und die Möglichkeit, das Einverständnis zu pflegen, folgt aus der Regierungsform von selbst, und es gibt nichts, was den Trieb, die schwächere Partei oder eine missliebige Person den eigenen Interessen aufzuopfern, einschränken könnte. Aus diesen Gründen sind solche Demokratien zu allen Zeiten zum Schauplatz stürmischer Auseinandersetzungen geworden und haben sich zur Wahrung der persönlichen Sicherheit und der Eigentumsrechte als ungeeignet erwiesen. Und gewöhnlich haben sie nach kurzer Lebensdauer ein gewaltsames Ende gefunden. Politische Theoretiker, die diese Art von Regierung befürworteten, waren der irrigen Meinung, dass die Menschen, wenn man ihnen gleiche politische Rechte gibt, auch in Bezug auf ihre Eigentumsverhältnisse, ihre Meinungen und ihre Leidenschaften völlig gleichgemacht werden könnten.

Eine Republik, worunter ich eine Regierung verstehe, in der die Idee der Vertretung des Volkes verwirklicht ist, eröffnet bessere Aussichten; von ihr lässt sich das Heilmittel erhoffen, das wir suchen. [...] Die Auswirkung [...] besteht einerseits darin, dass die öffentliche Meinung geläutert und erweitert wird, indem sie den Filter einer ausgewählten Gruppe von Staatsbürgern passiert, deren Einsicht die Gewähr bietet, dass sie die wahren Interessen ihres Landes erkennen, und deren Patriotismus und Gerechtigkeitsliebe die Annahme zulässt, dass sie diese wahren Interessen nicht augenblicklichen Vorteilen opfern werden. Auf diese Weise kann es geschehen, dass die Stimme des Volkes dort, wo sie aus dem Mund der Volksvertreter spricht, eher dem Wohl der Allgemeinheit dient, als dort, wo das Volk selbst zusammentritt, um seinen Willen kundzutun.

James Madison: The Federalist Papers, Nr. 10, zitiert nach: Dieter Oberndörfer/Wolfgang Jäger: Klassiker der Staatsphilosophie II, Stuttgart 1971, S. 57–62

M5 Reden an die Wähler von Bristol

Am 3. November 1774 wurden Henry Cruger und Edmund Burke für die englische Hafenstadt Bristol ins britische Unterhaus gewählt. In ihren Dankesreden an die Wähler von Bristol führten sie aus:

Cruger: Es war stets meine Auffassung, dass den Wählern das Recht zusteht, ihren Parlamentsmitgliedern Weisungen zu erteilen. Ich für meinen Teil werde es im Parlament stets als meine Pflicht ansehen, eurem Rat und eurer Instruktion zu folgen. Ich werde mich als Diener meiner Wähler verstehen, nicht als ihr Herr, ihrem Willen unterworfen, nicht ihnen überlegen. [...] Eurem rechtschaffenen Urteil will ich mich beugen – oder fallen.

Burke: [...] Sicherlich, meine Herren, es sollte die Freude und der Stolz eines jeden Repräsentanten sein, mit seinen Wählern in der innigsten Eintracht, der engsten Übereinstimmung und der freimütigsten Verbindung zu leben. Deren Wünsche sollten für ihn größtes Gewicht haben. [...] Vor allem hat er stets und in allen Fällen deren Interessen den seinen vorzuziehen. Aber seine unvoreingenommene Meinung, sein reifes Urteil, sein erleuchtetes Gewissen, die darf er ihnen nicht opfern. [...]

Ihr Repräsentant schuldet Ihnen nicht nur seinen Fleiß, sondern sein Urteilsvermögen. [...]

Ein Parlament ist kein Kongress von Anwälten verschiedener und miteinander verfeindeter Interessen. Ein Parlament ist vielmehr die beratend-abwägende Versammlung einer Nation mit einem Interesse, dem des Ganzen. Dort dürfen nicht lokale Zwecke oder Vorurteile die Richtschnur sein, sondern das Gemeinwohl. [...] Sobald ich Abgeordneter bin, bin ich nicht mehr ein Mitglied Bristols, sondern ein Mitglied des Parlaments. Wenn die lokale Wählerschaft ein Interesse [...] vertreten sollte, [das] offenkundig mit dem Wohl des ganzen Landes unvereinbar ist, so darf ich diesem Streben ebenso wenig wie jedes andere Parlamentsmitglied nachgeben.

Winfried Steffani: Edmund Burke – Zur Vereinbarkeit von freiem Mandat und Fraktionsdisziplin, in: Zeitschrift für Parlamentsfragen, Nr. 1/1981, S. 112 f.

Arbeitsaufträge

1. Erläutern Sie den Willensbildungsprozess in einer Konkurrenzdemokratie (Abb. 14.2)!
2. Setzen Sie sich aus der Sicht Rousseaus mit Madisons Auffassung von Bürger, Staat und Gesellschaft auseinander!
3. Von Alexis de Tocqueville stammt der Satz: „Ich halte den Grundsatz, dass die Mehrheit des Volkes in Bezug auf die Regierung das Recht hat, alles zu tun, für ruchlos und verabscheuungswürdig, und dennoch ist für mich der Wille der Mehrheit der Ursprung aller Gewalten. Widerspreche ich mir selbst?" Beantworten Sie diese Frage!
4. Fassen Sie mit Ihren eigenen Worten das Abgeordnetenverständnis von Cruger und Burke (M5) zusammen! Prüfen Sie, welche Sichtweise dem Modell der Konkurrenzdemokratie entspricht!
5. Ins Grundgesetz hat das „Freie Mandat" im Sinne Burkes Eingang gefunden. Was bedeutet das, wenn z. B. ein Bundestagsabgeordneter während einer Legislaturperiode die Partei wechselt?
6. Vergleichen Sie das identitäre Demokratiemodell mit dem Modell der Konkurrenzdemokratie hinsichtlich folgender Kriterien: Verhältnis zwischen Regierenden und Regierten, Gesetzgebung, Erkennen des politisch „Richtigen", Stellung der Abgeordneten, Gewaltenteilung, Stellung der Regierung, Rolle von Parteien und Verbänden, Bedeutung der Gleichheit, Definition von Freiheit, Umsetzung der Theorie, Kritik!

1.3 Pluralismusmodell

Die Pluralismustheorie ist eine **Weiterentwicklung** der Konkurrenztheorie. Wie die Vertreter der Konkurrenztheorie plädieren die Verfechter der Pluralismustheorie für politische Willensbildungs- und Entscheidungsprozesse, die durch **Abgeordnete** nach dem **Mehrheitsprinzip** ablaufen. Dabei schützen die **Grundrechte** die Minderheiten vor übertriebenen Eingriffen der Mehrheit in ihre Rechte. Pluralismus bedeutet das gleichberechtigte, durch grundrechtliche Garantien geschützte Wirken einer Vielzahl von **Parteien** und **Interessengruppen**; der Willensbildungsprozess ist eine Art „Wettkampf der Meinungen", wobei das Ergebnis jedoch oft in einem **Kompromiss** liegt. Bei aller Meinungsvielfalt erfordert ein funktionierender Pluralismus, dass ein **Grundkonsens** über bestimmte Werte und Regeln besteht, z. B. über die **Regeln** und Grenzen der demokratischen Konfliktaustragung.

Der maßgeblich von **Ernst Fraenkel** begründete **Neopluralismus** weist dem Staat eine herausragende Rolle im Wettstreit der Interessen zu; er hat u. a. die Aufgabe, die Benachteiligung schwacher, weil allgemeiner Interessen auszugleichen.

Abb. 16.1: Ernst Fraenkel (1898–1975) war ein bedeutender deutscher Politikwissenschaftler. In der Zeit der Weimarer Republik war er in der SPD sowie in der gewerkschaftsnahen Arbeiterfortbildung tätig. 1938 emigrierte er in die USA und war seit 1951 Professor in Berlin (West) mit dem Schwerpunkt Demokratietheorie und vergleichende Regierungslehre.

M1 Ernst Fraenkel: Pluralistische Demokratie

Eine jede totalitäre Diktatur geht von der Hypothese eines eindeutig bestimmbaren vorgegebenen Gemeinwohls aus. Von ihm wird unterstellt, es sei ausreichend detailliert, um von der Einheitspartei als politisches Aktionsprogramm verwertet werden zu können. Eine jede pluralistische Demokratie geht davon aus, dass, um funktionieren zu können, sie nicht nur Verfahrensvorschriften und Spielregeln eines Fair Play, sondern auch eines allgemein anerkannten Wertekodex bedarf, der ein Minimum abstrakter regulativer Ideen generellen Charakters enthalten muss; sie glaubt jedoch nicht, dass in politisch relevanten Fällen diese regulativen Ideen ausreichend konkret und genügend substanziiert [hier: inhaltlich gefüllt] zu sein vermögen, um für die Lösung aktueller politischer Probleme unmittelbar verwendungsfähig zu sein.

Der Pluralismus beruht vielmehr auf der Hypothese, in einer differenzierten Gesellschaft könne im Bereich der Politik das Gemeinwohl lediglich a posteriori [hier: im Nachhinein] als das Ergebnis eines delikaten Prozesses der divergierenden Ideen und Interessen der Gruppen und Parteien erreicht werden, stets vorausgesetzt, um dies der Klarheit wegen zu wiederholen, dass bei deren Zusammen- und Widerspiel die generell akzeptierten, mehr oder weniger abstrakten regulativen Ideen sozialen Verhaltens respektiert und die rechtlich normierten Verfahrensvorschriften und die gesellschaftlich sanktionierten Regeln eines Fair Play ausreichend beachtet werden. […]

Die pluralistische Staatslehre lehnt die Identitätstheorie mit aller erdenklichen Entschiedenheit ab. […] Vom empirischen Blickpunkt aus gesehen, ist sie in ihren Augen bestenfalls eine Fiktion. Vom theoretischen Standpunkt aus betrachtet, verwirft der Pluralismus die Identitätslehre mit der Begründung, dass sie das Phänomen der differenzierten Gesellschaft unbeachtet lasse […]. Nach Ansicht der pluralistischen Staatslehre steht die Identitätstheorie im Widerspruch zu den Grundprinzipien einer repräsentativen Demokratie. […]

Die pluralistische Theorie des Gemeinwohls bestreitet keineswegs, dass es weite Gebiete des staatlichen und gesellschaftlichen Lebens gibt, über deren Ordnung ein consensus omnium [eine Übereinstimmung aller Bürger] vorliegt; ja sie betont mit Nachdruck, dass auf die Dauer ein Staat nicht lebensfähig ist, in dem weder über ein Minimum fundamentaler noch über zahlreiche detaillierte Fragen der Wirtschaft, Gesellschaft und Politik eine weitgehende Übereinstimmung besteht. Sie nimmt jedoch den Umstand, dass es weite Gebiete des staatlichen und gesellschaftlichen Lebens gibt, über deren Regelung Meinungsverschiedenheiten zwischen verschiedenen Gruppen existieren, nicht nur mit Gleichmut hin, sondern erachtet dies als unvermeidlich, ja geradezu als ein Indiz eines in Freiheit pulsierenden öffentlichen Lebens. Sie hält es weder für wünschenswert noch für möglich, dass in einem freiheitlichen Staatswesen ein einheitlicher Gemeinwille besteht, der die divergierenden Gruppenwillen restlos in sich aufsaugt. Sie glaubt, dass die kollektive Geltendmachung von partikulären Interessen unerlässlich erforderlich ist, um zu verhüten, dass entweder der Wille einer autokratisch-staatlichen Bürokratie oder der Wille eines Oligopols [die Herrschaft Weniger] nicht minder autokratischer [hier: allein regierender] privater Bürokratien in kontroversen Fragen entscheidet. Die offene Austragung der in jedem freien Staat unausbleiblichen Meinungsverschiedenheiten und die Kompromisse, durch die diese Konflikte beigelegt werden, betrachtet sie als den einzig geeigneten Weg, eine tragbare Lösung für Probleme zu finden, über die ein consensus omnium nicht besteht.

Ernst Fraenkel: Festvortrag zum 45. Deutschen Juristentag in Karlsruhe 1964, in: ders.: Deutschland und die westlichen Demokratien. Frankfurt am Main 1991, S. 300 f.

M2 Nicht die Wahrheit entscheidet, sondern die Mehrheit

Ansprache des damaligen Bundespräsidenten Richard von Weizsäcker bei der Amtsübernahme am 1. Juli 1984

Die Demokratie ist die einzige Staatsform, die den stets notwendigen Weg zum Wandel in Frieden finden lässt. Damit dies möglich bleibt, darf die

Radikalität des Streitens niemals die Regeln des Rechts verletzen, denn diese sind die Bedingungen für die Freiheit und die Kraft zur Reform. Damit wir in dieser Freiheit zu Entscheidungen kommen können, muss es nach dem Mehrheitsprinzip gehen. Dabei wissen wir alle, dass die Mehrheit genauso wenig über die Wahrheit verfügt wie die Minderheit. Keiner darf für sich den Besitz der Wahrheit beanspruchen, sonst wäre er unfähig zum Kompromiss und überhaupt zum Zusammenleben; er würde kein Mitbürger, sondern ein Tyrann. Wer das Mehrheitsprinzip auflösen und durch die Herrschaft der absoluten Wahrheit ersetzen will, der löst die freiheitliche Demokratie auf. Deshalb können wir die Stimmen nur zählen, wir können sie nicht wägen.

Aber das genügt nicht. Von Mehrheiten und Minderheiten wird mehr verlangt, als zählen zu können. Die Minderheit muss der Mehrheit das Recht zur Entscheidung zugestehen. Die Mehrheit hat beim Umgang mit diesem Recht die Pflicht, sich in der offenen Suche nach Wahrheit besonders zu engagieren. Sie muss ihre Entscheidung auf Grundsätze stützen, die von allen eingesehen und als legitim empfunden werden können. Die Entscheidungen müssen zumutbar sein. Keiner soll sich durch sie in seiner Existenz bedroht oder ausgebürgert fühlen. Nur so ist ein demokratischer Grundkonsens möglich, den die Verfassung zwar nicht vorschreibt, ohne den aber die Demokratie auf die Dauer nicht leben kann. Nur so ist auch die Zustimmung der freien Bürger zu ihrem Staat zu gewinnen. Nur so wachsen ihre Mitarbeit und ihr Gemeinsinn.

Bulletin der Bundesregierung Nr. 80 vom 3. Juli 1984, S. 716 f.

M3 Warum bestimmte Interessen weniger berücksichtigt werden als andere

Aufgrund von Untersuchungen pluralistisch organisierter Gesellschaften (vor allem USA und Bundesrepublik) werden folgende Ergebnisse festgestellt:

- **Schwache Interessen** spielen im durch Eliten geprägten pluralistischen Meinungsspektrum kaum eine Rolle, lassen sich nur ungenügend organisieren und haben keine Durchsetzungsmöglichkeiten (Beispiel: Kinder, psychisch Kranke).
- **Langfristige Interessen** ziehen im pluralistischen Konkurrenzkampf – soweit sie überhaupt bekannt sind – regelmäßig den Kürzeren (Beispiel: Bildungspolitik, Umwelt- und Energieerhaltungsinteressen gegenüber Arbeitsplatzinteresse).
- **Neue Interessen** haben es sehr schwer, in die relevante Gruppe aufgenommen zu werden (Beispiel: das neu erwachte Interesse für Fußgänger oder den öffentlichen Nahverkehr).
- **Allgemeine, übergreifende Interessen**, die „eigentlich“ jeder hat, lassen sich gegenüber spezielleren Interessen nur sehr schwer vertreten (Beispiel: Verbraucherinteressen oder das Interesse an der Volksgesundheit).

Die empirische Bestandsaufnahme kommt also zu dem Schluss, dass in pluralistisch strukturierten Gesellschaften

- längst nicht alle Interessen vertreten werden, weil nicht alle **organisierbar** sind,
- die organisierten Interessen nicht alle **konfliktfähig** sind,
- und schließlich die konfliktfähigen nicht alle **chancengleich** und gleich mächtig sind.

So ist ganz offensichtlich ein kurzfristiges, spezielles und etabliertes Interesse (z. B. Lohnforderungen von Müllwerkern und Fluglotsen) leichter zu organisieren, konfliktfähiger und damit stärker als ein langfristiges, noch nicht etabliertes und allgemeines Interesse (wie z. B. die Erhaltung der natürlichen Umwelt). Diese Unterschiede führen dazu, dass im Pluralismus ganz bestimmte Interessen eher und stärker berücksichtigt werden als andere.

Für die am pluralistischen Interessenkonflikt und -ausgleich beteiligten Gruppen ist das Maß ihrer **Konfliktfähigkeit** von entscheidender Bedeutung. Diese wiederum beruht auf zwei Faktoren, nämlich:

- der **Organisationsfähigkeit**, die dann hoch ist, wenn sich die betreffende Gruppe leicht abgrenzen lässt und wenn sie zudem noch ein Spezialinteresse verfolgt [...]
- [dem] **Sanktions- und Drohpotenzial** einer Gruppe. Dieses richtet sich danach, ob eine Interessengruppe bestimmte Sanktionen androhen kann, die dann auch von ihren Mitgliedern befolgt werden, falls es zum Konflikt kommt. So ist es offensichtlich, dass die angedrohte Leistungsverweigerung (z. B. durch Streiks) einen größeren Droheffekt hat als die unwahrscheinliche und zum größten Teil sogar unmögliche Kaufverweigerung aller Verbraucher. Auch ökonomisch begründete Macht, z. B. der Machtvorsprung des Kapitaleigners gegenüber dem Lohnabhängigen bei Auseinandersetzungen, wird hier als Problem gesehen.

Carl Böhret, Werner Jann, Eva Kronenwett: Innenpolitik und politische Theorie. Opladen 1988, S. 175 f.

Arbeitsaufträge

1. Analysieren Sie M1 auf Formulierungen hin, die die Rousseau'schen Vorstellungen charakterisieren bzw. kritisieren (zum Teil ohne sie ausdrücklich beim Namen zu nennen)!
2. Arbeiten Sie aus M1 und M2 die Merkmale einer pluralistischen Demokratie heraus!
3. Ordnen Sie folgende Interessengruppen gemäß ihrer politischen Durchsetzungsfähigkeit in Deutschland! Begründen Sie Ihre Rangfolge!
   a) allgemein: Hausfrauen/Hausmänner, Rentner/innen, Ausländer/innen, Arbeitnehmer/innen, Kinder,
   b) am Beispiel des Ladenschlussgesetzes: Verbraucherinteressen, Unternehmerinteressen, Arbeitnehmerinteressen.

1.4 Demokratiemodell des Grundgesetzes

Grundgesetz, Art. 20:

(1) Die Bundesrepublik Deutschland ist ein demokratischer und sozialer Bundesstaat.

(2) Alle Staatsgewalt geht vom Volke aus. Sie wird vom Volke in Wahlen und Abstimmungen und durch besondere Organe der Gesetzgebung, der vollziehenden Gewalt und der Rechtsprechung ausgeübt. [...]

(3) Gegen jeden, der es unternimmt, diese Ordnung zu beseitigen, haben alle Deutschen das Recht zum Widerstand, wenn andere Abhilfe nicht möglich ist.

Das Grundgesetz, die **Verfassung** der Bundesrepublik Deutschland, baut auf dem Konzept einer **pluralistischen Konkurrenzdemokratie** auf. Das Zwei-Kammer-Parlament (Bundestag und Bundesrat) spielt insofern die zentrale Rolle, als alle anderen höchsten Staatsorgane von ihm gewählt werden (Bundesregierung, Bundespräsident und die Richter am Bundesverfassungsgericht). Volksabstimmungen auf Bundesebene sind nur bei der Veränderung der Grenzen von Bundesländern vorgesehen. Damit gilt Deutschland als **repräsentative Demokratie** (Gesetze werden von den Parlamenten beschlossen, nicht durch Volksabstimmungen) mit einem **parlamentarischen Regierungssystem** (die übrigen Staatsorgane auf Bundesebene werden nicht direkt vom Volk gewählt, sondern durch das Parlament).

Die Entscheidungen der Mütter und Väter des Grundgesetzes sind nicht ohne die Erfahrungen mit dem Scheitern der Weimarer Republik zu erklären. Das Grundgesetz ist die Lehre aus den Fehlern der Weimarer Reichsverfassung. Eine wichtige Änderung betraf die Befugnisse des **Präsidenten**. Das Grundgesetz entmachtete den Präsidenten weitgehend; es nahm ihm den Einfluss auf die Regierungsbildung und beließ ihm überwiegend nur repräsentative Aufgaben. Auch im Fall eines Notstands bleiben parlamentarische Entscheidungs- und Kontrollrechte bestehen. Deswegen wurde auch die Direktwahl des Präsidenten durch das Volk abgeschafft.

Die Position des **Kanzlers** wurde vom Parlamentarischen Rat, der das Grundgesetz 1948/49 ausgearbeitet hat, gestärkt. Zum einen wurde die Möglichkeit für das Parlament abgeschafft, einzelne Minister aus der Regierung „herauszuschießen"; die Minister werden nun allein vom Kanzler ausgesucht und bedürfen weder der Bestätigung des Parlaments noch können sie vom Bundestag einzeln abgewählt werden. Zum anderen wurde das in der Weimarer Reichsverfassung festgelegte einfache **Misstrauensvotum** durch das „konstruktive Misstrauensvotum" ersetzt: Ein vom Bundestag gewählter Kanzler kann nur dann gestürzt werden, wenn der Bundestag gleichzeitig mit der Mehrheit seiner Mitglieder einen neuen Kanzler wählt. Zu oft gab es im Reichstag die Situation, dass die Parteien einen Kanzler abgewählt hatten, ohne sich auf einen neuen Regierungschef einigen zu können. Dadurch kam es zu häufigen Neuwahlen und zu kanzlerlosen Übergangszeiten, in denen der Reichspräsident durch sogenannte **Notverordnungen** fast diktatorisch allein regieren konnte. Als eine der ersten Verfassungen weltweit trägt das Grundgesetz in Art. 21 der Rolle der **Parteien** Rechnung: Ihre politischen Funktionen werden ausdrücklich anerkannt.

Durch die sogenannte **„Ewigkeitsklausel"** in Art. 79 (3) GG wird der „Kern" der Verfassung geschützt: Art. 1 (Menschenwürde – Menschenrechte – Rechtsverbindlichkeit der Grundrechte) und Art. 20 (Verfassungsgrundsätze – Widerstandsrecht) GG. Die Grundsätze dieser Artikel dürfen auch durch Mehrheitsbeschlüsse nicht abgeschafft oder verändert werden.

Weimarer Reichsverfassung (WRV)	*Artikel in der Verfassung* Auswirkungen
1. Reichspräsident	*Art. 41–51 sowie 25, 53, 59, 73 WRV*
Volkswahl auf 7 Jahre	Wahl des Monarchisten Hindenburg 1925 und 1932
Oberbefehl über die Reichswehr	Zusammenspiel mit Militär gegen Parlament und Regierung
Ausrufung des Ausnahmezustandes (Notverordnungsrecht)	Ersetzung des Gesetzgebers durch Verordnungen des Präsidenten
Recht der Parlamentsauflösung	häufige Auflösung des Reichstags und damit Lahmlegung des Parlaments
Entlassung des Reichskanzlers	Entlassung nach Gutdünken bei zersplittertem Parlament
2. Reichstag und Reichsregierung	*Art. 22, 25, 53, 54, 73 WRV*
Verhältniswahl Verfassungsvorschrift	Parteizersplitterung; instabile Koalitionskabinette
keine positive Erwähnung der Parteien	Missachtung der Parteien in der öffentlichen Meinung
Reichskanzler vom Reichspräsidenten ernannt	starker Auswahl-Einfluss des Präsidenten
Misstrauensvotum gegen Kanzler und Minister möglich	relative Unabhängigkeit der Minister vom Kanzler
einfaches (destruktives) Misstrauensvotum	des Öfteren angewendet; rein destruktive Mehrheiten möglich
Gesetzgebung durch Volksbegehren und Volksentscheid möglich	Missbrauch für extremistische Agitation (etwa Young-Plan-Volksentscheid 1929)
3. Sicherung von Verfassung und demokratischen Grundsätzen	*Art. 76, 124, 129 und 130 WRV*
Verfassungsänderungen leicht möglich	die Verfassung durchbrechende Gesetze; Extremfall: Hitlers Ermächtigungsgesetz
im Prinzip jede Bestimmung der Verfassung veränderbar	Änderung oder Durchbrechung auch grundlegender Normen (Grundrechte, Gewaltenteilung, Förderalismus)
wertneutrale Verfassung	Zulassung auch antidemokratischer Kräfte
keine Vorkehrungen für Vereins- und Parteiverbot außer bei Verstoß gegen die Strafgesetze	Hitlers Strategie der Legalität bis zur Machtergreifung
Beamte und Richter nicht ausdrücklich zur Bejahung der Verfassung verpflichtet	zahlreiche verfassungsoppositionelle Kräfte unter den Beamten und Richtern

Abb. 18.1: „Mängel" der Weimarer Verfassung

M1 Freiheitlich-demokratische Grundordnung

In ihren Urteilen in Parteiverbotsverfahren gegen die rechtsextreme Sozialistische Reichspartei (SRP) und die linksextreme Kommunistische Partei Deutschlands (KPD) fassen die Bundesverfassungsrichter den Demokratiebegriff des Grundgesetzes zusammen.

Aus dem SRP-Urteil von 1952:

So lässt sich die freiheitlich-demokratische Grundordnung als eine Ordnung bestimmen, die unter Ausschluss jeglicher Gewalt- und Willkürherrschaft eine rechtsstaatliche Herrschaftsordnung auf der Grundlage der Selbstbestimmung des Volkes nach dem Willen der jeweiligen Mehrheit und der Freiheit

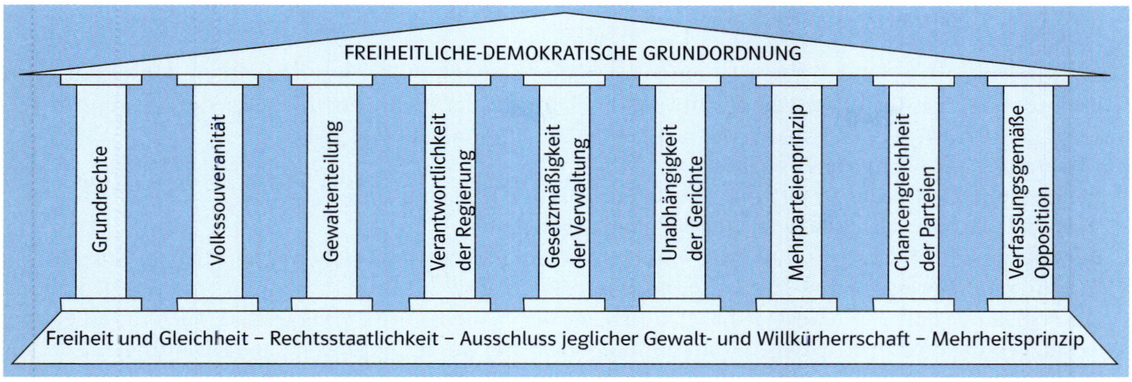

Abb. 19.1: Pfeiler der freiheitlich-demokratischen Grundordnung (Stefan Prochnow)

und Gleichheit darstellt. Zu den grundlegenden Prinzipien dieser Ordnung sind mindestens zu rechnen: die Achtung vor den im Grundgesetz konkretisierten Menschenrechten, vor allem vor dem Recht der Persönlichkeit auf Leben und freie Entfaltung, die Volkssouveränität, die Gewaltenteilung, die Verantwortlichkeit der Regierung, die Gesetzmäßigkeit der Verwaltung, die Unabhängigkeit der Gerichte, das Mehrparteienprinzip und die Chancengleichheit für alle politischen Parteien mit dem Recht auf verfassungsmäßige Bildung und Ausübung einer Opposition.

Aus dem KPD-Urteil von 1956:

Die freiheitliche Demokratie lehnt die Auffassung ab, dass die geschichtliche Entwicklung durch ein wissenschaftlich anerkanntes Endziel determiniert sei und dass folglich auch die einzelnen Gemeinschaftsentscheidungen als Schritte zur Verwirklichung eines solchen Endzieles inhaltlich von diesem her bestimmt werden könnten. [...] Was jeweils praktisch zu geschehen hat, wird in ständiger Auseinandersetzung aller an der Gestaltung des sozialen Lebens beteiligten Menschen und Gruppen ermittelt. Dieses Ringen spitzt sich zu einem Kampf um die politische Macht im Staat zu. Aber es erschöpft sich nicht darin. Im Ringen um die Macht spielt sich gleichzeitig ein Prozess der Klärung und Wandlung dieser Vorstellungen ab. Die schließlich erreichten Entscheidungen werden gewiss stets mehr den Wünschen und Interessen der einen oder anderen Gruppe oder sozialen Schicht entsprechen; die Tendenz der Ordnung und die in ihr angelegte Möglichkeit der freien Auseinandersetzung zwischen allen realen und geistigen Kräften wirkt aber [...] in Richtung auf Ausgleich und Schonung der Interessen aller. [...] Da die Mehrheit immer wechseln kann, haben auch Minderheitsmeinungen die reale Chance, zur Geltung zu kommen. [...] Weil Unzufriedenheit und Kritik mannigfache, selbst drastische Ausdrucksmöglichkeiten besitzen, zwingt die Einsicht in die Labilität ihrer Position die Mehrheit selbst, die Interessen der Minderheit grundsätzlich zu berücksichtigen.

Urteil des Bundesverfassungsgerichts gegen die SRP, BVerfGE 2, S. 12 f. und Urteil des Bundesverfassungsgerichts gegen die KPD, BVerfGE 5, S. 85 ff.

M2 Wehrhafte Demokratie

Das Prinzip der wehrhaften Demokratie kann man mit dem Satz zusammenfassen: „Keine Freiheit für die Feinde der Freiheit", oder anders formuliert: „Keine Toleranz gegenüber denjenigen, die selbst intolerant sind!" Der Staat ist nicht nur berechtigt, gegen rechtswidrige Angriffe auf die Verfassung vorzugehen. Er hat im Gegensatz zur Weimarer Republik auch die Möglichkeit, Bestrebungen abzuwehren, die auf „legalem" Wege durch Übernahme der Regierungsgewalt die Verfassung in ihren Grundsätzen ändern oder außer Kraft setzen wollen. Daher gilt:

- Parteien, die die freiheitlich-demokratische Grundordnung abschaffen wollen, können durch das Bundesverfassungsgericht verboten werden (Art. 21 GG), ebenso sonstige Vereinigungen, die dieses Ziel anstreben (Art. 9 GG).
- Bürgern, die ihre Grundrechte zum Kampf gegen die freiheitlich-demokratische Grundordnung missbrauchen, können diese Rechte aberkannt werden (Art. 18 GG).
- Die Beamten, Richter und Angestellten des öffentlichen Dienstes dürfen nicht Gegner der Grundlagen der Verfassung sein.

Stefan Prochnow, eigener Text

Arbeitsaufträge

1. Stellen Sie den Regelungen der Weimarer Verfassung die entsprechenden Regelungen im Grundgesetz gegenüber! Erweitern Sie dazu in Ihrem Hefter die Tabelle aus Abb. 18.1!
   a) Bundespräsident: Art. 54–61 sowie 63, 64, 67, 68, 81, 82, 115b GG
   b) Bundestag und Bundesregierung: Art. 21, 29, 38, 63, 64, 67 GG
   c) Sicherung von Verfassung und demokratschen Grundsätzen: Art. 79, 9 Abs. 2, 18, 19, 21, 33, 97, 98 GG

1.4.1 Rechtsstaatlichkeit

Das Prinzip der Rechtsstaatlichkeit ist einer der bedeutendsten Pfeiler der freiheitlich-demokratischen Grundordnung. Die Wichtigkeit der Rechtsstaatlichkeit wird deutlich, wenn man sich die Situation in Zeiten und Ländern vor Augen hält, in denen es keinen Rechtsstaat gibt (vgl. M1).
Als **Merkmale** des Rechtsstaates gelten:

- **Rechtssicherheit:** Jedes Gesetz muss veröffentlicht und für jeden einsehbar sein.
- **Rechtsgleichheit:** Alle Gesetze gelten für alle Bürger gleich.
- **Rechtsschutz:** Unabhängige Gerichte schützen die Bürger vor willkürlichen Eingriffen des Staates.
- **Bindung der Gesetzgebung an das Grundgesetz:** Recht und Gesetz sind an die Verfassung gebunden. Die Legislative darf keine Gesetze beschließen, die gegen dieses Prinzip verstoßen. Auch unterliegt die Gesetzgebung dem Prinzip der Gewaltenteilung sowie der Gesetzmäßigkeit der Verwaltung.
- **Rechtsweggarantie:** Jeder Bürger hat das Recht, wenn er sich in seinen Rechten verletzt fühlt, ein Gericht anzurufen. Dieses gilt auch bei Rechtsverletzungen durch staatliche Einrichtungen. Grundrechtsverletzungen können als Verfassungsbeschwerde dem Bundesverfassungsgericht vorgebracht werden.
- **Unabhängigkeit der Richter:** Im Zuge der Gewaltenteilung sind die Richter unabhängig und nur dem geltenden Recht unterworfen. Niemand darf auf sie Einfluss ausüben, um ihre Entscheidungen oder den Prozess zu beeinflussen.

Wenn dich in einem Rechtsstaat der Regierungschef besucht und dir sagt „Ihr Haus ist sehr schön“, dann freust du dich. Wenn du es bei diesem Satz aber mit der Angst zu tun bekommst, dann lebst du nicht in einem Rechtsstaat.

M1 Menschenrechtssituation in Eritrea 2021

Seitdem die Behörden 2001 alle nichtstaatlichen Medien verboten haben, gibt es in Eritrea keine unabhängige Presse mehr. […]

Willkürliche Inhaftierungen und Verschwindenlassen

Hunderte Politiker_innen, Religionsvertreter_innen, Journalist_innen und andere Kritiker_innen der Regierung waren noch immer in willkürlicher Haft und durften nach wie vor weder von ihren Familien noch von ihren Rechtsbeiständen besucht werden. Einige waren bereits seit mehr als zehn Jahren ohne Anklage oder Gerichtsverfahren im Gefängnis. […]

Zwangsarbeit

Wehrdienstleistende wurden nach wie vor gezwungen, auf unbestimmte Zeit – weit über den gesetzlich vorgesehenen Zeitraum von 18 Monaten hinaus – im obligatorischen Militärdienst zu bleiben. Es gab keine rechtliche Regelung, die es ermöglichte, den Militärdienst aus Gewissensgründen zu verweigern. [...] Die Regierung schickte Schüler_innen im letzten Schuljahr weiterhin in das militärische Ausbildungslager Sawa. Eine Zusicherung, dass sie nach Ableistung der 18 Monate aus dem Militärdienst entlassen würden, gab ihnen die Regierung nicht. Die Wehrdienstleistenden erhielten einen monatlichen Sold von nur 800 Nakfa (etwa 45 Euro), der zur Deckung der Grundbedürfnisse nicht ausreichte. Die Regierung setzte sie bei Infrastrukturprojekten wie z.B. bei Bewässerungsanlagen, im Straßenbau und in der Landwirtschaft ein. Die Arbeitsbedingungen waren häufig erniedrigend und unmenschlich. In einigen Fällen kamen sie Folter gleich. […]

Amnesty International: Jahresbericht 2020/21, www.amnesty.de/informieren/amnesty-report/eritrea-2020, Zugriff am 02. November 2021

Abb. 20.1: Karikatur (Johannes Borer)

M2 Was versteht man unter einem Rechtsstaat?

Ein Interview mit einer Richterin

Frage: Was versteht man unter einem Rechtsstaat?

Richterin: Ein Rechtsstaat ist ein Staat, in dem die Rechte des Bürgers, insbesondere die Grund- und Menschenrechte, wie sie im Grundgesetz und in der Charta der Vereinten Nationen beschrieben werden, gewährleistet sind. In einem Rechtsstaat kann sich der Bürger frei und sicher fühlen, denn er kann sich darauf verlassen, dass sich die Regierung, jede staatliche Behörde und auch die Polizei bei ihren Handlungen und ihren Entscheidungen an die bestehenden Gesetze halten und nicht willkürlich oder diktatorisch durch Einschüchterung, Erpressung oder gar durch Folter handeln.

Frage: Sie sprechen von Rechten, die als Gesetze verankert sind. Aber auch ein Unrechtsstaat, also eine Diktatur, hat doch Gesetze …

Richterin: Ja schon, aber zum einen geht es darum, dass Gesetze eingehalten werden, und zum anderen muss man natürlich hinzufügen, dass die Gesetze auch wirklich auf demokratische Weise entstanden sein müssen. Das heißt: Sie wurden vom Volk selbst oder durch ein vom Volk frei gewähltes Parlament mehrheitlich beschlossen und das heißt ja wiederum, dass der Mehrheitswille des Volkes verwirklicht wurde. Die Abgeordneten des Parlaments sind ja vom Volk gewählt und handeln in dessen Auftrag.

Frage: Das heißt, alle Gesetze, die demokratisch beschlossen werden, sind gültig? Was wäre, wenn die Mehrheit eines Volkes beschließt, dass eine Minderheit in dem Land weniger oder keinerlei Rechte mehr hat – dass die Minderheit z.B. mehr Steuern zahlen muss zum „Wohle der Mehrheit“?

Richterin: In einem Rechtsstaat darf die Mehrheit nicht alles. Auch wenn die Gesetze demokratisch beschlossen wurden, dürfen sie der Minderheit nicht bestimmte Grundrechte nehmen. Das Grundgesetz zieht also Grenzen für den Mehrheitswillen.
Frage: Aber wer kontrolliert denn, ob die Grundrechte auch tatsächlich verwirklicht werden?
Richterin: In einem Rechtsstaat sorgt die unabhängige Rechtsprechung dafür. Auch wenn Sie sich als Bürger beispielsweise durch die Polizei oder eine Behörde ungerecht behandelt fühlen, können Sie bei einem Verwaltungsgericht Klage erheben.

Interview Stefan Prochnows mit der Richterin am Landgericht Lübeck, Dr. Thekla Naumann, vom 5. Januar 2006

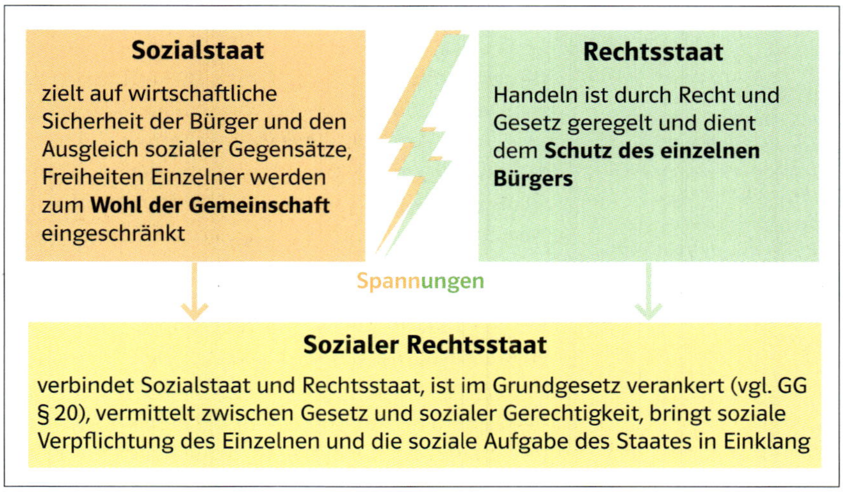

Abb. 21.1: Rechtsstaat und Sozialstaat (Stefan Prochnow)

M3 Demokratie und Rechtsstaat

Man könnte Demokratie *rein formal* als eine auf der **Mehrheitsregel** beruhende Methode der staatlichen Willensbildung verstehen; jede Mehrheitsentscheidung wäre dann definitionsgemäß demokratisch. Von einem solchen Verständnis aus könnte aber nicht begründet werden, dass und warum die Entscheidung der Mehrheit bestimmte inhaltliche Grenzen nicht überschreiten dürfte. Konsequent zu Ende gedacht könnten durch Mehrheitsbeschlüsse alle Rechte von **Minderheiten** abgeschafft, ganze Bevölkerungsgruppen unterdrückt und aus dem öffentlichen Leben ausgeschaltet werden. Kurz: Das rechtsstaatliche Anliegen individueller Freiheit könnte durch ein ausschließlich formales Verständnis von Demokratie, das heißt durch die absolute Geltung der Mehrheitsregel, nicht gewährleistet werden. Andererseits wäre aber auch ein Verständnis von Rechtsstaat denkbar, das die Freiheit und das Eigentum des Einzelnen, seine individuelle **Autonomie**, absolut setzen und damit eine unüberwindliche Sperre für die Politik demokratischer Mehrheiten aufrichten würde.

Würde man von solchen Extremen her denken, dann wären Rechtsstaat und Demokratie letztlich unvereinbare Gegensätze. Die Verfassung der Bundesrepublik geht hingegen von anderen Voraussetzungen aus, wenn sie beide Prinzipien zum Grundsatz des **demokratischen Rechtsstaats** (Art. 28 GG) zusammenfasst. [...] Die wechselseitige Zuordnung beider Verfassungsgrundsätze ist jedoch nicht frei von **Spannungen**: Die Geltung der demokratischen Mehrheitsregel ist die Grundlage der staatlichen Willensbildung, nicht nur formales Prinzip, sondern Ausdruck von Freiheit und Gleichheit aller Staatsbürger; zugleich aber begrenzen die inhaltlichen Festlegungen der Verfassung den Spielraum demokratischer Mehrheitsentscheidungen.

Wolfgang Horn: Rechtsstaatliches und demokratisches Prinzip, in: Bundeszentrale für politische Bildung (Hrsg.), Informationen zur politischen Bildung, Bonn, Heft 200/1983, S. 13

Grenzen und Probleme des Rechtsstaats

In der Praxis treten auch immer wieder Grenzen und Probleme des Rechtsstaatsprinzips zutage:

- Die reine Rechtsgleichheit gewährt noch keinerlei soziale Gleichheit und verhindert nicht krasse Gegensätze zwischen den Bevölkerungsschichten. Rechtsstaatliche Garantien sind aber praktisch wirkungslos, wenn Menschen aufgrund ihrer schlechten sozialen Situation nicht in der Lage sind, ihre Rechte wahrzunehmen bzw. einzufordern. Deshalb wird das Rechtsstaats- durch das **Sozialstaatsprinzip** ergänzt (vgl. Abb. 21.1).
- Das Rechtsstaatsprinzip führt zu einer immer stärkeren **Verrechtlichung** des privaten, öffentlichen und wirtschaftlichen Lebens. Um Rechtssicherheit zu gewährleisten, werden immer mehr und immer detailliertere Rechtsvorschriften erlassen und vor Gerichten geltend gemacht. Dies führt zu einer Unübersichtlichkeit und Inflexibilität des gesellschaftlichen Lebens.
- Komplexere Vorhaben werden oft jahrelang durch Rechtsstreitigkeiten in sämtlichen Instanzen **blockiert**. Politische Auseinandersetzungen werden oft auf juristischer Ebene ausgetragen. Entscheidungen werden dadurch schwerfälliger oder inkonsequent.

Arbeitsaufträge

1. Fassen Sie den Inhalt dieser Doppelseite in Form eines Lexikonartikels mit einem Umfang von 120 Wörtern zusammen!
2. Beschreiben und analysieren Sie die Karikatur Abb. 20.1!
3. Nach der deutschen Wiedervereinigung beklagten manche Bürgerrechtler der ehemaligen DDR die Zustände im Rechtsstaat. Die Kritik gipfelte in der Aussage Bärbel Bohleys: „Wir haben auf Gerechtigkeit gehofft, aber den Rechtsstaat bekommen." Erörtern Sie, inwieweit diese Kritik berechtigt ist!

1.4.2 Sozialstaatlichkeit

> ***„Das Recht in seiner majestätischen Gleichheit verbietet den Reichen wie den Armen, unter den Brücken zu schlafen, auf den Straßen zu betteln und Brot zu stehlen."***
>
> *Anatole France (1844–1924)*

Deutschland ist ein Sozialstaat. Dieses Prinzip verpflichtet den Staat dazu, Lebensbedingungen zu schaffen, die den Vorstellungen von sozialer Gerechtigkeit entsprechen. Als Ausdruck der Umsetzung des Artikels 1 des Grundgesetzes (Menschenwürde) hat jeder Mensch in Deutschland, der in Not gerät, Anspruch auf Sozialleistungen – unabhängig davon, ob er unverschuldet in die Notlage geraten ist oder nicht. Im Grundgesetz nicht festgelegt ist jedoch, worin die Sozialleistungen bestehen und wie hoch sie sein sollen. Dies ist Gegenstand der politischen Diskussion.

M1 Das Sozialstaatsprinzip im Grundgesetz

Die Festlegung des Sozialstaatsprinzips geschieht zunächst durch die Grundwerte: Hier sind Art. 1 (Menschenwürde), Art. 3 (Gleichheit vor dem Gesetz), Art. 6 (Schutz von Ehe und Familie), Art. 9 (Koalitionsfreiheit) und Art. 14 GG (Sozialbindung des Eigentums) zu nennen. Art. 79 (3) GG sichert das Sozialstaatsprinzip vor der Abschaffung. Die Sozialstaatlichkeit ist somit bindend und unwiderruflich als staatliches Handlungsprinzip bzw. -ziel festgelegt, sie bedarf aber aufgrund ihrer inhaltlichen Unbestimmtheit der ständigen rechtlichen und politischen Konkretisierung und Aktualisierung.

Art. 20 Absatz 1 GG bestimmt nur das „Was", das Ziel, die gerechte Sozialordnung; er lässt aber für das „Wie", das heißt für die Erreichung des Ziels, alle Wege offen.

Wenn als leitendes Prinzip aller staatlichen Maßnahmen der Fortschritt zu „sozialer Gerechtigkeit" aufgestellt wird, eine Forderung, die im Grundgesetz mit seiner starken Betonung des „Sozialstaats" noch einen besonderen Akzent erhalten hat, so ist auch das ein der konkreten Ausgestaltung in hohem Maß fähiges und bedürftiges Prinzip. Was jeweils praktisch zu geschehen hat, wird also in ständiger Auseinandersetzung aller an der Gestaltung des sozialen Lebens beteiligten Menschen und Gruppen ermittelt. Das Gesamtwohl wird eben nicht von vornherein gleichgesetzt mit den Interessen oder Wünschen einer bestimmten Klasse: Annähernd gleichmäßige Förderung des Wohles aller Bürger und annähernd gleichmäßige Verteilung der Lasten werden grundsätzlich angestrebt. Es besteht das Ideal der „sozialen Demokratie in den Formen des Rechtsstaats".

nach: BVerfGE 5, S. 85 ff. und BVerfGE 22, S. 204

M2 Die Krise des Sozialstaats ist auch eine Krise der Konkurrenzdemokratie

Seit der Gründung der Bundesrepublik 1949 bis in die 1990er-Jahre wurden die Sozialleistungen immer weiter ausgebaut. Ursache dafür war einerseits der wachsende wirtschaftliche Wohlstand, der es erlaubte, immer großzügigere Sozialleistungen zu finanzieren, andererseits aber auch die Neigung der politischen Parteien, im Ringen um die Wählergunst immer wieder damit punkten zu wollen, wer am meisten Sozialleistungen anbietet. Als spätestens seit Anfang des 21. Jahrhunderts klar wurde, dass angesichts der gewachsenen Staatsverschuldung und der zunehmenden Überalterung der Bevölkerung der Wohlfahrtsstaat nicht mehr zu finanzieren ist – und geschröpfte Unternehmer dank des globalen Standortwettbewerbs auf billigere Regionen ausweichen konnten –, geriet nicht nur der Sozialstaat in eine Krise, sondern auch die Demokratie: Die Parteien konnten nun im Wahlkampf nicht mehr mit sozialen Wohltaten werben, sondern mussten die Wähler mit schmerzhaften Einschnitten in das soziale Netz konfrontieren. Viele Wähler reagierten darauf mit Ablehnung – Parteienverdrossenheit, „Protestwahl" extremer Parteien oder Fernbleiben von den Wahlen sind übliche Reaktionen. […] Solange Parteien oder Regierungskoalitionen, die schmerzhafte aber notwendige Reformen der Sozialsysteme durchsetzen, bei der nächsten Wahl reflexhaft abgewählt werden – wie Gerhard Schröder 2005 nach den → **Hartz-Gesetzen** –, wird sich die erforderliche Erneuerung unseres Fürsorgesystems in der Konkurrenzdemokratie nicht umsetzen lassen. Föderalistischer Reformstau, fehlender Mut bei den Parteien und mangelnde Einsicht bei den Wählern ergeben eine – früher oder später – explosive Mischung.

Sebastian Schäfer: Die Krise des Sozialstaats ist auch eine Krise der Konkurrenzdemokratie, in: Frankfurter Allgemeine Sonntagszeitung vom 30. März 2008, S. 3

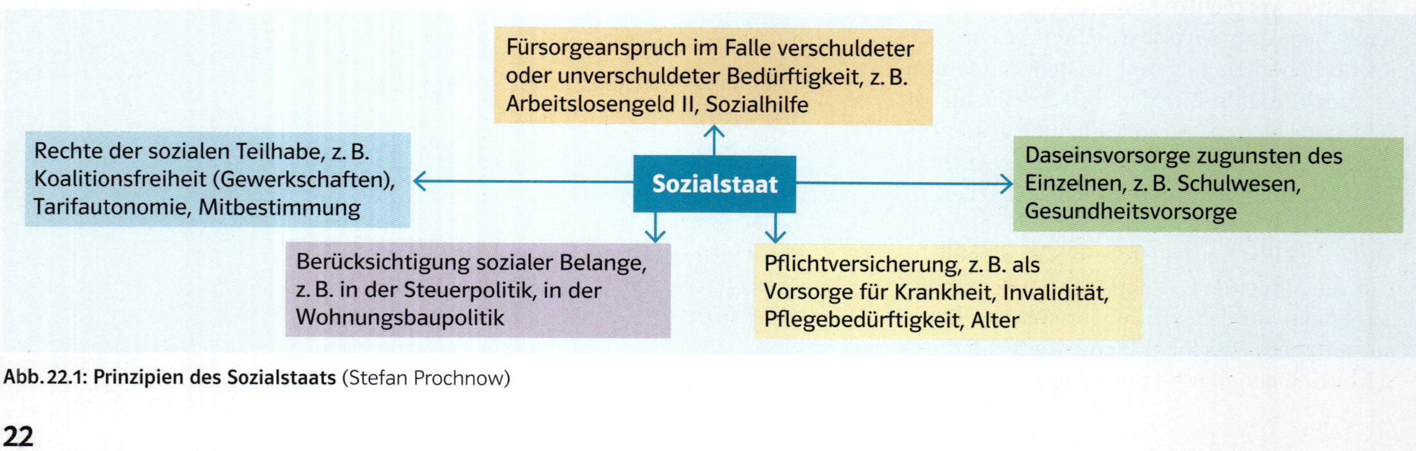

Abb. 22.1: Prinzipien des Sozialstaats (Stefan Prochnow)

M3 Sozialstaat statt Almosen!

Das Bundessozialhilfegesetz, das am 4. Mai 1961 im Bundestag verabschiedet wurde, löste das Fürsorgerecht von 1924 ab, das im Wesentlichen auf dem Gedanken des preußischen Rechts beruhte und die Bedürftigen als bloßes Objekt staatlichen Handelns sah. Das neue Gesetz sollte dem Sozialstaatsgebot des Grundgesetzes gerecht werden, das hatte vor allem ein Urteil des Bundesverwaltungsgerichts von 1954 vorgegeben. Schwerpunkt des neuen Gesetzes sollte aber vor allem die Hilfe in besonderen Lebenslagen sein. [Der damalige Innenminister] Gerhard Schröder Anfang der 60er-Jahre:

„Denken Sie an sieche oder sonst pflegebedürftige Personen, denen mit der Zahlung einer Geldsumme allein nicht gedient ist. Denken Sie weiter an Personen aller Altersgruppen, die körperbehindert sind, blind, sprach- oder hörgeschädigt sind. Lassen Sie mich hier auch alte Menschen nennen, die ohne persönliche Betreuung völlig vereinsamen."

Der Staat sollte keine Almosen an die Armen verteilen, sondern ihnen geben, was ihnen zustand. Denn der vom Bundesverwaltungsgericht bereits 1954 festgelegte Rechtsanspruch auf öffentliche Fürsorge wurde nun erstmals ausdrücklich geregelt.

Annette Wilmes: Rechtsanspruch statt Almosen, 4. Mai 2011, www.deutschlandfunk.de/rechtsanspruch-statt-almosen.871.de.html?dram:article_id=127323, Zugriff am 03. November 2021

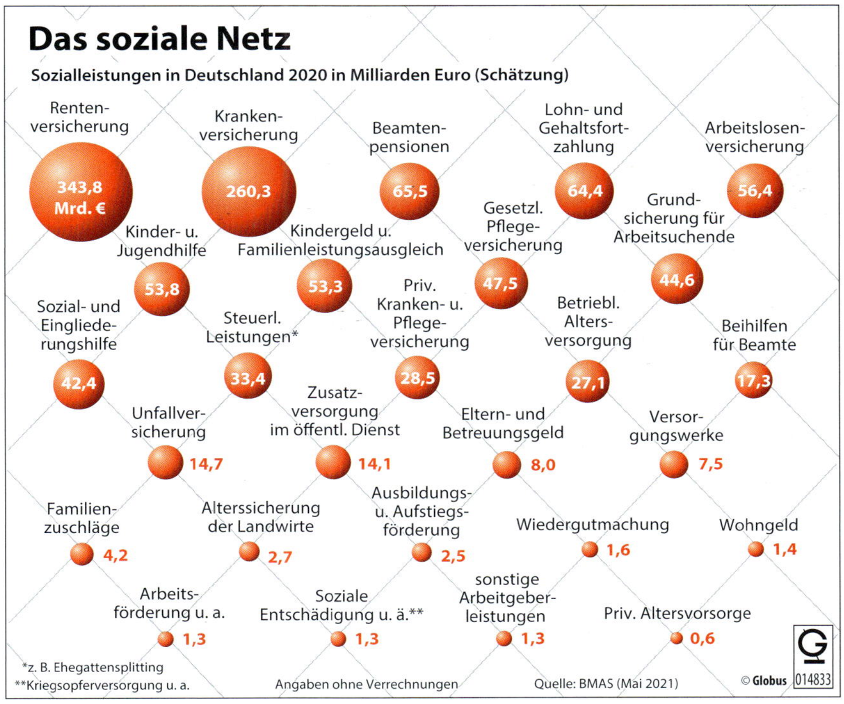

Abb. 23.1: Das soziale Netz in Deutschland

M4 Almosen statt Sozialstaat?

Doch es gibt nach wie vor in erheblichem Maße privates Engagement zugunsten gemeinwohlorientierter Zwecke.

Zu nennen sind die Service-Clubs wie Lion's Club, Rotary, Soroptimost oder Zonta. Hier engagieren sich vornehmlich Angehörige der Mittel- und Oberschicht zugunsten von Kindern, sozial schwächeren Menschen und die beiden letztgenannten Clubs vor allem für Frauen und Mädchen.

Ehre und Ansehen verspricht auch das Engagement von oftmals Prominenten und Reichen für Benefiz- und Charity-Veranstaltungen wie Konzerten und Bällen. Besonders größere Spenden und Stiftungen, teilweise in Millionenhöhe, sind löblich.

Es darf jedoch nicht übersehen werden, dass diese Spenden von der Steuer absetzbar sind. Das heißt, zum Teil entziehen solche Spenden dem Staat Steuereinnahmen.

Über die Verwendung der Mittel, also an wen die Spenden fließen, entscheiden allein die Spender. Sie entscheiden, wer für sie am bedürftigsten ist. Unschuldige Kinder gehen immer, weniger beliebt sind obdachlose alkoholabhängige Männer oder Strafgefangene – die sehen halt nicht so niedlich aus wie Kinder mit Kulleraugen, die unschuldig dreinblicken. Unter den Almosenempfängern findet gewissermaßen ein Verteilungskampf statt um Aufmerksamkeit bei den reichen Spendern. Möglichst elend muss man aussehen, aber immer unschuldig sein an der eigenen Lage, sonst bekommt man nichts.

Manche mutmaßen, dass die Almosen die Ärmeren nur ruhigstellen sollen, damit sie nicht gegen die sozialen und politischen Verhältnisse aufbegehren, die den Reichen ihren Wohlstand überhaupt ermöglicht haben, etwa durch sehr geringe Steuersätze oder Steuerschlupflöcher.

Auf Almosen besteht kein Rechtsanspruch, sie sind nicht einklagbar, können jederzeit entzogen werden und verpflichten zur Dankbarkeit.

Stefan Prochnow, eigener Text

Arbeitsaufträge

1. Erklären Sie das Zitat von Anatole France auf S. 22!
2. „Die Krise des Sozialstaats führt zu einer Krise der Konkurrenzdemokratie." (M2)
   a) Erläutern Sie diese These!
   b) Nehmen Sie Stellung zu dieser These und erörtern Sie Lösungsmöglichkeiten!
3. In einigen Ländern, z. B. den USA, sind die sozialstaatlichen Leistungen deutlich geringer als in Deutschland. Dafür gibt es dort mitunter deutlich mehr private Stiftungen, Service-Clubs, Charity-Veranstaltungen und private Spenden für Bedürftige.
   Erörtern Sie (gegebenenfalls in Form einer Debatte), ob dies ein Vorbild für Deutschland sein sollte!
4. „Sozialleistungen sind keine Almosen": Stellen Sie die Unterschiede gegenüber (M3, M4)!

1.4.3 Bundesstaatlichkeit

Abb. 24.1: Die Flaggen der 16 Bundesländer

Föderalismus ist ein Staatsorganisationsprinzip, bei dem die einzelnen Glieder eines Gesamtstaates über eine begrenzte Eigenständigkeit verfügen. Man unterscheidet Bundesstaat und **Staatenbund**. Ein Staatenbund ist ein lockereres Bündnis, bei dem die Gliedstaaten umfangreiche Rechte eigener Gesetzgebung wahrnehmen und das Recht haben, aus dem Staatenbund (Konföderation) auf eigenen Wunsch auszutreten (z. B. die NATO). Bei einem **Bundesstaat** wie der Bundesrepublik Deutschland liegt der Schwerpunkt der Kompetenzen beim Zentralstaat. Die Gliedstaaten (die Bundesländer) haben nicht das Recht, den Bund zu verlassen (Sezession). Dass die Bundesrepublik einen föderalen Aufbau besitzt, ist auf Vorgaben der alliierten Siegermächte nach dem Zweiten Weltkrieg zurückzuführen. Er entspricht aber auch der staatlichen **Tradition**, da Deutschland von alters her in verschiedene Herrschaftsgebiete gegliedert war.

Die 16 Bundesländer haben in bestimmten Bereichen eine eigene **Gesetzgebungskompetenz**. Außerdem sind sie durch den **Bundesrat**, in dem Delegierte aller Landesregierungen sitzen, an bestimmten Gesetzen des Bundes beteiligt. Die → **Ewigkeitsklausel** in Art. 79 Absatz 3 des Grundgesetzes legt fest, dass der Föderalismus unabänderlich festgeschrieben ist.

Die Bundesländer haben das Recht auf eine eigene Gesetzgebung in den Bereichen, in denen das Grundgesetz nicht dem Bund die Gesetzgebungskompetenz zuweist, die **„Kompetenzvermutung“** liegt also bei den Ländern (→ **Subsidiaritätsprinzip**). Im Bereich der **ausschließlichen Gesetzgebungskompetenz** des Bundes haben die Länder die Befugnis zur Gesetzgebung nur, wenn und soweit sie hierzu in einem Bundesgesetz ausdrücklich ermächtigt werden (Art. 71 GG). Im Bereich der **konkurrierenden Gesetzgebung** (Art. 72 GG) haben die Länder die Befugnis zur Gesetzgebung, solange und soweit der Bund von seiner Gesetzgebungszuständigkeit nicht durch Gesetz Gebrauch gemacht hat. „Bundesrecht bricht Landesrecht“, d. h., im Zweifel ist das Bundesrecht in diesen Bereichen stärker als eventuell bereits bestehende Landesgesetze.

Ausschließliche Gesetzgebung des Bundes (bzw. der EU)	Konkurrierende Gesetzgebung	Gesetzgebung der Länder (bzw. der Kommunen)
Art. 71, 73 GG	*Art. 72, 74 GG*	*Art. 70 GG*
• Außenpolitik • Verteidigung und Zivilschutz • Ein- und Auswanderung • Währungswesen • Zölle und Handelsverträge • Grenzschutz • Urheberrecht	• Bürgerliches Recht • Strafrecht • Vereinsrecht • Arbeitsrecht • Überführung von Grund und Boden in Gemeineigentum • Kartellrecht und Wettbewerbsaufsicht • Ausbildungsbeihilfen und Forschungsförderung • Fischerei und Küstenschutz • Arzt- und Apothekerzulassung • Straßenbau, Straßenverkehr • Abfallwirtschaft • Jagdwesen • Naturschutz • Raumordnung • Hochschulzulassung und Hochschulabschlüsse	• Kultur • Rundfunk • Bildungswesen (Schulen und Hochschulen) • Polizei • Demonstrations- und Versammlungsrecht • Kommunalverfassung • Ladenschluss • Gaststättenrecht • Spielhallen

Abb. 24.2: Gesetzgebungskompetenzen von Bund und Ländern (ausgewählte Bereiche)

Funktionen des Föderalismus

Der politische Nutzen einer föderativen Ordnung liegt nach Ansicht ihrer Befürworter in mehreren Aspekten:

- die Chance zur demokratischen Mitwirkung und Beteiligung (Partizipation) vor Ort
- die Gewinnung von Sachnähe und Flexibilität bei Beachtung des → **Subsidiaritätsprinzips**
- die Verhinderung einer Machtkonzentration durch die Einführung einer vertikalen Gewaltenteilung (Legislative, Exekutive und Judikative auf Bundes- und auf Länderebene)

- die Möglichkeit für den politischen „Nachwuchs“, Erfahrungen auf Länderebene zu sammeln
- die Chancen eines „föderativen Wettbewerbs“, bei dem man die Erfolge verschiedener Politikansätze in unterschiedlichen Bundesländern miteinander vergleichen kann („föderales Politiklabor“)
- die Chance für Oppositionsparteien, ihre Konzepte auf Länderebene umzusetzen und deren Wirksamkeit unter Beweis zu stellen.

Mögliche Nachteile des Föderalismus am Beispiel der Bundesrepublik Deutschland

Kritiker wenden ein, dass bei der föderalen Praxis in der Bundesrepublik auch Risiken und Nachteile zu beobachten seien:

- Der politische Entscheidungsprozess sei schwerfällig (bis hin zum „Reformstau“) und unübersichtlich; oft kämen Kompromisse zustande, die den kleinsten gemeinsamen Nenner der Lösungsmöglichkeiten darstellen und sachlich keine befriedigenden Ergebnisse brächten.
- Durch die Vielzahl der Wahlen finde eine Art „Dauerwahlkampf“ statt, was politische Reformen oft ausbremse.
- Föderalismus koste viel Geld und würde die bürokratischen Apparate aufblähen (16 Landtage, 16 Landesregierungen usw.).
- Mangelnde Transparenz und Doppelstrukturen schafften unklare Verantwortlichkeiten, die Schuld an Misserfolgen werde jeweils dem anderen (Bund oder Land) zugeschoben.
- Der Föderalismus sei nur noch ein „Scheinföderalismus“: In der Realität werde die Landespolitik von der Bundespolitik und der Taktik der Parteien beherrscht. Außerdem hätten Landesregierungen und Landtage immer weniger zu entscheiden, da immer mehr Entscheidungen an den Bund, an die EU oder an internationale Organisationen abgegeben werden müssten.

M1 Ein Abiturient, 16 Bewertungen

Ein Rechenbeispiel für die mangelhafte Vergleichbarkeit des Abiturschnitts: Unser fiktiver Muster-Abiturient hat fünf Prüfungsfächer und sechs Grundfächer belegt. In vier Schulhalbjahren wird er darin insgesamt 44 Mal benotet, hinzu kommen fünf Noten für die Abiturprüfungen. Wir nehmen Zensuren von 2 (mangelhaft) bis 14 Punkten (sehr gut) in den einzelnen Fächern an und insgesamt elf Kurse, in denen die Note nicht ausreichend ist (weniger als 5 Punkte). Mit identischen Leistungen würde der Musterschüler in einigen Bundesländern zum Abitur zugelassen, in anderen nicht. Auch die Durchschnittsnote würde stark variieren.

Jan Grossarth: Vergleichbarkeit? Von wegen! www.faz.net/aktuell/beruf-chance/campus/vergleichbarkeit-von-abiturnoten-13086933/ein-rechenbeispiel-fuer-die-13088717.html#fotobox_1_3086933, Zugriff am 03. November 2021

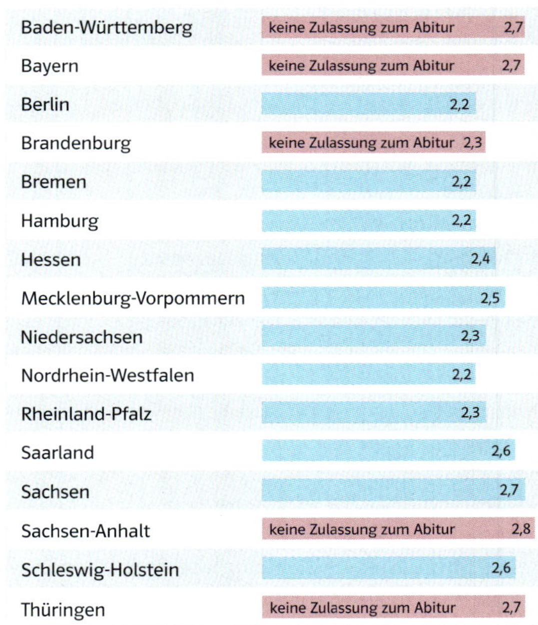

Abb. 25.1: So könnte sich die Kulturhoheit der 16 Bundesländer bei genau derselben Abiturientenleistung auswirken (eigene Berechnungen mit dem Abitur-Vergleichsrechner von SPIEGEL ONLINE, http://www.spiegel.de/lebenundlernen/schule/studium-und-nc-abiturnoten-sind-ungleich-in-deutschland-a-1044518.html)

Arbeitsaufträge

1. Beurteilen Sie, ob in Bezug auf die nachfolgenden Aspekte Vorteile eher im Zentralstaat oder eher im föderalen Bundesstaat liegen!
   a) Möglichkeiten für Politiker, Erfahrungen in der politischen Verantwortung zu sammeln
   b) Machtverteilung, Machtkontrolle
   c) Einheitlichkeit der Bestimmungen
   d) demokratische Beteiligung
   e) Nähe zu Bürgern und Aufgaben
   f) Geschwindigkeit der Entscheidungsfindung
   g) Eindeutigkeit der Kompetenzverteilung
   h) Vielfalt regionaler Kultur
   i) Dauer der wahlkampffreien Zeit für Sachpolitik
   j) Wettbewerb um die besten politischen Lösungen
2. Erörtern Sie, welche Vor- und Nachteile für bzw. gegen eine föderalistische Organisation im Schulwesen sprechen!

1.5 Dimensionen der Politik

M1 Was ist Politik?

„Politik ist die Kunst des Machterwerbs und der Machtbehauptung."
(Niccolò Machiavelli, Staatsmann und „Fürstenberater", 1469–1527)

„Der Gegenstand und das Ziel der Politik ist der Friede …"
(Dolf Sternberger, Philosoph und Politikwissenschaftler, 1960)

„Politik betrifft alle, und dennoch ist der Kreis derjenigen, die aktiv Politik betreiben, klein."
(Klaus von Beyme, Politikwissenschaftler, 1985)

„Politik dreht sich wesentlich um die Frage: Wer erhält was auf welche Weise?"
(Adrienne Windhoff-Héritier, Politikwissenschaftlerin, 1987)

„Politisch ist, was umstritten ist. Alle Fragestellungen, die nicht wissenschaftlich unumstritten sind, müssen politisch entschieden werden, und können nicht einfach Experten überlassen werden."
(Werner Kaltefleiter, Politikwissenschaftler, 1994)

„Politik heißt: Streben nach Machtanteil oder nach Beeinflussung der Machtverteilung, sei es zwischen Staaten, sei es innerhalb eines Staates zwischen den Menschengruppen, die er umschließt."
(Max Weber, Sozialwissenschaftler, 1926)

„Unter Politik verstehen wir die Gesamtheit der sozialen Interaktionsformen, die allgemein-verbindliche Entscheidungen zum Thema haben."
(Manfred Hättich, Politikwissenschaftler, 1965)

„Die Ermöglichung des ‚guten Lebens' bleibt die Aufgabe der Politik. Ihr muss sie auch in schwierigen Zeiten gerecht zu werden versuchen."
(Kurt Sontheimer, Politikwissenschaftler, 1996)

Info

Die Begriffe stammen aus der englischen und der US-amerikanischen Politikwissenschaft und haben noch keine deutsche Übersetzung.

M2 Die drei Dimensionen des Politischen

Polity: institutioneller Rahmen des Politischen, also Verfassung, Gesetze, Regeln, Institutionen (z. B. der Deutsche Bundestag), gesellschaftliche Verhaltensmuster und Normen sowie Parteien und Interessenverbände.

Policy: inhaltliche Dimension des Politischen, also Parteien- und Regierungsprogramme, Absichten und Ziele, personelle, materielle und ideelle Interessen sowie Verteilung von Finanzmitteln und Ergebnisse politischen Handelns (z. B. Veränderung der Infrastruktur durch strukturpolitische Eingriffe).

Politics: Formen der Durchsetzung von Interessen und der Austragung von Konflikten oder politisches Handeln im eigentlichen Sinne, also Kampf um die Gewinnung oder die Erhaltung von Macht, Auseinandersetzung mit anderen – gegenläufigen – Interessen, Streit um die Verteilung von Ressourcen und Finanzmitteln, Anwendung von Zwangsmitteln.

Gerhart Maier: Was ist Politik? Thema im Unterricht. Bd. 13. Bundeszentrale für politische Bildung, Bonn 1998, S. 9

M3 Übung zu den Dimensionen des Politischen

Gewerkschaft ver.di – Grundgesetz – Menschenrechte – Rede im Bundestag – Lohnfortzahlung im Krankheitsfall – Arbeitsbeschaffungsmaßnahmen – Landesregierung von Niedersachsen – Gleichberechtigung der Frau – Demonstration gegen das Abtreibungsverbot – Einsatz der Bundeswehr im Ausland – Abstimmung im Gemeindeparlament über die Umbenennung einer Straße – EU-Ministerrat – Verleumdung politischer Gegner – FDP – Koalitionsbildung nach den Landtagswahlen in Niedersachsen – Einführung eines Tempolimits auf deutschen Autobahnen – Herabsetzung des Wahlalters bei Bundestagswahlen – Wahl des Bundespräsidenten – Jugendstrafrecht – Recht auf freie Meinungsäußerung – Bundestagswahlkampf – Umweltschutz – Demokratie – Fünf-Prozent-Klausel – Förderung des Leistungssports – Erhöhung der Abgeordnetendiäten. (Arbeitsauftrag 4)

Dimension	Erscheinungsformen	Merkmale	Bezeichnung
Form	• Verfassung • Normen • Institutionen	• Organisation • Verfahrensregelungen • *Ordnung*	polity
Inhalt	• Aufgaben und Ziele • politische Programme	• Problemlösung • Aufgabenerfüllung • Wert- und Zielorientierung • *Gestaltung*	policy
Prozesse	• Interessen • Konflikte • Kampf	• Macht • Konsens • *Durchsetzung*	politics

Abb. 26.1: Die Dimensionen der Politik (aus Thomas Brandt: Politikdimensionen (2014). Unter://www.staatsfragen.de/tag/politikbegriff//, Zugriff am 03. November 2021)

M4 Grundbegriffe der Politik

Macht bedeutet jede Chance, innerhalb einer sozialen Beziehung den eigenen Willen auch gegen Widerstreben durchzusetzen, gleichviel worauf diese Chance beruht.
Herrschaft soll heißen die Chance, für einen Befehl bestimmten Inhalts bei angebbaren Personen Gehorsam zu finden.

Max Weber: Wirtschaft und Gesellschaft, Grundriss der verstehenden Soziologie. Tübingen 5. Aufl. 1980, Kapitel I § 16

Es gibt drei ***reine* Typen** legitimer Herrschaft. Ihre Legitimitätsgeltung kann nämlich primär sein:
1. ***rationalen* Charakters**: auf dem Glauben an die Legalität gesatzter Ordnungen und des Anweisungsrechts der durch sie zur Ausübung der Herrschaft Berufenen ruhen (legale Herrschaft), – oder
2. ***traditionalen* Charakters**: auf dem Alltagsglauben an die Heiligkeit von jeher geltender Traditionen und die Legitimität der durch sie zur Autorität Berufenen ruhen (traditionale Herrschaft), – oder endlich
3. ***charismatischen* Charakters**: auf der außeralltäglichen Hingabe an die Heiligkeit oder die Heldenkraft oder die Vorbildlichkeit einer Person und der durch sie offenbarten oder geschaffenen Ordnungen [ruhen] (charismatische Herrschaft).

Max Weber, a.a.O., Kapitel III § 2

Interessen sind subjektiv empfundene und verhaltensorientierende Ziele und Bedürfnisse von einzelnen Gruppen in einem sozialen Umfeld. [...] In der Politikwissenschaft verweist die Kategorie Interesse auf ein Ziel oder einen Vorteil, den sich eine Person oder eine Personengruppe aus einer Sache verspricht oder erhofft.

Wolfgang Rudzio: Das politische System der Bundesrepublik Deutschland. VS Verlag für Sozialwissenschaften, Wiesbaden 7. Aufl. 2006, S. 55 (ergänzt und verändert)

Konflikt bezeichnet das Aufeinandertreffen unterschiedlicher Interessen zwischen Einzelpersonen oder Gruppen aufgrund andersartiger Werte und/oder Zielsetzungen (Auseinandersetzung, Streit).

PONS Großes Schulwörterbuch Deutsch. Ernst Klett Verlag, Stuttgart 2001, S. 593 (ergänzt und verändert)

Abb. 27.1: Gruppen-Selfie („Ussie") **von Volker Wissing** (links), **Anna-Lena Baerbock, Christian Lindner und Robert Habeck anlässlich der Vorsondierungsgespräche vor den Koalitionsverhandlungen nach der Bundestagswahl im Herbst 2021.**
Die Politikerin und die Politiker veröffentlichten das Foto auf ihren Instagram-Kanälen mit der Bildunterschrift: „Auf der Suche nach einer neuen Regierung loten wir Gemeinsamkeiten und Brücken über Trennendes aus. Und finden sogar welche. Spannende Zeiten."

Arbeitsaufträge

1. Nehmen Sie Stellung zu den Zitaten in M1 und entscheiden Sie, welchen Aussagen Sie (eher) zustimmen würden und welchen (eher) nicht! Begründen Sie jeweils Ihre Entscheidungen!
2. Formulieren Sie ausgehend von Aufgabe 1 eine eigene Definition des Begriffs „Politik"!
3. Stellen Sie jeweils an einem selbst gewählten Beispiel die drei Dimensionen der Politik (M2) dar!
4. Ordnen Sie die Begriffe in M3 tabellarisch je einer der drei Dimensionen der Politik zu! Beachten Sie, dass bei manchen Begriffen die Zuordnung zu zwei oder drei Dimensionen möglich ist!
5. Erklären Sie die Begriffe a) Macht, b) Herrschaft, c) Interessen und d) Konflikt (M4)!
6. Beschreiben und analysieren Sie Abb. 27.1! Ordnen Sie die „Vorsondierungsgespräche" zwischen FDP und Grünen nach den Bundestagswahlen 2021 den drei Dimensionen des Politischen (M2) zu!

→ zur Beschreibung, Analyse und Interpretation von Bildern siehe S. 28

Foto- und Bildanalyse

„Nichts ist subjektiver als das Objektiv.“

(geflügeltes Wort der Fotografen)

Wir leben in einer Welt voller Bilder. Nicht zuletzt im Internet und in sozialen Netzwerken spielen Fotos und bildliche Darstellungen oftmals eine größere Rolle als Texte (→ **iconic turn**, digitale Revolution). Fotos gelten als authentischer als Texte, aber auch sie sind keineswegs eine reine „Abbildung von Wirklichkeit“. Sie geben stets nur einen **Ausschnitt** des Raumes wieder, der fotografiert wurde. Motiv, Perspektive, Ausschnitt, Belichtung, Blende und Objektivwahl sind Entscheidungen des Fotografen oder der Fotografin. Fotos können nachbearbeitet, retuschiert, beschnitten worden sein. Bilder sind also **konstruiert**, und selbst wenn es nur „Schnappschüsse“ sind, wird spätestens bei der Auswahl der veröffentlichten Bilder der Einfluss von **politischen Interessen** deutlich.

Info

Die Drei-Schritt-Methode geht zurück auf Erwin Panofsky: Ikonographie und Ikonologie, Bildinterpretation nach dem Dreistufenmodell. DuMont-Verlag, Köln 1978

Die Drei-Schritt-Methode der Foto- und Bildanalyse

1. **Bildbeschreibung *(Was ist dargestellt?)***
   - Was ist auf dem Bild zu sehen?
     - Welche Personen sind abgebildet? Was machen die Personen?
     - Sind wichtige Gegenstände oder Symbole zu erkennen?
   - Welchen Titel hat das Bild?
   - Wer hat das Bild gemacht? Von wem wurde es wann und wo veröffentlicht?

2. **Bildanalyse *(Wie ist es dargestellt?)***
   Bei der Bildanalyse geht es um die „Inszenierung“ des Bildes durch den Fotografen: Wie werden Personen oder Gegenstände dargestellt?
   - Welche Perspektive nimmt der Fotograf ein?
   - Wer oder was steht im Mittelpunkt oder im Vordergrund des Bildes, wer nicht?
   - Gibt es Unterschiede bei der Beleuchtung der verschiedenen Bildsegmente? Stehen bestimmte Personen oder Gegenstände im Licht? Welche Rolle spielen Farben?

3. **Bildinterpretation *(Was fällt auf?)***
   - Welchen Eindruck haben Sie von diesem Bild?
   - Welche Interessen stehen hinter der Veröffentlichung des Bildes? Zu welchem Zweck wurde das Bild gemacht bzw. veröffentlicht? Was möchte der Fotograf dem Betrachter mit diesem Bild sagen?

BILDER haben MACHT.

M1 Politiker-Selfie: Ein Gegenbild zur Großen Koalition (vgl. Abb. 27.1, S. 27)

Es gibt einen neuen Internethit: ein Selfie von einer Politikerin und drei Politikern. Es handelt sich um die beiden Grünen Annalena Baerbock und Robert Habeck sowie die FDP-Vertreter Christian Lindner und Volker Wissing. Sie trafen sich am Dienstag, um die Beteiligung ihrer Parteien an der kommenden Bundesregierung zu besprechen. […]

Mit dem Foto sei den Vieren „ein Coup gelungen“, findet [Kulturwissenschaftler Daniel] Hornuff. Ohne ein offizielles Pressestatement vorgelegt zu haben, wurde die Öffentlichkeit so über das Treffen informiert. […]

Das Interessante sei zudem, dass das Bild auf den jeweiligen Accounts unterschiedlich präsentiert werde, indem andere Filter darübergelegt wurden. Damit werde versucht, dem Foto eine persönliche Note zu geben.

Außerdem könne man das Selfie […] auch als Gegenbild der Ikonografie der Großen Koalition verstehen, erläutert Hornuff: „Man versucht, dem neuen Schwung, der in die Koalition kommen soll, ästhetischen Ausdruck zu verleihen.“

Hinzu komme, dass das Foto als Gegenbild zu dem Posten- und Machtchaos der Unionsparteien gelesen werden kann, so der Kulturwissenschaftler. […]

Vorgetäuschte Nähe

Dies sei auch im Bildinhalt abzulesen, der nicht repräsentativ sei, sondern wie in einer Privatwohnung aufgenommen wirke. „Es wird versucht, eine andere Intimität der politischen Gespräche zu kommunizieren“, sagt Hornuff. […]

Doch genau diese zur Schau gestellte Intimität kritisiert die Politikwissenschaftlerin Jagoda Marinic im Gespräch. Die Politik müsse aufpassen, nicht die Popkultur und Leichtigkeit von Aktivist*innen zu simulieren – also nicht nachahmen, was die Erfolge von Fridays for Future und vielen jungen Menschen ausmacht. „Wie Eltern, die jetzt auch auf Facebook gehen. Das Selfie täuscht Nähe, Unmittelbarkeit und Intimitäten vor. Das sind alles Dinge, die uns diese Politik nicht geben wird.“

Politik müsse etwas Professionelles haben, besonders bei Sondierungsgesprächen zweier Parteien mit Machtanspruch, die dabei Inhalte fördern wollten, die im Leben der Menschen große Auswirkungen haben würden. Jugendliche dürften nicht „mit leichten Bildern abgespeist werden“. Sie bräuchten ein Zeichen, dass sie ernst genommen würden […].

Daniel Hornuff im Gespräch mit Christine Watty: Politiker-Selfie: Ein Gegenbild zur großen Koalition (29.09.2021), www.deutschlandfunkkultur.de/politiker-selfie-ein-gegenbild-zur-grossen-koalition.2156.de.html?dram:article_id=503648, Zugriff am 02. November 2021

Zusammenfassung

Demokratie

Unter einer Demokratie versteht man eine Form der politischen Gesellschaftsordnung, die von der **Freiheit** und rechtlichen **Gleichheit** aller Bürgerinnen und Bürger ausgeht und in der die Regierenden ihre Herrschaft vom Willen des gesamten Volkes ableiten. Zu den Grundmerkmalen westlicher Demokratien zählen:

- die **Volkssouveränität**: staatliche Entscheidungen müssen direkt oder indirekt durch das Staatsvolk legitimiert sein, entweder durch Volksabstimmungen oder durch freie und faire Wahlen.
- die **Rechtsstaatlichkeit**: Schutz bestimmter **Grundrechte** auch für die Minderheit, Gleichheit vor dem Gesetz
- die **Gewaltenteilung**: Legislative (Gesetzgebung), Exekutive (Gesetzesumsetzung, Regierung) und Judikative (Kontrolle der Einhaltung der Gesetze durch Gerichte) sind auf verschiedene, nicht untereinander weisungsgebundene Organe aufgeteilt.

Demokratietheorien

Vereinfacht gesagt lassen sich zwei Grundmodelle der Demokratie unterscheiden.

Beim **identitären Demokratiemodell**, das auf Jean-Jacques Rousseau zurückgeht, gibt es eine Identität zwischen Regierenden und Regierten: Alle sind durch Volksabstimmungen an der Regierung beteiligt, regieren sich also selbst. Dabei sollte bei den Abstimmungen aber nicht das eigene Wohl verfolgt werden, sondern das Allgemeinwohl.
Möglich ist auch, dass nur eine Minderheit das Allgemeinwohl verfolgt und dieses dann gegen abweichende Meinungen meint, durchsetzen zu müssen. Kritiker sehen darin eine großes Gefahr des identitären Demokratiemodells, da dies als Legitimation für eine Diktatur dienen könnte. In der von Rousseau beschriebenen Idealform wurde die identitäre Demokratie nirgends umgesetzt. Es gibt jedoch Forderungen, einzelne Elemente seines Modells einzuführen, etwa einen direkteren Einfluss der Wählerinnen und Wähler auf das Abstimmungsverhalten der Abgeordneten (imperatives Mandat) oder die direkte Beteiligung des Volkes an der Gesetzgebung in Form von Volksabstimmungen.

Das Modell der **Konkurrenzdemokratie** geht davon aus, dass die Menschen bei ihren Entscheidungen nicht immer das Allgemeinwohl im Auge behalten, sondern sich von egoistischen Interessen leiten lassen. Die dadurch entstehenden unterschiedlichen Meinungen und Parteien wollen die Anhänger dieses Modells jedoch nicht unterdrücken, sondern durch eine Begrenzung der Macht zähmen. In freien und fairen Wahlen sollen Abgeordnete (repräsentative Demokratie) und Parteien gewählt werden, die wiederum eine Regierung wählen. Im Parteienwettstreit setzen sich die Parteien durch, die eine Mehrheit des Volkes hinter sich haben. Doch gibt es für alle eine Garantie der Grundrechte und eine Begrenzung der Macht durch Gewaltenteilung, begrenzte Amtszeiten und Meinungsvielfalt.

Eine Fortentwicklung der konkurrenzdemokratischen Grundüberlegungen der US-amerikanischen Verfassungsväter ist das Modell des demokratischen **Pluralismus**. Da nicht vorhersehbar sei, welche Entscheidung letztlich die richtige ist, sind alle Meinungen zulässig. Einen Konsens müsse es aber für die demokratischen Spielregeln und grundlegenden Werte geben.

Demokratiemodell des Grundgesetzes

Im Verfassungskern des Grundgesetzes (Art. 1 und 20) ist festgelegt, dass die Bundesrepublik Deutschland ein demokratischer und sozialer Bundesstaat ist. Aufgabe des Staates ist es, die Würde des Menschen zu gewährleisten. Wichtige Merkmale der freiheitlich-demokratischen Grundordnung sind demnach:

- Volkssouveränität in Form einer repräsentativen Demokratie
- Grundrechtegarantie in der Verfassung (Grundgesetz)
- Gewaltenteilung in Form der Gewaltenverschränkung einer parlamentarischen Demokratie
- Verantwortlichkeit der Regierung gegenüber Volk bzw. Parlament (Abwählbarkeit)
- Pluralismus (Mehrparteienprinzip, Chancengleichheit der Parteien, verfassungsgemäße Opposition)
- Föderalismus (Bundesstaatlichkeit)
- Sozialstaatsprinzip (soziale Grundsicherung unter Beachtung der Würde des Menschen)
- Rechtsstaatlichkeit (dazu zählen: Rechtssicherheit, Rechtsgleichheit, Rechtsschutz, Bindung der Gesetzgebung an die Verfassung, Rechtsweggarantie, unabhängige Gerichtsbarkeit)

Als **wehrhafte Demokratie** ist der Staat berechtigt, gegen diejenigen Kräfte vorzugehen, die sich nicht an grundlegende Werte und Spielregeln der Demokratie halten. So findet die Meinungsfreiheit dort ihre Grenzen, wo beispielweise Minderheiten ihre Grundrechte abgesprochen werden oder die Inhalte des Verfassungskerns infrage gestellt werden. In der „Ewigkeitsklausel" Art. 79 Absatz 3 des Grundgesetzes ist festgelegt, dass der Verfassungskern, also die Art. 1 und 20, nicht abgeschafft oder in ihrem Wesensgehalt verändert werden.

Musterklausur
Kapitel 1 mit Lösung
59c5ev

2. Politische Partizipation durch Parteien

2.1 Aufgaben und Bedeutung von Parteien

CDU-Parteitag beschließt Wahlprogramm
Soziale Marktwirtschaft und europäische Integration als Leitlinien

Linkspartei bringt Gesetzentwurf im Bundestag ein

Sommerfest der SPD
Ortsverband lädt alle interessierten Bürgerinnen und Bürger ein. Informationen zum Parteiprogramm bei Bier und Grillwurst.

AfD bringt Nichtwähler zurück an die Wahlurnen

Spitzenkandidaten der Parteien im Fernsehduell
Wer überzeugt die Wählerinnen und Wähler mehr? Inhalte und Person zählen.

GRÜNE stellen Schülerin (18) als Wahlkreiskandidatin auf
Schon mit 14 in der Grünen Jugend aktiv

Crashkurs *Rhetorik*
Die FDP-nahe Friedrich-Naumann-Stiftung finanziert am Gymnasium Hohe Landesschule einen Rhetorikkurs für die Oberstufe

M1 Rolle der Parteien laut Grundgesetz

(1) Die Parteien wirken bei der politischen Willensbildung des Volkes mit. Ihre Gründung ist frei. Ihre innere Ordnung muss demokratischen Grundsätzen entsprechen. Sie müssen über die Herkunft und Verwendung ihrer Mittel sowie über ihr Vermögen öffentlich Rechenschaft geben.

(2) Parteien, die nach ihren Zielen oder nach dem Verhalten ihrer Anhänger darauf ausgehen, die freiheitliche demokratische Grundordnung zu beeinträchtigen oder zu beseitigen oder den Bestand der Bundesrepublik Deutschland zu gefährden, sind verfassungswidrig.

Grundgesetz Art. 21

Info

Zunächst bei Wahlen zu Studierendenparlamenten an Hochschulen, später dann auch bei Kommunal-, Landtags-, Bundestags- und Europawahlen treten immer wieder Spaß- und Satireparteien an, wenn sie denn als Partei anerkannt und zu den Wahlen zugelassen wurden.

Deutschland – ein Parteienstaat
In kaum einer anderen Demokratie ist der Einfluss der Parteien in Politik und Gesellschaft so groß wie hier.

M2 Verfassungsrechtliche Bedeutung und Aufgaben der Parteien laut Parteiengesetz

(1) Die Parteien sind ein verfassungsrechtlich notwendiger Bestandteil der freiheitlichen demokratischen Grundordnung. Sie erfüllen mit ihrer freien, dauernden Mitwirkung an der politischen Willensbildung des Volkes eine ihnen nach dem Grundgesetz obliegende und von ihm verbürgte öffentliche Aufgabe.

(2) Die Parteien wirken an der Bildung des politischen Willens des Volkes auf allen Gebieten des öffentlichen Lebens mit, indem sie insbesondere auf die Gestaltung der öffentlichen Meinung Einfluss nehmen, die politische Bildung anregen und vertiefen, die aktive Teilnahme der Bürger am politischen Leben fördern, zur Übernahme öffentlicher Verantwortung befähigte Bürger heranbilden, sich durch Aufstellung von Bewerbern an den Wahlen in Bund, Ländern und Gemeinden beteiligen, auf die politische Entwicklung in Parlament und Regierung Einfluss nehmen, die von ihnen erarbeiteten politischen Ziele in den Prozess der staatlichen Willensbildung einführen und für eine ständige lebendige Verbindung zwischen dem Volk und den Staatsorganen sorgen.

(3) Die Parteien legen ihre Ziele in politischen Programmen nieder.

Gesetz über die politischen Parteien (Parteiengesetz), Ausfertigung 1967, § 1 Verfassungsrechtliche Stellung und Aufgaben der Parteien

M3 Definition des Begriffs „Partei" laut Parteiengesetz

(1) Parteien sind Vereinigungen von Bürgern, die dauernd oder für längere Zeit für den Bereich des Bundes oder eines Landes auf die politische Willensbildung Einfluss nehmen und an der Vertretung des Volkes im Deutschen Bundestag oder einem Landtag mitwirken wollen, wenn sie nach dem Gesamtbild der tatsächlichen Verhältnisse, insbesondere nach Umfang und Festigkeit ihrer Organisation, nach der Zahl ihrer Mitglieder und nach ihrem Hervortreten in der Öffentlichkeit eine ausreichende Gewähr für die Ernsthaftigkeit dieser Zielsetzung bieten. Mitglieder einer Partei können nur natürliche Personen sein.

Parteiengesetz a. a. O., § 2 Begriff der Partei

M4 Zentrale Funktionen politischer Parteien in repräsentativen Demokratien

Interessenartikulation und Meinungsbildung: Die Erwartungen der Bürger/-innen sowie gesellschaftlichen Gruppen und ihre Forderungen an das zentrale politische Entscheidungssystem werden mit Aussicht auf Erfolg am ehesten in den politischen Parteien artikuliert, die sie in das politische System hineintragen. Parteien bündeln Interessen und versuchen, in ihrem Sinne die öffentliche Meinung zu beeinflussen. Parteien sind also ein „Sprachrohr" des Volkes, beeinflussen aber gleichzeitig auch die öffentliche Meinung (Parteien als „Mitformerinnen" des Volkswillens).

Programmformulierung und Integration verschiedener Interessen: Parteien integrieren die verschiedenen Interessen ihrer Mitglieder in eine programmatische Leitvorstellung sowie in konkrete politische Forderungen und werben hierfür um Zustimmung in der Gesellschaft. Insbesondere den Oppositionsparteien kommt dabei die Aufgabe zu, Alternativen zu bestehenden Verhältnissen anzubieten.

Politikgestaltungsfunktion: In Parlamenten und politischen Ämtern versuchen die Parteien, ihre politischen Vorstellungen umzusetzen.

Partizipationsfunktion: Parteien eröffnen dem einzelnen Bürger die Möglichkeit der aktiven Teilhabe an der Politik. Sie stellen die zentrale, die Bürgerschaft und das zentrale politische Entscheidungssystem miteinander verbindende, Systemkomponente dar.

Rekrutierungsfunktion: Die Parteien vollziehen die personelle Vorauswahl, indem sie Kandidatinnen und Kandidaten für parlamentarische Mandate und politische Ämter aufstellen. Sie wirken daran mit, entsprechend befähigte Kandidatinnen und Kandidaten heranzubilden und beteiligten sich direkt oder über ihre Stiftungen und Jugendorganisationen an der politischen Bildung. Sie kontrollieren die Mandatsträger, weil sie nach Ablauf der jeweiligen Legislaturperiode über deren erneute Nominierung entscheiden.

Legitimationsfunktion: Erfüllen die Parteien die oben genannten Aufgaben, so tragen sie gleichzeitig dazu bei, die politische Ordnung und die sie – sowie die Gesellschaft insgesamt – tragenden Werte in der Gesellschaft zu verankern.

Stefan Prochnow nach: Andreas Vierecke, Bernd Mayerhofer, Franz Kohout: dtv-Atlas Politik. Deutscher Taschenbuch Verlag München 2010, S. 95

M5 Bedeutung politischer Parteien bei Jugendlichen

Das politische Interesse von Jugendlichen hat sich im Jahr 2019 weiter stabilisiert. Als stark interessiert bezeichnen sich 8 % der Jugendlichen, und weitere 33 % sehen sich als interessiert. Damit ist das Interesse im Vergleich zu 2015 zwar leicht rückläufig (41 % im Vergleich zu 43 %), aber im längerfristigen zeitlichen Verlauf betrachtet liegt es deutlich über den Ergebnissen der Jahre 2002, 2006 und 2010. […] Wie schon in den letzten Shell Jugendstudien zu beobachten, ist trotz steigender Demokratieakzeptanz nach wie vor kein Rückgang bei der grundsätzlichen Politikverdrossenheit feststellbar. So ist das Vertrauen, welches Jugendliche den Parteien entgegenbringen, weiterhin gering, und auch die Zustimmung zu der populistisch geformten Aussage „Ich glaube nicht, dass sich Politiker darum kümmern, was Leute wie ich denken" ist im Vergleich zu 2015 ebenfalls angestiegen (71 %).

Shell Deutschland Oil GmbH (Hrsg.): Zusammenfassung Shell Jugendstudie 2019, https://www.shell.de/ueber-uns/shell-jugendstudie.html, Zugriff am 03. November 2021

Jugendliche wenden sich von Parteien ab
Alle Parteien betroffen – trotz kostenloser Mitgliedschaft Nachwuchsprobleme allerorten

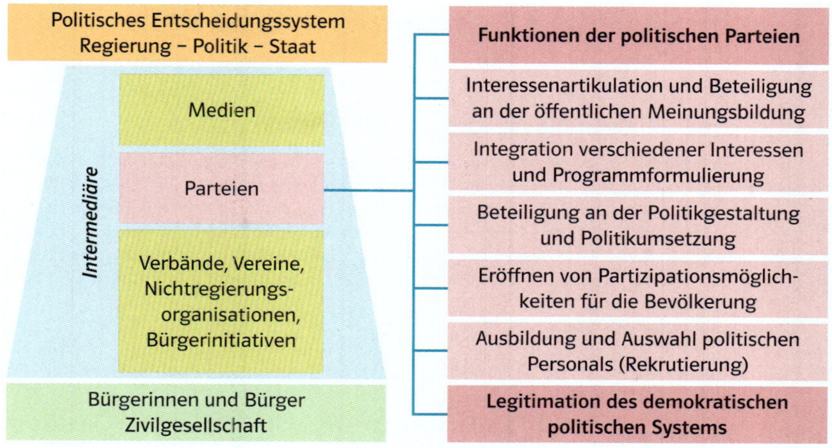

Abb. 31.1: Funktionen der Parteien als Intermediäre zwischen Staat und Gesellschaft (Stefan Prochnow)

Abb. 31.2: Wahlplakat der Partei für Arbeit, Rechtsstaat, Tierschutz, Elitenförderung und basisdemokratische Initiative (PARTEI)

Arbeitsaufträge

1. Erläutern Sie anhand von Beispielen (z. B. den passenden Zeitungsschlagzeilen von S. 30) die Funktionen politischer Parteien (M1 bis M4)!
2. „Fehlende Alternativen in einem politischen System führen zur Ablehnung des politischen Systems als Ganzem." Nehmen Sie Stellung zu dieser Aussage!
3. Erörtern Sie mögliche Ursachen für die Haltung vieler Jugendlicher gegenüber politischen Parteien (M5)!
4. Überprüfen Sie anhand einer sogenannten „Spaßpartei" (s. auch Info S. 30, Abb. 31.2 und 31.3), ob Sie sie als politische Partei anerkennen würden (M3)! Nehmen Sie Stellung zu der Frage, ob solche Parteien Ihres Erachtens eine Bereicherung oder ein Warnsignal für eine Demokratie sind!

Abb. 31.3.: Wahlplakat der Anarchistischen Pogo-Partei Deutschlands (APPD) – **„Die Partei des Pöbels und der Sozialschmarotzer"**

2.2 Innerparteiliche Willensbildung

Schulklasse kapert FDP-Ortsverband

In kleineren Städten und Gemeinden umfassen die Ortsverbände der Parteien vielfach nur wenige Mitglieder, oftmals überwiegend Herren über 50. So freuen sich viele Parteien über engagierte neue Mitglieder, erst recht, wenn es junge Leute sind. [...] 24 Schülerinnen und Schüler eines Oberstufenkurses Politik und Wirtschaft reichten aus, um die Mehrheit eines FDP-Ortsverbandes in Mittelhessen zu erlangen. „Wir wollten den Ortsverband sozusagen kapern und die Beschlüsse nach unserer eigenen Meinung ausrichten", berichtet einer der Schüler.

Mittelhessen-Bote vom 7. Juni 2015

Parteien sind nur etwas für ältere weiße Männer mit viel Zeit.

Stefan Prochnow

„Die Politik bedeutet ein starkes langsames Bohren von harten Brettern mit Leidenschaft und Augenmaß zugleich."

Max Weber

Abb. 32.1: Der SPD-Politiker Olaf Scholz zeigt am 6. September 2014 in Hamburg bei der Aufstellung der Kandidatenliste der SPD Altona für die Bürgerschaftswahl 2015 sein SPD-Parteibuch, ausgestellt am 1. Oktober 1975.

Wer tritt mit höherer statistischer Wahrscheinlichkeit in eine Partei ein: Angelina V., 31 Jahre, alleinerziehende Mutter von zwei Kindern (10 und 7 Jahre), Verkäuferin, oder Rudolf T., 53 Jahre, Angestellter in Frührente, geschieden, zwei Kinder (28 und 21 Jahre)?

M1 Parteiengesetz – Rechte der Mitglieder

§ 9 Mitglieder- und Vertreterversammlung

(1) Die Mitglieder- oder Vertreterversammlung (Parteitag, Hauptversammlung) ist das oberste Organ des jeweiligen Gebietsverbandes. Sie führt bei Gebietsverbänden höherer Stufen die Bezeichnung „Parteitag", bei Gebietsverbänden der untersten Stufe die Bezeichnung „Hauptversammlung"; die nachfolgenden Bestimmungen über den Parteitag gelten auch für die Hauptversammlung. [...]

(3) Der Parteitag beschließt im Rahmen der Zuständigkeiten des Gebietsverbandes innerhalb der Partei über die Parteiprogramme, die Satzung, die Beitragsordnung, die Schiedsgerichtsordnung, die Auflösung sowie die Verschmelzung mit anderen Parteien.

(4) Der Parteitag wählt den Vorsitzenden des Gebietsverbandes, seine Stellvertreter und die übrigen Mitglieder des Vorstandes, die Mitglieder etwaiger anderer Organe und die Vertreter in den Organen höherer Gebietsverbände, soweit in diesem Gesetz nichts anderes zugelassen ist.

§ 10 Rechte der Mitglieder

(1) Die zuständigen Organe der Partei entscheiden nach näherer Bestimmung der Satzung frei über die Aufnahme von Mitgliedern. Die Ablehnung eines Aufnahmeantrages braucht nicht begründet zu werden. [...]

(2) Die Mitglieder der Partei und die Vertreter in den Parteiorganen haben gleiches Stimmrecht.

Parteiengesetz, Stand 2018, § 9, 10

M2 Wer wird Mitglied einer Partei?

Parteimitglieder [...] zeichnen sich dadurch aus, dass sie zumeist männlich und im Alter zwischen 50 und 64 Jahren sind, einen höheren Bildungsabschluss als der Bevölkerungsdurchschnitt haben („Akademisierung") und häufig als Beamte oder Angestellte im Öffentlichen Dienst arbeiten – in einem Berufsumfeld, das ihnen nach landläufiger Meinung den notwendigen Freiraum gewährt und ein natürliches Interesse nahelegt, sich in der eigenen Freizeit Parteiaktivitäten zu widmen. [...] Die Wahrscheinlichkeit des Beitritts [ist] hoch, wenn Bürgerinnen und Bürger das Gefühl haben, sie könnten politisch wirksam sein. Entscheidend für den Beitritt sind politisches Interesse und der formale Bildungsabschluss: Je höher beides ausfällt, umso wahrscheinlicher wird die Beitragswilligkeit.

Uwe Jun: Parteien als Organisationen, in: Bundeszentrale für politische Bildung (Hrsg.): Informationen zur politischen Bildung, Heft 328: Parteien und Parteiensystem der Bundesrepublik Deutschland. Bonn 2015, S. 18 f.

M3 Kandidatenaufstellung

Zwar können sich nach dem Bundeswahlgesetz auch parteilose Bewerber in den Wahlkreisen um ein Bundestagsmandat bewerben, wenn ihre Kandidatur von mindestens 200 Wahlberechtigten unterstützt wird. Seit 1953 hat sich jedoch kein parteiloser Kandidat in einem Wahlkreis durchsetzen können, sodass es in der Praxis die Parteien sind, die mit der Kandidatenaufstellung eine Vorentscheidung über die Zusammensetzung des Bundestages treffen. Zwei Fragen drängen sich hier auf:

- Welche Mitsprachemöglichkeiten hat ein einfaches Parteimitglied bei der Kandidatenaufstellung?
- Nach welchen Kriterien erfolgt die Nominierung der Kandidaten durch die einzelnen Parteien?

Der *Wahlkreiskandidat* wird nach dem Bundeswahlgesetz durch eine Versammlung der Parteimitglieder des Wahlkreises oder deren Vertreter nominiert. Letzteres Verfahren herrscht bei den großen Parteien vor. Vonseiten des Landesvorstandes oder einer anderen der Parteisatzung entsprechenden Instanz kann ein aufschiebendes Veto (suspensives Veto) gegen die Entscheidung der Wahlkreiskonferenz eingelegt werden. Hält die Wahlkreiskonferenz in einer zweiten Abstimmung am ersten Vorschlag fest, so kann das Veto ausgeräumt werden. In der Praxis wird dieses Vetorecht aber recht selten angewendet.

Bei der Aufstellung der Kandidaten für die *Landesliste* liegt die Entscheidung ausschließlich bei den Parteien. Der Einfluss des einfachen Parteimitgliedes ist hier geringer als bei der Nominierung des Wahlkreiskandidaten. Auf Landesdelegiertenkonferenzen oder Landesparteitagen – je nach der Parteisatzung – erfolgt die Aufstellung der Kandidaten für die Landeslisten. Da derartige Gremien zu schwerfällig sind, haben besondere Kommissionen oder die Landesvorstände Listenvorschläge ausgearbeitet, die vielfach einen Kompromiss zwischen den verschiedenen Gruppierungen und Flügeln innerhalb der Partei darstellen. Es geht darum, unsichere Direktkandidaten auf der Landesliste abzusichern, Experten gut zu platzieren und die innerparteilichen Gruppen, seien sie konfessioneller, interessenmäßiger, ideologischer oder regionaler Art, zu berücksichtigen. Zahlreiche Kontakte auf Landes- und Bezirksebene gehen dem eigentlichen Nominierungsverfahren voraus. Parteibasis, Listenbewerber selbst und Parteitagsdelegierte treten daher mehr in den Hintergrund. Zunehmend aber gibt es Tendenzen, nur solchen Bewerbern einen Listenplatz einzuräumen, die auch eine Wahlkreiskandidatur erreicht haben. Auf diese Weise wird indirekt der Einfluss der Mitglieder auf die Zusammenstellung der Landesliste gestärkt.

Amtliches Handbuch des Deutschen Bundestags 2017, o. S.

M4 Kritik an der Praxis der Kandidatenaufstellung

Der zweifellos starke Einfluss der Parteivorstände bei der Zusammenstellung der Landeslisten produziert nach Ansicht von Kritikern den Typus des angepassten Politikers, der sich über die „Ochsentour" der beharrlichen Parteiarbeit nach oben dient und im allgemeinen nur bei parteikonformem Verhalten [Fraktionsdisziplin!] mit seiner erneuten Nominierung rechnen kann. Andererseits muss aber auch angemerkt werden, dass „Seiteneinsteiger", also Personen ohne lange Parteikarriere, aber von oft hoher fachlicher Kompetenz oder großem gesellschaftlichen Ansehen, eher von den Parteiführungen gefördert werden, während die Basis zu diesen Außenseitern wegen des fehlenden „Stallgeruchs" oft auf Distanz geht. Weitere Abhängigkeiten bringt die Professionalisierung der Politik; viele Abgeordnete sind auf die Einkünfte aus ihrem Mandat angewiesen und vermeiden daher alles, was ihre erneute Nominierung verhindern könnte.

Die zahlreichen Vorschläge zur [Reform der] Kandidatenaufstellung zielen vor allem auf die Beschränkung der Macht der Vorstände sowie auf die Ausweitung der Partizipationsmöglichkeiten der Parteibasis und der nicht parteigebundenen Wähler:

- Das Verhältnis von Direkt- und Listenmandaten soll zugunsten einer Erhöhung des Anteils der Direktmandate verändert werden.
- Wie beim süddeutschen Kommunalwahlrecht sollen die Wähler auch bei Bundestagswahlen die Möglichkeit des → **Kumulierens** und → **Panaschierens** erhalten. Beim Kumulieren hat der Wähler mehrere Stimmen, die er auf einen einzigen oder auf einige wenige Kandidaten konzentrieren kann; er kann so die Reihenfolge der platzierten Kandidaten verändern. Das Panaschieren erlaubt die Übernahme von Bewerbern anderer Listen.
- Nach dem Beispiel der Vereinigten Staaten sollen „primaries" (→ **Vorwahlen**) eingeführt werden.

Amtliches Handbuch des Deutschen Bundestags 2017, o. S.

M5 Liquid Democracy

Bei Liquid Democracy haben die Bürger mehrere Möglichkeiten der Mitbestimmung: Sie können das Wahlverfahren selbst bestimmen und entscheiden, ob sie ihre Stimme zu einzelnen Sachfragen oder generell direkt abgeben möchten oder ob sie lieber einem Delegierten oder auch einer Experten-Gruppe ihr Vertrauen schenken (delegated voting). Zudem können sie diese Entscheidung jederzeit und bei jedem Thema neu ändern und nicht nur alle paar Jahre. Liquid Feedback basiert auf dem Modell Liquid Democracy und stellt ein internetgestütztes Verfahren der innerparteilichen Willensbildung dar, bei dem die Mitglieder direkt in die Prozesse eingebunden sind, sich persönlich einbringen können, Hierarchien kaum eine Rolle spielen und auch eigene Vorschläge eingebracht werden können – und das, ohne stundenlang [Zeit] auf Parteisitzungen zu verbringen. Die Vorschläge können online kommentiert werden, bis sie schließlich online zur Abstimmung gestellt werden.

Zusammenstellung Stefan Prochnows von der Homepage der Piratenpartei, www.piratenpartei.de, Zugriff 2. September 2018

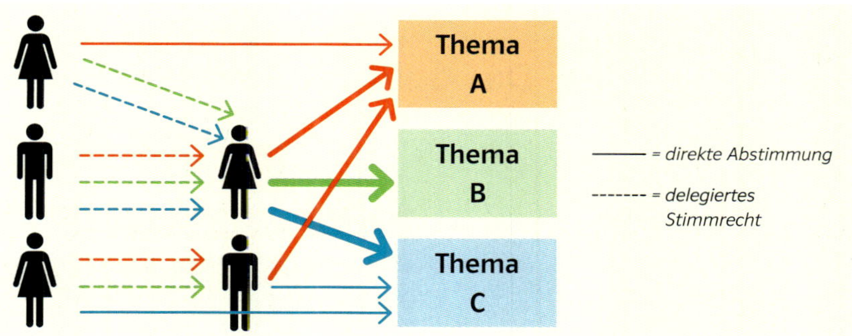

Abb. 33.1: Liquid Democracy und Delegated Voting (Stefan Prochnow)

Arbeitsaufträge

1. Angenommen, der Politikkurs hätte den FDP-Ortsverband in Hessen tatsächlich mehrheitlich übernehmen können: Beschreiben Sie, welche Rechte die Schülerinnen und Schüler als Parteimitglieder hätten und welche Beschlüsse sie hätten fassen können!
2. Überprüfen Sie anhand von M2 und der Tabelle auf S. 43 die Aussage in der oberen Sprechblase auf S. 32!
3. Erläutern Sie die zu erwartenden Auswirkungen der Praxis der Kandidatenaufstellung hinsichtlich des Abstimmungsverhaltens von Abgeordneten (Fraktionsdisziplin, bei namentlicher Abstimmung z. B. Vertrauensfrage Art. 68 GG)!
4. Setzen Sie sich mit den in M4 genannten Vorschlägen auseinander!
5. Erklären Sie die Verfahren „liquid democracy" und „liquid feedback"! Erläutern Sie mögliche Stärken und Schwächen dieser Verfahren!
6. „Nicht das Volk entscheidet über das Zustandekommen einer Koalition, sondern allein die beteiligten Parteien." Die SPD hat nach den Bundestagswahlen 2013 und 2017 Mitgliederentscheide über den Koalitionsvertrag durchgeführt. In der CSU hat der Parteivorstand, in der CDU haben Delegierte auf einem Parteitag darüber entschieden.
   Beurteilen Sie die verschiedenen Verfahren hinsichtlich der Zweckmäßigkeit und der demokratischen Legitimation!

2.3 Parteienfinanzierung

Um Wahlkämpfe führen und ihre weiteren Aufgaben in der pluralistischen Demokratie erfüllen zu können, benötigen die Parteien Geld. In Deutschland sieht das Parteiengesetz eine Mischfinanzierung der Parteien aus privaten und staatlichen Mitteln vor. Die direkte und indirekte **staatliche Parteienfinanzierung** wird damit gerechtfertigt, dass die Parteien wichtige Aufgaben erfüllen, die letztlich allen Bürgerinnen und Bürgern zugutekommen.

Eine Abhängigkeit von **privaten Spenden** soll vermieden werden, weil dies Parteien bevorteilen könnte, die politische Positionen vertreten, die vorrangig wohlhabenden Privatspendern und Unternehmen entgegenkommen.

Allerdings wird kritisiert, dass die staatliche Parteienfinanzierung zu einer Selbstbedienungsmentalität der Parteien beitragen könnte, weil sie über die Höhe der Finanzierung im Parlament letztlich selbst entscheiden. So wurde die Obergrenze der staatlichen Parteienfinanzierung durch die Regierungsparteien während der Fußball-WM 2018 innerhalb von wenigen Tagen um 25 % erhöht.

Info

Grundsätze und Umfang der staatlichen Finanzierung

(3) Die Parteien erhalten jährlich im Rahmen der staatlichen Teilfinanzierung
1. 0,83 Euro für jede für ihre jeweilige Liste abgegebene gültige Stimme oder
2. 0,83 Euro für jede für sie in einem Wahl- oder Stimmkreis abgegebene gültige Stimme, wenn in einem Land eine Liste für diese Partei nicht zugelassen war, und
3. 0,45 Euro für jeden Euro, den sie als Zuwendung (eingezahlter Mitglieds- oder Mandatsträgeibeitrag oder rechtmäßig erlangte Spende) erhalten haben; dabei werden nur Zuwendungen bis zu 3 300 Euro je natürliche Person berücksichtigt.

(4) Anspruch auf staatliche Mittel [...] haben Parteien, die nach dem endgültigen Wahlergebnis der jeweils letzten Europa- oder Bundestagswahl mindestens 0,5 vom Hundert oder einer Landtagswahl 1,0 vom Hundert der für die Listen abgegebenen gültigen Stimmen erreicht haben.

Parteiengesetz, Stand 2018, § 18

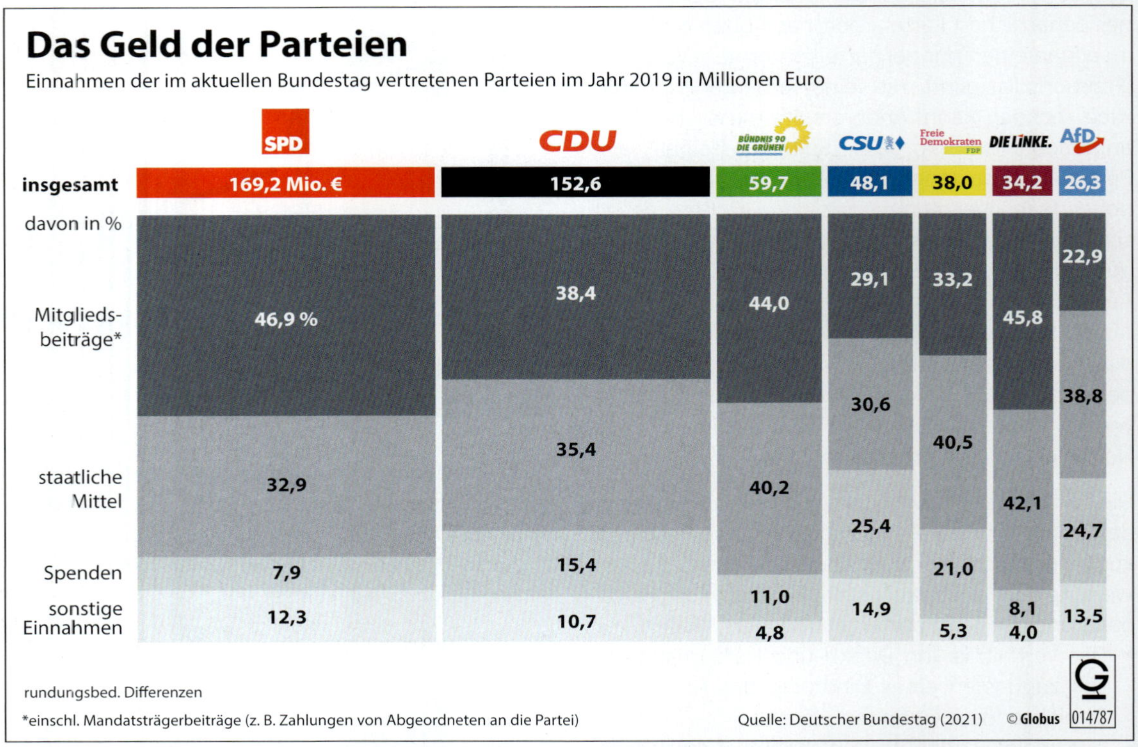

Abb. 34.1: Die Finanzierung der Parteien durch staatliche Mittel betrug z. B. 2017 234,1 Mio. Euro. Ab 2019 gibt es eine Höchstgrenze: Für alle Parteien zusammen darf sie die Obergrenze von 190 Mio. Euro pro Jahr nicht übersteigen.

M1 Indirekte Finanzierung aus staatlichen Quellen

Neben der direkten Parteienfinanzierung aus staatlichen Quellen können weitere staatliche Leistungen den Parteien indirekt Einnahmen bescheren:

- Mandatsträgerabgaben: Parteien erwarten von „ihren" Abgeordneten, dass sie einen Teil ihrer Diäten an die Partei abführen.
- Zuschüsse an die Fraktionen: Für ihre Ausgaben erhalten Abgeordnete und Fraktionen in den Parlamenten Zuschüsse des Staates, mit denen z. B. Büros und Wahlkreismitarbeiter finanziert werden. Diese kommen indirekt auch den Parteien zugute.
- Staatliche Unterstützung der parteinahen Stiftungen: Diese Stiftungen [siehe Tabelle S. 43], die sich unter anderem der politischen Bildung widmen, erhalten fast drei Mal so viel staatliche Förderung wie die Parteien selbst.
- Steuerliche Absetzbarkeit von Mitgliedsbeiträgen und Spenden: Steuerzahlende Mitglieder und Kleinspender/-innen zahlen faktisch nur knapp die Hälfte ihrer Leistungen, da sie diese von der Steuer absetzen können, d. h. also weniger Steuern zahlen müssen.

eigene Zusammenstellung Stefan Prochnows auf der Grundlage der Sendung „Panorama" des Norddeutschen Rundfunks vom Juni 2018

M2 Kritik an der Parteienfinanzierung

Fehlende Obergrenzen

Für Spenden oder andere private Zuwendungen gibt es in Deutschland keinerlei Obergrenze. Zudem sind auch Parteispenden von Unternehmen und Verbänden legal. [...]

Die fehlenden Schranken in Deutschland bedeuten, dass das demokratische Grundprinzip gleichen

Info

In Frankreich beispielsweise dürfen Privatpersonen maximal 7.500 Euro jährlich an Parteien spenden, Parteispenden von Unternehmen und Verbänden sind verboten. Dadurch sollen zum einen Abhängigkeiten vermieden werden, zum anderen bei den Spendenempfängern der Druck oder die Neigung, sich aus Dankbarkeit mit politischer Gefälligkeit zu revanchieren.

Stimmgewichts aller Bürgerinnen und Bürger durch hohe finanzielle Zuwendungen an die politischen Akteure aufgeweicht und gefährdet wird. In Deutschland spenden zahlreiche Konzerne, Wirtschaftsverbände und extrem reiche Einzelpersonen regelmäßig fünf- und sechsstellige Beträge an die von ihnen bevorzugten Parteien. Dies beeinflusst das politische Wettbewerbsgefüge, insbesondere in Wahlkämpfen. […]

Mangel an Transparenz

Das Grundgesetz verlangt in Artikel 21 Abs. 1 Satz 4, dass die Parteien öffentlich Auskunft über Herkunft und Verwendung ihrer Mittel geben müssen. Das Bundesverfassungsgericht hat klargestellt, dass dies darauf zielt, dass die Wähler/-innen sich über finanzielle Einflussnahmen informieren können; eine aufgeklärte Wahlentscheidung soll möglich sein. […] Dieses Ziel wird jedoch in mancherlei Hinsicht nicht erreicht.

- So müssen die Parteien Spenden erst ab einer Größenordnung von 10 000 Euro pro Jahr in ihren Rechenschaftsberichten veröffentlichen. Diese **Transparenzschwelle** ist so hoch, dass bis zu 75 Prozent der Unternehmensspenden an Parteien anonym bleiben.
- Die **Rechenschaftsberichte** erscheinen erst rund zwei Jahre nach Spendeneingang. Damit ist es oft nicht möglich, kritisch zu hinterfragen, ob es einen unzulässigen Zusammenhang zwischen einer Spende und einer politischen Entscheidung gab. Nur Einzelspenden ab 50 000 Euro müssen unmittelbar dem Bundestag angezeigt und veröffentlicht werden.
- Durch **Stückelung von Spenden** in Beträge knapp unterhalb der Schwellen kann die Veröffentlichungspflicht leicht umgangen werden. […]
- Nicht im Einzelnen offenlegen müssen die Parteien die seit Jahren wachsenden **Einnahmen aus sogenanntem Parteisponsoring** durch Unternehmen und Wirtschaftsverbände. […]
- Auch für […] sogenannte → **Parallelaktionen** gibt es keine Transparenzregeln, sodass die Geldgeber umfangreicher Wahlkampagnen unerkannt bleiben können […].
- Schließlich werden auch die Kreditgeber der Parteien nicht offengelegt. Dabei kann eine Partei durch Kredite noch massiver von Geldgebern abhängig werden als durch Spenden. Zudem können Spenden in Form von Krediten mit besonders niedrigen Zinsen oder Tilgungsraten maskiert werden. […]

Lobbycontrol – Initiative für Transparenz und Demokratie e.V., lobbypedia.de/wiki/ Parteienfinanzierung, Zugriff am 03. November 2021

M3 Parteien- und Wahlkampffinanzierung in den USA

Die Parteien in den USA sind, anders als in Deutschland, in erster Linie bloße Wahlkampfmaschinen. Außerhalb der Wahlen haben sie nur eine relativ geringe Bedeutung, wenige registrierte Mitglieder, verhältnismäßig wenig Mitarbeiter/-innen und Infrastruktur. Sie erfüllen beispielsweise nicht die Aufgabe der politischen Bildung, dies übernehmen parteiunabhängige Stiftungen und Think Tanks. Der Wahlkampf (vor allem für das Präsidentschaftsamt) selbst ist jedoch sehr teuer (mehrere Hundert Millionen Dollar) und beginnt für alle Kandidatinnen und Kandidaten, die bei den → **Vorwahlen** der Republikaner und der Demokraten antreten (aber auch für unabhängige Bewerber/-innen) mit dem Werben um Spenden.

Dabei geht es sowohl um Großspenden als auch um die Masse an Kleinspenden. Die bis 2010 geltenden Höchstgrenzen an Einzelspenden und das Verbot der Spenden von juristischen Personen (z. B. Unternehmen) sind mittlerweile bedeutungslos. Allerdings gelten recht strenge Transparenzregeln, die jedoch auch umgangen werden können. Nicht zuletzt greifen die Kandidatinnen und Kandidaten auf eigene Ressourcen zurück, nicht nur Milliardäre wie Donald Trump, der seinen Wahlkampf komplett selbst finanziert haben will: Im US-Senat und im Repräsentantenhaus ist die Mehrzahl der Parlamentsmitglieder Millionär oder Milliardär.

Stefan Prochnow nach: Büro für internationale Informationsprogramme: USA – Elections in Brief, Januar 2012, de.usembassy.gov/de/wahlkampffinanzierung-2/ und Lars Gering: US-Wahlkampffinanzierung: Wer bietet mehr?, 19. Januar 2016, www.dw.com/de/us-wahlkampffinanzierung-wer-bietet-mehr/a-18989112, Zugriff auf beide am 30. November 2020

Abb. 35.1: … (Klaus Stuttmann, 15. Juni 2018)

Arbeitsaufträge

1. Beschreiben Sie das Modell der Parteienfinanzierung in Deutschland!
2. Vergleichen Sie die Finanzierung der verschiedenen Parteien, indem Sie Abb. 34.1 auswerten!
3. Arbeiten Sie heraus, welche Folgen eine sinkende Wahlbeteiligung für die Parteifinanzen hat!
4. Beschreiben und analysieren Sie die Karikatur Abb. 35.1! Formulieren Sie einen Titel!
5. Erörtern Sie, ob das Modell der Parteienfinanzierung in Deutschland sinnvoll ist!

2.4 Parteiensystem

Als **Parteiensystem** bezeichnet man die Gesamtheit der in einem politischen System agierenden Parteien und ihre Wechselbeziehungen. Diese Beziehungen werden maßgeblich durch drei **Faktoren** beeinflusst:

- **Fragmentierung:** Anzahl der Parteien und ihre relative Bedeutung nach Mitgliederzahl, Wählerstimmen und Parlamentsmandaten. Besonders relevant ist die Anzahl der im Parlament vertretenen Parteien.
- **Polarisierung:** ideologische und programmatische „Entfernung" der Parteien untereinander.
- **Segmentierung:** Anteil der politisch machbaren an den rechnerisch möglichen Koalitionsmöglichkeiten. Segmentierung bezeichnet also die „Kompromissfähigkeit" und den Willen zur Zusammenarbeit der Parteien untereinander.

Wichtige Rollen für die Ausformung des Parteiensystems eines Landes spielen das **Wahlrecht**, die **Konfliktlinien** (→ **Cleavages**) und die **Parteitypen**.

M1 Parteitypen in westeuropäischen Demokratien

Parteitypen westeuropäischer Demokratien			
nach Inhalten, Ideologie, Programmatik	**nach der Organisationsstruktur**	**nach der Struktur der Anhängerschaft**	**nach der Kompromissbereitschaft**
kommunistische Parteien sozialistische Parteien linkssozialistische Parteien Linkspopulisten sozialdemokratische Parteien	**Honoratiorenpartei** • wenige Mitglieder • überwiegend ehrenamtlich • eher schwach ausgebildete Parteiorganisation • Ansehen der Kandidaten überwiegend außerparteilich begründet • großer Prozentsatz an Mandatsträgern unter den Mitgliedern	**Klassen- oder Standespartei z. B. Elitenpartei** • Mitglieder vorwiegend aus einer sozialen Klasse oder von einem sozialen Stand • Wählerschaft ebenfalls überwiegend aus einer sozialen Klasse oder einem Stand • eher → **Stammwähler** als → **Wechselwähler**	**Weltanschauungs-Partei („Propheten")** • feste ideologische Grundlage • theoretische und an Prinzipien orientierte Politik • Reinheit der eigenen Ideologie und Festhalten an eigenen Idealen stehen im Vordergrund und sind im Zweifel wichtiger als die Erlangung politischer Macht • vertreten eine geschlossene Ideologie, teilweise fundamentalistisch, radikal oder extremistisch • Kompromisse in zentralen Themenbereichen werden als „Verrat" an den eigenen Zielen und als „Betrug" an den eigenen Wählern abgelehnt
ökologische, „grüne" Parteien	**Kaderpartei** • Beitritt nicht frei, sondern an Bedingungen geknüpft • zentralistische Organisation	**Klientelpartei** • richten sich vorrangig an eine bestimmte, kleinere Bevölkerungsgruppe • gegebenenfalls tiefe Verankerung in dieser Bevölkerungsgruppe durch strikte Trennung von anderen Gruppen (→ **Versäulung**)	**„Ideologiehüter"** • bestimmte Wertvorstellungen und ideologische Ziele als theoretische Fundierung • diese werden aber im Laufe der Zeit weiterentwickelt und im Sinne der Kompromissfähigkeit flexibel gehandhabt • Wille zur Macht ausgeprägt, aber keine völlige Aufgabe der eigenen weltanschaulichen Grundsätze und Ziele
liberale Parteien	**Massenpartei** • zahlreiche Mitglieder • viele Berufspolitiker • innerparteiliche Leistungen für Mandatsbewerber wichtig („Ochsentour")	**Regionalpartei** • richtet sich an die Wähler einer bestimmten Region (z. B. Südschleswigscher Wählerverband (SSW))	**Patronage-Partei („Pragmatiker")** • Ideologielosigkeit als Prinzip • an praktikablen Sachlösungen im Sinne ihrer Wähler interessiert (reiner Pragmatismus) • Besetzung von Mandaten und Ämtern als erstrangiges Handlungsmotiv • passen ihre Positionen rasch an wechselnde Umstände und Machtgelegenheiten an
christdemokratisch-konservative Parteien	**Professionelle Wähler-Partei** • meist aus Massenparteien hervorgegangen • auf Wahlerfolg ausgerichtete zentrale Organisation • professionelle Medienarbeit	**Volkspartei** • „Catch-All"-Partei, die sich an alle Regionen und Bevölkerungsgruppen wendet • oft hohe Mitgliederanzahl aus verschiedenen sozialen Milieus • weltanschaulich-programmatische Pluralität (diffuse Programmatik)	
rechtspopulistische Parteien nationalistische Parteien faschistische Parteien	**Charismatische Partei** • auf eine einzelne Person ausgerichtet, die meist auch Gründer und Anführer der Partei ist		
	Unternehmerpartei • Partei von Unternehmern gegründet • erheblich aus eigenen Mitteln finanziert • Partei wie ein Wirtschaftsunternehmen geführt		
	Bewegungs- oder Rahmenpartei • hervorgegangen aus einer Sammlungsbewegung oder einem locker verbundenen Netzwerk von Aktivisten		

Stefan Prochnow, eigene Darstellung

M2 Was sind „radikale", „extremistische" und „populistische" Parteien?

Radikalismus: im wörtlichen Sinn eine Einstellung, die die politischen, sozialen etc. Probleme nicht an den Oberflächensymptomen behandelt, sondern an deren Ursprung (radix = lat.: Wurzel) ansetzen will. Im politischen Sinn bezeichnet Radikalismus ein kompromissloses Beharren auf Grundpositionen, das sich gegenüber den Einstellungen und Werten anderer intolerant verhält. Radikale Parteien richten sich oft an → **Protestwähler**, befinden sich am Rande des politischen Spektrums, sind aber legal.

Im politischen Sinn bedeutet **Extremismus** die prinzipielle, unversöhnliche Gegnerschaft gegenüber Ordnungen, Regeln und Normen des demokratischen Verfassungsstaates sowie die fundamentale Ablehnung der mit ihm verbundenen gesellschaftlichen und ökonomischen Gegebenheiten. Extremistische Einstellungen basieren in der Regel auf grundsätzlicher Ablehnung gesellschaftlicher Vielfalt, Toleranz

und Offenheit und stellen häufig den Versuch dar, die aktuellen politischen, ökonomischen und sozialen Probleme auf eine einzige Ursache zurückzuführen. Extremistische Parteien agieren an den äußersten Rändern des politischen Spektrums, können vom Verfassungsschutz beobachtet und vom Bundesverfassungsgericht **verboten** werden.
Die Begriffe werden, ähnlich wie der Begriff → **Populismus**, umgangssprachlich und in den Medien nicht immer korrekt verwendet, da die Unterschiede nicht allen bekannt sind, die Übergänge mitunter fließend verlaufen oder die Begriffe z. B. von politischen Gegnern bewusst in diffamierender Absicht verwendet werden.

nach Klaus Schubert, Martina Klein: Das Politik-Lexikon. Verlag J. H. W. Dietz Nachf., Bonn 7. Aufl. 2018, S. 124, 276

M3 Parteien entstehen an gesellschaftlichen Konfliktlinien

Die **Gründung von Parteien** erfolgt in der Regel durch eine gesellschaftliche Gruppe, die sich als Opposition gegen den waltenden sozialen, ökonomischen, kulturellen, religiösen oder politischen Status quo [= Ist-Zustand] organisiert. Dementsprechend lassen sich auch die historischen Entwicklungslinien von Parteiensystemen entlang der Geschichte der jeweils vorherrschenden Gesellschaftskonflikte erklären.
Maßgeblichen Einfluss auf diesbezügliche Typisierungen der westeuropäischen Parteienlandschaft hatten Seymour Lipset und Stein Rokkan mit einer [...] Untersuchung, in der sie **vier konstitutive Konfliktlinien** herausarbeiteten [siehe Abb. 37.1].

Andreas Vierecke, Bernd Mayerhofer, Franz Kohout: dtv-Atlas Politik. Deutscher Taschenbuch Verlag, München 2010, S. 97

M4 Vom Drei- zum Sechs-Parteien-System

Von den 1950er-Jahren bis Anfang der 1980er-Jahre wurde das Parteiensystem der Bundesrepublik von einem Drei-Parteien-System aus CDU/CSU, SPD und FDP geprägt. CDU/CSU und SPD banden als Volksparteien bei Bundestagswahlen zusammen meist mehr als 80 % der Zweitstimmen an sich, bei den Erststimmen oft mehr als 90 %. Im Zuge des Wertewandels zu postmaterialistischen Werten in Teilen der Bevölkerung kam es zum Aufstieg der GRÜNEN, welcher mit der Erosion der Bedeutung der Volksparteien einherging. Mit der deutschen Wiedervereinigung kam die „Partei des demokratischen Sozialismus" (PDS), aus der später DIE LINKE hervorging, als fünfte relevante Partei im Bundestag dazu. Die CDU/CSU koalierte meist mit der FDP, die SPD mit den GRÜNEN. Die SPD lehnte eine Zusammenarbeit mit der PDS anfangs ab, koalierte in Ostdeutschland aber später durchaus mit der „Linken". Vereinzelt kam es auch zu anderen Koalitionen, etwa zwischen CDU und GRÜNEN oder SPD und FDP. Der Stimmenanteil der Volksparteien nahm weiter ab, als mit der AfD nach 2013 eine sechste Partei in das Parteiensystem eingedrungen war. Eine Mehrheit ist mit den herkömmlichen Parteiverbindungen CDU+FDP oder SPD+GRÜNE oft nicht mehr zu erreichen, sodass „Große Koalitionen" oder Dreierbündnisse wie Ampel- (SPD, FDP, GRÜNE), Jamaika- (CDU, GRÜNE, FDP) oder Kenia-Koalitionen (CDU, SPD, GRÜNE) nötig werden. Eine entscheidende Frage wird sein, wie die CDU/CSU mit der rechts von ihr positionierten AfD umgehen wird: Ausgrenzung oder Kooperation?

zusammengefasst und aktualisiert von Stefan Prochnow nach Uwe Jun: Entwicklung des deutschen Parteiensystems nach 1945, in: Bundeszentrale für politische Bildung (Hrsg.): Informationen zur politischen Bildung, Heft 328: Parteien und Parteiensystem der Bundesrepublik Deutschland. Bonn 2015, S. 41–51

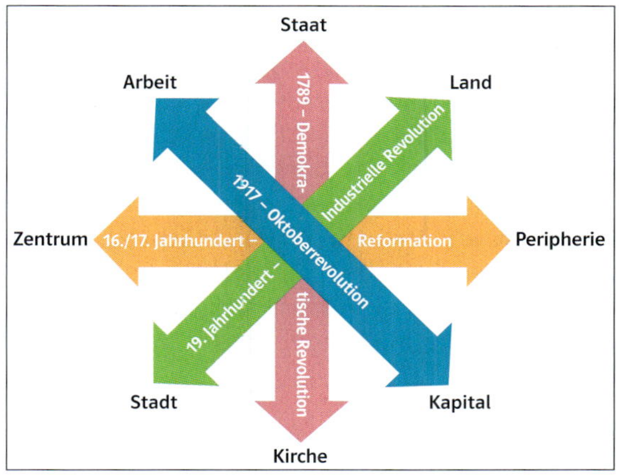

Abb. 37.1: Historische Ursprungskonflikte der westeuropäischen Parteiensysteme nach Lipset/Rokkan

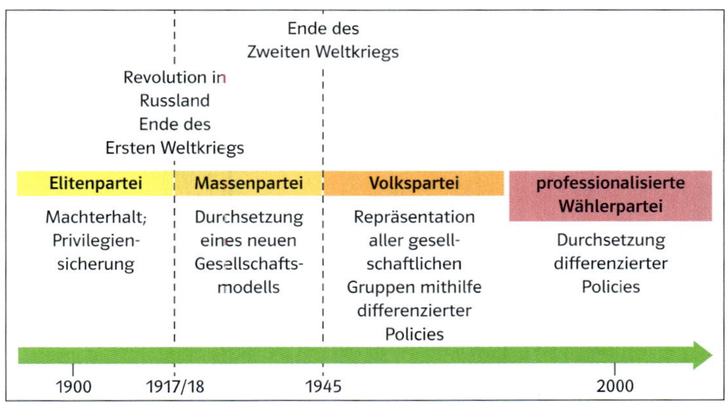

Abb. 37.2: Der vorherrschende Parteitypus in den westeuropäischen Parteiensystemen im Wandel der Zeit

Info

Die Piratenpartei ist eine Rahmenpartei von Aktivisten aus verschiedenen europäischen Ländern.

Als politische Bewegung trat „La République en Marche" des französischen Präsidenten Emmanuel Macron an.

Individualisierung und Pluralisierung der Lebensstile haben seit 1990 zu einem Bedeutungsverlust der Volksparteien geführt.

Arbeitsaufträge

1. Ordnen Sie die im Bundestag vertretenen Parteien den verschiedenen Parteitypen zu (M1)!
2. Beschreiben Sie Merkmale a) „radikaler", b) „extremistischer" und c) populistischer Parteien (M2, Glossar)!
3. „Parteien entstehen an Konfliktlinien." Erklären Sie (M3, Abb. 37.1)!
4. Überprüfen Sie, welche Argumente aus Sicht der CDU/CSU für eine Ausgrenzung und welche für eine Zusammenarbeit mit der AfD sprechen!
5. Erörtern Sie, wie sich das Parteiensystem in Deutschland nach den letzten Bundestagswahlen (2017 und/oder 2021) verändert hat!

2.5 Parteifamilien

Info

Oft ist die Rede von „rechten" oder „linken" Parteien. Dieses Schema geht auf die Sitzordnung in Parlamenten seit der Französischen Revolution zurück: Befürworter von mehr sozialer Gleichheit sitzen im Parlament links, während konservative und wirtschaftsliberale Kräfte rechts (vom Parlamentspräsidenten aus gesehen) sitzen.

Nach den zugrunde liegenden → **Ideologien**, Werten und politischen Zielen lassen sich Parteien verschiedenen Grundrichtungen zuordnen, den „Partei(en)familien". Innerhalb der Parteifamilien gibt es allerdings erhebliche Unterschiede, sodass die Koalitionsfähigkeit selbst innerhalb einer Parteifamilie nicht immer gegeben ist. Auch gibt es in vielen Parteien zwei oder mehrere „Flügel", die sich in einigen zentralen Fragen erheblich voneinander unterscheiden.

M1 Liberalismus

Zu den bedeutendsten liberalen Denkern gehören, neben dem Ökonomen **Adam Smith** (1723–1790) und dem Philosophen **Immanuel Kant** (1724–1804), die Engländer **Jeremy Bentham** (1748–1823) und **John Stuart Mill** (1806–73) sowie der Franzose **Alexis de Tocqueville** (1805–59). Als Stammvater des Liberalismus gilt **John Locke** [1623–1704]. [...]

Im Zentrum liberalen Denkens steht das Individuum. Wichtigster Wert ist die Freiheit, wichtigstes Ziel die freie Entfaltung der Persönlichkeit. Der politische Liberalismus wendet sich gegen staatliche Bevormundung und Einschränkungen der persönlichen Freiheiten (Meinungs-, Rede-, Presse- und Versammlungsfreiheit). Wichtige Forderungen sind die Trennung von Staat und Kirche, religiöse Toleranz, Rechtsstaatlichkeit, Gewaltenteilung, Gewährung der Grund- und Menschenrechte.

Als Ideal wird vielfach eine repräsentative Demokratie gesehen, deren Verfassung umfassende Freiheitsrechte garantiert und in der sich der Staat mit Eingriffen in das Leben der Bürger zurückhält.

Der **Wirtschaftsliberalismus** lehnt staatliche Eingriffe in das Wirtschaftsleben weitgehend ab (Prinzip des „laissez faire"). [...] Das Marktgesetz von *Angebot und Nachfrage* sorgt dafür, dass sich am Ende gesellschaftliche Harmonie und soziale Gerechtigkeit einstellen. Besitzungleichheit gilt als unvermeidliche Folge des Wettbewerbs, soziale Probleme gelten als Ausdruck individuellen Versagens. Der **Neoliberalismus** des 20. Jahrhunderts erkennt die Notwendigkeit staatlicher Eingriffe in die Wirtschaft an (z. B. Verhinderung von Monopolen).

nach Andreas Vierecke, Bernd Mayerhofer, Franz Kohout: dtv-Atlas Politik. Deutscher Taschenbuch Verlag, München 2010, S. 59

Abb. 38.1: Politische Wertvorstellungen des Liberalismus (Andreas Vierecke u.a., a.a.O.)

M2 Konservatismus

Der Konservatismus ist eine politische Weltanschauung, die die Stärken der Tradition (auch der Religion) hervorhebt, die herrschende politische Ordnung bewahrt bzw. stärkt und die vorgegebene Verteilung von Macht und Reichtum vor Kritik schützt. Die drei wichtigsten Prinzipien des Konservatismus sind daher Identität, Sicherheit und Kontinuität. Der britische Politiker **Edmund Burke** (1729–1797), der Begründer des modernen Konservatismus, erkennt die Notwendigkeit behutsamer Reformen an, denn „Veränderungen sind unausweichlich, soll alles so bleiben, wie es ist".

nach Klaus Schubert, Martina Klein: Das Politik-Lexikon. Verlag J. H. W. Dietz Nachf., Bonn 7. Auflage 2018, S. 196–198

M3 Sozialismus

Der Sozialismus ist eine im frühen 19. Jahrhundert entstandene Lehre und politische Bewegung, die dem Prinzip der Gleichheit den Vorrang vor dem Prinzip der Freiheit gibt und die Verfügung über die Produktionsmittel in die Hand der Gesellschaft bzw. des Staates legen will.

Der **Kommunismus** beruht auf der Ideologie des Marxismus und versteht sich als höhere Stufe des Sozialismus, auf der auf revolutionärem Wege die völlige Gleichheit aller Gesellschaftsmitglieder hergestellt sein soll.

Sozialdemokraten wollen soziale Ungleichheit abbauen und einen Teil des gesellschaftlichen Wohlstands zugunsten der sozial Schwächeren umverteilen. Sie unterscheiden sich von den Sozialisten und Kommunisten dadurch, dass sie die Freiheit des Einzelnen nicht dem Gemeinwohl unterordnen und die Verstaatlichung von Produktionsmitteln nur in Einzelfällen als sinnvoll erachten.

nach Klaus Schubert, Martina Klein, a.a.O., S. 311–313

M4 Ökologische Parteien

Ökologische Parteien gibt es in nahezu allen Ländern Europas. Sie betonen in ihrer Programmatik den Umwelt- und Naturschutz. In der Wirtschaftspolitik fordern sie oft recht starke Eingriffe des Staates. Es gibt aber auch liberale und konservative Strömungen innerhalb dieser Parteifamilie.

Stefan Prochnow, eigener Text

M5 Nationalismus und Rassismus

Nationalistische Parteien trennen strikt zwischen den Angehörigen ihrer eigenen Nation und allen anderen Menschen, Rassisten zwischen den Angehörigen der eigenen Ethnie und allen anderen Menschen. Die Auffassung, dass alle Menschen die gleichen Rechte haben, wird abgelehnt.

Für Nationalisten stellt die Nation bzw. die Einheit der Nation den höchsten Wert dar; das Interesse der eigenen Nation bzw. des eigenen Volkes hat Vorrang vor den Interessen anderer Nationen oder Völker. Nation kann dabei verstanden werden als **Staats- oder Willensnation** als Gemeinschaft von Staatsbürgern, die sich zu den Ideen und Idealen einer Nation bekennt, oder als **Kulturnation**, bei der nicht gemeinsame Ideale entscheidend sind, sondern eine gemeinsame Sprache und Abstammung.

nach Andreas Vierecke, Bernd Mayerhofer, Franz Kohout, a.a.O., S. 63

M6 Hauptachsen der Parteienkonkurrenz

Die programmatisch-ideologische Positionierung ist die inhaltliche Seite des Parteienwettbewerbs. Sie lässt sich in eine sozioökonomische und eine kulturelle Dimension unterscheiden. In der sozioökonomischen Wettbewerbs- oder Konfliktdimension positionieren sich die Parteien zwischen → **Marktliberalismus** und → **Staatsinterventionismus**, hauptsächlich in der Wirtschafts- und Sozialpolitik, zunehmend aber auch bei Fragen der Umwelt- und Familienpolitik. Es geht darum, ob vornehmlich der Markt als Steuerungsinstrument fungieren soll oder primär der Staat. In der kulturellen Wettbewerbs- oder Konfliktdimension stehen [liberale bzw.] libertäre Werte wie Toleranz, Selbstentfaltung, kollektive Freiheitsrechte, Emanzipation, Pazifismus, kulturelle und politische Inklusion autoritären Wertvorstellungen gegenüber, die den Vorrang innerer und äußerer Sicherheit, kultureller Mehrheitsidentitäten oder restriktiver Kriminalitätsbekämpfung betonen.

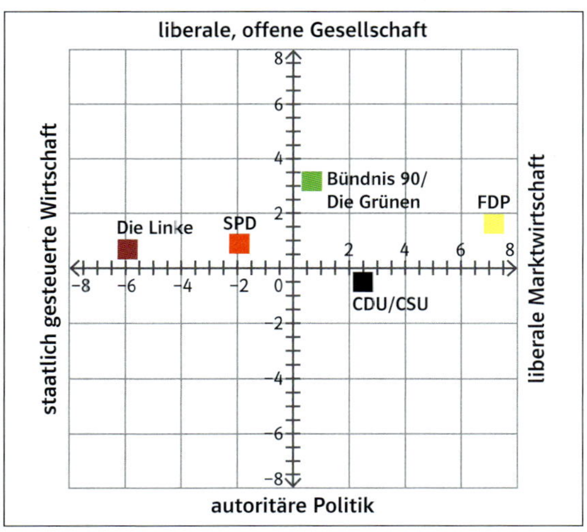

Abb. 39.1: Hauptkonfliktlinien der Parteienkonkurrenz

Uwe Jun: Entwicklung des deutschen Parteiensystems nach 1945, in: Bundeszentrale für politische Bildung (Hrsg.): Informationen zur politischen Bildung, Heft 328: Parteien und Parteiensystem der Bundesrepublik Deutschland, Bonn 2015, S. 36

M7 Traditionelle und moderne Werte als Konfliktlinie

Eine andere Einteilung sieht für die Y-Achse die Bedeutung der traditionellen bzw. konservativen Werte sowie das Ausmaß der „Fortschrittlichkeit“ (Progressivität), also die Modernisierung und Ausrichtung auf postmaterialistische Werte vor.

Uwe Jun, a.a.O., S. 49

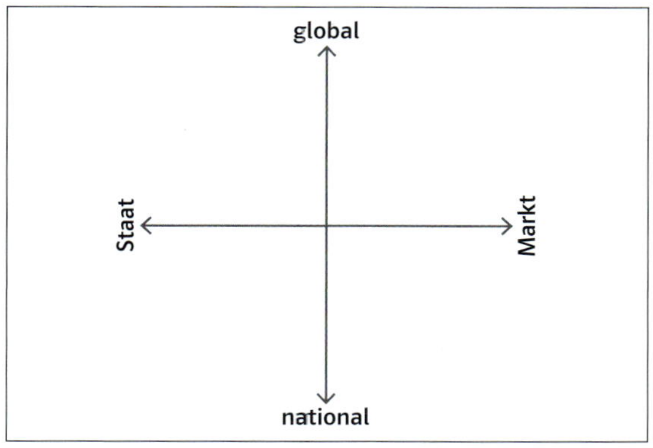

Abb. 39.2: „Die Parteien sortieren sich neu.“

M8 Die Parteien sortieren sich neu

Es geht nicht mehr nur um links gegen rechts, es geht um global versus national. Die Parteien sortieren sich neu.

Robert Pausch, Bernd Ulrich: Riss durch die Mitte, in: DIE ZEIT vom 8. Februar 2018, S. 2

Arbeitsaufträge

1. Leiten Sie aus den Grundsätzen der Parteifamilien (M1 bis M5) jeweils typische Forderungen ab!
2. Ordnen Sie die im Bundestag vertretenen Parteien den Parteifamilien zu!
3. Ergänzen Sie, wo Sie zurzeit die AfD in Abb. 39.1 einordnen würden!
4. Ordnen Sie die Bundestags-Parteien in ein eigenes Koordinatensystem nach der Aussage von M8 (Abb. 39.2)!

Diagramme und Grafiken auswerten

Darstellungsformen

Statistische Daten werden oft in Form von Tabellen, Diagrammen oder anderen grafischen Darstellungsarten dargestellt. Es gibt verschiedene Arten von Diagrammen, die für unterschiedliche Zwecke geeignet sind.

Balkendiagramm

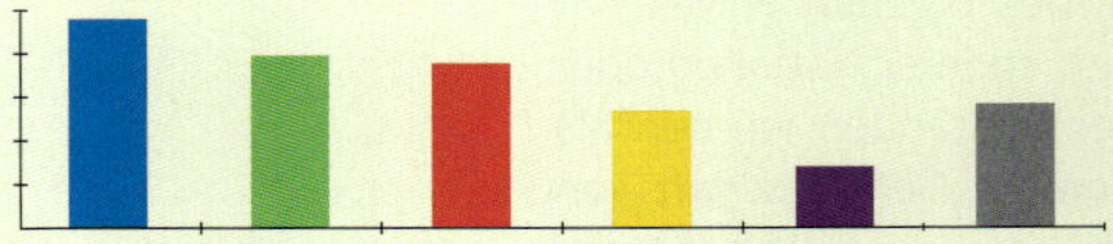
Säulendiagramm

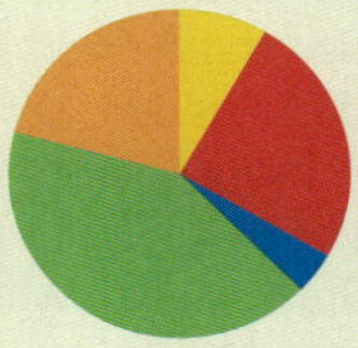
Kreisdiagramm

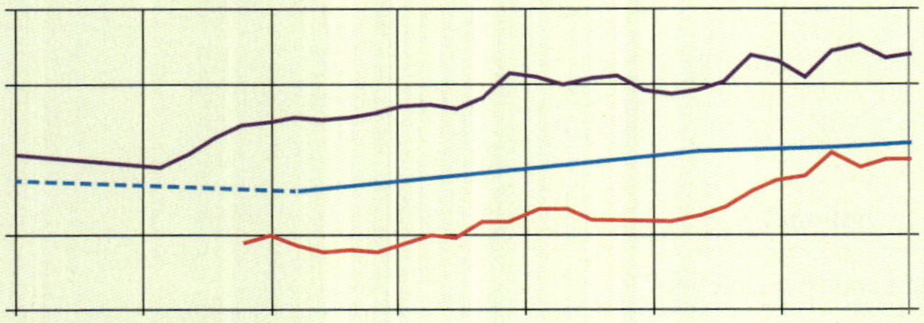
Liniendiagramm

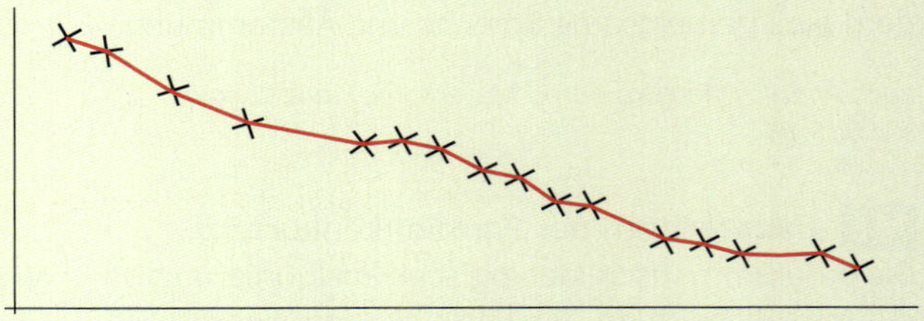
Punktediagramm

- Das **Balkendiagramm** stellt Zahlenwerte, meist in einer bestimmten Reihenfolge sortiert, dar.
- Das **Säulendiagramm** eignet sich besonders für Vergleiche innerhalb einer Zeitreihe.
- **Liniendiagramme** (auch Kurvendiagramme genannt) eignen sich besonders, um die Entwicklung mehrerer Größen im zeitlichen Verlauf darzustellen.
- **Punktdiagramme** bieten sich an, um Korrelationsvergleiche darzustellen. Ein Korrelationsvergleich gibt an, ob die Beziehung (Korrelation) zwischen zwei Variablen einem erwarteten Muster entspricht oder nicht. Dafür wird ein erwarteter Verlauf in das Diagramm eingezeichnet. Mit einer Regressionsanalyse (in Tabellenkalkulationsprogrammen oft als „Trendanalyse" bezeichnet) kann mathematisch eine Gerade errechnet werden, die die kumulierten Abstände der Punkte zur Geraden minimiert. Der Verlauf der Geraden markiert dann einen Trend oder einen möglichen Zusammenhang der beiden Variablen.
- **Kreisdiagramme** („Tortendiagramme", engl. *pie chart)* werden gern verwendet, wenn Anteile an Gesamtmengen veranschaulicht werden sollen. Es ist dann aber nicht möglich, die absoluten Zahlenwerte abzulesen, es sei denn, die Werte werden in oder neben die Kreissegmente eingetragen.

Die verwendeten Zahlenwerte können als absolute (exakte oder gerundete) Werte oder als Prozentwerte angegeben werden. Viele Statistiken verwenden auch Indexwerte, die auf einem Basiswert (der gleich 100 gesetzt wird) in einem beliebigen Ausgangsjahr beruhen. Ein Wert von 200 bedeutet dann zum Beispiel, dass die Zahl doppelt so groß war wie im Ausgangsjahr.

Auswerten

Auf jeden Fall gehören zu einer Diagrammauswertung die ersten drei Schritte der folgenden Checkliste; zu einer umfassenderen Analyse zählen auch die Schritte 4 und 5.

1. Was ist im Diagramm dargestellt? (Überschrift und Beschriftung der Achsen beachten! Herkunft der Daten und Urheber/Auftraggeber des Diagramms benennen.)
2. Wie ist es dargestellt? (Diagrammtyp, Skalierung, absolute/relative/Index-Werte?)
3. Was fällt auf? (Den Inhalt des Diagramms näher beschreiben, dabei die Auffälligkeiten hervorheben.)
4. Warum ist es so? (Welche Ursachen gibt es für die im Diagramm dargestellten Sachverhalte?)
5. Kritik (Wie schätzen Sie die Aussagekraft des Diagramms ein? Welche Aussageabsichten sind eventuell zu erkennen? Gibt es Hinweise auf eine manipulative Gestaltung?)

Manipulative Darstellungen
Grafische Darstellungen wirken oft überzeugender als bloße Zahlenwerte; daher werden sie aber auch nicht selten mit manipulativer Absicht gestaltet. Das heißt, das Diagramm ist so gestaltet, dass beim Betrachter ein bestimmter Eindruck erzeugt oder bestärkt werden soll, auch wenn dieser in den Originalzahlen so gar nicht zu finden ist. Dabei ist hier nicht von Fälschungen die Rede, sondern von der geschickten Wahl bestimmter Darstellungsformen, Ausgangswerte, Skalierungen usw.

Quantitative und qualitative Entwicklung

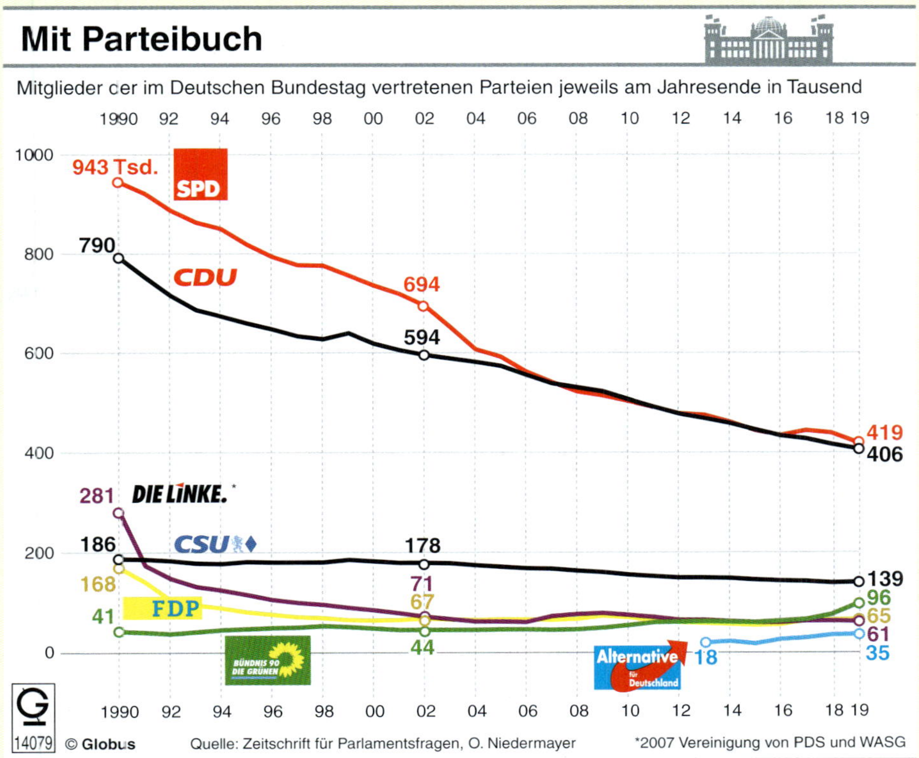

Abb. 41.1: Entwicklung der Mitgliederzahlen zwischen 1990 und 2019.

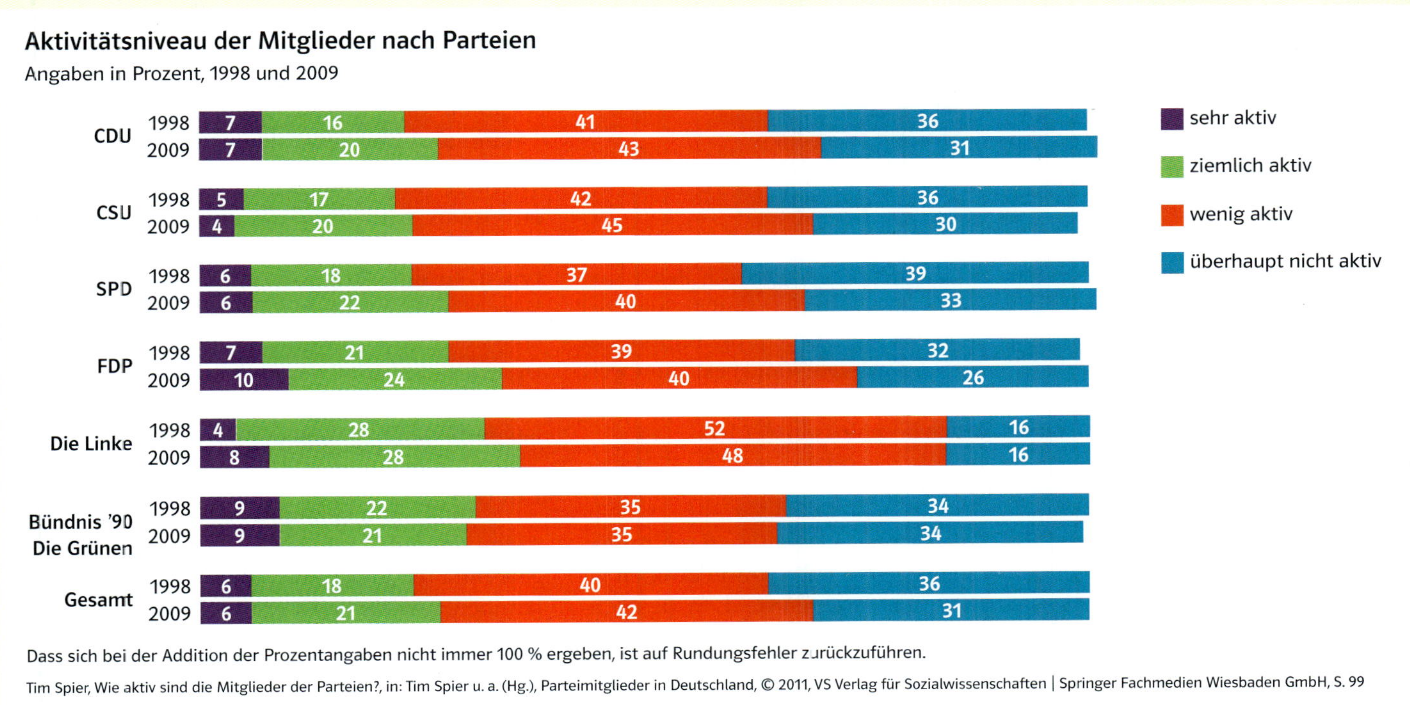

Abb. 41.2: Aktivitätsniveau der Mitglieder nach Parteien (nach Tim Spier u. a.)

Arbeitsaufträge

1. Beschreiben Sie die quantitative Entwicklung der Mitgliederzahlen der Parteien (Abb. 41.1)!
2. Beschreiben Sie die qualitative Entwicklung der politischen Partizipation anhand des Aktivitätsniveaus der Mitglieder in den verschiedenen Parteien (Abb. 41.2)!

Zusammenfassung

Seit 1990 ist ein Bedeutungsverlust der Volksparteien bei Wahlen zu verzeichnen: Die kleinen Parteien werden größer und die großen kleiner.

Merkmale von Parteien

Parteien sind Vereinigungen von Bürgern, die auf die politische Willensbildung Einfluss nehmen und die in Wahlen Mandate in Parlamenten erlangen wollen. Ihre Gründung ist frei, ihre innere Ordnung muss demokratischen Grundsätzen entsprechen.

Abb. 42.1: Funktionen von Parteien (Stefan Prochnow)

Innere Demokratie

Innere Demokratie bedeutet, dass die Besetzung von Parteiämtern, die Kandidatenaufstellung bei Wahlen und die Inhalte des Parteiprogramms nicht von oben herab vom Parteivorstand bestimmt werden, sondern auf Parteitagen oder durch Mitgliederabstimmungen beschlossen werden.

Politikverdrossenheit als Parteiverdrossenheit – die Kritik am „Parteienstaat" wird in Karikaturen oft an den Tieren deutlich, als die die Parteien dargestellt werden: als Schildkröten, Kraken oder Dinosaurier.

Parteienfinanzierung

Um Wahlkämpfe führen und ihre weiteren Aufgaben in der pluralistischen Demokratie erfüllen zu können, benötigen die Parteien Geld. In Deutschland sieht das Parteiengesetz eine Mischfinanzierung der Parteien aus privaten und staatlichen Mitteln vor. Die direkte und indirekte **staatliche Parteienfinanzierung** wird damit gerechtfertigt, dass die Parteien wichtige Aufgaben erfüllen, die letztlich allen Bürgerinnen und Bürgern zugutekommen. Eine Abhängigkeit von **privaten Spenden** soll vermieden werden, weil dies Parteien bevorteilen könnte, die politische Positionen vertreten, die vorrangig wohlhabenden Privatspendern und Unternehmen entgegenkommen. Allerdings wird kritisiert, dass die staatliche Parteienfinanzierung zu einer Selbstbedienungsmentalität der Parteien beitragen könnte, weil sie über die Höhe ihrer finanziellen Zuwendungen im Parlament letztlich selbst entscheiden.

Parteiensystem

Als **Parteiensystem** bezeichnet man die Gesamtheit der in einem politischen System agierenden Parteien und ihre Wechselbeziehungen. Diese Beziehungen werden maßgeblich durch drei **Faktoren** beeinflusst:

- **Fragmentierung:** Anzahl der Parteien und ihre relative Bedeutung nach Mitgliederzahl, Wählerstimmen und Parlamentsmandaten. Besonders relevant ist die Anzahl der im Parlament vertretenen Parteien.
- **Polarisierung:** ideologische und programmatische „Entfernung" der Parteien untereinander.
- **Segmentierung:** Anteil der politisch machbaren an den rechnerisch möglichen Koalitionsmöglichkeiten. Segmentierung bezeichnet also die „Kompromissfähigkeit" und den Willen zur Zusammenarbeit der Parteien untereinander.

Wichtige Rollen für die Ausformung des Parteiensystems eines Landes spielen das **Wahlrecht**, die **Konfliktlinien (→ Cleavages)** und die **Parteitypen**. In der Bundesrepublik hat sich nach der Wiedervereinigung 1990 zunächst ein Fünfparteiensystem aus CDU/CSU, SPD, FDP, BÜNDNIS90/DIE GRÜNEN und den LINKEN herausgebildet. Seit 2015 zieht mit der AfD eine weitere Partei in Landesparlamente und den Bundestag ein.

Parteifamilien

Aufgrund von Ähnlichkeiten bei Wertvorstellungen, Inhalten und Zielgruppen lassen sich „Parteifamilien" zusammenfassen (siehe Abb. 42.2).

Konservativismus (auch: Konservatismus): lat. conservare „bewahren"; politische Haltung, welche auf der Grundlage traditioneller bzw. religiöser Werte die bestehende politische, wirtschaftliche

Sozialisten	Liberale	Konservative
• Im Vordergrund steht die Überwindung sozialer Ungleichheit. • Üblicherweise gewählt von gewerkschaftlich organisierten Arbeitern und kleineren Angestellten. • Eine wichtige Rolle wird auch der Armutsbekämpfung beigemessen.	• Staatseingriffe in das persönliche Leben (Bürgerrecht, Freiheiten) sollen weitgehend vermieden werden. • Staat soll sich möglichst wenig in die Wirtschaft einmischen (Wirtschaftsliberalismus). • Trennung von Staat und Kirche (Laizismus), säkularer Staat.	• Christlicher Hintergrund • Im Vordergrund steht das Ziel, Werte und Traditionen zu bewahren. • Traditionell bevorzugt von älteren Menschen und von der Landbevölkerung, insbesondere von Bauernfamilien.

Abb. 42.2: Drei wichtige „Parteifamilien" (Stefan Prochnow)

und soziale Ordnung grundsätzlich erhalten will. Der Konservatismus wendet sich daher gegen radikale Reformen des Bestehenden. Gebilligt werden allenfalls Reformen, mit deren Hilfe die bestehende Ordnung zum Wohle von Staat und Gesellschaft weiterentwickelt werden kann.

Liberalismus: Weltanschauung und politische Bewegung seit dem 18. Jahrhundert, die eine Kontrolle der einzelnen Person durch den Staat oder andere Institutionen zu verringern und die freie Entfaltungsmöglichkeit der Individuen zu fördern trachtet, sowohl im politischen (Bürgerrechte, persönliche Freiheiten) wie im wirtschaftlichen Bereich (Freiheit des Unternehmers).

Nationalismus: Ideologie, die den besonderen Wert und Charakter des eigenen Volkes stark betont und oft mit Sendungsbewusstsein verbunden ist; wenn er mit der Geringschätzung anderer Völker verbunden ist, wird er zu Chauvinismus.

Populismus: Zumeist abwertend gemeinter Begriff für ein Verhalten vor allem von Politikern, die um des politischen Erfolgs willen Argumente und Ansichten vertreten, die im Volke (lat. populus) verbreitet („populär“) sind, auch wenn sie der eigentlichen Problemlage nicht gerecht werden. Populisten versuchen oft auch, im Volke vorhandene Ängste, Vorurteile und Gefühle zu mobilisieren und auf diese Weise „Stimmung zu machen“.

Sozialismus: Im frühen 19. Jahrhundert entstandene Lehre und politische Bewegung, die dem Prinzip der Gleichheit den Vorrang vor dem der Freiheit gibt (**Sozialdemokratie**) und die Verfügung über die Produktionsmittel in die Hand der Gesellschaft bzw. des Staates legen will (**Sozialismus**). Der **Kommunismus** beruht auf der Ideologie des Marxismus und versteht sich als höhere Stufe des Sozialismus, auf der die völlige Gleichheit aller Gesellschaftsmitglieder hergestellt sein soll.

Musterklausur Kapitel 2 mit Lösung
59c5ev

	CDU	CSU	SPD	Grüne	FDP	Linke	AfD
Vollständiger Name der Partei	Christlich-Demokratische Union Deutschlands	Christlich-soziale Union in Bayern	Sozialdemokratische Partei Deutschlands	Bündnis90 Die Grünen	Freie Demokratische Partei	Die Linke	Alternative für Deutschland
Gründung	1945	1945	1863 als Allg. Deutscher Arbeiterverein	1980	1948	2007	2013
Mitgliederzahl (2020/21)	399110	139000	419300	120000	75000	60350	32000
Durchschnittsalter	61 Jahre	60 Jahre	60 Jahre	48 Jahre	51 Jahre	55 Jahre	k.A.
Frauenanteil	26,3%	20,0%	32,6%	41,0%	21,6%	36,5 %	17,8 %
Jugendorganisation	Junge Union (JU)	Junge Union	Jungsozialisten (Jusos)	Grüne Jugend	Junge Liberale (Julis)	Linksjugend Solid	Junge Alternative
Parteinahe Stiftung	Konrad-Adenauer-Stiftung	Hanns-Seidel-Stiftung	Friedrich-Ebert-Stiftung	Heinrich-Böll-Stiftung	Friedrich-Naumann-Stiftung für die Freiheit	Rosa-Luxemburg-Stiftung	Desiderius-Erasmus-Stiftung
Parteivorsitz (02/2022)	Friedrich Merz	Markus Söder	Saskia Esken und Lars Klingbeil	Ricarda Lang und Omid Nouripour	Christian Lindner	Susanne Hennig-Wellsow und Janine Wissler	Tino Chrupalla
Fraktionsvorsitz Bundestag (02/2022)	Ralph Brinkhaus		Rolf Mützenich	Katharina Dröge und Britta Haßelmann	Christian Dürr	Amira Mohamed Ali und Dietmar Bartsch	Tino Chrupalla und Alice Weidel
Sitze im 20. Bundestag*	152/736	45/736	206/736	118/736	92/736	39/736	80/736
Sitze in Landtagen (02/2022)	486	85	469	290	128	137	229
In Landesparlamenten vertreten/An Landesregierungen beteiligt (02/2022)	15/10	1/1	16/11	15/10	13/4	10/3	16/0
Parteifarbe	schwarz	blau, schwarz	rot	grün	gelb	rot, purpur	hellblau
Abgeordnete im Europäischen Parlament (2021)**	22/96	6/96	16/96	21/96	5/96	5/96	11/96
Fraktion im EP	EVP Europäische Volkspartei		S&P Progressive Allianz der Sozialdemokraten	Grüne Europäische Freie Allianz	Renew Europe	GUE/NGL Vereinte Europäische Linke und Nordische Grüne Linke	ID Identität und Demokratie

Abb. 43.1: Übersicht über die wichtigsten deutschen Parteien. Stand 07.02.2022 (* 4 fraktionslose Abgeordnete, ** 9 weitere deutsche Abgeordnete aus anderen Parteien) (Stefan Prochnow)

3. Verbände in der Demokratie

3.1 Interessenverbände, Nichtregierungsorganisationen und Bürgerinitiativen

Info

Artikel 9 (1) GG Vereinigungsfreiheit
Alle Deutsche haben das Recht, Vereine und Gesellschaften zu bilden.

M1 Was ist eine Nichtregierungsorganisation?

NGO, Non-Governmental Organizations: nicht staatliche Organisationen, Institutionen, Vereine oder Gruppierungen, die international, national, regional oder lokal tätig sind. [Oft als spontane Gründung aus einer Bürgerinitiative gegen einen Missstand hervorgegangen, sind sie] heute als eigenständige Träger von Entwicklung international anerkannt und bilden ein wichtiges Element bei internationalen Konferenzen, insbesondere im Rahmen der UNO. Das Spektrum der NGO reicht von lokalen Gruppen und Initiativen bis zu weltweit tätigen Organisationen wie Ärzte ohne Grenzen, Greenpeace oder Amnesty International, von kirchlichen Hilfswerken wie Misereor und Brot für die Welt über die den politischen Parteien nahestehenden Stiftungen und die in der Solidaritätsbewegung verankerten Organisationen (z. B. Terre des hommes, Medico International, Weltfriedensdienst).

Duden Wirtschaft von A bis Z, Bibliographisches Institut, Mannheim 6. Aufl. 2016, www.bpb.de/nachschlagen/lexika/lexikon-der-wirtschaft/20162/nichtregierungsorganisationen, Zugriff am 03. November 2021

Info

Interessen sind „subjektiv empfundene und verhaltensorientierende Ziele und Bedürfnisse in einem sozialen Umfeld".
Wolfgang Rudzio: Das politische System der Bundesrepublik Deutschland, Opladen 5. Aufl. 2000, S. 67

M2 Was ist eine Bürgerinitiative?

Bürgerinitiativen sind spontane, zeitlich meist begrenzte, organisatorisch eher lockere Zusammenschlüsse einzelner Bürger, die sich, außerhalb der etablierten Beteiligungsformen der repräsentativen Parteiendemokratie, zumeist aus einem konkreten Anlass, häufig auch als unmittelbar Betroffene zu Wort melden, und sich, sei es direkt im Wege der Selbsthilfe, sei es „indirekt" im Wege der öffentlichen Meinungswerbung und der Ausübung politischen Drucks, um Abhilfe im Sinne ihres Anliegens bemühen. [...] Bürgerinitiativen kommen und gehen, sie haben in der Regel einen konkreten, eng begrenzten Aktionsanlass, und sie lösen sich oft auch wieder auf, wenn ihre Bemühungen scheitern oder wenn sie erfolgreich waren [...]. Ihre Attraktivität beruht nicht zuletzt darauf, dass jeder sie „machen" kann und dass nahezu jedes denkbare Anliegen zum Gegenstand einer Initiative werden kann [...]: die geplante Bahnhofs- oder Flughafenerweiterung, die achtspurige Autobahn, die Mülldeponie, das Kernkraftwerk, die Theaterschließung, unzureichende Krankenversorgung, fehlende Sport- und Freizeitmöglichkeiten, Wohnraumzerstörung, Landschaftszersiedelung, umweltbelastende Großtechnologie, wenig kinderfreundliche Schulwege u. v. a. m.

Bernd Guggenberger, Definition in: www.bpb.de/nachschlagen/lexika/handwoerterbuch-politisches-system/201988/buergerinitiativen, Zugriff am 03. November 2021

M3 Was ist ein Interessenverband?

Verbände [sind] „alle nicht mit dem Staat oder den Parteien verbundenen, sozial autonomen gesellschaftlichen Vereinigungen, die partiale [geteilte] oder kombinierte Interessen sozialer Gruppen in organisierter Form in der Öffentlichkeit vertreten". Die aus dem angelsächsischen Sprachgebrauch übernommenen Ausdrücke → **Lobby** und → **pressure group** weisen direkt auf den Sachverhalt der Interessenvertretung hin. Der Begriff „Lobby" ist eigentlich die sprachliche Bezeichnung für die Wandelhalle des Parlaments, in der sich die Interessenvertreter mit den Abgeordneten zu Kontaktgesprächen treffen. Dass die Gespräche der Lobbyisten nicht immer frei von Pressionen [Druck] sind, deutet der Ausdruck „pressure group" an. Die parteipolitische Unabhängigkeit der Verbände darf nicht mit parteipolitischer Neutralität verwechselt werden. Eine gewisse Nähe einzelner Verbände zu einer bestimmten politischen Partei ist schon von der historischen Entwicklung gegeben. Doch müssen in der parlamentarischen Demokratie die Verbände im Interesse ihrer Mitglieder sich auf wechselnde parteipolitische Konstellationen einstellen können, weshalb sie organisatorisch von den Parteien unabhängig sein müssen.

Anton Egner, Günther Misenta: Bürger im demokratischen Staat. Hannover 1992, S. 51

M4 Verbändetypen und ihre Handlungsfelder

Die Verbände unterscheiden sich im Wesentlichen nach Zwecksetzung, regionaler Zuständigkeit, Mitgliedern, Größe und organisatorischer Einbindung in andere Verbände sowie nach ihrer Finanzierungsweise. Bei den Zwecken unterscheidet man oft zwischen:

- wirtschaftsbezogenen Verbänden (Beispiele: Industrie-, Handels-, Handwerks- und Verbraucherverbände, Marken- und Zeichenverbände)
- berufsbezogenen Verbänden (Beispiele: Deutscher Anwaltverein, Ärzteverbände)
- tarifpolitischen Verbänden (Beispiele: Arbeitgeberverbände, Gewerkschaften)
- sozial- und gesellschaftsbezogenen Verbänden ([...] Arbeiterwohlfahrt, Amnesty International)
- wissenschafts- und forschungsbezogenen Verbänden, sog. Fachgesellschaften (Beispiele: Deutsche Forschungsgemeinschaft [...])
- kulturbezogenen Verbänden (Beispiele: [...] Bundesvereinigung des Deutschen Films)
- sport- und freizeitbezogenen Verbänden (Deutscher Sportbund)

Deutsche Gesellschaft für Verbändemanagement e. V. (Hrsg.): Verbändereport 2017, S. 7, www.verbaende.com/media/dvf/Vielfalt_der_Verbaende_lietzau.pdf, Zugriff am 03. November 2021

M5 Durchsetzungschancen von Interessen

Erfolgreiche Interessenverbände brauchen Mitglieder, die bereit sind, den Verbandszweck wenigstens durch einen finanziellen Beitrag und womöglich durch eigene aktive Beteiligung zu unterstützen und gegebenenfalls das eigene Verhalten von den Direktiven des Verbandes bestimmen zu lassen. Das erfordert vielleicht im Einzelfall keinen großen Aufwand, aber ist doch viel verlangt in einer Welt, in der niemand die Zeit und die Mittel hat, sich für alle ihn potenziell interessierende private und öffentliche Belange einzusetzen. Hier liegen die eigentlichen Ursachen dafür, dass nicht alle gesellschaftlichen Interessen als mitgliedsstarke Verbände organisierbar sind.

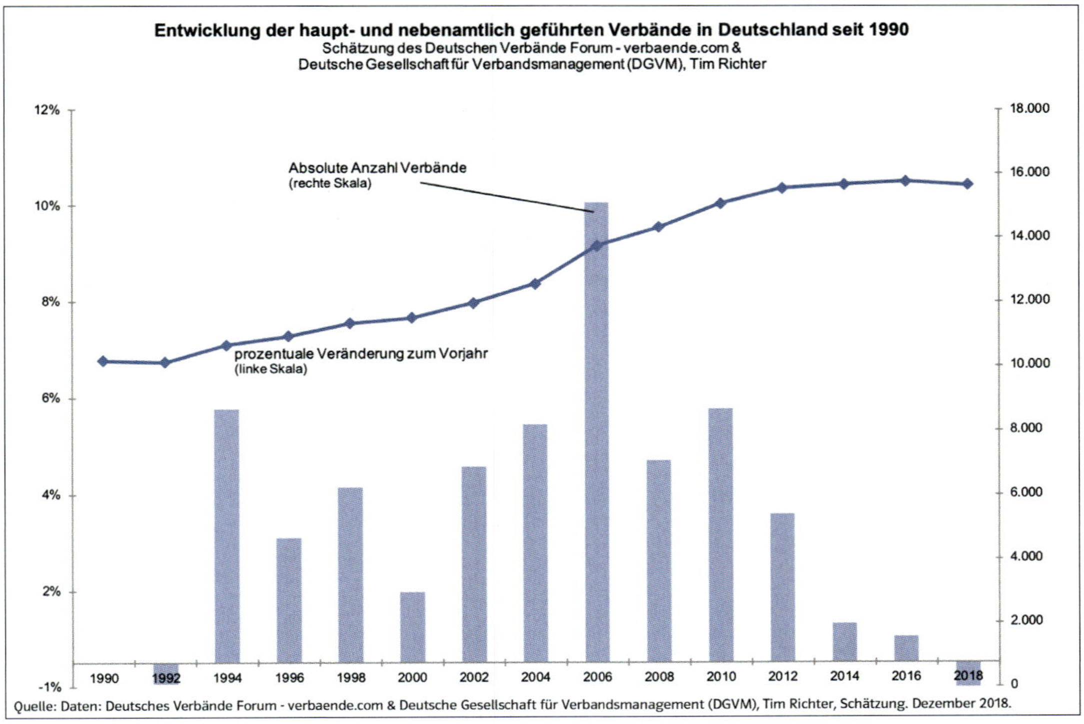

Abb. 45.1: Verbandsentwicklung 1990–2018

Moralische und egoistische Motive

Zur Erläuterung verwende ich zwei Unterscheidungen zwischen möglichen Mitgliedschafts-Motiven, einerseits die zwischen moralischen und egoistischen Motiven, und andererseits die zwischen konzentrierten und diffusen Interessen. Ein Beispiel für die erste Unterscheidung ist der Vergleich zwischen den Mitgliedern von Amnesty International und den Mitgliedern des Bauernverbandes. Den ersten geht es darum, Menschenrechtsverletzungen in der ganzen Welt anzuprangern, den zweiten geht es um die Verbesserung des eigenen Einkommens. Beide sind auf kollektives Handeln angewiesen. Aber während bei Amnesty der Verbandszweck mit der moralischen Motivation des Mitglieds identisch ist und im Prinzip auch individuelle Opfer rechtfertigen kann, ist beim Bauernverband eine Übersetzung notwendig: Bei egoistischer Motivation lohnt die Mitgliedschaft nur dann, wenn das eigene Wohlergehen durch Unterstützung der Verbandsarbeit mehr gefördert wird als durch andere Möglichkeiten der Verwendung von Zeit und Geld. […]

Konzentrierte und diffuse Interessen

[…] Die Konsuminteressen richten sich bei jedem von uns von Zeit zu Zeit auf höchst unterschiedliche Güter und Dienstleistungen. Wenn man gerade ein Haus renoviert, hat man ganz andere Probleme, als wenn man eine Trekkingtour im Himalaya oder eine Tagesmutter sucht. Noch größer sind die Diskrepanzen zwischen Konsumentengruppen, die sich nach Einkommen, Bildungsstand, kultureller und ideologischer Orientierung voneinander unterscheiden. Gewiss gibt es auch auf der Konsumseite konzentriertere Interessen. Der ADAC und der Mieterbund profitieren davon. […]

Prof. Fritz W. Scharpf: Verbraucherinteressen in der Verhandlungsdemokratie, Vortrag am 2. Juli 2002, www.energieverbraucher.de/de/Umwelt-Politik/Politik/Verbraucherpolitik/Verbraucherorganisation__1426/, Zugriff am 03. November 2021

Arbeitsaufträge

1. Recherchieren Sie im Internet und stellen Sie jeweils einen Interessenverband, eine NGO und eine Bürgerinitiative Ihrer Wahl vor!
   a) Recherchieren Sie die jeweilige Mitgliederstärke!
   b) Erklären Sie kurz den jeweiligen Zweck bzw. die Interessen!
   c) Untersuchen Sie, welcher Mittel sich die jeweiligen Organisationen bedienen, um ihre Interessen durchzusetzen!

2. a) Ordnen Sie im Kurs mit diesen Angaben Ihre Verbände, NGO und Bürgerinitiativen aus Aufgabe 1 in folgende Matrix der Durchsetzungschancen (M5) ein:

		Motive	
		moralisch	egoistisch
Interessen	diffus		
	konzentriert		

   b) Erörtern Sie, welche Organisationen die größten Durchsetzungschancen haben!

3. Erläutern Sie, warum Interessenverbände nicht Teilorganisationen von Parteien sind, indem Sie Interessenverbände, Bürgerinitiativen und Parteien miteinander vergleichen: Welche allgemeine Funktion ist ihnen gemeinsam? Wessen Interessen vertreten sie? Wem gegenüber sind sie verantwortlich? Teilnahme an Wahlen/Teilhabe an der Regierung? Finanzierung? Demokratischer Aufbau? Inwiefern ergänzen und/oder unterstützen Verbände die Funktionen der Parteien?

4. Führen Sie vor dem Hintergrund Ihrer Erkenntnisse eine Positionslinie zu der Frage durch: „Verbände in der Demokratie – (k)ein unverhältnismäßiger Einfluss?“

3.2 Aufgaben von Interessenverbänden in der pluralistischen Demokratie

Info

„Fünfte Gewalt"
So wie die freie Presse – in Anlehnung an die drei Gewalten Legislative, Exekutive, Judikative – als „Vierte Gewalt" bezeichnet wird, so gelten die Interessenverbände als „Fünfte Gewalt", da auch sie die Funktion der staatlichen Machtkontrolle übernähmen.

M1 Funktionen von Interessensverbänden

Verbände [...] realisieren [...] einen wichtigen Aspekt der Volkssouveränität. Durch vier grundlegende Funktionen vermögen Verbände diesen Anspruch zu erfüllen: Aggregation, Selektion, Artikulation und Integration politischer Interessen sind die primären Aufgaben verbandlichen Handelns. Dazu gesellen sich zusätzliche sekundäre Verbandsfunktionen (Partizipation, Legitimation [...]), die nicht primär die Aufgaben gegenüber ihrer Klientel betreffen, sondern freie Leistungen oder Leistungen im Auftrag des gesamten politischen Systems darstellen.

Interessenaggregation

Unter Interessenaggregation wird die Bündelung einer Vielzahl heterogener Forderungen zu einheitlichen verbandspolitischen Zielen und programmatischen Aussagen verstanden. [...] Die Aggregation von Interessen wird öffentlich kaum wahrgenommen. Dabei handelt es sich hier um eine Vorbedingung für die Verbandsarbeit überhaupt. Kernaufgabe der Aggregation ist die Auswahl einer eindeutig bestimmbaren Position aus den Einzelmeinungen, Wünschen, Bedürfnissen und Forderungen eines Interessenspektrums. Einerseits geschieht dies durch Bündelung, also die Zusammenfassung ähnlicher Interessen. Andererseits werden Forderungen auch komprimiert, auf ihre Kerninhalte reduziert. Auf diese Weise erreicht der Verband eine eindeutige sachliche Position, die er nun nach außen vertreten kann. [...]

Interessenselektion

Selektion bezeichnet die aus der Aggregation resultierenden Wirkungen der Verbände auf das politische System. Um die beschriebene Überlastung des Systems zu verhindern, sind Filtermechanismen vonnöten, mit deren Hilfe eine Vorauswahl getroffen wird. Verbände erfüllen diese Funktion, indem sie nur diejenigen Interessen vertreten, die realistisch durchsetzbar sind. Mit Selektion ist damit zunächst einmal ein Problem der verbandsinternen Willensbildung gemeint. Darunter ist zu verstehen, dass unterschiedliche Interessen auf einen Minimalkonsens zu bringen sind. Selektion ist daher die Findung eines Kompromisses [...]

Interessenartikulation

[...] Verbände wenden sich zur Durchsetzung der Mitgliederinteressen mit Forderungen an das zentrale politische Entscheidungssystem. In diesem Sinne leiten sie die Interessen der Mitglieder zunächst einmal lediglich weiter. Weitaus häufiger aber müssen Einzelinteressen des Verbandes erst einmal in konkrete Aussagen umformuliert werden. Allgemeine Einstellungen werden auf diesem Wege zu kollektiven Verhaltenserwartungen verdichtet. Dies geschieht entweder auf dem Wege der öffentlichen Diskussion oder durch den direkten Zugang zur für die Sachentscheidung zuständigen Stelle im Staatsapparat. [...] Artikulation ist noch am ehesten beobachtbar. Mit der stets wachsenden Bedeutung der medialen Inszenierung von verbandlichen Forderungen nimmt diese Tendenz zu. Spezifische Begriffe wie „→ **pressure group**" oder „→ **Lobbyismus**" deuten darauf hin, dass die Öffentlichkeit vor allen Dingen auf diese Funktion von Verbänden rekurriert, wenn es darum geht, den Charakter von Interessengruppen zu beschreiben. [...]

Integration

Verbände wirken außerdem an der langfristigen Integration der Bürgerinnen und Bürger in den Staat mit. [...] Sie bauen das Individuum in Vermittlungsprozesse ein und verdeutlichen ihm die Komplexität des politischen Prozesses. Mit Integration ist der Aufbau von Identifikationshaltungen gemeint, die erst zur Gruppenbildung führen. Endprodukt ist die Loyalität gegenüber dem politischen System. Indem Verbände durch freie Konkurrenz die Interessen ihrer Mitglieder durchzusetzen versuchen, wirken sie an deren Integration in den Staat mit. Auf diese Weise erfüllen sie abermals innerverbandliche und demokratiestützende Funktionen. Sie stärken damit die Funktions- und Steuerungsfähigkeit des politischen Systems. Die Integrationsfunktion ergibt sich aus dem Zusammenspiel der bisherigen Funktionen. Werden diese zufriedenstellend erfüllt, so ist auch eine adäquate politische Integration der Vielzahl an Interessen gewährleistet. Verbände schaffen politisch-kulturellen Nährboden und bieten eine Vielzahl an Partizipationsmöglichkeiten. Damit ist auch politischer Ausgrenzung und subjektivem Empfinden der Machtlosigkeit ein Riegel vorgeschoben. Insofern ist die Integrationsfunktion für die Befriedung von Gesellschaften elementar. Integration wird auch dadurch erzielt, dass sich die Mitgliedschaften von organisierten Interessen milieuübergreifend überlappen und so als Verbindungsglied fungieren. So kann das politische System höchstmögliche Integrationskraft entfalten und seine Grenzen stabilisieren.

Partizipation

Verbände bieten die Chance zur politischen Teilhabe und damit letztlich auch zu Information und Kommunikation. [Sie] ermöglichen prinzipiell die Beteiligung von Individuen an der politischen Willensbildung über den zeitlich festgesetzten und begrenzten Wahlakt hinaus. Sie stellen die dazu notwendigen Partizipations- und Kommunikationsmedien in der Gesellschaft überhaupt erst zur Verfügung. [...] Der demokratiepraktische Wert liegt auf der Hand: Nicht nur Verbände, die den Regierungskurs unterstützen, tragen zur Legitimation des politischen Systems bei. Auch der Opposition nahe stehende Organisationen, die sich mit Forderungen an die Akteure des politischen Systems wenden, erkennen seine grundsätzliche Legitimation an. Partizipation in Verbänden schärft so das politische Bewusstsein der Bürgerinnen und Bürger. Sie gewinnen Einblick in die Funktionslogik des politischen Systems. Angehörige aller Bevölkerungsschichten erhalten die Möglichkeit, den Kompromiss als Wesensmerkmal von Demokratien kennenzulernen.

Sozioökonomische Selbstregulierung

[Damit ist] gemeint, dass es Politikbereiche gibt, in denen der Staat Aufgaben an Verbände delegiert hat (Wirtschaft, Gesundheit). […] Mit der Übernahme von Regulationsfunktionen in ihrem Bereich entlasten Interessengruppen den Staat. […] Besonders deutlich wird die entlastende Funktion verbandlicher Aktivität in der Tarifautonomie. Während die Mehrzahl der Verbände nur durch Einflussnahme auf Parteien, Regierung und Parlament Berücksichtigung erfährt, verleiht die verfassungsmäßig garantierte Tarifautonomie den Konfliktparteien im Arbeitskampf eine besondere Stellung. […]

Legitimation

Legitimation ist die „Generalfunktion" unter den Verbandsfunktionen. […] Verbände erfüllen diese Funktion, indem sie zentralen gesellschaftlichen Forderungen Ausdruck verleihen. Die staatlichen Institutionen ihrerseits sind zur Einhaltung der demokratischen Spielregeln verpflichtet. Legitim sind dementsprechend nur solche Maßnahmen und Eingriffe, die durch demokratisch legitimierte Mandatsträger demokratisch und rechtsstaatlich getroffen und beschlossen werden. […] Die Verbände wirken an dieser Stelle als Repräsentanten spezieller Bevölkerungsgruppen entscheidend mit. Sie ermöglichen es dem Individuum, auch abseits der Wahlurne auf die Formulierung von Politik Einfluss zu nehmen. Außerdem wird in täglicher Verbandsarbeit sichergestellt, dass politische Entscheidungen nicht fernab konkreter Lebenssituationen der Menschen getroffen werden. Solange eine gesellschaftliche Gruppe eine reelle Chance sieht, den eigenen Forderungen erfolgreich Nachdruck zu verleihen, stellt sie die Legitimität des politischen Systems nicht infrage. Insofern verdeutlichen verbandliche Forderungskataloge an staatliche Instanzen eine enge Bindung an die Gegebenheiten des politischen Systems. Diese Forderungen sind Ausdruck der Akzeptanz seiner demokratischen Spielregeln und Spiegelbild des Vertrauens in die Effektivität seiner Prozesse.

Alexander Straßner: Funktionen von Verbänden in der modernen Gesellschaft, in: Aus Politik und Zeitgeschichte 15–16, 2006, www.bpb.de/apuz/29798/funktionen-von-verbaenden-in-der-modernen-gesellschaft?p=all, Zugriff am 03. November 2021

M2 Bedeutung der Interessenverbände für die pluralistischen Demokratie

Die pluralistischen Verbände sind dazu berufen, dem Einzelnen die Möglichkeit zu eröffnen, einen Ausweg aus der Isolierung und Vereinsamung zu finden, die ihn im Industriezeitalter ständig bedroht. Denn die Mitwirkung des Bürgers an öffentlichen Angelegenheiten darf sich nicht darauf beschränken, alle vier Jahre zur Wahlurne zu gehen und durch seine Stimmabgabe Einfluss darauf auszuüben, welches Team im Bereich der hohen Politik regieren soll – so wichtig dies auch ist. Die Mitwirkung des Bürgers muss die Möglichkeit einschließen, durch Mitgliedschaft und Mitarbeit in den Interessenorganisationen an der Regelung der Alltagsfragen teilzunehmen, die ihn unmittelbar berühren. […] Pluralismus ermöglicht eine durch die Parteien und Gruppen zu bewerkstelligende demokratische Mitwirkung der Bürger im Staat nur dann, wenn die Gruppen und Parteien selbst demokratisch konstituiert sind und sich gegenüber dem ehernen Gesetz der Partei- und Gruppenoligarchie immun erweisen. Die Existenz einer pluralistischen Demokratie setzt nicht nur voraus, dass der Staat pluralistisch, sie setzt auch voraus, dass die pluralistischen Parteien und Verbände demokratisch sind, das heißt, dass sie offene Gesellschaften darstellen, die nicht von Eliten, die sich durch → **Kooptation** ergänzen, beherrscht werden, sondern als Stätten zu dienen vermögen, an denen jeder Bürger sich aktiv zu betätigen in der Lage ist, an denen er nicht nur reden kann, sondern auch eine Chance besitzt, gehört zu werden, an denen er nicht nur fragen kann, sondern auch eine Antwort erhält, an denen er nicht als Nummer behandelt, sondern als Mitglied respektiert wird. […]

Ernst Fraenkel: Deutschland und die westlichen Demokratien. Frankfurt/M. 1991, S. 271–276

Info

Korporatismus ist ein politikwissenschaftlicher Begriff, der bestimmte Formen der Beteiligung gesellschaftlicher Gruppen an politischen Entscheidungsprozessen beschreibt. Zu unterscheiden sind:
a) der autoritäre oder staatliche Korporatismus, der für die erzwungene Einbindung kennzeichnend ist;
b) der gesellschaftliche oder liberale Neo-Korporatismus, der auf freiwilliger Beteiligung gesellschaftlicher Organisationen (insbesondere der Tarifpartner Arbeitgeber und Arbeitnehmer in Tarifverhandlungen) beruht.
Zweck der korporatistischen Beteiligung ist die Bindung der unterschiedlichen Interessengruppen an gemeinsam getroffene Vereinbarungen.

nach Klaus Schubert, Martine Klein: Das Politiklexikon, Bonn 7. Aufl. 2018, S. 199 f.

Abb. 47.1: Der Dritte Sektor (nach Herbert Uhl)

Arbeitsaufträge

1. Erläutern Sie die Funktion und die Bedeutung der Interessenverbände in einem demokratisch-pluralistischen politischen System, indem Sie die Konsequenzen für die Bürger/-innen in einem politischen System nachweisen, in dem die Bildung von Interessengruppen verboten ist (M1)!
2. Erörtern Sie, inwiefern die Bezeichnung von Interessenverbänden als „Fünfte Gewalt" gerechtfertigt ist (M1, Randspalte)!
3. Überprüfen Sie die von Ihnen bisher herausgearbeitete Bedeutung von Interessenverbänden (Aufgaben S. 45) mithilfe der Pluralismustheorie von Ernst Fraenkel (M2)!
4. Erörtern Sie, welche Bedeutung das Problem unterschiedlicher Verbandsmacht für die Geltung der pluralistischen Theorie des Gemeinwohls hat! Greifen Sie auf die Matrix der Durchsetzungschancen nach Scharpf (S. 45, M5) zurück!

3.3 Einflussmöglichkeiten und Strategien des Lobbyismus

M1 Was versteht man unter Lobbying?

Lobbying ist die **Beeinflussung** der Regierung durch bestimmte Methoden, mit dem Ziel, die Anliegen von Interessengruppen möglichst umfassend bei politischen Entscheidungen durchzusetzen. Lobbying wird von Personen betrieben, die selbst am Entscheidungsprozess nicht beteiligt sind.

Adressaten des Lobbying sind alle Arten von Regierungen, die politische Entscheidungen fällen oder beeinflussen können. Darunter fallen die Bundesregierung wie die Länderregierungen, aber auch die Europäische Kommission und das europäische Parlament, daneben die Oppositionsfraktionen. Lobbying wird aber auch gegenüber anderen Institutionen betrieben, die mit Entscheidungs- oder Verhinderungsmacht ausgestattet sind. Die Regierung, die weitere Institutionen wie Ministerien oder andere Untereinheiten umfasst, ist mit der demokratisch legitimierten Kompetenz ausgestattet, allgemein verbindliche Entscheidungen zu treffen, die in der Regel von allen anerkannt werden. Daraus resultiert der besondere Anreiz für das Lobbying der Interessengruppen. Sobald ihre Interessen ganz oder teilweise in allgemein verbindliche Entscheidungen eingeflossen sind, haben sie eine höhere Weihe erhalten. Sie sind demokratisch geadelt und zehren von der Aura des Gemeinwohls. [...] Interessengruppen werden zu Lobbygruppen, wenn sie sich bestimmter **Methoden** zur Beeinflussung politischer Entscheidungen bedienen.

a) Lobbying und Interessenvertretung

Lobbying wird häufig mit Interessenvertretung gleichgesetzt, doch zwischen beiden gibt es eine deutliche Differenz. Der Begriff Interessenvertretung meint die unspezifische Repräsentation von Interessen im politischen Raum. Lobbying meint mehr als Interessenvertretung. Es richtet sich nicht an die Öffentlichkeit und konzentriert sich auf die **Artikulation** und konkrete **Durchsetzung** von Einzelinteressen. Lobbying zielt auf die Beeinflussung oder Verhinderung konkreter **Gesetzesvorhaben**. Lobbying erfolgt punktuell, während Interessenvertretung permanent geschieht.

Ein wesentliches Merkmal des Lobbying ist sein **informeller Charakter**. Politik vollzieht sich zum einen – für die meisten Bürger sichtbar – auf der formalen Ebene von Institutionen und Verfahren. Diese finden sich im Grundgesetz, nähere Details in Gesetzen und den Geschäftsordnungen von Bundestag und Bundesregierung. Regieren ist aber ein komplexer Vorgang und kann nur unzureichend mit formellen Merkmalen beschrieben werden. Besonders im **Vorfeld** von Entscheidungen spielt sich vieles in informellen Kreisen ab, dazu zählen die Koalitionsrunden und „Küchenkabinette" genauso wie die vielfältigen Kontakte von Ministerialbeamten und Abgeordneten mit Vertretern von Interessengruppen. Der Einfluss der Lobbygruppen auf politische Entscheidungen vollzieht sich in diesem informellen Bereich. Informell bedeutet, dass es für das Lobbying keine Verfahren und keine Regeln gibt und Lobbyisten den Handlungsspielraum nutzen, den Politiker und hohe Beamte bei ihren Entscheidungen haben. Dem Lobbying nutzt dabei der Trend, dass Entscheidungen immer öfter aus dem Parlament und den Ausschüssen hinaus in **„graue Entscheidungsbereiche"** (Runde Tische, Kommissionen) verlagert werden, die öffentlich nur schwer zu kontrollieren sind.

Damit hängt ein weiteres wesentliches Kennzeichen des Lobbying zusammen: Es vollzieht sich abseits der öffentlichen Aufmerksamkeit. Keiner der Beteiligten hat ein Interesse daran, seine Tätigkeit öffentlich werden zu lassen. Lobbying stellt damit in jeder Demokratie eine Herausforderung dar, weil jede Demokratie den Anspruch hat, größtmögliche **Transparenz** über das Handeln der Regierung zu schaffen und Machtstrukturen sichtbar werden zu lassen. Es entsteht leicht der Eindruck einer heimlichen Macht starker ökonomischer Interessengruppen und eines erheblichen Einflusses solcher Gruppen auf politische Entscheidungen. Macht, die nicht demokratisch legitimiert ist. [...] Von der Gegenseite wird Lobbying als legitimes politisches Gestaltungsmittel in der Demokratie aufgefasst – ein Grundrecht, das allen Interessengruppen in der Demokratie zustehe.

b) Lobbying als Tauschprozess

Einige Autoren verstehen Lobbying als Tauschprozess. Lobbyisten bieten demnach Informationen und politische Unterstützung an und bekommen von den politischen Entscheidern dafür das Angebot, ihre speziellen Interessen bei politischen Entscheidungen zu berücksichtigen. Lobbying ist kein einseitiger Prozess, bei dem Lobbyisten den Ministerialbeamten und Politikern Informationen

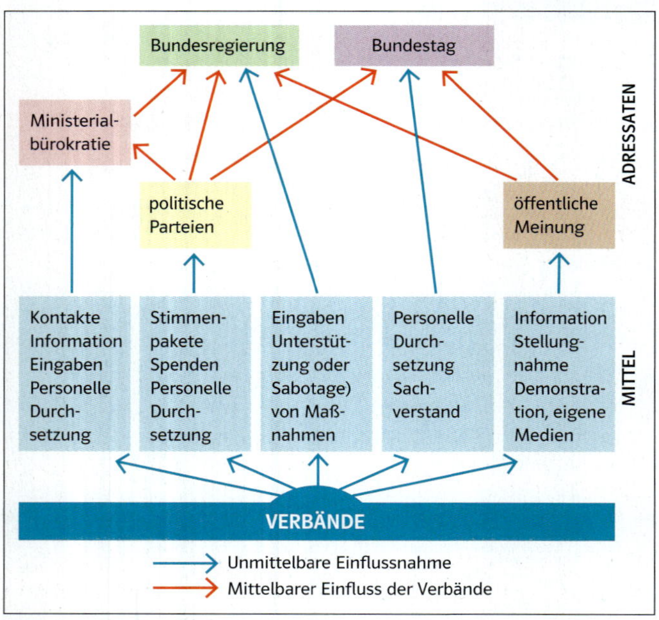

Abb. 48.1: Adressaten und Methoden der Verbände

aufdrängen, auf sie Druck ausüben und mit Belohnungen winken. Es gibt auch eine Nachfrage aufseiten der Politik und der Regierung nach Informationen und das Bedürfnis, die Kontakte zu Lobbygruppen zu pflegen – z. B. im Umweltschutzministerium zu den Naturschutzverbänden.

Aus der Tauschlogik wird ersichtlich, dass Lobbygruppen Tauschgüter anbieten können, die besonders begehrt sind: Informationen, Expertenwissen, Auftritte, Geld, Posten, Geschenke, Einladungen, besondere Machtvorteile usw., die aber auch Grenzen des legitimen und erlaubten Einflusses sprengen können. […]

Der Ort des Lobbying im Politikprozess

100 In einer **zeitlichen Perspektive** beschreiben Politikwissenschaftler, dass politische Entscheidungen maximal sieben Phasen durchlaufen (Modell des **„Policy-Zyklus"**). […]

In den ersten beiden Phasen geht es darum, Vorhaben überhaupt zu einem Thema zu machen. Für manche Lobbyisten kann hier bereits der volle Einsatz beginnen, weil der Auftraggeber, beispielsweise ein Automobilbauer, daran interessiert ist, dass seine neue Technik, mit der er ein Alleinstellungsmerkmal besitzt, zwingend in die Straßenverkehrszulassungsordnung geschrieben wird. […] Der Lobbyist betreibt **„Monitoring"**, d. h., er beobachtet genau, in welchen Phasen sich einzelne Gesetze befinden, insbesondere welche Gesetzesvorhaben geplant sind und dient somit als „politisches Frühwarnsystem" für seine Auftraggeber. […]

Der Haupteinsatz des Lobbyisten in der dritten Phase [Politikformulierung] besteht darin, möglichst frühzeitig, d. h. schon den Referentenentwurf eines Gesetzesvorhabens, zu beeinflussen. Dabei ist es durchaus üblich, dass Lobbyisten **„Formulierungshilfen"** für Gesetze ausarbeiten. […]

Der **räumliche Ort** des Lobbying ist meist die Hauptstadt. Lobbying geschieht außerhalb des Parlaments, außerhalb der Ministerien. Und dennoch suchen Lobbygruppen die Nähe der Macht. In einem Umkreis von 1000 m um das Regierungsviertel in Berlin befinden sich über 50 % der insgesamt mehr als 1000 Lobbybüros in **Berlin**. Auf einen Abgeordneten des Bundestages kommen mittlerweile sieben Lobbyisten! […] Das Prinzip, wonach Lobbyisten sich vor dem Parlament finden und nicht im Parlament sitzen, wurde aber immer wieder durchbrochen. Seriöse Lobbyisten versuchen diese Trennung aufrecht zu erhalten. Es gibt aber immer noch **„built-in-Lobbyisten"**, eingebaute Lobbyisten. Dies sind Abgeordnete, die gleichzeitig auch für Interessengruppen arbeiten, z. B. ein Verbandsfunktionär, der gleichzeitig Abgeordneter ist. Ein anderer Typ eingebauter Lobbyisten sind Abgeordnete, die noch auf der Gehaltsliste einer Firma stehen und **Nebeneinkünfte** beziehen (www.abgeordneten-watch.de). Hier ist die Lobbytätigkeit schwierig nachzuweisen; jedoch stellt sich die Frage, warum Firmen das Gehalt eines Abgeordneten weiterzahlen, ohne dass sie hier konkrete Gegenleistungen erwarten.

Instrumente des Lobbying

a) Informationen sammeln – aufbereiten – weitergeben

Beim Lobbying geht es wesentlich um den Austausch von Informationen, der „Währung" der Lobbyisten. Grundsatzpapiere, Argumentationshilfen, Statistiken, technisches Expertenwissen werden an den relevanten Stellen platziert. Diese Informationen werden von Abgeordneten und Ministerialbeamten nicht nur akzeptiert, sie sind teilweise darauf angewiesen, weil die Fülle der Aufgaben und Informationen in allen Fachgebieten besonders Abgeordnete rasch überfordern würde.

b) Kontaktpflege

Erfolgreiches Lobbying und der Austausch von Informationen gelingen nur, wenn stabile persönliche Kontaktnetzwerke existieren. Ohne persönliche Kontakte würde ein Anruf eines Lobbyisten bei einem Referenten oder Referatsleiter im Ministerium bei der Sekretärin im Vorzimmer enden. […] So wundert es nicht, dass manche Politiker dank der intensiven Kontakte nach dem Ende ihrer politischen Karriere erfolgreich in die Lobbybranche wechseln.

Thomas Leif, Rudolf Speth: Die fünfte Gewalt. Lobbyismus in Deutschland, Schriftenreihe der Bundeszentrale für politische Bildung, Band 514, Bonn 2006, S. 13–26

Arbeitsaufträge

1. Charakterisieren Sie den Begriff „Lobbying" in Abgrenzung von bloßer „Interessenvertretung"!
2. Arbeiten Sie Regeln, Verhaltensweisen und Instrumente für den erfolgreichen Lobbyisten heraus!
3. Konkretisieren Sie die herausgearbeiteten Instrumente des erfolgreichen Lobbyisten mithilfe von Beispielen, indem Sie diese Instrumente
   a) entweder den Kategorien „öffentlicher Druck" (→ **pressure**) und „interne Beeinflussung" (→ **lobbying**) zuordnen
   b) oder den mittelbaren und unmittelbaren Einflusskanälen der Verbände (Abb. 48.1)!
   c) Vertiefung: Beziehen Sie auch die Information zu den Veto-Spielern in der Randspalte mit ein!
4. Erläutern Sie, warum Interessengruppen sich weit weniger häufig an die „Legislative" als an die „Exekutive" wenden!
5. Erörtern Sie mithilfe der Materialien die Chancen der politischen Teilhabe für nichtor-ganisierbare Interessen! Beziehen Sie die Matrix der Durchsetzungschancen nach Scharpf (S. 45, **M5**) mit ein!
6. Nehmen Sie zu der These Stellung: „Eine Demokratie ohne Lobbying ist weder denkbar noch wünschenswert."
7. Nehmen Sie Stellung zu der Aussage: „Die Gefährlichkeit der Lobbyisten ist ihre Nützlichkeit."

Info

Der US-amerikanische Politikwissenschaftler George Tsebelis hat institutionelle Hürden, Engpässe und kritische Knotenpunkte in Mehrheitsbildungsprozessen als Arenen politischer Veto-Spieler umschrieben. Der Juniorpartner in der Koalition, widrige Bundesratsmehrheiten, einzelne Fachpolitiker, Abgeordnetengruppen innerhalb von Fraktionen, Gewerkschaften und Arbeitgeberverbänden – sie alle können der Regierung und selbst der parlamentarischen Opposition das Leben schwer machen, wenn sie ihre Mitglieder mobilisieren, wenn sie drohen, wenn sie die Abänderung aufwendig ausgehandelter Regierungsvorlagen verlangen, wenn sie mit wenig Aufwand die Nachrichten erobern oder wenn sie gar eine Klage am Bundesverfassungsgericht lancieren.

Arbeit mit Modellen – der Politikzyklus

Abb. 50.1: Prof. Dr. Peter Massing (geb. 1946) lehrte am Otto-Suhr-Institut der Politikwissenschaft an der Freien Universität Berlin und verfasste zahlreiche Beiträge zum Politikzyklus.

Wie funktioniert eigentlich Politik? Wie werden Probleme gelöst? Wie kommt man zu einem Konsens? Um diese Fragen zu beantworten, kann der Politikzyklus zur Analyse eines politischen Konfliktes herangezogen werden. Ein politischer Fall ist ein zeitlich eingrenzbarer Konflikt, bei dem politische Institutionen die Entscheidungen treffen. Pauschale Urteile über solche politischen Auseinandersetzungen zu fällen ist leicht, zum Beispiel: „Lobbyisten untergraben die Grundfesten unserer Demokratie!" Es muss jedoch darum gehen, weniger pauschal, sondern differenzierter zu urteilen, was eine strukturierte Analyse voraussetzt. Weil dies auch mehr Zeit kostet, gilt es, geeignete Maßstäbe und Methoden kennenzulernen – und genau hierzu dient der maßgeblich vom Politikwissenschaftler Peter Massing entwickelte Politikzyklus. Im Mittelpunkt dieses Analysekreislaufs verankert ist die Urteilsbildung, die sich zwar prinzipiell auf alle Phasen bezieht, aber im Besonderen auf dem Ergebnis aufbaut. Die Urteilsbildung kann mithilfe von Kriterien vorgenommen werden. Urteilskriterien führen zu differenzierten Urteilen und erleichtern die Identifizierung, Einordnung und Bewertung politischer Sachverhalte. Prinzipiell lassen sich emotionale und rationale Kriterien unterscheiden, wobei letztere für ein fundiertes Urteil überwiegen sollten.

→ zu den Dimensionen der Politik siehe S. 26 f.

M1 Der Politikzyklus als Modell

Der Politikzyklus ist ein Modell, um das politische Geschehen bzw. politische Prozesse zu gliedern und zu verstehen.
Er bietet eine mögliche Form der Auseinandersetzung mit Politik, die sich von einem rein kategorialen oder institutionellen Zugang unterscheidet.
Der Politikzyklus beschreibt vier Phasen, die aufeinander folgen: die Problemstellung, die Auseinandersetzung über mögliche Lösungen, die Entscheidung für eine Lösung, die Beurteilung der Lösung, die unter Umständen zu einem neuen Problem führen kann. Dabei gilt es zu berücksichtigen, dass der Zyklus bei einem konkreten Prozess nicht „geschlossen" ist. Die Beurteilung führt nicht zum selben, sondern zu einem neuen Problem […]
Der Politikzyklus reduziert, wie jedes Modell, die Wirklichkeit. So werden Probleme erst dann erfasst, wenn sie in den politischen Entscheidungsprozess eingeflossen sind. Ebenso wichtig kann eine Analyse der Vorgeschichte sein: Wie ist der Gegenstand der Diskussion überhaupt zu einem Problem geworden, das einer Lösung bedarf? […] Mit dem Zyklus kann ein Unterrichtsgegenstand der Politischen Bildung systematisch gegliedert werden:

- Um welches Problem handelt es sich?
- Worum dreht sich die Auseinandersetzung? Was sind Argumente und Vorgehensweisen?
- Welche Entscheidungen werden getroffen?
- Wie fallen die Beurteilungen dieser Entscheidungen aus? Führen diese zu neuen Problemen?

Jan Hodel: Politikzyklus, http://politischebildung.ch/fuer-lehrpersonen/didaktik-und-methoden/politikzyklus, Zugriff am 03. November 2021

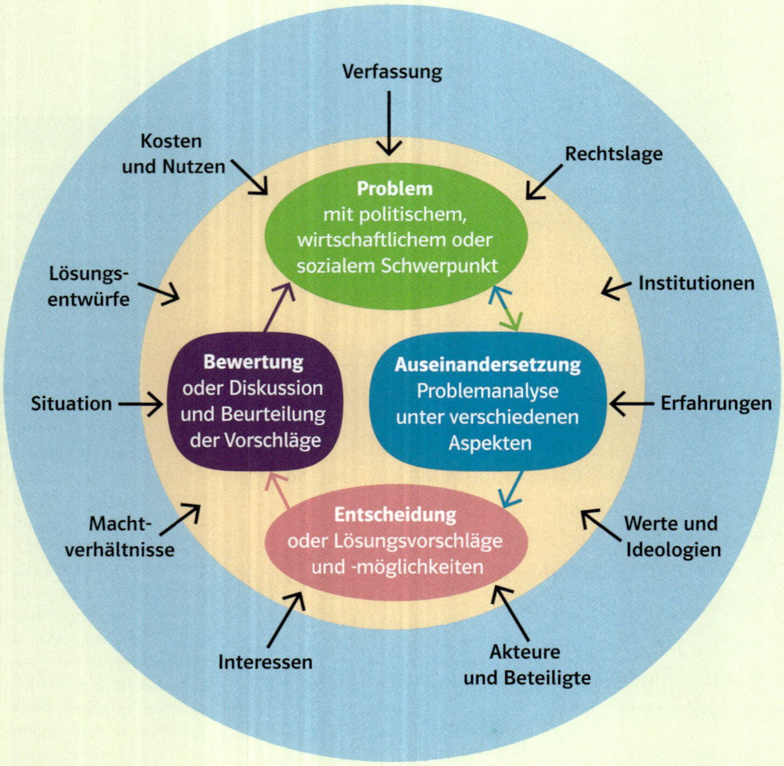

Abb. 50.2: Der Politikzyklus (innerer Kreis) und die Einflussfaktoren auf den Politikzyklus (äußerer Kreis)

M2 Die Phasen des Politikzyklus

Phase der Problemdefinition: Um überhaupt eine Chance auf Verarbeitung im politischen System zu haben, muss ein Problem oder ein Interesse zunächst wahrgenommen und als eines definiert werden, das von den Institutionen und Instanzen des politischen Systems bearbeitet werden soll. Das geschieht in der Regel durch Betroffene oder Interessengruppen. […] Ein Thema kann von den Massenmedien, von Fachöffentlichkeiten oder auch von den einzelnen Subsystemen innerhalb des politischen Systems (z. B. Verwaltung, Regierung) aufgegriffen werden.
Phase des Agenda Setting [Auseinandersetzung]: Erst wenn die Notwendigkeit eines steuernden Eingriffs artikuliert ist, kann ein Problem auf die politische Tagesordnung (Agenda) gesetzt werden. Agenda Setting gilt als erstes Filtersystem, da nicht alle Problemlagen die gleiche Chance haben, auf die politische Agenda gesetzt zu werden. […]
Phase der […] Entscheidung: Im Zentrum dieser Phase stehen jene Prozesse, die zur Auswahl und Verabschiedung eines bestimmten Programms durch die formal zuständigen Entscheidungsinstanzen führen. Der politikwissenschaftliche Fokus liegt

dabei auf Fragen der Interessenaushandlung und Konsensbildung. Denn, es sind selten die formellen Entscheidungsinstanzen allein, die über eine Handlungsoption entscheiden. Den meisten Entscheidungen geht ein oft auch informeller Austausch und Verhandlungsprozess in unterschiedlichen Politik-Netzwerken voraus. Machtressourcen, Einfluss, aber auch Kompetenz- und Zuständigkeitsverteilungen der einzelnen beteiligten Akteure oder die Übereinstimmung von Interessenlagen etc. bestimmen den Aushandlungsprozess und damit die Ausgestaltung politischer Inhalte. […]

Phase der Evaluierung [Bewertung]: In dieser Phase […] stehen die Auswirkungen politischer Programme im Mittelpunkt des Forschungsinteresses. Die Ergebnisse der Politikformulierungs- und Implementationsphase werden bewertet. Konnten die beabsichtigten Ziele und Wirkungen tatsächlich erreicht werden? Wurden die richtigen Politikinstrumente gewählt? Lassen sich nicht intendierte Folgen feststellen? Politikevaluierung findet immer statt, sei es durch Experten oder durch einzelne Institutionen des Politischen Systems selbst, etwa Verwaltungen oder Rechnungshöfe. Je nach Einschätzung der Ergebnisse von Evaluierungen kommt es zu einer Neuformulierung oder aber zur Beendigung von politischen Programmen. […]

Regina Köpl: Propädeutikum Politikwissenschaft. 1.5 Policy Cycle: Modell des Policy-Making, www.univie.ac.at/sowi-online/esowi/cp/propaedpowi/propaedpowi-11.html, Zugriff am 03. November 2021

Politik ist „eine prinzipiell endlose Kette von Versuchen zur Bewältigung von gesellschaftlichen Gegenwarts- und Zukunftsproblemen“.

Paul Ackermann u.a., a.a.O., S. 22

Phasen im Politikzyklus	Schlüsselfragen	
1. Problemstellung	• Wie ist das Problem entstanden? • Worum geht es bei dem Problem?	
2. Meinungsbildung	Was wirkt auf die Auseinandersetzung ein? • Welches sind die rechtlichen Rahmenbedingungen (Rechtslage)? • Welche aktuellen und historischen Erfahrungen spielen eine Rolle? • Was kennzeichnet die Situation? • Welche Interessen haben die Akteure, welche Interessenkonflikte existieren? • Wie sind die Machtverhältnisse? Und was beeinflusst sie? • Welche Wertvorstellungen und Ideologien beeinflussen die Auseinandersetzung? • Welche Ziele verfolgen die Akteure? • Welche Lösungsentwürfe werden diskutiert? • …	Wie verläuft die Auseinandersetzung? • Wer ist beteiligt? • Wer sind die Akteure? • Welche Strategien zur Durchsetzung der verschiedenen Interessen und Positionen wurden entwickelt? • Welche Taktiken wurden angewendet? • Welche Aktionen haben die Auseinandersetzung beeinflusst? • Wann und worüber kam es zum Konflikt? • Wann und worüber kam es zu Verhandlungen? • Wann und worüber wurden Kompromisse erzielt? • In welchen Etappen verlief die Auseinandersetzung? • Welche Wendepunkte lassen sich erkennen? • …
3. Entscheidung	Zu welchen Ergebnissen hat die Auseinandersetzung/der Willensbildungs- und Entscheidungsprozess geführt? • Was sind die inhaltlichen Hauptbestandteile der Entscheidung? • Hat sich eine Position durchgesetzt? • Welche Kompromisse zwischen verschiedenen Positionen sind erkennbar? • Welche Interessen, Ziele, Wertvorstellungen sind – stärker berücksichtigt? – weniger berücksichtigt? – unberücksichtigt geblieben? • Welche Problemsicht spiegelt sich in der Entscheidung wider? • …	

Phasen im Politikzyklus	Schlüsselfragen
4. Umsetzung	• Worin besteht die Umsetzung? • Gibt es Hindernisse und Schwierigkeiten bei der Umsetzung?
5. Beurteilung und Reaktion	Welche kollektiven und individuellen Reaktionen lassen sich erkennen, und zu welchen neuen Problemen können sie führen? • Beispiele für individuelle Reaktionen: Wahlentscheidungen, Schwarzarbeit, Abwanderung, Zurückhaltung bei Investitionen, illegale Handlungen … • Beispiele für kollektive Reaktionen: Streiks, Demonstrationen, Parteigründungen, Initiativen von Parteien, Fraktionen oder Regierungen, Bündelung individueller Reaktionen durch Verbände …
6. neue Problemstellung	• Entstehen aus der Lösungsfindung neue Probleme? • Was sind die neuen Probleme?
7. abschließende Beurteilung	Urteilskriterien (Auswahl) • Eigeninteresse (Emotionalität): Entspricht das Ergebnis (und seine Folgen) einer politischen Auseinandersetzung meinen Interessen? Bringt es mir Vor- oder Nachteile? • Legitimität (Wertrationalität): Entspricht das Ergebnis Werten, die gesellschaftspolitisch relevant und wichtig sind (z. B. Menschenwürde, Grundrechte Art. 1 bis 19 des Grundgesetzes, Sozialverantwortlichkeit, Gerechtigkeit, Freiheit)? Ist das Ergebnis unabhängig seiner rechtlichen Möglichkeit moralisch vertretbar? Kann das Ergebnis nach dem Prinzip der Verallgemeinerungsfähigkeit akzeptiert werden? • Effizienz (Zweckrationalität): Entspricht der Aufwand dem zu erwartenden Nutzen? Stimmt die Ziel-Mittel-Relation bzw. das Kosten-Nutzen-Verhältnis?

Abb. 51.1: Analysefragen zum Politikzyklus (angelehnt an: Paul Ackermann, Gotthard Breit, Will Cremer, Peter Massing, Peter Weinbrenner)

Arbeitsaufträge

1. Fassen Sie die Erläuterung der Phasen des Politikzyklus mit eigenen Worten zusammen!
2. Erläutern Sie mithilfe der S. 48/49, warum Lobbyisten in der Regel in der Phase der Problemformulierung bzw. des Agenda Settings aktiv werden!
3. Analysieren Sie ein aktuelles politisches Problem mithilfe des Politikzyklus im Rahmen einer arbeitsteiligen Internetrecherche!
4. Erläutern und erörtern Sie die Stärken und Schwächen des Politikzyklus-Modells!

3.4 Lobbyismus – Bereicherung oder Provokation für die Demokratie?

Abb. 52.1: Einflussnahme von Lobbyisten (© Gerhard Mester)

M1 Lobbyismus als gelebte Demokratie

Was man als Lobbyist macht, ist ja gerade der Kern der Demokratie, nämlich dass unterschiedliche gesellschaftliche Gruppen ihre Interessen artikulieren und in den politischen Prozess einbringen. In jedem Gesetzgebungsprozess ist vorgesehen, dass die Betroffenen anzuhören sind. Ein Verband bekommt ganz offiziell von einem Ministerium einen Gesetzentwurf, weil das so vorgeschrieben ist. Da ist nichts Geheimes dabei. Das ist gelebte Demokratie.

Ex-Lobbyist Volker Kitz in Ferdinand Knauß: Lobbyismus ist gelebte Demokratie, 3. Juli 2013, in: www.wiwo.de/politik/deutschland/ex-lobbyist-volker-kitz-lobbyismus-ist-gelebte-demokratie/8413796-all.html, Zugriff am 03. November 2021

M2 Was Lobbyismus nicht ist ...

a) Lobbying und Korruption

Korruption ist der heimliche Missbrauch von anvertrauter Macht zum privaten Nutzen oder Vorteil. Lobbyismus ist nicht Korruption. Aber es gibt einen Grenzbereich, eine Grauzone. Parteispenden sind so ein Grenzbereich: Unternehmen sponsern auch Wahlkämpfe von Politikern. Warum spenden Großkonzerne, wenn sie dafür keine Gegenleistung erhalten? [...]
Der Lobbyist möchte zwar politische Entscheidungen zu seinen Gunsten beeinflussen, doch der Geldkoffer ist kein Instrument seriöser Lobbyisten. [...] Ein gewisses Misstrauen bleibt, solange Lobbying nicht transparent abläuft.

b) Politikberatung

Politikberatung gilt als neutrale, gemeinwohlorientierte wissenschaftliche Expertise zu schwierigen Sachverhalten. Expertenwissen vermitteln Lobbyisten auch, aber eben nicht gemeinwohlorientiert, sondern im Sinne des Auftraggebers interessengeleitet. Die klassische Politikberatung erfolgt in sogenannten **Think Tanks**, in außenpolitischen Fragen z. B. in der Stiftung für Wissenschaft und Politik. In den USA gibt es aber auch „Denkfabriken" mit ausgesprochen deutlicher politischer Orientierung.

c) Public Relations

Lobbying und Public Relations (PR) haben unterschiedliche Adressaten. Die PR richtet sich via Medien und Journalisten an die Öffentlichkeit, Lobbying dagegen an die politischen Entscheider. Lobbying versucht ohne Öffentlichkeit auszukommen, PR sucht die Öffentlichkeit.

M3 Lebenselixier der Demokratie

Von einer Schicht von Vorurteilen und Emotionen verdeckt bleiben die Vorteile des seriösen Lobbyismus für die Demokratie meist verborgen. [...]
Verbände bündeln **Expertenwissen**. Was soll man beispielsweise von einem Schulgesetz halten, das ohne Anhörung von Eltern- und Lehrerverbänden formuliert wurde? Lobbyisten sind Experten auf ihrem Gebiet. [...] Verlässlichkeit, Glaubwürdigkeit, Redlichkeit, profunde Kenntnisse und Professionalität sind die Schlüsselqualifikationen, die von einem Lobbyisten verlangt werden. Sicherlich: Lobbyisten sind interessengeleitet. Zu ihrer Professionalität gehört, dass sie keineswegs so tun, als verträten sie das Gemeinwohl. Vielmehr kommt es darauf an, die tatsächlich vertretenen Interessen als legitim darzustellen.
Verbände und Interessengruppen ermöglichen politische **Partizipation**. In Vereinen und Verbänden sind vergleichsweise viele Bürgerinnen und Bürger Mitglied, viel mehr als in Parteien. Demokratisch verfasste Verbände vergrößern somit die Möglichkeiten der politischen Teilhabe. Gerade jüngere Menschen sind eher bereit, sich in einer NRO wie *Greenpeace*, *Oxfam* oder *attac* zu engagieren – und auch diese betreiben Lobbying und Public Relations.
Verbände vermitteln **Kompromisse**. Innerhalb eines Verbandes müssen Kompromisse unter den Meinungen der Mitglieder gefunden werden, zwischen Verbänden mit divergierenden Meinungen müssen wiederum Kompromisse gefunden werden, die durch Vermittlung der Verbände an die eigenen Mitglieder vermittelt werden müssen; damit tragen Verbände zur Akzeptanz der Kompromisse bei.
Verbände sorgen für die **Entlastung** des Staates: So sorgen Arbeitgeberverbände und Gewerkschaften im Rahmen der Tarifautonomie dafür, dass der konfliktreiche Prozess der Lohnfindung nicht in die Mühlen der Politik gerät. Lobbyismus ist normal. Problematisch wäre es, die Menschen zu zwingen, ihre eigenen Interessen nicht vertreten zu dürfen. Dadurch würden die Heimlichtuerei und die Gemeinwohl-Heuchelei erst richtig befördert.

M2, M3: Thomas Leif, Rudolf Speth: Die fünfte Gewalt. Lobbyismus in Deutschland, Schriftenreihe der Bundeszentrale für politische Bildung, Band 514, Bonn 2006, S. 26–29

M4 Lobbyismus: eine Provokation für die Demokratie!

Der Lobbyismus kann nur als Zumutung für jede Demokratie betrachtet werden. [...] Es beginnt schon damit, dass die Macht der Verbände **asymmetrisch** verteilt ist. Interessen, die alle Menschen einer Gesellschaft haben, lassen sich viel schwieriger organisieren als Interessen, die nur wenige Menschen betreffen. Mögliche Folge: Die Minderheit setzt ihren Willen durch! Dies sehen wir regelmäßig, wenn die kleine Gruppe der Landwirte (weniger als 3 % der deutschen Erwerbstätigen) staatliche Subventionen und Schutzzölle durchsetzt, die der Rest der Bevölkerung (97 %) dann zu bezahlen hat.

Da Lobbyismus auch **Geld** kostet, viel Geld sogar, haben die Verbände Vorteile, die über viel Geld verfügen – eine Provokation für die Demokratie!

Kritisch zu sehen ist auch die Frage nach der **internen Demokratie**: Sind alle Verbände in ihrer inneren Struktur demokratisch aufgebaut? Dürfen die Mitglieder über wichtige Fragen abstimmen? Wie gehen solche Abstimmungen vonstatten? In der Praxis scheint es oft so zu sein, dass eine kleine Clique an der Spitze des Verbandes die Position und dass Lobbying eines Verbandes bestimmt. So ist bei den Bauernverbänden auffällig, dass die Interessen der wenigen landwirtschaftlichen Großbetriebe mehr Berücksichtigung zu finden scheinen als die große Masse der Klein- und Familienbetriebe [...]

Die Öffentlichkeit nimmt von diesen strukturellen Problemen kaum Notiz, zumal Lobbying sich im Verborgenen abspielt – ebenfalls eine Provokation! Ihr Markenzeichen ist die **Intransparenz** (Altana-Manager: „Unsere Lobbyarbeit ist nicht öffentlichkeitsfähig.") Was hingegen wahrgenommen wird, sind Skandale im Zusammenhang mit Lobbyismus: **Korruption**, Bestechung, Patronage, Zahlungen und Spenden an Politiker und Parteien. Sie bestimmen das Bild des Lobbyismus bei den Bürgern. Nebeneinkünfte von Politikern oder der sogenannte **Drehtüreffekt** – ehemalige Politiker oder Ministerialbeamte werden zu millionenschweren Lobbyisten und umgekehrt – tragen zur Mystifizierung der Branche bei.

Literaturangabe siehe M2, M3

M5 Sieben Gebote für den erfolgreichen Lobbyisten

1. Der Lobbyist darf nicht nur als Bittsteller auftreten; er muss auch seinem Adressaten dadurch von Nutzen sein, dass er neue Informationen mitbringt.
2. Parlamentarier und Beamte müssen, wenn sie von einem Interessenvertreter informiert werden, den Eindruck haben, dass sie schnell hinzulernen und dann mehr wissen als andere.
3. Die Verbandsvertreter müssen möglichst früh erfahren, was geplant ist, um unverzüglich tätig werden zu können.
4. Eine Interessenvertretung ist nur dann perfekt, wenn sie auch die Auswirkungen auf andere Gruppen und die Gesamtgesellschaft mitberücksichtigt. Perfekt muss ein Verband auch in der Präsentation, ob schriftlich oder mündlich, sein. Diese sollen prägnant und präzise und zum richtigen Zeitpunkt vorgetragen werden.
5. Der Erfolg in der Interessenvertretung hängt maßgeblich davon ab, dass man an den verschiedenen Entscheidungszentren die für ein Thema kompetenten Gesprächspartner kennt und sie im richtigen Augenblick zusammenführt.
6. Es ist zweckmäßig, seine Anliegen möglichst unauffällig gegenüber Abgeordneten und Verwaltung zu vertreten. [...]
7. Es ist kompliziert, Geschenke zu machen und Gefälligkeiten zu erweisen. Man muss wissen, was man darf und kann.

Klaus Broichhausen: Knigge und Kniffe für die Lobby in Bonn. München 1982, S. 18 f.

Abb. 53.1: Lobbyismus im Bundestag (© Kostas Koufogiorgos)

„Lobbyismus ist im Prinzip nichts Schlechtes. Jede Institution darf sich an einen Abgeordneten wenden – wenn das Anliegen berechtigt ist, folgt man dem, wenn nicht, lässt man es sein."

(Der damalige Vorsitzende des Rechtsausschusses im Bundestag, Siegfried Kauder (CDU), im Interview mit Deutschlandradio Kultur vom 10. August 2012)

„Der Lobbyismus befindet sich mitunter in einem Spannungsfeld zwischen legitimer Interessenvertretung und möglicher Gefährdung der Demokratie!"

(Horst-Joachim Rahn (geb. 1944), Betriebswirt, Hochschullehrer und Schriftsteller)

Arbeitsaufträge

1. Nehmen Sie zu den Aussagen in Abb. 52.1, 53.1 und M1 unter Berücksichtigung der Kapitelüberschrift Stellung!
2. Grenzen Sie das Lobbying ab zur Korruption, zur Politikberatung, zu Public Relations!
3. Erarbeiten Sie arbeitsteilig die Pro- (*Bereicherung*) und Kontra-Argumente (*Provokation*) zur Kapitelfrage (M2 bis M4) und diskutieren Sie im Rahmen eines „Speed Debating" mögliche Schlussfolgerungen für die Demokratie!
4. Überprüfen Sie abschließend Ihre Stellungnahme aus Aufgabe 1! Nutzen Sie hierzu auch die kategoriale Skalenbewertung auf Seite 54!
5. Erörtern Sie, ob bzw. welche „Gebote" in M5 ergänzt werden sollten!

Info

Die Methode „Speed Debating" ermöglicht es den Teilnehmer/-innen, aufgrund einer Sitzordnung in zwei Stuhlreihen und aufgrund von Positionsverschiebungen mit unterschiedlichen Partner/-innen zeitlich begrenzte Gespräche über das jeweils gleiche Thema bzw. die gleiche Frage-/Problemstellung zu führen. Auf diese Weise können sehr rasch und konzentriert mehrere verschiedene Meinungen im persönlichen Gedankenaustausch erörtert werden.

Urteilsbildung (kategoriale Skalenbewertung)

M1 Grundlagen der kategorialen politischen Urteilsbildung

Insbesondere bei der Entscheidungsfindung und Urteilsbegründung können [sich] die Meinungen und Einschätzungen erheblich [unterscheiden]. Eine Möglichkeit, entsprechende Wertungs[unterschiede] in Form rationaler Argumentation aufzulösen oder als bleibenden [Konflikt] transparent sichtbar zu machen, ist der Einsatz kategorialer Skalen. Kategoriale Skalen bieten eine einfache […] Möglichkeit, die Einschätzung von Kategorien zu symbolisieren und zu erörtern. [Auf diese Weise kann man die gleichen oder unterschiedliche] Einschätzungen transparent auf den Skalen markieren. Der Bewertungsvorschlag einer Arbeitsgruppe kann in einer Plenumspräsentation der restlichen Teilgruppe anschließend vorgestellt und weiter erörtert werden. Dabei wird insbesondere das argumentative Begründen von Sachurteilen geübt.

Andreas Füchter: Diagnostik und Förderung im gesellschaftswissenschaftlichen Unterricht. Didaktische Konzeption und unterrichtspraktische Ansätze für die Unterrichtsfächer Politik, Wirtschaft, Geschichte und Geographie (Theorie und Praxis der Schulpädagogik 1), Immenhausen 2010, S. 15; sprachlich leicht verändert und ergänzt von André Griemert

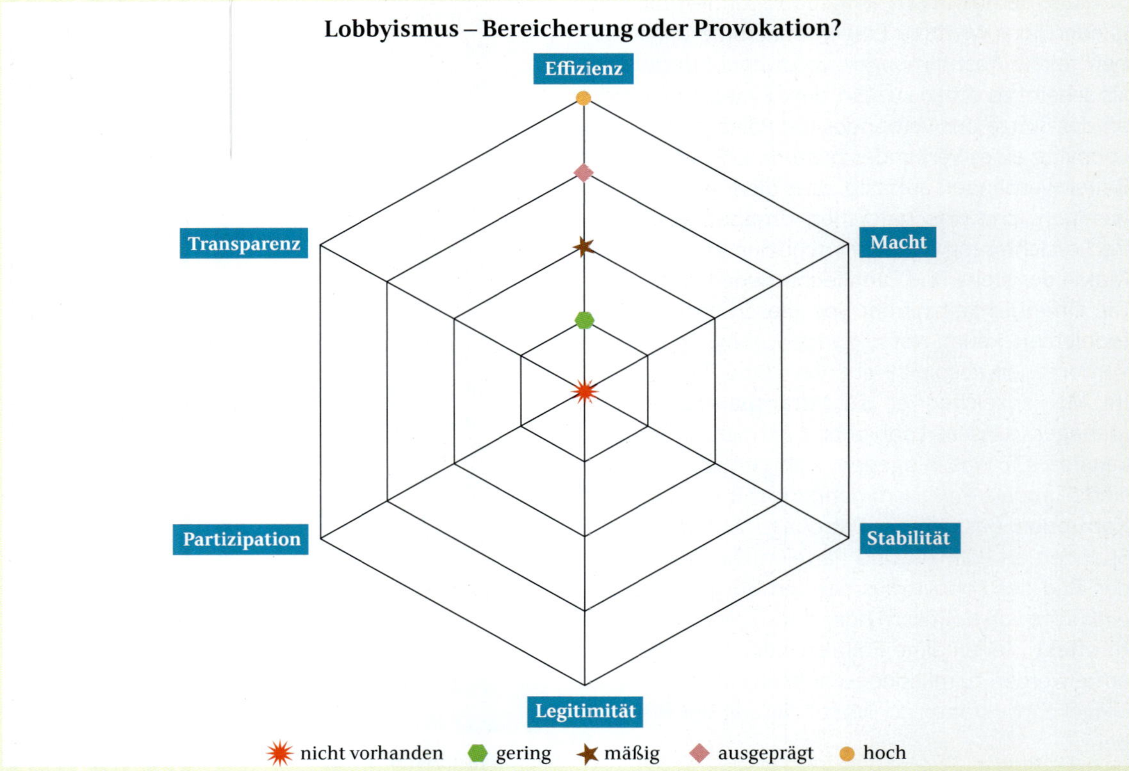

Abb. 54.1: Netzdiagramm – kategoriale Skalenbewertung (André Griemert nach Andreas Füchter ©, a.a.O.)

Arbeitsaufträge

1. Tragen Sie Ihre Wertungen zu jeder der folgenden Fragen in das Netzdiagramm ein:
   - Ist Lobbyismus ein **effizienter** Ansatz zur Lösung politischer Konflikte/Probleme in einer Demokratie?
   - Beachtet Lobbyismus genügend den Aspekt **Macht** bei der Durchsetzung von Problemlösungen?
   - Ist Lobbyismus ein **stabiler** Ansatz zur Lösung politischer Aufgaben?
   - Verfügt Lobbyismus über hinreichende demokratische **Legitimität**?
   - Eröffnet Lobbyismus den Bürger/-innen ausreichende **Partizipationsmöglichkeiten**?
   - Sind Entscheidungsprozesse, beeinflusst durch Lobbyismus, genügend **transparent**?
2. Notieren Sie sich zu jeder Eintragung aus Aufgabe 1 kurze Stichworte zur Begründung!
3. Verbinden Sie Ihre sechs Einträge auf der Skala aus Aufgabe 1 zu einer Fläche!
4. Nehmen Sie Stellung zu der Frage: Lobbyismus – Bereicherung oder Provokation für die Demokratie?

3.5 Das Lobbyregister in der Diskussion

M1 Lobbyregister in Deutschland

Nach Jahren der Kontroverse über Transparenz und Nachvollziehbarkeit bei politischer Interessenvertretung hat der Bundestag vergangene Woche mit den Stimmen der Koalitionsfraktionen von CDU/CSU und SPD ein Lobbyregister auf den Weg gebracht. Im Kern geht es darum, Lobbyvertretung mit einer Registrierungspflicht mehr ins Licht der Öffentlichkeit zu stellen. Seit langem haben Organisationen wie Transparency International und LobbyControl sowie Parteien der Opposition für ein solches Register geworben. Auch der Europarat hat mehrfach mehr Transparenz bei politischer Interessenvertretung in Deutschland angemahnt. Entgegen den ursprünglichen Plänen hat sich die Große Koalition bewegt und nun klargestellt, dass das Lobbyregister nicht nur für den Bundestag, sondern auch für die Bundesregierung gelten soll - schließlich wird dort der überwiegende Teil der Gesetze formuliert. Freilich bleibt Kritik: So werden etwa Ausnahmen für Arbeitgeber, Arbeitnehmer und Kirchen bemängelt - auch sie träten schließlich als Interessenvertreter auf. Moniert wird vor allem aber, dass es weiterhin keinen „legislativen Fußabdruck“ geben soll. Feststellbar sei zwar, wer mit wem über einen in Arbeit befindlichen Gesetzentwurf sprach, aber nicht, was sich aus solchem Gespräch im Gesetz dann wiederfindet. [...]

Alexander Heinrich: Es geht um Vertrauen, in: Das Parlament 13–15, 29.03.2021, S. 1

M2 Hausausweise für Lobbyisten

Der Bundestag und die Fraktionen sind dazu berechtigt, Interessensvertreter/-innen sogenannte Hausausweise auszustellen. Inhaber eines solchen Ausweises haben Zutritt zu den Gebäuden des Bundestages und den Büros der Abgeordneten.
Die Ausstellung eines solchen Ausweises erfolgt entweder über die Bundestagsverwaltung, die ein Register über die Inhaber/-innen und Antragssteller/-innen führt, oder direkt über die Fraktionen. Letztere Option setzt die Zustimmung bzw. Unterschrift der/des Parlamentarischen Geschäftsführer/-in voraus.
[...] Über den offiziellen Weg sind 487 Ausweise im Umlauf. Kritiker weisen jedoch darauf hin, dass bis zu 1000 weitere Ausweise direkt über die Fraktionen ausgeteilt wurden.
Das Transparenzportal *abgeordnetenwatch.de* klagte im Sommer 2015 auf Offenlegung aller Inhaber/-innen eines Hausausweises. Das Oberverwaltungsgericht Berlin-Brandenburg stimmte der Klage im Juni zunächst zu. Die Bundesverwaltung legte daraufhin Berufung gegen dieses Urteil ein, musste die Liste jedoch nach einem erneuten Gerichtsbeschluss im November offenlegen.

http://www.bpb.de/dialog/netzdebatte/211462/lobbyismus, Registerkarte 4/7 in netzdebatte.bpb.de, Zugriff am 30. November 2020

M3 Die Bundestagsparteien zum Thema Lobbyregister

[...] Nicht zuletzt unter dem Eindruck der aktuellen Masken- und Lobbyismus-Affäre [...] verabschiedete das Parlament nun vergangene Woche gegen die Stimmen der AfD bei Enthaltung der übrigen Opposition das von der Koalition vorgelegte „Lobbyregistergesetz“ (19/22179) in modifizierter Fassung. Es sieht eine Registrierungspflicht von natürlichen und juristischen Personen vor, die gegenüber dem Bundestag sowie der Bundesregierung bis zur Ebene der Unterabteilungsleiter Interessenvertretung ausüben und auf den parlamentarischen Willensbildungsprozess Einfluss nehmen wollen. Vorlagen von AfD, Linken und Grünen [...] zu Errichtung eines Lobbyregisters fanden keine Mehrheit im Parlament. Im Gegensatz zum Koalitionsentwurf zielten sie auch auf die Einführung eines „legislativen Fußabdrucks“ ab, der die an der Erarbeitung von Gesetzentwürfen beteiligten Lobbyisten auflisten sollte.
[...]
Matthias Bartke (SPD) nannte es einen „erheblichen Wermutstropfen“, dass der legislative Fußabdruck fehle. [...] Gleichwohl habe man es mit einem „wirklich gelungenen Gesetz“ zu tun. So werde im Register auch veröffentlicht, wer sich weigert, Finanzangaben zu machen. [...] Bartke verteidigte zugleich die Ausnahmeregelung für Gewerkschaften und Arbeitgeberverbände als notwendig. Diese Privilegierung gelte jedoch nur, soweit Gewerkschaften und Arbeitgeberverbände „zur Verbesserung der Arbeits- und Wirtschaftsbedingungen beitragen; denn nur das wird vom Grundgesetz privilegiert“.
Auch Patrick Schnieder (CDU) verteidigte die Ausnahmeregelungen. [...]

Helmut Stoltenberg: Listen für die Lobbyisten. Bundestag beschließt verpflichtendes Register für Interessensvertreter, in: Das Parlament 13–15, 29.03.2021, S. 1

Arbeitsaufträge

1. Geben Sie den derzeitigen Stand der Diskussion um ein Lobbyregister wieder!
2. Arbeiten Sie arbeitsteilig die Pro- und Kontra-Argumente zu einem Lobbyregister heraus und recherchieren Sie weitere Argumente im Internet!
3. Diskutieren Sie, inwiefern Sie ein Lobbyregister als effektiv und/oder legitim erachten, die schädlichen Auswirkungen des Lobbyismus auf demokratische Entscheidungsprozesse zu minimieren! Recherchieren Sie und/oder entwickeln Sie eigene, weitergehende Vorschläge zur Lobbykontrolle in Deutschland!

Info

LobbyControl: ein durch Spenden und Beiträge finanzierter Verein, der das Ziel verfolgt, Lobbyeinflüsse transparent zu machen und zu regulieren (www.lobbycontrol.de).

Transparency International: Diese Vereinigung agiert vor allem gegen Korruption und setzt sich für eine strengere Kontrolle und Regulierung des Einflusses von Organisationen und Verbänden auf die Politik ein (www.transparency.de).

öffentliche Liste über die beim Bundestag registrierten Verbände: www.bundestag.de/parlament/lobbyliste.

abgeordnetenwatch.de: überparteiliche und institutionell unabhängige Internetplattform, welche die Möglichkeit eröffnet, Abgeordnete verschiedener Parlamente öffentlich zu befragen.

Die Deutsche Gesellschaft für Verbandsmanagement e.V. (DGVM) fungiert als Querschnittsorganisation für hauptamtlich geführte Verbände in Deutschland.

Zusammenfassung

Deutschland ist ein Land der Vereine und Verbände. Viele von ihnen – Interessenverbände, Nichtregierungsorganisationen und Bürgerinitiativen – sind in unterschiedlichen Politikfeldern und gesellschaftlichen Bereichen aktiv, so in der Wirtschaft und der Arbeitswelt, auf dem Gebiet der Kultur und Bildung, in sozialen Bereichen wie auch im Sport und in der Freizeitgestaltung. Dies entspricht einer Gesellschaftsordnung, der das Bild des Pluralismus zugrunde liegt. In offenen, nicht autoritären oder nicht diktatorisch reglementierten Gesellschaften gibt es eine **Vielzahl von Interessen, die sich frei organisieren und auf politische Entscheidungsträger Einfluss nehmen** wollen.

Was sind Interessenverbände?

Interessenverbände sind alle Organisationen, die spezielle Interessen sozialer Gruppen vertreten und die um Einfluss und Ressourcen streiten. Der Zusammenschluss zu Interessenverbänden steht allen Bürgerinnen und Bürgern offen. Anders als Parteien streben solche Verbände aber keine unmittelbare Übernahme oder Beteiligung an der Macht an. Die Grundlagen und Grenzen der Tätigkeit von Verbänden sind im Art. 9 GG geregelt (Vereinigungsfreiheit) und bilden den verfassungsrechtlichen Rahmen.

Interessenvertretung in einer pluralistischen Gesellschaft

Der Vorstellung von einer pluralistischen Gesellschaft liegt der Gedanke zugrunde, dass **alle Interessen Zugang zu politischen Entscheidungsgremien** haben. Politischer Einfluss darf ausgeübt werden, solange der Rechtsrahmen nicht überschritten wird. Die Organisierbarkeit und Durchsetzbarkeit von Interessen hängt dabei von vielen Faktoren ab. Zum einen sind manche Interessen nicht oder nur schwer zu organisieren, weil etwa die sozialen Gruppen zu unterschiedlich sind. Andere Interessen lassen sich nicht eindeutig sozialen Gruppen zuordnen. Und schließlich haben nicht alle Interessen dieselbe politische Lobby.
Wenn es um die politische Durchsetzungskraft geht, gibt es ein Ungleichgewicht zwischen verschiedenen gesellschaftlichen Gruppen. Schwache und langfristige Interessen sind also prinzipiell schwerer organisierbar. Leichter organisierbar sind kurzfristige Interessen oder die Interessen von Personen in Schlüsselpositionen innerhalb der Gesellschaft (konzentrierte Interessen, egoistische Motive der Mitglieder, hoher Organisationsgrad, Spezialkenntnisse im entsprechenden Politikfeld, gute finanzielle Ausstattung, Verfügbarkeit wirksamer Druckmittel).

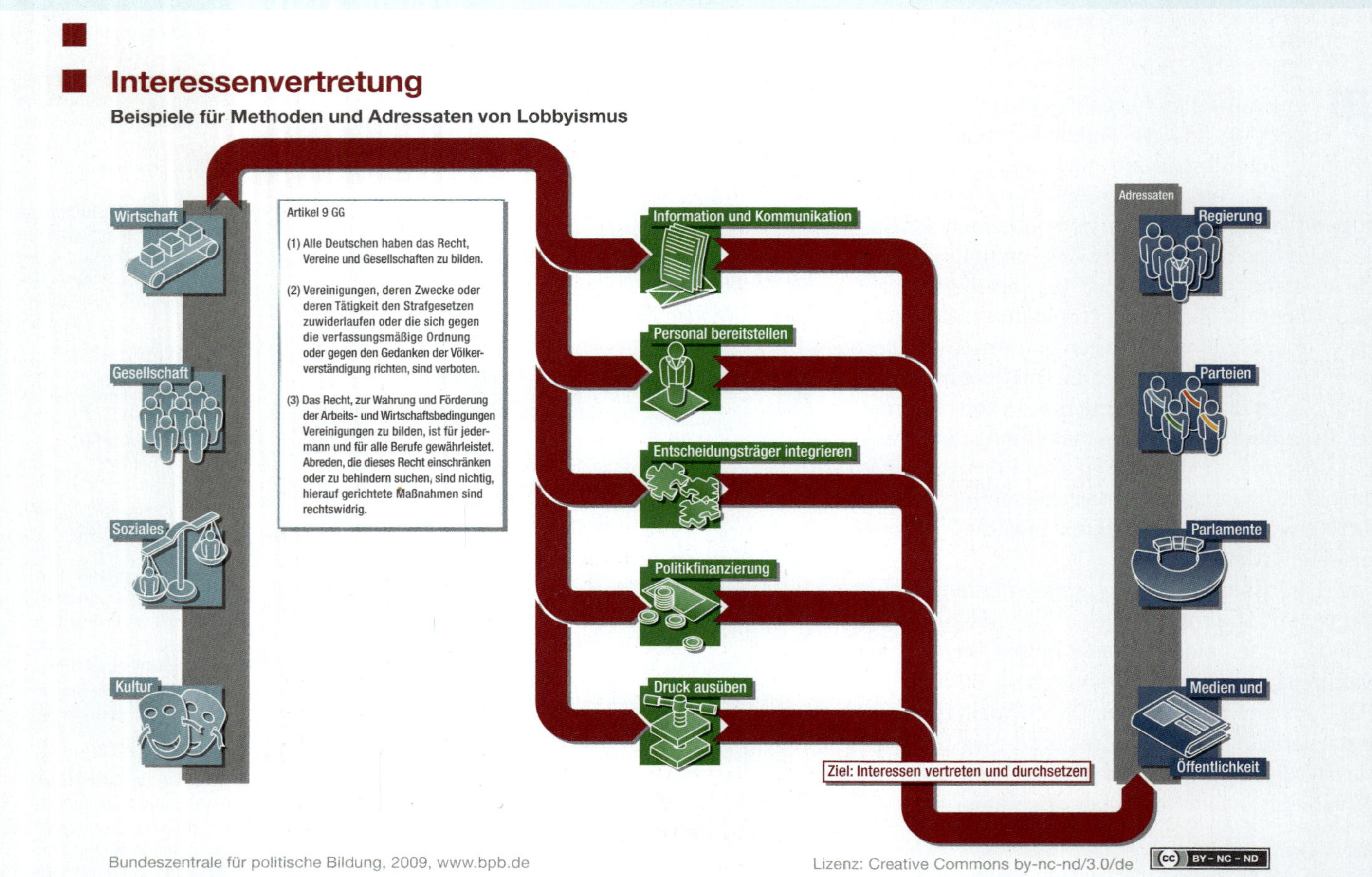

Abb. 56.1: Interessenvertretungen, Lobbyisten und ihre Adressaten

In einer pluralistischen Demokratie **dürfen Partikularinteressen nicht unterdrückt werden**. Interessenorganisationen haben im Rahmen politischer Willensbildung eine vermittelnde Funktion zwischen Gesellschaft, Wirtschaft und Staat. Die Interessenverbände wirken daher legitim im „vorpolitischen" Raum, um staatliche Gesetzgebung und Entscheidungen in ihrem Sinne zu beeinflussen. Zu den **Adressaten** des Verbandseinflusses zählen alle Personen, Institutionen und Organisationen, von denen Politik vorbereitet, beraten, entschieden und durchgeführt wird.

Verbände und ihre Vertreter haben ...	
... Vorteile z. B.	**... Nachteile** z. B.
• Verbändevertreter sind Fachleute, kennen sich auf ihrem Gebiet sehr gut aus.	• Lobbyisten nehmen einseitig Einfluss auf die Politik (insbesondere auf die Gesetzgebung).
• Politiker können sich nicht in jedem Themenfeld auskennen, greifen auf deren Fachwissen zurück.	• Lobbyisten sind interessengesteuert und haben deshalb nicht den wissenschaftlichen Anspruch, alle Positionen objektiv zu berücksichtigen.
• Verbändevertreter beraten Politiker.	• Lobbyisten sind nicht unbedingt am Allgemeinwohl interessiert.
• Als Lobbyisten sind Verbändevertreter Mittler zwischen (einem Teil) der Gesellschaft und dem Staat.	• Es herrscht die Gefahr der Korruption.
• Verbände fördern die Arbeits-, Lebens- und Wirtschaftsbedingungen.	• Eventuell kommt es durch Lobbying zu Verletzungen der demokratischen Grundsätze durch zu starke Einflussnahme.
• Verbände nehmen zur Verbesserung der politischen, gesellschaftlichen und wirtschaftlichen Bedingungen Einfluss auf politische Entscheidungen.	• Bei der Durchsetzung einzelner Interessen mächtiger Verbände vernachlässigen Parlamentarier eventuell andere Interessen, z. B. die von Verbänden, die keine starke Lobby haben oder die Interessen von Nichtorganisierten.
• Verbände entlasten den Staat, weil sie Themenfelder aufbereiten oder autonom gestalten.	

Abb. 57.1: Verbände und ihre Vertreter – Vor- und Nachteile

Gesellschaftliche Funktion der Interessenverbände

Die Bedeutung von Interessenverbänden und ihrem Lobbying für die Demokratie zeigt sich insofern auf mehreren Ebenen und geht über die Mittlertätigkeit zwischen Gesellschaft und Politik weit hinaus:

- Organisierte Interessen werden als Chance gesehen, die **Problemlösefähigkeit** des politischen Systems **durch Expertenwissen zu erhöhen**. Lobbying ist also erstens eine Form der Politikberatung. Interessenverbände sind in der Regel seriöse und verlässliche Partner der Politik, die mit ihrem Sachverstand bei der Politikberatung helfen (Interessenselektion).
- Zweitens sind Verbände ein demokratisches Element und **eröffnen jedem Bürger Mitwirkungsmöglichkeiten und Einflussnahme** auf die Politik jenseits von Wahlen. Durch Verbände erhalten insofern gegebenenfalls auch Minderheiten Artikulations- und Durchsetzungschancen (Interessenartikulation).
- Drittens wird das **politische System enger an die Bürger gebunden** und von diesen indirekt kontrolliert (Integration, Partizipation und Legitimation).
- Verbände **entlasten** viertens **den Staat** von Tätigkeiten und Kontrollen, da sie über Selbstorganisation ihre Bereiche regeln (bspw. in Tarifverhandlungen, **Korporatismus** nach Art. 9 GG). Dadurch werden Einzelkonflikte aber auch gebündelt und so das gesellschaftliche Konfliktpotenzial insgesamt verkleinert (Interessenaggregation).

Was ist Lobbyismus?

Lobbyismus liegt immer dann vor, wenn Verbandsakteure die Interessen der eigenen Organisation – oder gegen Geld die Interessen Dritter – gegenüber politischen Entscheidern vertreten. Dabei sollen **politische Entscheidungen beeinflusst** werden. Einfluss nehmen Lobbyisten vor allem, bevor ein Gesetzentwurf in die parlamentarischen Gremien gelangt. Sie sind bereits im Agenda Setting bzw. der Problemformulierung aktiv (siehe Politikzyklus). Auch wenn sie Recht und Gesetz nicht übertreten, geraten Interessenverbände mitunter mit ihren Aktivitäten in einen Graubereich. Problematisch wird die Einflussnahme von Verbänden dann, wenn

- für Außenstehende nicht mehr nachvollziehbar ist, wie Interessenverbände Einfluss auf politische Entscheidungen nehmen;
- Interessengruppen systematisch die Verfahren der parlamentarisch-repräsentativen Demokratie umgehen und diese damit entwertet werden;
- unklar ist, ob die Verbandsvertreter überhaupt die Interessen ihrer Mitglieder oder lediglich Sonderinteressen vertreten;
- sich eine dauerhafte Bevorzugung der Interessen starker und finanzkräftiger Verbände durch die Politik abzeichnet.

Dann besteht die Gefahr, dass die demokratisch legitimierten Gremien und Verfahren die **Akzeptanz bei den Bürgerinnen und Bürgern verlieren**. Um diese Gefahr zu mindern, werden in Politik und Zivilgesellschaft Anstrengungen unternommen, die Einflussnahme der Interessenverbände möglichst transparent zu gestalten.

In jüngster Zeit nehmen die Forderungen von Nichtregierungsorganisationen wie LobbyControl oder Transparency International zu, die schädlichen Auswirkungen des Lobbyismus politisch zu regulieren.

4. Funktionen und Wirkung der Medien im politischen Prozess

Info

95 % kennen den Begriff „Fake News"
50 % kamen bereits in Berührung mit Fake News
92 % sehen Social Media als besonders anfällig für die Verbreitung von Fake News
81 % sehen in Fake News eine Gefahr für die Demokratie
69 % der unter 30-Jährigen vertrauen dem Wahrheitsgehalt journalistischer Printerzeugnisse

nach gik.media, München, Mai 2018

Lernaufgabe

Die Medien in Zeiten von Fake News – Abgesang der politischen Öffentlichkeit in der Demokratie?

Ausgangssituation: Bund-Länder-Kommission zur Zukunft der Medien – Medienvielfalt wahren, fairen Wettbewerb sichern
Die jüngsten Entwicklungen im Medienbereich geben Anlass zur Sorge. Wie wird sich die zunehmende Bedeutung des Internets und der → **Social Media** auf die politische Öffentlichkeit in der Demokratie auswirken? Neben großen Chancen gibt es zugleich zahlreiche Herausforderungen für die Medienvielfalt und den fairen Wettbewerb. Es ist also Zeit für eine moderne Medienregulierung. Die Bundeskanzlerin und die Regierungschefinnen und Regierungschefs der Länder haben eine Bund-Länder-Kommission zur Zukunft der Medien eingesetzt. Ziel ist es, den Handlungsbedarf mit Blick auf die deutsche Medienordnung zu klären und diesbezügliche Regelungsvorschläge zu erarbeiten. Bund und Länder haben vereinbart, die erarbeiteten Ergebnisse mit gesetzlichen Änderungen umsetzen. Hierzu findet nun ein öffentliches Hearing statt, zu dem Sie als Experten eingeladen wurden und bei dem Sie aus ihrer jeweiligen Perspektive zu der Problemlage Stellung nehmen sollen.
Im Mittelpunkt des Hearings stehen sowohl **unterschiedliche Beschreibungen** als auch **Ursachenanalysen** und darauf aufbauende **Strategien** zur Leitfrage des Kapitels. Ziel ist es, **neue Informationen** zu erarbeiten und durch Sie als Experten zu vermitteln. Am Ende gilt es auch, zu versuchen, eine (oder mehrere) **gemeinsame Strategien** abzuleiten.

Vorgehen und Ablauf

Vertreter der Bund-Länder-Kommission (Moderatoren)	*Experte A (S. 58–59, 60–61)*	*Experte B (S. 58–59, 62–63)*	*Experte C (S. 58–59, 64–67)*	*Experte D (S. 58–59, 68–69)*	*Experte E (S. 58–59, 70–75)*

1. Erarbeitung des Problems/der Ursachen/der Strategien gemäß der Arbeitsaufträge
(Formulieren Sie in konzentrierter Form auf der Basis des Problems die Position der jeweiligen Partei! Entwickeln Sie dazu eine Argumentationskette sowie Vorschläge für Kompromisse und Lösungen!)
2. Vorstellung der Experten und dann der einzelnen Expertise
Analyse und Ableitung von Forderungen; Diskussion und Kritik der Analysen und Forderungen
(Streben Sie in der Diskussion nach uni-, bi- bzw. multilateralen Lösungen des Problems!)
3. Entwicklung eines gemeinsamen Vorschlags
(Schreiben Sie eine gemeinsame Empfehlung für die Bund-Länder-Kommission!)
4. Diskussion und Reflexion auf der Grundlage der eigenen persönlichen Überzeugungen mit Dokumentation der unterschiedlichen Standpunkte
(Beurteilen Sie die Empfehlung und die jeweiligen Argumente nach den Kategorien Effizienz und Legitimität!)

Tipp: Es empfiehlt sich, die Expertinnen und Experten jeweils nur zu einem Fragenkomplex zu hören und dann eine Fragerunde anzuschließen. Für jeden Durchgang sollten maximale Sprechzeiten vereinbart werden. Das Thema des Hearings sowie Namen und Herkunft der Disputanten und Disputantinnen werden visualisiert. Ihre Interessenpositionen (Verbandszugehörigkeit u.Ä.) sollten bekannt sein.

M1 Hundeverbot? Angebliches Zitat von Annalena Baerbock ist ein Fake

Am Abend des 21. April verbreitet sich ein Screenshot eines angeblichen Zitats von Annalena Baerbock auf Facebook. Demnach habe sie ein Hundeverbot gefordert, weil Hunde viel CO_2 verursachen würden. Konkret heißt es: „Wir können alleine durch den Wegfall der Hunde in Deutschland ca. 19 Millionen Tonnen Kohlenstoffdioxid einsparen. […] Die private Tierhaltung muss daher ein Ende haben und wenn es durch eine CO_2 Steuer auf Haustiere erfolgt", habe „Annalena Baerbock (39)" gesagt. Es gibt jedoch keine Belege dafür, dass dieses Zitat wirklich von Baerbock stammt. Die Pressesprecherin der Grünen, Nicola Kabel, teilte uns auf Anfrage mit: „Das Zitat ist schlicht frei erfunden, Annalena Baerbock hat das nicht gesagt." […]

In dem Facebook-Beitrag wird behauptet, sie sei 39 Jahre alt, sie ist aber 40. […] Eine Suche auf Google mit Teilen des Zitats […] brachte keinen Treffer. Eine Suche nach den Stichworten „Annalena Baerbock“ und „Hunde“ – ergab auch keine Ergebnisse, die belegen würden, dass sich die Grünen-Politikerin so oder ähnlich geäußert hätte. […]
Der Screenshot zeigt ein Foto von ihr. Eine Bildersuche ergibt, dass es vom 2. September 2019 stammt. Der Screenshot und der Facebook-Beitrag liefern aber keine Quellen dafür, wann oder in welchem Rahmen sie das Zitat gesagt haben soll, noch dafür, woher der Screenshot stammen soll. Das sind Anzeichen dafür, dass es sich um eine falsche Information handelt.

Tanja Röttger: Hundeverbot? Angebliches Zitat von Annalena Baerbock ist ein Fake, 22.04.2021, https://correctiv.org/faktencheck/2021/04/22/hundeverbot-angebliches-zitat-von-annalena-baerbock-ist-ein-fake/, Zugriff am 13.12.2021

M2 Was sind Fake News?

Der Begriff „Fake News“ setzt sich aus zwei Begriffen zusammen. „Fake“ heißt „gefälscht“ und „News“ heißt „Nachrichten“. Es handelt sich dabei um bewusst unwahre Tatsachenbehauptung[en] in der Erscheinungsform von Nachrichten, die aus politischen oder finanziellen Gründen verbreitet werden. […]

1. **Nachrichten, die einem bestimmten Thema übertriebene Aufmerksamkeit widmen:** Der falsche Eindruck wird erweckt, dass ein Thema relevanter ist, als es sein sollte. Nicht das Thema an sich, sondern die vermeintliche Relevanz ist „fake“. Eine unveröffentlichte Studie der Harvard Universität zeigt, wie die US-Medien überproportional häufig über Hillary Clintons vermeintlichen E-Mail-Skandal berichteten.
2. **Propaganda:** Ist klassischer Bestandteil von Politik und Wahlkämpfen und beschreibt das Vermischen von wahren und falschen Informationen, um die andere Seite zu schwächen und die eigene zu stärken.
3. **Gezielte Desinformation:** Dabei handelt es sich oft um absichtlich frei erfundene, als Nachrichten getarnte Geschichten. Die behaupten dann zum Beispiel, dass Angela Merkel bewusst ISIS in Europa operieren lässt. Dies geschieht nicht immer aus politischen, sondern zum Teil einfach aus finanziellen Gründen. Fake News sollen Menschen beeindrucken, damit die Leser diese anklicken, liken und größtmöglich weiterleiten. […]

ohne Autor, 12. Juli 2017, www.bpb.de/252386/was-sind-fake-news, Zugriff am 03. November 2021

M3 Was macht Fake News so gefährlich?

Mathias Döpfner, Vorstandsvorsitzender von Axel Springer SE und Präsident des Bundesverbands Deutscher Zeitungsverleger, kritisiert […] die Zunahme von Falschmeldungen.

Mittlerweile lege sich „eine Art digitaler Mehltau über das Ökosystem, in dem Politik, Medien und Bürger in symbiotischer Wechselwirkung die Demokratie des Landes schätzen, nutzen, leben.“ Dieser Mehltau bedrohe die Demokratie, gerade weil die Gefahr – als unabhängiger Journalismus verkleidet – subtiler daherkomme als früher. „Die Lüge ist Alltag geworden“, so Döpfner, sie spiele sowohl rechten Populisten als auch radikalen Linken in die Hände. […] Es liege an Journalisten, die Gesellschaft vom digitalen Mehltau zu befreien. […] Dabei gelte es, sich auf das Handwerk zu besinnen, saubere und harte Recherchen zu liefern und sich nicht über die eigene Aufgabe zu erheben. „Diese große, für die Demokratie lebenswichtige Arbeit können private und öffentlich-rechtliche Anbieter gemeinsam schaffen.“

Mathias Döpfner: Digitale Fake News gefährden die Demokratie, 24. Mai 2018, www.deutschlandradio.de/mathias-doepfner-digitale-fake-news-gefaehrden-die.2174.de.html?dram:article_id=418571, Zugriff am 03. November 2021

M4 Wie sind Social Media zu regulieren?

[…] Wir haben ja im Grunde genommen drei publizistische oder kommunikative Machtzentren im digitalen Zeitalter: zum einen nach wie vor den klassischen Journalismus, zum anderen das medienmächtig gewordene Publikum, jeder ist zum Sender geworden, und schließlich und endlich natürlich die Plattformen in Gestalt von sozialen Netzwerken wie Facebook, […] oder Microblogging-Diensten wie Twitter. Wie kann man die […] auf eine Weise regulieren, dass man eben nicht […] auf Bevormundung setzt, sondern die Medienmündigkeit des Einzelnen auf diesem Weg steigert? […]. Wie kann man das Ideal von Mündigkeit, das einer Demokratie erst ihre Würde gibt, bewahren und gleichzeitig doch gegen Desinformation und Manipulation effektiver kämpfen?

Prof. Bernhard Pörksen von der Fakultät Medienwissenschaften an der Universität Tübingen im Gespräch mit Britta Fecke, 18. Februar 2018, www.deutschlandfunk.de/medien-und-demokratie-im-digitalen-zeitalter-gibt-es-keine.694.de.html?dram:article_id=411042, Zugriff am 03. November 2021

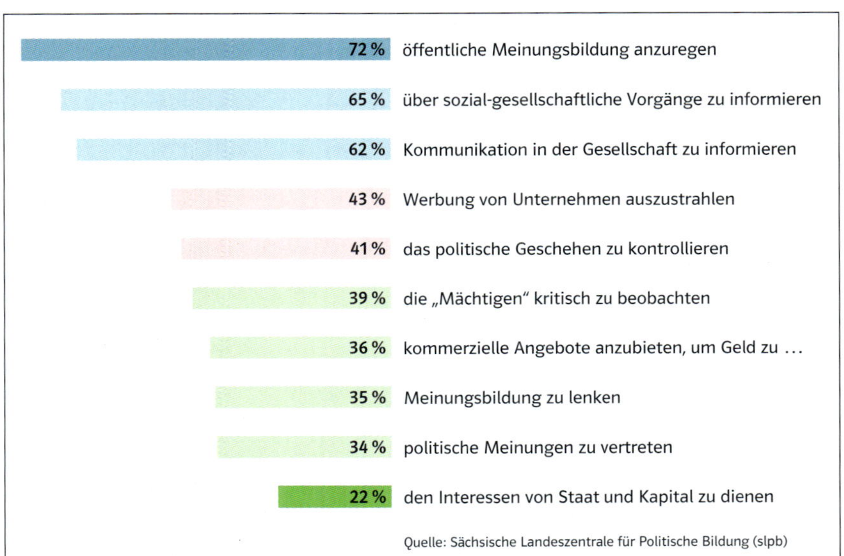

Abb. 59.1: Zustimmung zu zentralen Funktionen von Medien (N = 2502)

Info

(1) Jeder hat das Recht, seine Meinung in Wort, Schrift und Bild frei zu äußern und zu verbreiten und sich aus allgemein zugänglichen Quellen ungehindert zu unterrichten. Die Pressefreiheit und die Freiheit der Berichterstattung durch Rundfunk und Film werden gewährleistet. Eine Zensur findet nicht statt.
(2) Diese Rechte finden ihre Schranken in den Vorschriften der allgemeinen Gesetze, den gesetzlichen Bestimmungen zum Schutze der Jugend und in dem Recht der persönlichen Ehre.
(3) Kunst und Wissenschaft, Forschung und Lehre sind frei. Die Freiheit der Lehre entbindet nicht von der Treue zur Verfassung.

→ zur Vierten Gewalt siehe auch S. 65 f., M6, M7

4.1 Funktionen der Medien – Bindemittel der pluralistischen Demokratie?

M1 Bedeutung der Medien für die pluralistische Demokratie

Der Blick auf die Medienlandschaft zeigt ein buntes Bild: Die Angebote reichen von der Tagesschau bis zur Verbreitung von Klatsch und Tratsch. Hergestellt wird, was sich auf dem Markt verkaufen lässt. Den Inhalt der Medien bestimmt nicht der Staat, sondern letztlich das Publikum, denn produziert wird auf Dauer nur, was auch Absatz findet. Jeder kann selbst entscheiden, was er liest, hört oder sieht. Er kann sich über das Zeitgeschehen informieren, muss es aber nicht. […]

Dieser Zustand ist durch das Grundrecht der Presse- und Rundfunkfreiheit geschützt, das sich in Artikel 5 des Grundgesetzes findet. Es schützt die Herstellung und Verbreitung der Medien generell gegen staatliche Eingriffe und vor allem gegen solche, die sie an der Wahrnehmung ihrer „öffentlichen Aufgabe" hindern würden.

Ihre „öffentliche Aufgabe" erfüllen die Medien dadurch, dass sie an der freien, individuellen und öffentlichen Meinungsbildung mitwirken, indem sie zu Angelegenheiten von allgemeiner Bedeutung Nachrichten sowie Informationen beschaffen und verbreiten, die jeder Einzelne benötigt, um sich in der Gesellschaft zurechtzufinden. […]

Den Kern der öffentlichen Aufgabe bildet die Mitwirkung der Medien an der politischen Meinungsbildung. Um dieser Aufgabe willen stellen freie Medien einen unverzichtbaren Bestandteil jeder freiheitlichen Demokratie dar. Das Funktionieren einer Demokratie, in der alle Staatsgewalt vom Volke ausgeht (Art. 20 Abs. 2 GG), setzt voraus, dass dessen Mitglieder über die Informationen verfügen, die sie benötigen, um sich auf rationale Weise eine eigene Meinung zu allen politischen Fragen bilden zu können. Diese Informationen können sie zum größten Teil nur aus den Medien beziehen. Deren Aufgabe besteht deshalb vor allem darin, die erforderlichen Informationen zu beschaffen, auszuwählen und so zusammenzustellen und ggf. kritisch zu kommentieren, dass ihr Publikum sie versteht und sich seine eigene Meinung bilden kann. Damit stellen die Medien zugleich eine Verbindung zwischen dem Volk und seinen gewählten Vertretern her: Parlamentarier und Regierung erfahren nicht zuletzt aus den Medien, was im Volk gedacht und gewollt wird, und das Volk erfährt, was Parlament und Regierung vorhaben und tun. Schließlich üben die Medien gegenüber den Machthabern eine Kontrollfunktion aus, indem sie auch solche Informationen verbreiten, die jene gern geheim gehalten hätten, und zu diesen Informationen kritisch Stellung nehmen. Aufgrund dieser Kontrollfunktion werden die Medien auch als „Wachhunde" (watchdogs) der Demokratie oder als **„vierte Gewalt"** bezeichnet.

Udo Branahl, Patrick Donges: Warum Medien wichtig sind: Funktionen in der Demokratie, in: Informationen zur politischen Bildung: Massenmedien (Heft 309), Bonn 2010, S. 6

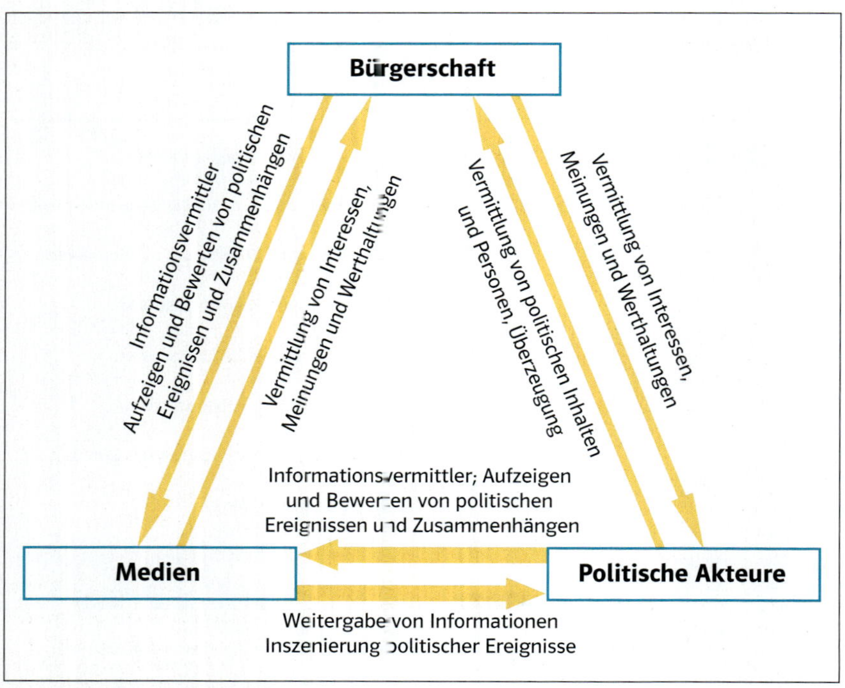

Abb. 60.1: Grundformen politischer Kommunikation (Uwe Jung)

M2 Massenmedien und öffentliche Meinung

Eine der wichtigsten Funktionen der Medien in der Demokratie ist die Herstellung von Öffentlichkeit. Diese lässt sich dabei, so der Philosoph und Öffentlichkeitstheoretiker Jürgen Habermas, als ein Netzwerk für die Kommunikation von Inhalten und Stellungnahmen beschreiben. Es gibt aus dieser Sicht nicht die Öffentlichkeit, sondern Öffentlichkeit ist von vornherein die Summe unterschiedlich großer Teilöffentlichkeiten, von denen einige miteinander verbunden sind und andere nicht. So stellen beispielsweise national verbreitete Qualitätszeitungen wie die Frankfurter Allgemeine oder die Süddeutsche Zeitung eine andere Form von Teilöffentlichkeit her als eine Fachzeitschrift, die sich nur an eine kleine Gruppe von Interessierten richtet. Leit- oder Qualitätsmedien sorgen für die Sichtbarkeit und Verknüpfung von Teilöffentlichkeiten, beispielsweise wenn die Tagesschau über Diskussionen in einer wissenschaftlichen Fachzeitschrift berichtet. […] Größere Öffentlichkeiten, welche die Gesellschaft insgesamt umfassen, sind immer auf Massenmedien angewiesen. Durch die Bereitstellung, Sichtbarmachung und Verknüpfung von Themen und Stellungnahmen kann sich aus einer Vielzahl einzelner Positionen und Ansichten eine öffentliche Meinung herausbilden. Damit dienen Massenmedien zugleich der Integration der Gesellschaft […].

Udo Branahl, Patrick Donges, a. a. O., S. 7

M3 Die Bedeutung der Informationsfunktion

So ist eine der zentralen Leistungen der Massenmedien zweifellos in der Informationsfunktion zu sehen […]. Im Sinne der Herstellung von Öffentlichkeit meint die Informationsfunktion ihrerseits wieder dreierlei, nämlich:

- die Herstellung von Öffentlichkeit von „unten" (den Regierten) nach „oben" (zu den Regierenden), d.h. die Unterrichtung des politischen Systems im Blick auf Verhaltens-, Meinungs- und Einstellungsveränderungen der Bevölkerung sowie bei gesellschaftlichen Institutionen und Organisationen – die **„Artikulationsfunktion"**;
- die Herstellung von Öffentlichkeit über politische, ökonomische oder kulturelle Entscheidungen bereits im Vorfeld ihres Entstehens, also die **„Transparenzfunktion"**. Nicht selten verfolgen die Massenmedien dabei jedoch eigene (politische) Interessen und [so] ist die Möglichkeit oder zumindest die Verleitung zum Missbrauch der journalistischen Macht daher groß;
- die Herstellung von Öffentlichkeit „von oben" (von den Regierenden) nach „unten" (zu den Regierten), d. h. die Erfüllung des Mitteilungsbedürfnisses des politischen Systems gegenüber der Öffentlichkeit im Hinblick auf zu fällende politische Entscheidungen, Programme, Nah- und Fernziele. Diese **„Mitteilungsfunktion"** schließt die Möglichkeit der Selbstdarstellung des politischen Systems und seiner Funktionsträger mit ein. […]

Untrennbar mit der Informationsfunktion ist die **Kritik- und Kontrollfunktion** der Massenmedien verbunden. Ich verstehe sie als Rundumkontrolle, bei der die Mitwirkung der Massenmedien an der Normenfindung und Normenkontrolle mit eingeschlossen sind. […] Gerade für die politische Meinungs- und Willensbildung ist die Kritik- und Kontrollfunktion der Massenmedien unverzichtbar. Ihr besonderer Wert besteht nicht nur darin, dass der von politischen Entscheidungen betroffene Bürger in die Lage versetzt werden soll, sich über gesellschaftliche Vorgänge ein umfassendes, kritisches Bild zu verschaffen. Er [dieser Bürger] findet vor allem in meinungsbildenden Beiträgen auch die Möglichkeit, bereits vorhandene persönliche Wert- und Moralvorstellungen, Meinungen und Verhaltensweisen zu überprüfen und so in seinem Bedürfnis nach persönlicher Identität befriedigt zu werden.

Heinz Pürer: Medien und Journalismus zwischen Macht und Verantwortung, in: medienimpulse 17, Wien 2008, 64, S. 10–16

M4 Das Dilemma der Pressefreiheit in einer Demokratie

Politische Entscheidungen […] können [laut Bundesverfassungsgericht, A. G.] nicht getroffen werden, wenn der Bürger sich nicht umfassend informieren kann. Und zwar sowohl in tatsächlicher Hinsicht als auch in Bezug auf die verschiedenen Meinungen, die sich zu einem Thema bilden. Deswegen […] sei es Aufgabe der Medien, als „orientierende Kraft in der öffentlichen Auseinandersetzung" die notwendigen Informationen zu beschaffen und zu ihnen Stellung zu beziehen. Außerdem dienten die Medien dazu, die in der Gesellschaft sich ständig neu formenden Meinungen und Forderungen an die Politik heranzutragen, damit diese sie in ihr Handeln einbeziehen könne. […]

Diese Funktionen einer freien Presse für die Demokratie bezeichnet das Bundesverfassungsgericht […] als „öffentliche Aufgabe" der Medien. […] diese Aufgabe [könne] nicht vom Staat, sondern nur durch in „geistiger und wirtschaftlicher Konkurrenz" stehende Medienunternehmen wahrgenommen werden […].

Sie sehen das Dilemma: Die Demokratie ist darauf angewiesen, dass die Bürger möglichst umfassend politisch informiert werden. Sie kann diese „öffentliche Aufgabe" aber selbst nicht erfüllen. Jedenfalls nicht in dem Sinne, dass sie selbst die Berichterstattung anbieten könnte. Den Staat treffe allerdings die Pflicht […], in seiner Rechtsordnung überall dem Postulat der Medienfreiheit Rechnung zu tragen. Dies könne sogar in die Pflicht des Staates münden, Gefahren abzuwehren, die einem freien Pressewesen etwa aus der Bildung von Meinungsmonopolen erwachsen könnten.

Prof. Dr. Andreas Voßkuhle (damaliger Präsident des Bundesverfassungsgerichts): Journalismus darf sich nicht nur an Quote und Auflage orientieren, Festrede am 13. November 2013, www.medienpolitik.net/2013/11/medienkritischer-journalismus-als-verfassungsauftrag/, Zugriff am 03. November 2021

Arbeitsaufträge

1. Erläutern Sie, welchen Beitrag zur Demokratie die Medien erbringen sollen! Analysieren Sie hierzu auch den Wortlaut des Art. 5 (1) GG!
2. Weisen Sie die einzelnen Aufgaben und Funktionen von Medien
   - an ausgewählten Zeitungsartikeln aus unterschiedlicher Tageszeitungen oder
   - an Nachrichten verschiedener Fernsehprogramme eines Tages/einer Woche nach!

   In welchen Funktionen sehen Sie Defizite? Begründen Sie Ihre Meinung!
3. Erörtern Sie, welche Gefahren es für die Demokratie gäbe, wenn in einem Staat die Medien die in den Texten dargestellten Funktionen nicht wahrnehmen könnten!
4. Erläutern Sie anhand der Grafik 60.1 und M1 bis M4 den Zusammenhang von Medien, Gesellschaft und demokratischer Öffentlichkeit!
5. Nennen Sie positive und negative Beispiele des Medieneinflusses inklusive der jeweiligen Auswirkungen!
6. Erörtern Sie das Zitat: „Demokratie braucht gut informierte Bürgerinnen und Bürger."! Beziehen Sie die Angaben im nebenstehenden Info-Kasten mit ein!

Info

„Die Freiheit der Medien und ihre Pluralität werden geachtet."

Artikel 11 Absatz 2 der Charta der Grundrechte der Europäischen Union (2000)

„Die Freiheit der Presse ist lebenswichtig für eine demokratische Gesellschaft. Journalistische Medien aller Art zu achten und zu schützen, ihre Vielfalt sowie ihre politischen, sozialen und kulturellen Aufgaben zu respektieren, ist Auftrag aller staatlichen Macht."

Europäische Charta für Pressefreiheit, 2009

Info

Anteile der Medien an der Meinungsbildung in Deutschland 2021

Fernsehen 30,6%
Radio 17,1%
Internet 33,5%
Tageszeitungen 15,7%
Zeitschriften 3,1%

(nach GIM – Mediengewichtungsstudie 2021-I)

Das Zitat stammt von Androulla Vassiliou, die bis 2014 EU-Kommissarin für Bildung, Kultur und Jugend sowie für Mehrsprachigkeit war.

4.2 Die Wirkung von Massenmedien – warum wir denken, was wir denken

M1 Wie entsteht eine Nachricht?

Nachrichten laufen nicht in der Welt spazieren. Selbst wenn der berühmte Mann den Hund beißt, wird die unfreundliche Aktion erst dann zu einer meldungswürdigen Neuigkeit, wenn ein Redakteur den Vorgang dafür hält. Der Schreiber handelt seinerseits nicht freischwebend: Er hat Vorstellungen (Konstruktionen) darüber, was den Leser überraschen dürfte. Den Überraschungswert wiederum bestimmt das von den Medien ständig gefütterte Gedächtnis. Und eine Anfrage dort macht klar: So oft beißen Männer Hunde nicht.

Einmal gemeldet, ist die Neuigkeit alt. Wenn nun wieder ein Mann einen Hund beißt, kann das mediale System, geleitet durch sein Gedächtnis, den Vorgang nicht mehr so als vermischte Neuigkeit seinen Konsumenten servieren wie beim ersten Mal. Das erneute männliche Hundebeißen passiert die Nachrichtenschranke nun vielleicht als „neue Epidemie", „grausamer Sport", „skandalöse Entwicklung", als „Beißwut", „Tier-Mensch-Tragödie".

Diese Thematik ist anschlussfähig: Experten äußern sich, Politiker warnen, kulturkritische Verteidiger des Hundebeißens warnen vor den Warnungen der Politiker. Und irgendwann geht das Thema mangels neuer Perspektiven ein. Seine Karriere ist beendet. Das Gedächtnis meldet Sättigung, die Karawane zieht weiter: Jetzt können Männer Hunde beißen, dass die Vierbeiner aus dem Jaulen nicht mehr herauskommen, der Blätterwald schweigt. Und die Freunde der armen Kläffer verfassen Petitionen wider die Unterlassungssünden der Medien.

Nachrichten […] entstehen im Inneren der Massenmedien, sie werden nach Regeln gemacht. Reporter mit der Kamera, feinsinnige Schreiber, grobgestrickte Boulevardschnüffler – sie lassen sich nicht von der Wirklichkeit Geschichten erzählen. Sie haben ihre Konstruktionen im Kopf.

Nikolaus von Festenberg: Mutter Beimers News. Niklas Luhmann entdeckt „Die Realität der Massenmedien", in: DER SPIEGEL 41/1996, S. 274 f.

Info

Hauptkomponenten des Agenda-Setting-Prozesses
„Dreieck der politischen Kommunikation"
Alle drei Agenden beeinflussen sich gegenseitig
1. Medien-Agenda-Setting (Medien)
2. Publikums-Agenda-Setting
3. Policy-Agenda-Setting

Zusätzlich stehen sie in Beziehung zu persönlicher Erfahrung, interpersonaler Kommunikation, Indikatoren aus der Realität, → **Gatekeepern** (Leit-, Meinungsmedien).

(Michael Schenk: Medienwirkungsforschung. 3. Aufl. Mohr Siebeck Tübingen 2007, S. 439 f.)

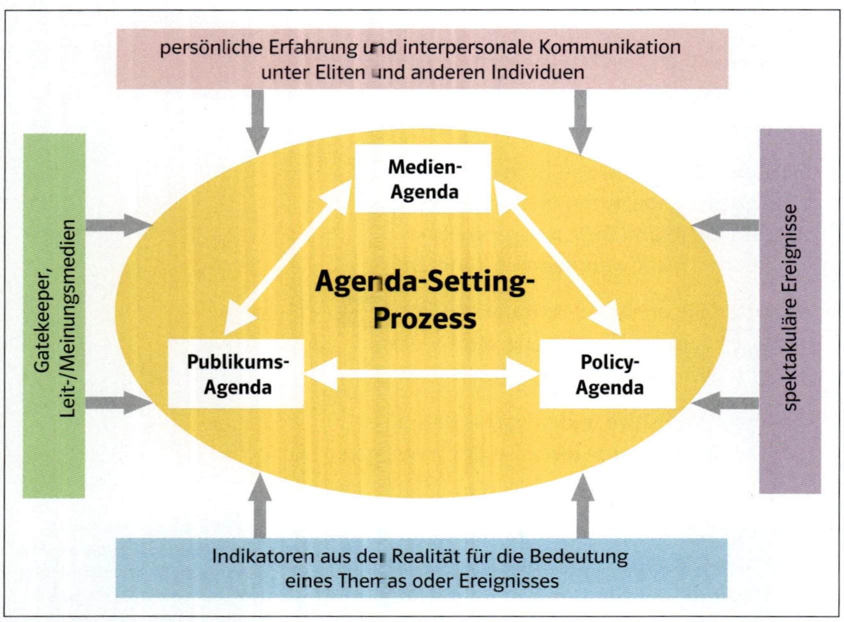

Abb. 62.1: Agenda-Setting-Modell (in Anlehnung an Michael Schenk, 2007)

M2 Medien und Objektivität

Die Öffentlichkeit muss sich stets der Tatsache bewusst sein, dass Medien uns mit Informationen, nicht mit absoluten Wahrheiten versorgen. […] Medien sind fester Bestandteil des gesellschaftlichen Gesamtgeflechts und können die Kommunikation und das Verständnis zwischen gesellschaftlichen Gruppen sowohl fördern als auch behindern und die demokratische Debatte einerseits beleben, andererseits aber auch ersticken. […] Die demokratiefördernde Funktion der Medien kann aber auch durch schlechten Journalismus oder einen Mangel an journalistischer Integrität untergraben werden. Aus diesem Grund ist für die Medien Objektivität, korrekte Berichterstattung, Unvoreingenommenheit und hohe Qualität ebenso wichtig wie die Möglichkeit, weitestgehend ohne Druck von außen arbeiten zu können. Auch wenn Objektivität als ausschlaggebendes Kriterium für Medienqualität aufgestellt wird, ist doch hervorzuheben, dass Medien nie vollkommen objektiv sein können. Marshall McLuhan [1911–1980, Kommunikationstheoretiker] stellte […] die These „Das Medium ist die Botschaft" auf. […] In Bezug auf die von den Medien übermittelte Botschaft bedeutet dies, dass stets gewisse subjektive Elemente vorhanden sein werden und die Berichterstattung nicht immer unbeeinflusst erfolgt. So werden die Nachrichten des Tages in Zeitung, Radio oder Fernsehen nach einer jeweils eigenen, subjektiven Auswahl zusammengestellt werden, indem darüber entschieden wird, was in die „Tagesmeldungen" gehört; jede Nachricht wird ein gewisses Maß an Meinung und ein minimales oder gar erhebliches redaktionelles Interpretationselement enthalten.

Europäische Union, Freie und pluralistische Medien als Rückhalt der europäischen Demokratie. Bericht der Hochrangigen Gruppe zur Freiheit und Vielfalt der Medien, in: Jahrbuch Menschenrechte, Band 2013, Heft 1, S. 437 ff.

M3 Die Agenda-Setting-These

Die Agenda-Setting-These behauptet […], dass die Massenmedien über die unterschiedliche Beachtung politischer Themen und Probleme deren politische Relevanz bestimmen. Das geschieht zum einen dadurch, dass sich die Bürger anhand der Berichterstattung ein Urteil darüber bilden, wie wichtig die Themen sind; dies beeinflusst wiederum ihre eigenen Themenpräferenzen. Zum anderen wird auch die Agenda der von Parteien, Parlamenten und Regierungen bearbeiteten Probleme von den Medien beeinflusst. Die Prioritäten auf der politischen Agenda werden dabei teils unter dem direkten Eindruck der Medienberichte gesetzt, teils sind sie eine Reaktion auf das medial beeinflusste Urteil der Bürger. Diese systemische Perspektive auf Thematisierungsvorgänge wird auch als Agenda-Building bezeichnet. [...] Die in der Agenda-Setting-Hypothese implizite konstruktivistische Annahme, dass die Medien das Bild der Welt vorgeben und so maßgeblich die soziale Konstruktion der Wirklichkeit beeinflussen [...], ist eine Grundannahme der theoretischen Modelle, die seit Jahrzehnten den Mainstream der politischen Kommunikationsforschung ausmachen. Man kann dazu etwa die von George Gerbner vertretene Kultivationsthese zählen, die behauptet, dass sich die vom Fernsehen präsentierte Wirklichkeit als eine „elektronische Umwelt" vor die Realitätswahrnehmung der Menschen schiebt und aufgrund ihrer typischen Verzerrungen den Eindruck „kultiviert", die Welt sei schlecht und bedrohlich [...]. Als politische Folge tritt dann verstärkt der Ruf nach Recht und Ordnung auf, von dem konservative bzw. rechte Parteien profitieren.

Winfried Schulz: Politische Kommunikation, in: Günter Bentele u. a. (Hrsg.), Öffentliche Kommunikation. Westdeutscher Verlag, Wiesbaden 2003, S. 33

M4 Das Intermedia Agenda-Setting

Viel Interesse hat in den letzten Jahren auch das sogenannte Intermedia Agenda-Setting gefunden. Damit sind Einflüsse gemeint, die die verschiedenen Medien untereinander ausüben. Bestimmte Medien dienen dabei als „Leitmedien", indem sie Themen setzen, die dann von anderen Medien aufgegriffen werden. Als ein solches Leitmedium wird etwa das Nachrichtenmagazin DER SPIEGEL angesehen, aber auch die Zeitung Bild zählt zu den Medien, die besonders oft von anderen Medien zitiert wird.

Uwe Hasenbrink: Agenda-Setting, in: Hans-Bredow-Institut für Medienforschung (Hrsg.): Medien von A bis Z, Wiesbaden 2006, S. 20

M5 Die Theorie der Schweigespirale

- Die meisten Menschen fürchten soziale Isolation.
- Menschen beobachten daher ständig das Verhalten anderer, um einschätzen zu können, welche Meinungen und Verhaltensweisen in der Öffentlichkeit Zustimmung oder Ablehnung finden.
- Menschen üben Isolationsdruck auf andere aus, beispielsweise, indem sie den Mund verziehen oder sich abwenden, wenn jemand etwas sagt oder zeigt, das von der öffentlichen Meinung missbilligt wird.
- Menschen neigen dazu, ihre eigene Meinung zu verschweigen, wenn sie denken, dass sie sich mit ihrer Meinung dem Isolationsdruck anderer aussetzen würden.
- Diejenigen hingegen, die öffentliche Unterstützung spüren, neigen dazu, ihre Meinung laut und deutlich zu äußern.
- Laute Meinungsäußerungen auf der einen und Schweigen auf der anderen Seite setzen den Schweigespiralprozess in Gang.
- Dieser Prozess entzündet sich typischerweise an emotional aufgeladenen Themen.
- Herrscht in einer Gesellschaft Konsens, ist es unwahrscheinlich, dass eine Schweigespirale in Gang kommt. Es sind üblicherweise kontroverse Themen, bei denen ein Schweigespiralprozess entsteht [...]
- Die Meinung einer Minderheit kann in der Öffentlichkeit als Mehrheit erscheinen, wenn ihre Anhänger nur selbstbewusst genug auftreten und ihre Meinung öffentlich mit Nachdruck vertreten.
- Die Massenmedien können einen maßgeblichen Einfluss auf Prozesse der öffentlichen Meinung ausüben. Wenn die Medien wiederholt („kumulativ") und übereinstimmend („konsonant") ein Meinungslager unterstützen, hat es deutlich erhöhte Chancen, aus der Schweigespirale als Sieger hervorzugehen.
- Isolationsfurcht und Isolationsdrohung sind unterschwellig wirksam, die meisten Menschen denken nicht bewusst darüber nach, inwieweit sie ihr Verhalten an der öffentlichen Meinung orientieren.
- Öffentliche Meinung stabilisiert und integriert die Gesellschaft, weil Konflikte durch Schweigespiralen zugunsten jeweils einer Auffassung beigelegt werden.

Abb. 63.1: Schweigespirale: Das Verhältnis von eigener Meinung und wahrgenommener Mehrheitsmeinung beeinflusst die Redebereitschaft.

Elisabeth Noelle-Neumann: Die Schweigespirale, München 1984, http://noelle-neumann.de/wissenschaftliches-werk/schweigespirale/, Zugriff am 03. November 2021

Arbeitsaufträge

1. Erläutern Sie, wie nach Luhmann aus einem Ereignis eine Nachricht wird (M1)!
2. „Es gibt keine objektiven Nachrichten!" Nehmen Sie vor dem Hintergrund von Luhmanns Thesen und M2 zu dieser Behauptung Stellung!
3. Beurteilen Sie den Zusammenhang von Medien, demokratischer Öffentlichkeit und Politik! Beziehen Sie sich dazu auf die Begriffe „Agenda-Setting", „Intermedia Agenda-Setting" und „Schweigespirale"!
4. Überprüfen Sie an einem aktuellen Beispiel die in M1 bis M5 geschilderten Medienwirkungen!
5. Erörtern Sie, inwiefern es Aussichten gibt, die Medienberichterstattung so zu ändern, dass die in M1 bis M5 problematisierten Wirkungen verringert werden (können)!

4.3 Die Macht der Medien im politischen Prozess

M1 Politische Kommunikation in der Demokratie

Abb 64.1: Politiker und Medien (© Burkhard Mohr)

Demokratische Herrschaft in einer parteienstaatlich geprägten Wettbewerbsdemokratie [...] ist durch periodisch wiederkehrende Wahlen zeitlich begrenzt. Da demokratische Politik an sich begründungs- und zustimmungspflichtig ist, müssen sich Politik, politische Entscheidungsträger und deren Handeln permanent vor der politischen Öffentlichkeit rechtfertigen, diese über politische Planungen und Entscheidungen informieren und Aufmerksamkeit erzeugen. Wahlkämpfe sind in diesem Prozess Stoßzeiten der von den politischen Akteuren ausgehenden Suche nach „Legitimation durch Kommunikation". Dies darf jedoch nicht darüber hinwegtäuschen, dass politische Kommunikation permanent stattfindet und auf Dauer angelegt ist — nicht zuletzt deswegen, weil politisches Handeln selbst auch kommunikatives Handeln ist. [...]

Jens Tenscher: Politik für das Fernsehen – Politik im Fernsehen. Theorien, Trends, Perspektiven, in: Ulrich Sarcinelli (Hrsg.): Politikvermittlung und Demokratie in der Mediengesellschaft, Bonn 1998, S. 185

Info

Politainment: Form der massenmedial vermittelten Kommunikation, in der politische Themen, Ereignisse, Akteure, Identitäten und Sinnentwürfe im Modus der Unterhaltung zu einer neuen Realität des Politischen montiert werden.

Inszenierung von Politik: bewusste Einrichtung und öffentliche Zurschaustellung einer bestimmten politischen Sache bzw. Handlung.

M2 Was ist symbolische Politik? (I)

Symbolische Politik bezieht sich in erster Linie auf die öffentliche Repräsentation von Politik im dauernden Kampf um den Erwerb und um den Erhalt politischer Herrschaftspositionen. Es geht also um die massenmedial vermittelte Beeinflussung der Wähler durch politische Akteure letztlich mit dem Ziel, ihre Stimme in einer unweigerlich wieder stattfindenden Wahl bestimmten Kandidaten und Parteien zu geben.

Max Kaase: Demokratisches System und Mediatisierung von Politik, in: Ulrich Sarcinelli (Hrsg.): Politikvermittlung und Demokratie in der Mediengesellschaft, Bonn 1998, S. 36

M3 Was ist symbolische Politik? (II)

Politische Symbole dienen [...] nicht nur der Vermittlung bzw. Darstellung politischer Realitäten. Im Wettbewerb der Parteien und Politiker um Medienaufmerksamkeit können und werden politische Symbole auch zur Vortäuschung einer politischen Scheinrealität instrumentalisiert (werden). Für eben diesen konkreten Einsatz von politischen Symbolen im Politikvermittlungsprozess steht der Begriff „symbolische Politik". Die mitunter unpräzise und meist abfällige Verwendung dieses Begriffes im Alltagsgebrauch verdeutlicht die weitverbreitete Kritik an der Symbolhaftigkeit der Politik. Sie übersieht jedoch, dass es Politik „pur", [...] ohne Dramaturgie und ohne symbolischen Zusatz, nicht geben kann. Seitdem politisch gehandelt wird, ist symbolische Politik immer ein unausweichlicher Bestandteil politischer Realität gewesen. Sie stellt ein Forum für politische Entscheidungsträger dar, sich zu präsentieren, Problemlösungskompetenz unter Beweis zu stellen und politische Grundorientierungen, Werte und Normen zu vermitteln. Da nun aber für die große Mehrheit der Bevölkerung Politik in ihrer ganzen Komplexität nicht direkt erfahrbar ist, wird [...] die mediengerechte Darstellung von Politik in Form von Ritualen, Stereotypen, Symbolen und geläufigen Denkschemata zur allgemein akzeptierten Vorstellung von „politischer Wirklichkeit": Während die Inszenierung von Politik für das Publikum zur politischen Realität wird, bleibt das politische Handeln „hinter der Medienbühne" aber weitestgehend im Dunkeln.

Jens Tenscher, a. a. O., S. 186

M4 Probleme der Medien

In der medialen Vermittlung der Politik wird – besonders bei Fernsehen und Boulevardpresse – ein Trend zur Vereinfachung, Personalisierung und Emotionalisierung konstatiert: „Die dramaturgischen Notwendigkeiten – Spannung, Verkürzung, Simplifizierung – lassen Kontinuität und Rationalität auf der Strecke" [...]. Auf diese Weise wird einerseits oberflächliche Anteilnahme und unbegründetes Kompetenzbewusstsein beim Publikum, andererseits dem entsprechendes Öffentlichkeitsverhalten bei Politikern erzeugt. Politiker entwickeln häufig eine „symbiotische Kommunikationsgemeinschaft" mit Journalisten, produzieren bloße Medienereignisse und bedienen sich einer plakativ-symbolischen Sprache. [...]

Ähnlich problematisch wirkt sich eine zweite strukturelle Bedingung medialer Vermittlung aus: der (gehobene) Status eines Akteurs, die Konflikthaftigkeit und die Relevanz eines Themas für viele Menschen, die Identifikation (dank räumlicher Nähe und Emotionalisierung), Dramatik und Affinität [= Anziehungskraft] des Geschehens. Im Ergebnis wird dem atypischen Vorgang vor dem Normalen, der

Abb. 65.1: Neophilie und Videomalaise (Martin Erl)

Neuigkeit vor der Wiederholung (→ **Neophilie**), der affektiv [= gefühlsbetont] ansprechenden Katastrophe bzw. dem Skandal vor ordentlichen Verhältnissen (→ **Videomalaise**) eingeräumt. So notwendig dies ist, um Aufmerksamkeit zu erringen, hat es zur Folge, dass beim Konsumenten im Laufe der Zeit ein systematisch verzerrtes Bild der Welt entsteht.

Wolfgang Rudzio: Das politische System der Bundesrepublik Deutschland. Wiesbaden 9. Aufl. 2015, S. 466

M5 Medialisierung, wie sie war ...

In die gleiche Richtung wirkt die „Medialisierung" [auch „Mediatisierung"], die Überformung der Politik durch die Logik der Massenmedien. „Medialisierung" meint insbesondere „die Institutionalisierung von Medienregeln im politischen System". Entscheidend ist dabei nicht, dass eine „politikfremde", wesentlich kommerziell fundierte Medienlogik „die Auswahlkriterien und Regeln dessen, was als Politik öffentlich wird," diskutiert. Entscheidend ist vielmehr, „dass die politischen Akteure diese Regeln und medialen Formatkriterien verinnerlichen [...]".

Manfred G. Schmidt: Das politische System Deutschlands. München 2. Aufl. 2011, S. 130 f.

M6 ... und wie sie werden könnte!

Mit den → **Onlinemedien** haben sich neue Elemente in dieser Medienlogik nach vorne geschoben. Wer in dieser Welt überleben will, muss ein höheres Tempo anschlagen, muss sich ausrichten auf schärfer zugeschnittene Zielgruppen mit hohen Erwartungen an ihre Beteiligung, muss seine Botschaft multimedial [...] aufbereiten. Je mehr die Onlinemedien die Medienwelt insgesamt prägen, desto stärker wird auch die Medienlogik von ihnen bestimmt und desto stärker graben sich die neuen Verknüpfungen der Kommunikationsformen ein in die soziale Kommunikation. Wenn das kein struktureller Wandel ist, was sonst?

Gerhard Vowe: Vom Steuerrad zum Netzwerk. Zwölf Thesen zur Medienpolitik in der Online-Welt, 17. April 2012, www.fgpk.de/wp-content/uploads/Dokumente/fgpk-120423Thesen MedienpolitikOnline-WeltV9-0.pdf, Zugriff am 18. April 2018

M7 Die Rolle der Medien als „vierte Gewalt"

In einer Gesellschaft, in der die politische Kommunikation zwischen Bürgern und Politik größtenteils durch Massenmedien erfolgt, sind die Medien die „Vierte Gewalt" – neben der Exekutive, der Legislative und der Judikative. So lautete eine populäre These. [Der] Lehre von der „Vierten Gewalt" zufolge prägen die Massenmedien [...] den Inhalt von Politik und die Art und Weise, wie Politik gemacht und dargestellt wurde. Mehr noch: die Medien konstruieren erst die soziale und politische Realität [...]. Von der Bedeutung der Massenmedien zeugen sozialwissenschaftliche Schlüsselbegriffe wie „→ **Mediakratie**" oder „Mediendemokratie". „Mediakratie" meint eine Ordnung, in der die Massenmedien dadurch mitherrschen, dass sie die politische Agenda sowohl für die Politiker als auch für die Wähler bestimmen und die politischen Akteure zur Inszenierung von Politik, zu Theatralik, auch zu seichter Unterhaltung veranlasst – auf Kosten sachgerechter Erörterung und Lösung von Problemen. Verwandt mit dieser These ist die Lehre von der „Mediendemokratie". Damit ist eine – der Fassade nach – demokratische Herrschaftsordnung gemeint, in der die Massenmedien, insbesondere das Fernsehen und der Boulevardjournalismus, einen so großen Wirkungsgrad hätten, dass ihr Vorrang für kurzfristig mobilisierende Nachrichten, für dramatisierende Berichterstattung und Bewertung, für Personalisierung [...] und Bevorzugung von schlechten Nachrichten auch das Tun und Lassen der Politiker und des Demos [veralt. für „niederes" Volk] prägten. [...] Bürger mit hohem Informationsstand und geschultem Urteilsvermögen sind alles andere als passive Empfänger der Signale seitens mächtiger Sender. Gegen „schwache Massen" sprechen auch die größeren Chancen autonomer Kommunikation, die durch die neuen Kommunikationstechnologien und ihre sozialen Netzwerke eröffnet werden.

Manfred G. Schmidt: Das politische System Deutschlands, München 3. Aufl. 2016, S. 127 f.

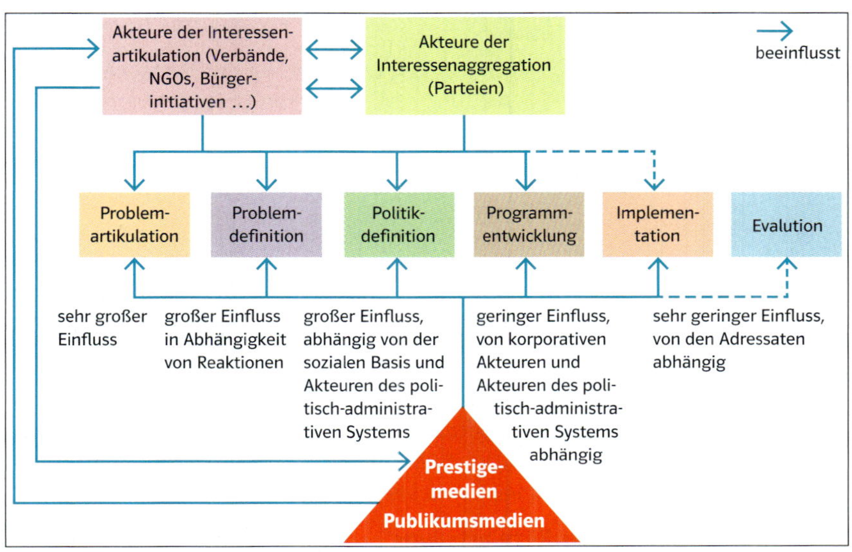

Abb. 65.2: Phasen des politischen Prozesses und der jeweilige Medieneinfluss (nach Stefan Marschall)

M8 Stimmen zur Vierten Gewalt

„Als Gegengewicht zu staatlichen Gewalten erfüllen Medien mehr denn je die Aufgabe einer vierten Gewalt. Freie Presse [. . .] ist ein Grundpfeiler unserer Verfassung. Entscheidend ist, dass die Pluralität der Meinungen gewahrt bleibt. Durch die vielen unabhängigen Stimmen im Internet ist das Spektrum größer als je zuvor."

Franz Josef Jung, CDU-Politiker

„Wer über die Medien von der vierten Gewalt im Staat spricht, irrt. Die Medien sind heute Kläger, Richter und Henker in einem."

Heinz Kerp, ehemaliger Chefredakteur bei „Lëtzebuerg Privat"

„Diese vierte Gewalt ist mit dem Internet nicht schwächer, sondern stärker geworden – aber auch unberechenbarer. Die Mediengewalt wird bisweilen müde, sie schläft ein; dann fährt sie wieder hoch, schreckt auf, haut um sich; sie erregt sich über Skandale, die keine sind; wirkliche Skandale erkennt sie des Öfteren nicht. [. . .] Die vierte Gewalt macht Fehler, wie die anderen Gewalten auch – und manchmal sind dies gewaltige, sie diskreditierende Fehler."

Heribert Prantl, Autor und Kolumnist für die Süddeutsche Zeitung

„Ohne Medien, ohne gute Medien können wir keine Politik machen. Das geht in der Demokratie nicht. Aber ich denke, man darf Politik nicht machen der Medien wegen. Man muss seine Sachpolitik machen. Aufgabe der Medien ist es, zu transportieren."

Winfried Kretschmann (Bündnis 90/Die Grünen), Ministerpräsident des Landes Baden-Württemberg

„Die Idee von der vierten Gewalt hat in einer Branche, die ohnehin zur Selbstüberschätzung neigt, einen unguten Dünkel genährt. Ein Korrektiv zu mächtigen politischen und wirtschaftlichen Interessen zu sein – dieses Ideal erfüllt in Deutschland nur eine Minderheit der Journalisten. Zu viele laufen mit der Herde, verhalten sich affirmativ zum ideologischen Mainstream."

Charlotte Wiedemann, Autorin und Journalistin

„Zum Regieren brauche ich nur Bild, Bams (Bild am Sonntag) und Glotze."

Gerhard Schröder (SPD), ehemaliger Bundeskanzler

„Was wir über unsere Gesellschaft, ja: über die Welt, in der wir leben, wissen, wissen wir durch die Massenmedien."

Niklas Luhmann (1927–1998), Soziologieprofessor und Gesellschaftstheoretiker

„Ich brauche nur Luft zum Atmen, etwas zum Essen und Meinungsfreiheit."

Hamed Abdel-Samad, deutsch-ägyptischer Politikwissenschaftler und Publizist

„Eine freie Presse kann gut oder schlecht sein, aber eine Presse ohne Freiheit kann nur schlecht sein."

Albert Camus (1913–1960), französischer Philosoph und Schriftsteller

M9 Pressekodex des Presserates (Auszüge)

Wahrhaftigkeit und Achtung der Menschenwürde

Die Achtung vor der Wahrheit, die Wahrung der Menschenwürde und die wahrhaftige Unterrichtung der Öffentlichkeit sind oberste Gebote der Presse. [. . .]

Sorgfalt

Recherche ist unverzichtbares Instrument journalistischer Sorgfalt. Zur Veröffentlichung bestimmte Informationen [. . .] sind mit der nach den Umständen gebotenen Sorgfalt auf ihren Wahrheitsgehalt zu prüfen und wahrheitsgetreu wiederzugeben. Ihr Sinn darf durch Bearbeitung, Überschrift oder Bildbeschriftung weder entstellt noch verfälscht werden. Unbestätigte Meldungen, Gerüchte und Vermutungen sind als solche erkennbar zu machen. [. . .]

Richtigstellung

Veröffentlichte Nachrichten oder Behauptungen, insbesondere personenbezogener Art, die sich nachträglich als falsch erweisen, hat das Publikationsorgan, das sie gebracht hat, unverzüglich von sich aus in angemessener Weise richtigzustellen.

Grenzen der Recherche

Bei der Beschaffung von personenbezogenen Daten, Nachrichten, Informationsmaterial und Bildern dürfen keine unlauteren Methoden angewandt werden. [. . .]

Trennung von Tätigkeiten

Journalisten [. . .] üben keine Tätigkeiten aus, die die Glaubwürdigkeit der Presse infrage stellen könnten.

Trennung von Werbung und Redaktion

Die Verantwortung der Presse gegenüber der Öffentlichkeit gebietet, dass redaktionelle Veröffentlichungen nicht durch private oder geschäftliche Interessen Dritter oder durch persönliche wirtschaftliche Interessen der Journalistinnen und Journalisten beeinflusst werden. [. . .] Bei Veröffentlichungen, die ein Eigeninteresse des Verlages betreffen, muss dieses erkennbar sein.

Persönlichkeitsrechte
Die Presse achtet das Privatleben des Menschen und seine informationelle Selbstbestimmung. Ist aber sein Verhalten von öffentlichem Interesse, so kann es in der Presse erörtert werden. […]

Schutz der Ehre
Es widerspricht journalistischer Ethik, mit unangemessenen Darstellungen in Wort und Bild Menschen in ihrer Ehre zu verletzen.

Religion, Weltanschauung, Sitte
Die Presse verzichtet darauf, religiöse, weltanschauliche oder sittliche Überzeugungen zu schmähen. […]

Diskriminierungen
Niemand darf wegen seines Geschlechts, einer Behinderung oder seiner Zugehörigkeit zu einer ethnischen, religiösen, sozialen oder nationalen Gruppe diskriminiert werden.

Unschuldsvermutung
Die Berichterstattung über Ermittlungsverfahren, Strafverfahren und sonstige förmliche Verfahren muss frei von Vorurteilen erfolgen. Der Grundsatz der Unschuldsvermutung gilt auch für die Presse. […]

→ ***Deutscher Presserat****: Publizistische Grundsätze (Pressecodex) in der Fassung vom 22. März 2017, Berlin, www.presserat.de/fileadmin/user_upload/Downloads_Dateien/Pressekodex2017_web.pdf, Zugriff am 20. August 2018*

Info

Framing: Medien können durch ihre Themensetzung und die Art und Weise, in welchen Deutungsrahmen sie politische Probleme setzen, die Stimmung und damit die Meinungsbildung beeinflussen.

Arbeitsaufträge

1. Erläutern Sie den Zusammenhang von Medien und Politik, indem Sie mit eigenen Worten den Begriff „symbolische Politik" definieren (M1 bis M3)!
2. Nennen Sie Beispiele von Handlungen symbolischer Politik, die Sie in den letzten Tagen aus Presse und Fernsehen entnehmen konnten! Untersuchen Sie gegebenenfalls eine oder zwei Nachrichtensendungen des privaten und öffentlich-rechtlichen Fernsehens im Hinblick auf entsprechende Berichte!
3. Erörtern Sie die These, dass der symbolischen Politik nicht so sehr raffinierte Strategien der Meinungsmacher und der Politiker zugrunde liegen, sondern vor allem das Bedürfnis der Bürgerinnen und Bürger nach einer anschaulichen ästhetischen Darstellung der Politik!
4. Immer wieder treten Politiker in unterschiedlichen Showformaten auf. Erörtern Sie, ob es für derartige Auftritte Grenzen geben sollte!
5. Arbeiten Sie mögliche Verhaltensweisen heraus, mit deren Hilfe insbesondere der Medienkonsument der Wirkung symbolischer Politik gegebenenfalls entgehen kann! Beziehen Sie M3 und die Karikatur 65.1 in Ihre Überlegungen mit ein!
6. Beschreiben Sie die „Macht der Medien" anhand der Begriffe „Medien als Vierte Gewalt", „Medialisierung", „Mediendemokratie" und „Mediakratie"/„Mediokratie" (M4 bis M8)! Welche Chancen und Risiken gibt es jeweils? Beurteilen Sie abschließend, inwiefern sich hierdurch jeweils das Politikbild der Gesellschaft verändert!
7. Entwickeln Sie anhand der Materialien ein strategisches Kommunikationsmanagement politischer Akteure (z. B. im Wahlkampf, in einer Kampagne für ein politisches Gesetzesvorhaben …)! Erörtern Sie hieran kritisch die zunehmende Bedeutung der „symbolischen Politik" gegenüber der „Entscheidungspolitik"!
8. Entwickeln Sie mithilfe des Pressekodex (M9) den Begriff der „Medienethik", indem Sie eine der folgenden Aufgaben bearbeiten:
   a) Überprüfen Sie die Grundsätze des Pressekodex an verschiedenen Printmedien!
   b) Entwickeln Sie ein praktisches Beispiel, bei dem Sie als normale Bürgerin/normaler Bürger den Presserat anrufen können!
   c) Schreiben Sie einen Artikel zu einem aktuellen politischen Thema Ihrer Wahl so um, dass Sie dabei gezielt gegen die Grundsätze in M9 verstoßen! Erörtern Sie im Plenum, wie der Artikel auf Sie wirkt und welche Konsequenzen diese Wirkung auf Medienwelt, Politik und Gesellschaft haben könnte!
9. Arbeiten Sie arbeitsteilig anhand der Materialien Pro- und Kontra-Argumente zu der Frage heraus, ob die Medien bereits die Herrschaft übernommen haben! Tauschen Sie sich im Rahmen einer Fishbowl-Debatte über die Argumente aus! Beurteilen Sie abschließend die einzelnen Argumente mithilfe einer kategorialen Skalenbewertung (Legitimität/Demokratie und Einfluss/Macht), siehe Methode S. 54!
10. Erörtern Sie anhand der Karikatur 64.1, inwiefern Politik und Medien aufeinander angewiesen sind! Fassen Sie abschließend Ihre Beurteilung in Form eines Gutachtens zusammen (alle Materialien)!
11. Der Politologe Stefan Marschall spricht von der „zweifelhaften These von der Übermacht der Medien". Nehmen Sie hierzu Stellung! Beziehen Sie die bisherigen Kapitel mit ein!

4.4 Medien zwischen Markt, Politik und Web 2.0

„Zeitungsbesitzer zu sein, gibt mir die Macht, bestimmte Themen wirkungsvoll zu lancieren. Mit einfachen Worten, Medien sind meine Megafone."

Robert Maxwell (1923–1991), britischer Publizist und Politiker (u.a. gehörten ihm Sunday Mirror, Daily Mirror, Sunday Mail und Pergamon Press)

M1 Gesellschaftliche Funktionen des Mediensystems und die zentrale Rolle von Medienunternehmen

Seit der Herausbildung von Tageszeitungen als den ersten Massenmedien mit tagesaktuellem Informationsangebot nehmen private Medienunternehmen mit eigenen, festangestellten Redakteuren eine zentrale Rolle innerhalb des Mediensystems ein. Sie wählen die „gesellschaftlich relevanten" Ereignisse nach eigenen journalistischen bzw. künstlerischen Selektionskriterien aus und kontrollieren in hohem Maß den Zugang zur Öffentlichkeit. Dies gilt insbesondere bei der Herstellung einer „politischen Öffentlichkeit", die für die Funktionsfähigkeit eines demokratischen Politiksystems unabdingbar ist.

Abb. 68.1: Verkaufte Presse (Kostas Koufogiorgos)

Medieninhalte „wirken", indem sie Wissensbestände und Einstellungen von Rezipienten [= Hörern, Lesern, Betrachtern] und damit mittelbar auch deren Verhalten verändern. Deshalb wird es immer wieder Versuche geben, das journalistische Selektionsverhalten im Sinne eigener ökonomischer und politischer Interessen zu beeinflussen. Ein an Einzelinteressen ausgerichtetes Informationsangebot widerspricht jedoch demokratischen Prinzipien, wonach Wahlen und Abstimmungen durch informierte Bürger erfolgen sollten, die ihre Entscheidungen rational auf der Grundlage eines breiten Diskurses aller relevanten Sachverhalte und Argumente treffen. In Deutschland wie in anderen Demokratien gibt es deshalb umfangreiche Medienregulierungssysteme, die vor allem die Unabhängigkeit von Journalisten und Journalistinnen vor Eingriffen der Regierung sicherstellen und „Medienmacht" durch die Konzentration des Medienbesitzes auf wenige Personen verhindern sollen. [...]

Wolfgang Seufert: Strukturwandel des Mediensystems, in: Deutschland und Europa 74, Stuttgart 2017, S. 54 f.

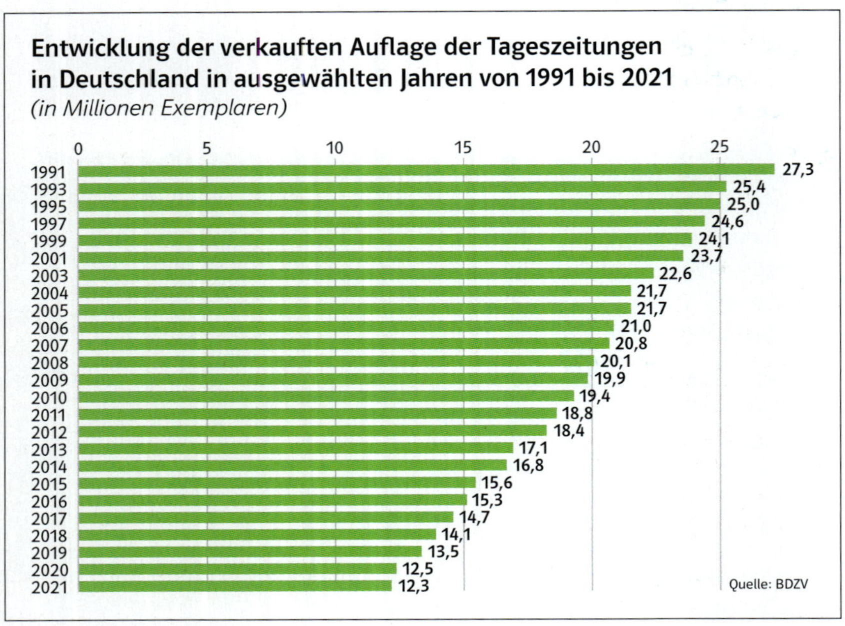

Abb. 68.2: Verkaufsauflagen deutscher Tageszeitungen als Print

M2 Regulierungssysteme für Medienkonzerne

Die Kommission zur Ermittlung der Konzentration im Medienbereich (KeK) wurde 1996/97 mit einer Novellierung des → **Rundfunkstaatsvertrags** geschaffen. Sie dient der Sicherung der Meinungsvielfalt im bundesdeutschen Privatfernsehen. Die Kommission ist in ihrer Arbeit an (politische) Weisungen nicht gebunden. Primäres Ziel der KeK ist es, die „vorherrschende Meinungsmacht" eines Unternehmens oder einer Unternehmensgruppe zu verhindern. Eine derartige Meinungsmacht wird als gegeben vermutet, wenn die einem Unternehmen zurechenbaren Programme im Durchschnitt eines Jahres einen Zuschaueranteil von 30 % erreichen.
Eine selbstständige Bundesbehörde im Geschäftsbereich des Bundesministeriums für Wirtschaft und Technologie ist das → **Bundeskartellamt**. Es ist zuständig für den Schutz des Wettbewerbs. Zu seinen Aufgaben gehören z.B. die Überwachung des Kartellverbots, die Fusionskontrolle (Kontrolle von Unternehmenszusammenschlüssen) und die Aufsicht über eventuellen Missbrauch einer marktbeherrschenden Stellung.

André Griemert nach diversen Quellen

M3 Die wirtschaftlichen Probleme der Medien

Die wirtschaftlichen Probleme der Medien sind mehrdimensional. Zum einen sind Medien selbst (auch) wirtschaftliche Unternehmen. Die Presse ist in Deutschland privatwirtschaftlich organisiert und finanziert sich herkömmlich aus zwei Quellen: dem Vertrieb und den Anzeigen. Die Anzeigen sind in einer Marktwirtschaft ein wichtiges Mittel zur Regulierung von Angebot und Nachfrage. Ohne sie würde es an Wettbewerb und Markttransparenz fehlen. [...]
Die Anzeigen bergen aber auch Probleme. Ihretwegen ist die (Tages-)Presse abhängig von der konjunkturellen Entwicklung. Zeiten der Prosperität wirken sich positiv auf Werbung und Anzeigen aus. Das kommt dann auch der Presse zugute. In Zeiten der Stagnation oder Rezession werden die Werbebudgets in der Regel aber gekürzt, worunter dann auch die Presse leidet. [...]
Bedingt durch die finanziellen Einbußen sehen sich die Tageszeitungen gezwungen, ihre publizistischen Leistungen zu reduzieren: Seitenumfänge [werden] verringert, Zeitungsausgaben fusioniert, auf Journalisten und Mitarbeiter(innen) verzichtet, Teilleistungen zentralisiert oder in andere Betriebe ausgelagert.

Die Informations- und Meinungsvielfalt (vor allem im lokalen Bereich) droht weiter abzunehmen. […] Die Zeitungsverlage begannen in den 1990er-Jahren mit dem Aufbau von Internet-Auftritten. Sie taten dies zunächst zögerlich, mit begrenzten Mitteln. Während sich manche damit begnügten, ihre Produkte unverändert auch online zu stellen, investierten andere mehr und bauten eigenständige Internet-Portale auf. […] Dennoch lassen sich dadurch für die Presse bisher zumeist keine großen Erträge erzielen. Im Internet herrscht bisher eine Kostenlos-Mentalität. Die Bereitschaft der User, für Angebote zu zahlen, ist gering, zumal bei Inhalten, die woanders kostenlos zu bekommen sind. […]

Jürgen Wilke: Medien. Die „vierte Gewalt"?, in: Stefan Hradil (Hrsg.): Deutsche Verhältnisse. Eine Sozialkunde. Frankfurt/New York 2013, S. 412 f.

M4 Konzentration in der Medienlandschaft

Gleichwohl ist Konzentration nicht die Lösung. Den Wettbewerb im Mediensektor zu fördern, heißt für Ideenvielfalt und Informationsfreiheit einzutreten, ja, es heißt in gewisser Weise der „Wahrheit" ans Licht zu verhelfen. Ein Medium (oder eine Mediengruppe) mit → **Monopol**stellung wäre eine Gefahr für die Demokratie. […] Zum einen erhöht eine Monopolstellung das Risiko der Medienbeeinflussung: Es ist leichter, eine Zeitung zu korrumpieren als zehn Zeitungen, zumal Wettbewerb dazu motiviert, Informationen früher als andere herauszubringen […]. Zum anderen wird niemand ernsthaft behaupten, die Berichterstattung werde im Falle eines Monopols nicht von den Interessen eines Einzelnen beeinflusst – nämlich denen des Eigentümers.
Medienkonzentration stellt also eine Gefahr für den Pluralismus dar. Gerade auf dem deutschen Medienmarkt fällt bei näherer Betrachtung eine besonders starke Konzentration auf. Gewiss erscheint in Deutschland eine beeindruckende Zahl von Tages- und Wochenzeitungen und diversen Magazinen. Aber im Großen und Ganzen haben einige wenige Akteure den Markt unter sich aufgeteilt, und die Axel Springer SE (vormals AG) dominiert den deutschen Zeitungsmarkt seit Jahrzehnten. […]

Julia Cagé: Medien, Macht, Demokratie. Wettbewerb und Konzentration auf dem Medienmarkt, in: Aus Politik und Zeitgeschichte 30–32, 2016, S. 31 f.

M5 Die Macht der Internetkonzerne

- Zu den großen traditionellen Medienkonzernen sind in den vergangenen Jahren neue Datenkonzerne hinzugekommen: „Die Big Four" der Online-Industrie, heute gerne als GAFA bezeichnet (Google, Apple, Facebook und Amazon) machen den „→ **legacy media** nicht nur durch das Sammeln von Nutzerdaten Marktanteile auf dem Werbemarkt streitig, sondern haben massiv in die Produktion von eigenen Inhalten investiert".
- „Googles Umsatz hat sich zwischen 2006 […] und 2015 von 10,6 auf 74,9 Mrd. US-Dollar mehr als versiebenfacht". Google macht heute 96 Prozent seiner Umsätze mit Werbung und löste 2016 den langjährigen Spitzenreiter Comcast im weltweiten Ranking der Medienkonzerne ab. […]
- Die → **öffentlich-rechtlichen Rundfunkanstalten** sind […] „unter Druck": „BBC und ARD liegen mit ihren Etats von jährlich rund 6,5 Milliarden noch vor Herausforderern wie Netflix oder etablierten internationalen Medienkonzernen wie Discovery. Man fragt sich nur, wie lange noch".

Horst Niesyto: Die Macht der Internetkonzerne und die Herausforderungen für die Medienbildung, in: Deutschland und Europa 74, Stuttgart 2017, S. 46 f.

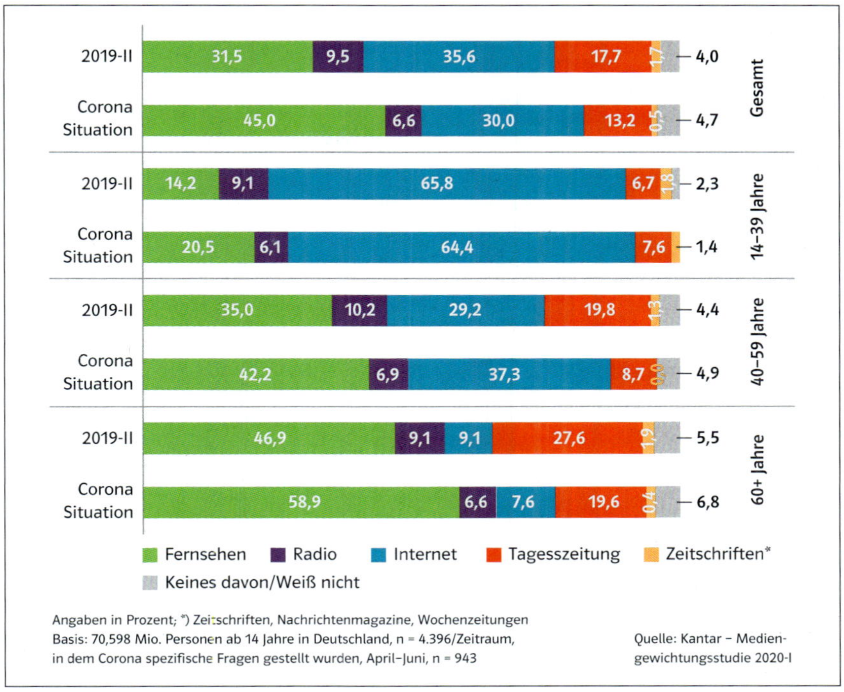

Abb. 69.1: Wichtigstes Informationsmedium bzgl. Corona im ersten Halbjahr des Jahres 2020

Arbeitsaufträge

1. Nehmen Sie Stellung zu der Aussage von Robert Maxwell!
2. Beschreiben Sie mithilfe der Materialien die deutsche Medienlandschaft! Recherchieren Sie hierzu zusätzlich Informationen zu den Beteiligungen der Medienkonzerne Springer, Burda und Bertelsmann!
3. Arbeiten Sie mithilfe der Materialien heraus, durch welche Verhaltensweisen und Strategien Medienkonzerne *Umsatz*, *Gewinn*, *Marktmacht* und *politischen Einfluss* weiter steigern (können)!
4. Fassen Sie mithilfe der Materialen und Ihrer recherchierten Ergebnisse aus Aufgabe 2 die politischen und gesellschaftlichen Folgen der Medienkonzentration thesenhaft zusammen! Erörtern Sie mögliche Auswirkungen dieses Prozesses auf das demokratische System (siehe Funktionen der Medien auf S. 61, M3)!
5. Beurteilen Sie mit Blick auf die von Ihnen auf S. 67, Aufgabe 8 aufgestellten Grundsätze einer Medienethik, inwiefern eine solche Medienethik angesichts der Veränderungen bei den Berufsbedingungen von Journalisten noch eingehalten werden kann!
6. Setzen Sie sich mit der Frage auseinander, ob Tageszeitungen aus öffentlich-rechtlichen Mitteln finanziert werden sollten!

4.5 Das Web 2.0 – Gefahr für die demokratische Öffentlichkeit?

M1 Intermediäre und Meinungsbildung

Soziale Netzwerke, Instant-Messaging-Dienste, Suchmaschinen oder Videoportale – die so genannten Medienintermediäre – sind wesentliche Elemente des Kommunikations- und Informationsverhaltens online. […] [Ihre Tagesreichweite] steigt auf hohem Niveau weiterhin an – und das bei allen Angeboten/Diensten. Sieben von zehn Personen ab 14 Jahren in Deutschland nutzen täglich Intermediäre. Sechs von zehn Personen nutzen täglich WhatsApp (60 %) und/oder Google (60 %), über ein Drittel YouTube (35 %), fast jeder vierte Facebook (23 %) und gut jeder fünfte Instagram (22 %). […]

Intermediäre spielen eine zentrale Rolle bei der Information über das Zeitgeschehen. Fast jeder zweite (46 %) […] ab 14 Jahren nutzt täglich Suchmaschinen, soziale Netzwerke und Instant-Messenger-Dienste, um sich über das Zeitgeschehen zu informieren. Google ist dafür in allen Altersklassen meistgenutzter Intermediär, gefolgt von YouTube, Facebook und Instagram. Besonders ausgeprägt ist die informierende Nutzung von Intermediären unter den Jüngeren. Für Drei Viertel (75 %) der 14- bis 29-Jährigen bestimmen Medienintermediäre mit, welche Informationen zum Zeitgeschehen aus Deutschland und der Welt im Internet wahrgenommen werden. Instagram belegt mittlerweile die zweite Position hinter Google Search bei der informierenden Nutzung. […]

Intermediäre spielen eine wichtige Rolle als Gatekeeper journalistisch-redaktionell erstellter Inhalte. Bei mittlerweile mehr als jedem vierten ab 14 Jahren in Deutschland führt der Weg zu den Online-Infoquellen über Medienintermediäre (27,9 Prozent). Eine herausragende Rolle als Kontakthersteller spielen dabei Suchmaschinen.

Die Medienanstalten: Intermediäre und Meinungsbildung (kein Datum), https://www.die-medienanstalten.de/themen/forschung/intermediaere-und-meinungsbildung, Zugriff am 03. November 2021

M2 Digitale politische Kommunikation

Das technische Potenzial sozialer Medien hat mehrere Effekte auf die politischen Meinungsbildungs- und Entscheidungsprozesse: Erstens haben sich die Kommunikationsströme erheblich beschleunigt, was permanente Reaktionen der Politikerinnen und Politiker nicht nur auf Nachrichten, sondern auch auf Posts, Blogs etc. erfordert. Zweitens ist auf der anderen Seite die Nutzerin bzw. der Nutzer zum → **Content Provider** geworden […]. Dies hat dazu geführt, dass die Bürgerin oder der Bürger die politischen Akteure (und umgekehrt) direkt adressieren und somit ein direkter Bürger-Politiker-Dialog stattfinden kann. Politikerinnen und Politiker haben diese direkte Ansprache der Bürgerinnen und Bürger längst als wirkungsvolle Kommunikationsform für sich entdeckt und sind daher in Netzwerken wie Facebook präsent oder bedienen sich Microblogs wie Twitter. Damit ist drittens ein Bedeutungsverlust institutionalisierter Kommunikationskanäle verbunden. Klassische Medien stellen nicht mehr für alle Bürgerinnen und Bürger die zentrale Instanz für die Informierung über politische Vorgänge dar (dies trifft vor allem auf Jüngere zu) und üben nicht mehr in gleichem Maße ihre Filter- und Bündelungsfunktion für Nachrichten aus. Infolgedessen ist der Großteil an Botschaften inzwischen dadurch gekennzeichnet, dass sie sich ungefiltert im Kommunikationsraum bewegen. Eine wichtige Rolle für die Art der Kommunikation spielt, viertens, die Anonymität im Netz; einerseits senkt sie die Hürden zur Teilnahme an der Kommunikation, andererseits wird in ihr einer der Gründe für die zu beobachtende Senkung der Hemmschwelle (Stichwort: → **Hate Speech**) gesehen. […] Schließlich folgt die Kommunikation größtenteils der Funktionslogik des Netzes, insofern sie dezentral abläuft. Zusammen mit dem Bedeutungsverlust institutionalisierter Kommunikationskanäle bedeutet dies für politische Akteure, dass einerseits die Setzung eigener Themen und deren „Karrieren" schwieriger berechenbar sind und nicht zuletzt auch die Adressierung einer strukturierten Öffentlichkeit immer schwieriger wird; andererseits werden Politikerinnen und Politiker von Themen, die das Netz hervorbringt, getrieben. […]

Marianne Kneuer: Politische Kommunikation und digitale Medien in der Demokratie, in: Harald Gapski, Monika Oberle, Walter Staufer (Hrsg.): Medienkompetenz. Herausforderungen für Politik, politische Bildung und Medienbildung (Schriftenreihe 10111), Bonn 2017, S. 45 ff.

M3 Social Bots

[…] Eine erste Definition gibt Markus Reuter von Netzpolitik.org: „Ein Social Bot ist ein automatisiert gesteuerter Account in einem sozialen Medium. Das kann ein Twitter-Account sein, das kann ein Facebook-Account sein. Und es steckt […] ein Programm dahinter, welches diesen Account steuert. […]" Das klingt erst einmal harmlos […]. Doch oft werden „Social Bots" instrumentalisiert, um Meinungen zu generieren und Debatten zu verzerren. […] In den USA ist das bereits passiert. Die Bots sind dort zu künstlichen Wahlhelfern avanciert […]. Dazu Professor Martin Emmer: „Social Bots kann man wohl am ehesten in Verbindung bringen mit dem, was man als künstliche Intelligenz bezeichnet, als selbstständig, automatisiert handelnde Agenten im Netz. Es kann sein, dass man deren Macht momentan ein wenig überschätzt. […] Aber je leistungsfähiger Algorithmen werden, […] desto mehr kann man mit solchen automatisierten Kommunikationsagenten natürlich machen."

Martin Emmer ist Kommunikationswissenschaftler an der Freien Universität Berlin. Die Social Bots können also Fan- und Followerzahlen nach oben treiben oder auch bestimmten Themen zu mehr Aufmerksamkeit verhelfen. Der Hamburger Politikberater

und Blogger Martin Fuchs sagt dazu: „Oder dass sie automatisiert auf bestimmte Keywords springen, die in Postings stehen und, darauf dann die Gegenmeinung artikulieren. […]“
Aber noch eine Überlegung spielt in dieser Debatte eine entscheidende Rolle: Was kann man mit 100 Euro im Wahlkampf machen? Ein paar Plakate kleben und vielleicht noch ein paar Stifte bedrucken. Im Digitalen Wahlkampf gibt es allerdings laut Markus Reuter von Netzpolitik.org günstigere Alternativen: „Von diesen Bots, wenn man jetzt eine mittlere Qualität nimmt, Twitter Bots beispielsweise, bekomme ich 1000 Stück für 100 Euro. Dazu brauche ich dann noch, wenn ich das ordentlich machen will, einen Programmierer, der mir die steuert. Das ist für nicht viel Geld zu haben.“ […]
Nach der Debatte um den Wahlkampf in den USA scheint die Gefahr von Fake News und Social Bots extrem groß. Was so ein Bot mit einem selbst anstellt, ist allerdings noch nicht eindeutig erforscht, betont der Kommunikationswissenschaftler Martin Emmer: „[Man weiß] aus der Kommunikationsforschung grundsätzlich […], wie Menschen mit Informationen in solchen Debatten umgehen. Da ist es so, dass für so eine Art der Kommunikation vor allem solche Leute ansprechbar sind, die nur ein geringes Involvement in die verwendeten Themen haben. Sobald Menschen ein stärkeres Interesse an einem Thema haben, haben sie auch ein höheres Wissen und eine höhere Motivation, sich mit Fakten und Informationen auseinanderzusetzen. Und dann wird es schnell schwierig. Interessanter sind solche Bots in Kontexten, bei denen es darum geht, mal eben schnell, nebenbei viele Leute zu mobilisieren. Und das ist vor allem auf Facebook der Fall. Facebook als Medium […] für private Alltagsmobilisation, ist für Social Bots ausgesprochen attraktiv, weil man da zwischen dem Austausch von netten Bildchen und einem Chat mit ein paar Freunden, mal auf ein Like klickt und dann mal eben nebenbei solchen Dingen auf den Leim gehen kann.“
Nutzer und Nutzerinnen sollten also besonders aufmerksam sein und ihr eigenes Verhalten in den sozialen Netzwerken reflektieren. Häufig sind Bots gar nicht so schwer zu erkennen. Viele haben zum Beispiel keine richtigen Profilbilder; sie posten nichts von allein, sondern retweeten nur […] auf sozialen Netzwerken. […]
Doch können die User von sozialen Netzwerken den Kampf gegen die Social Bots alleine aufnehmen? Oder sollte die Politik Plattformen in die Pflicht nehmen? Karolin Schwarz, eine der Mitgründerinnen der Hoaxmap, sagt dazu: „Ich glaube nicht, dass Nutzer das verhindern können. Das ist eigentlich eine Aufgabe für die Plattformbetreiber, solche Dinge automatisiert zu erkennen und dann diese Accounts abzuschalten. […] Insofern liegt die Verantwortung dort, doch inwiefern die Plattformen dieser Verantwortung nachgehen, ist fraglich.“ […]
[Fake News] generell zu verbieten bzw. sie zu zensieren, hält Markus Reuter […] für falsch: „[…] das Thema führt insgesamt zu Regelungsforderungen. […] Das kann eben dazu führen, dass Presse und Meinungsfreiheit beschnitten werden. Ich glaube, das ist gerade eine sehr gefährliche Konstellation. Denn diese Hysterie führt dazu, dass da Regularien gefunden werden, die schädlich sind für die Demokratie.“ […]
Insgesamt wird deutlich, dass die Experten ein Verbot für sinnlos und falsch erachten. Vielmehr sollten Plattformen selbst mehr Verantwortung übernehmen und Falschmeldungen und Social-Bot-Aktivitäten kennzeichnen. Aber auch die Nutzer und Nutzerinnen sollten jede Meldung kritisch hinterfragen […].

Heinrich-Böll-Stiftung: Social Bots vom 9. Februar 2017, https://www.boell.de/de/2017/02/09/social-bots, Zugriff am 03. November 2021

M4 Trolle und Evangelisten als Gefahr für die Öffentlichkeit?

Was sind Trolle? Das sind Menschen, die Diskussionen sprengen wollen. […] Doch trifft die alte Wahrnehmung nicht mehr ganz zu. Denn immer öfter werden aus Trollen Evangelisten: Menschen, die […] verbittert für etwas streiten und sich selbst wie auf einer Mission sehen. Die neueste Entwicklung in dieser Angelegenheit sind ganze Troll-Farmen: hunderte Menschen, die von Auftraggebern für das Stimmungmachen bezahlt werden. Kann all das gefährlich werden für eine Demokratie? […]
Martin Fuchs berät Politikerinnen und Politiker in digitaler Kommunikation und sagt: So schwer ist das gar nicht: „Was beobachtet wurde in letzter Zeit ist, dass es ein paar sehr, sehr aktive Menschen gibt, von denen man angenommen hatte, dass sie vielleicht sogar Social Bots waren, die aber in der Tat 18 Stunden am Tag nichts anderes gemacht haben, als in Kommentarspalten von Parteien und Medien bestimmte Propaganda abzulassen.“ […] Mit den ursprünglichen Trollen hat das nicht mehr viel zu tun, sagt der Kommunikationswissenschaftler Martin Emmer von der FU Berlin: „Trolle ist natürlich ein ganz weiter Begriff. Der Ur-Troll ist ja wirklich nur der Isolierte, der Durchgeknallte, der zu Hause am Rechner sitzt. Und entweder Spaß daran hat, andere zu quälen, indem er Debatten zerstört, oder aber eine individuelle Mission hat. Interessanter wird es jetzt im Kontext politischer Kommunikation eher, wenn sowas nur vorgetäuscht wird. Wir kennen ja mittlerweile die russischen Troll-Fabriken, wo ganz gezielt Leute bezahlt werden, um in dieser Form zu agieren. Das wird dann verknüpft mit so etwas wie Social Bots. Man kann den Impact solcher Kommunikation erhöhen, indem jeder Troll dann eben auch seine Bots losschickt. Man vervielfältigt dann die Kommunikation. […]“
[…] Martin Fuchs aber glaubt nicht, dass Trolle und Influencer gleich einen kompletten Wahlkampf drehen können […]: „[…] im Grunde genommen geht es ihm darum, Aufmerksamkeit zu erzeugen – er möchte keinen Diskurs, er möchte nicht, dass eine Diskussion über bestimmte inhaltliche Sachen passiert. […] Das ist aber eine sehr, sehr kleine, laute

Minderheit. […] Das zeigen auch aktuelle Studien, die sich mal angeschaut haben: Wer kommentiert eigentlich auf den Nachrichtenseiten in Deutschland? Ein Beispiel bei Focus: Über 60 Prozent der Kommentare werden von zwei Prozent der Nutzer veröffentlicht und geschrieben. Und da muss man dann einfach lernen, dass Trolle gern ihre Podien suchen, wo sie Aufmerksamkeit haben, und dass man sie einfach nicht beachtet." […]

Schwieriger aber wird es, wenn das Ganze zum sogenannten „Info War" verkommt: dem Kampf um die öffentliche Stimmung. Mittlerweile hat sich auch das Stimmungmachen professionalisiert. Hinter den Kampagnen stecken keine Einzelpersonen mehr. Und auch keine Zusammenschlüsse von Einzelpersonen. Wir reden also nicht mehr über Trolle oder über Evangelisten – wir reden oft über sehr professionelle Anbieter […]. Das heißt, ich habe eine Agentur. Da sind hundert Leute beschäftigt. Und die haben alle 50 Fake-Profile. Und dann fangen die an, in meinem Sinne Propaganda zu machen. Also das war das, was diese russische Troll-Armee gemacht hat. Aber da gibt es auch die 50-Cent-Army in China, da gibt es auch Einheiten vom britischen Geheimdienst und von der CIA. […]"

Und das gefährdet mehr als nur den Wahlkampf, warnt der Kommunikationswissenschaftler Martin Emmer: „In einer Öffentlichkeit gibt es immer gewisse Anforderungen an das Gegenüber, die man dem Gegenüber erstmal unterstellen muss. Man muss ihm unterstellen, dass er das, was er sagt, auch meint. Also: Wahrhaftigkeit, Wahrheit, Richtigkeit, dass man auf einem gemeinsamen Wertefundament steht, und so. Das sind alles Voraussetzungen dafür, dass man in so einen Kommunikationsprozess, der ja am Ende auch zu einer Klärung führen soll, einsteigen kann. Diese Voraussetzungen für Kommunikation sind streng genommen überhaupt nicht gegeben, wenn ich es mit solchen Trollen oder Bots zu tun habe. […] Insofern: Je größer der Anteil solcher Beiträge in einer öffentlichen Debatte ist, umso stärker wird natürlich Öffentlichkeit generell in Frage gestellt." […]

Was also tun? Verbieten? […] Bringt aber nichts, glaubt Martin Emmer: „Ich glaube nicht daran, dass man mit Verboten oder staatlicher Kontrolle da viel erreichen kann. Man kann sich natürlich durchaus Gedanken machen über bestimmte Normen. Wir haben in Deutschland ja auch ganz gute Erfahrungen mit so was wie Selbstverpflichtungen, Selbstregulierungen. Es gibt ja nicht viele gesetzliche Regeln für Medienkommunikation in Deutschland. Sehr viel mehr wird da wirklich über öffentlichen Druck, über Selbstverpflichtung, über öffentliche Thematisierung geregelt. […] Und ansonsten brauchen wir eine robuste und starke Öffentlichkeit, die sich eben nicht so leicht verunsichern lässt. Und die weiterhin ihre Werte hochhält. […]"

Mit anderen Worten: Das ist eine gesamtgesellschaftliche Aufgabe. […]

Heinrich-Böll-Stiftung: Trolle – Influencer – Evangelisten vom 9. Februar 2017, https://www.boell.de/de/2017/02/09/trolle-influencer-evangelisten?, Zugriff am 03. November 2021

Info

Ob die Nutzung sozialer Netzwerke demokratieförderlich oder -hinderlich ist, hängt von folgenden Faktoren ab:
- den Akteuren (Wer kommuniziert?),
- der Art der Nutzung (Was wird wie kommuniziert?),
- den Nutzungsmotiven und -zielen (Warum wird mit welchem Ziel kommuniziert?),
- dem politisch-institutionellen und dem sozialen Umfeld (Wie sehen die Rahmenbedingungen aus?).

M5 Radikalisierung der politischen Öffentlichkeit durch das Web 2.0

Die → **Filterblase** definiert [der amerikanische Autor Eli] Pariser selbst so: „Das persönliche Informationsuniversum, das Sie online bewohnen – einzigartig und nur für Sie aufgebaut von den personalisierten Filtern, die das Web jetzt antreiben." Mit Filter ist hier zum Beispiel Googles personalisierte Suche gemeint, die Ergebnisse passend zu dem liefern soll, was die Suchmaschine über den jeweiligen Nutzer weiß. Oder Facebooks → **Edge-Rank-Algorithmus**, der die vielen Meldungen, die ein durchschnittliches Facebook-Newsfeed ständig auswirft, so sortieren soll, dass für den jeweiligen Nutzer besonders interessante Dinge oben landen.

[…]

Der amerikanische Medienwissenschaftler Philip Napoli hat für algorithmisch sortierte Medieninhalte den Begriff *automated media* geprägt. Napoli sagt, es sei „vielleicht bezeichnend, dass algorithmisch angetriebene Organisationen wie Google und Facebook sich vielfach dagegen verwahrt haben, als Medienunternehmen bezeichnet zu werden". Das täten sie wohl vermutlich vor allem, „um sich gegen die Art politischer Intervention abzuschirmen, die in Bezug auf traditionelle Medienunternehmen gängig ist". Gemeint ist hier Regulierung, wie sie in Deutschland etwa für TV-Sender gilt, die von den → **Landesmedienanstalten** kontrolliert werden. Oder vom → **Presserecht** […]. Von Selbstkontrolleinrichtungen wie dem Presserat. Für Medienunternehmen gilt selbstverständlich die Pressefreiheit, das heißt aber nicht, dass sie ohne jede Konsequenz Unwahrheiten oder gar Hassbotschaften verbreiten dürfen. Verstöße gegen journalistische Standards können beanstandet, unter Umständen gerügt oder gar juristisch geahndet werden. […]

Die Filterblase existiert also, wobei der Begriff Blase eigentlich nicht wirklich trifft. Blasen sind ja eher undurchlässig, in Filterblasen aber dringt von außen ständig Neues ein, es muss nur zum eigenen Weltbild passen. Forscher verwenden deshalb auch den Begriff → **Echokammer**, um die Kommunikationsräume zu beschreiben, die so entstehen: Dort hallt jeweils das besonders laut wieder, was den Einstellungen des Nutzers entspricht. […] Eine Forschergruppe um die italienische Mathematikerin Michaela Del Vicario hat die Ausbreitung von Gerüchten, insbesondere Verschwörungstheorien, in sozialen Netzwerken untersucht. Die Wissenschaftler kommen über die Auswertung von Facebook-Daten zu dem Schluss, Nutzer hätten die Tendenz, sich dort in Interessengemeinschaften zu sammeln, sodass sie vor allem entsprechende Inhalte zu sehen bekommen. Das führe zu „Bestätigungsverzerrung, Spaltung und Polarisierung". Mit Bestätigungsverzerrung ist ein psychologisches Phänomen gemeint, das eigentlich aus der Gedächtnisforschung stammt: Menschen füllen Wissenslücken bevorzugt mit dem aus, was sie ohnehin schon glauben. […]

Zusammengefasst: Es gibt deutliche Hinweise, dass die Sortieralgorithmen der sozialen Medien zur

Meinungsbildung beitragen. Wer bei Facebook und anderswo nur noch radikale Ansichten und Behauptungen zu sehen bekommt, wird womöglich selbst zunehmend radikal. Die sozialen Medien verändern damit vermutlich bereits jetzt die Gesellschaft.

Christian Stöcker: Radikal dank Facebook, 25. Januar 2016, www.spiegel.de/netzwelt/netzpolitik/filterblase-radikalisierung-auf-facebook-a-1073450.html, Zugriff am 03. November 2021

M6 Die Publikative als fünfte Gewalt?

Die fünfte Gewalt – das ist im digitalen Zeitalter potenziell jeder, der für sein Thema Aufmerksamkeit und Aktivität organisieren kann. Das heißt, diese neue Machtsphäre ist nicht über eine gemeinsame Idee greifbar, denn die Ideen, die sich hier finden, sind unendlich vielfältig […]
Und doch ist diese neue Macht längst zu einer „Publikative" eigenen Rechts geworden, Stofflieferant einer inhaltlich und medial entgrenzten, barrierefrei zugänglichen Öffentlichkeit. […] Die schlichte Netzpublizität (eine Trendwelle auf Twitter, ein Shitstorm, ein paar heiß laufende Gerüchte in den sozialen Netzwerken) ist zum Nachrichtenfaktor und zum Argument der journalistischen Themenrechtfertigung geworden, das es erlaubt, auch ein banales Spektakel massenmedial aufzuwerten. […]
Überdies: Die fünfte Gewalt der digitalen Gegenwart tritt […] als medienkritische Instanz und Meinungskorrektiv in Erscheinung. […]
Die fünfte Gewalt ist radikal pluralistisch. Sie hat kein großes gemeinsames Thema, wohl aber gemeinsam genutzte Plattformen und Instrumente – soziale Netzwerke, Blogs, Wikis, Websites, Smartphones, leistungsstarke Computer, das gesamte Spektrum digitaler Medien. […]

Bernhard Pörksen: Die fünfte Gewalt. Die neue Macht der Vernetzten, in: SWR2 Aula vom 3. April 2016, www.swr.de/-/id=17214764/property=download/nid=660374/1wg4phc/index.pdf, Zugriff am 03. November 2021

M7 Von der Medien- zur Empörungsdemokratie?

Die Macht der fünften Gewalt […] entsteht in einem plötzlichen aufschäumenden Aufmerksamkeits- und Empörungsexzess. In der Regel wird ja auf eine ziemlich einfache Weise über Macht nachgedacht, nämlich linear-kausal. Es gibt […] eine Ursache, die eine Wirkung erzeugt. Und je stärker die Ursache, desto massiver die Wirkung. Vielleicht ist genau dieses vereinfachte Denken der Grund, warum es bislang keine wirkliche Debatte über den Einfluss der fünften Gewalt auf Politik und Öffentlichkeit gegeben hat – Netzwerke passen einfach nicht zu dem gängigen Kausalitätsmodell der Machtanalyse. […] Heute verwandelt sich die einst von publizistischen Großmächten regierte Mediendemokratie allmählich in die Empörungsdemokratie des digitalen Zeitalters. […] Es ist, ohne Zweifel, die Stunde der vernetzten Vielen, die großartige Enthüllungen und wichtige Recherchehinweise liefern, aber eben auch kleingeistige Attacken. […] Ob sich die Öffentlichkeit in eine Sphäre des Spektakels verwandelt oder in eine Welt der wechselseitigen Ermutigung und des Arguments, hängt von allen ab, die senden, posten, publizieren und sich mit den neuen Möglichkeiten und Medien vernetzen und verbünden. Das ist der Schrecken und die Schönheit der Gegenwart, der digitalen Zeit.

Bernhard Pörksen, a. a. O.

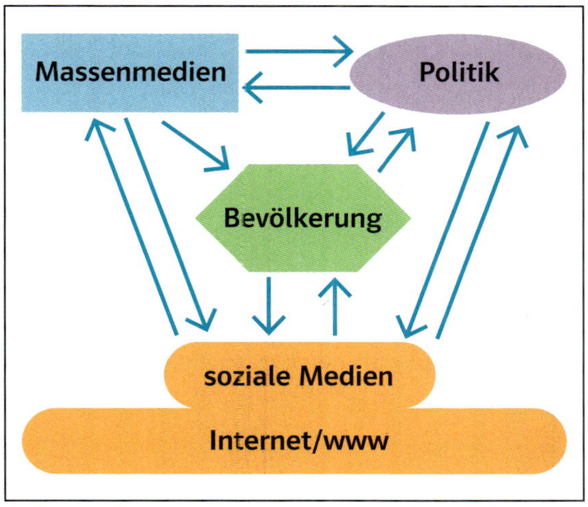

Abb. 73.1: Kraftfeld des Web 2.0

Arbeitsaufträge

1. Spielen Sie im Internet als vorbereitende Hausaufgabe das Spiel „Fake it to make it" (www.fakeittomakeitgame.com)! Notieren Sie die Erfahrungen, die Sie bezüglich der Auswirkungen von Fake News im Medienbetrieb machen.
2. Analysieren Sie, welche Chancen und Risiken die „These des demokratischen Potenzials des Internets für die politische Öffentlichkeit" birgt (M2)!
3. Beurteilen Sie differenziert das Verhältnis von neuen Medien und Demokratie im Hinblick auf die politische Öffentlichkeit!
4. Entwickeln Sie eine Wissenslandkarte, die das komplexe Themenfeld noch einmal übersichtlich und in seiner Vernetzung darstellt! Verwenden Sie dazu folgende Begriffe:
   Fake News; Filterblase; Social Bots; Trolle; Content Provider; Hate Speech; Onlinemedien, Evangelisten; Algorithmen; Geschäftsmodell von Google, Facebook und Co; Aufregungspotenzial; politische Einflussnahme; Werbung im Internet; Qualitätskriterien für Websites; Merkmale von unseriösem Journalismus; Maßnahmen gegen die Desinformation; Empörungsdemokratie; Publikative; Presserecht; Echokammer; Presserat

Fake News erkennen

M1 Vorschläge zum Umgang mit Fake News

[…] Der erste wäre: über Falschmeldungen möglichst sparsam berichten. […] ausführliche (wenngleich kritische) Berichte über Fake News [können] unabsichtlich deren Wirkung verstärken […]. Zweitens: „Es hilft nicht, den Leuten einfach zu sagen, dass ihre Fakten falsch sind", meint Jamieson [von FactCheck.org]. Besser sei es, mit neuen Belegen und einer entschiedenen Gegenbotschaft aufzuwarten. Drittens empfehlen die Forscher, das Publikum einzubeziehen und es anzuregen, selbst kritisch nachzufragen und Behauptungen und Argumente zu prüfen – dieser fromme Wunsch dürfte indessen an der Wirklichkeit regelmäßig zerschellen. Denn viele Konsumenten von Fake News oder Verschwörungstheorien wollen sich auf einen kritischen Dialog gar nicht einlassen. Sie leben […] vom „Windrad-Prinzip": Man zieht seine „Energie aus der Empörung der Gegenseite und verwandelt sie in eine Form sozial ansteckender Identifikation". Da führen rationale Argumente selten weiter.

Doch neben den Überzeugten und Verbohrten gibt es ja die Sympathisanten, die Mitläufer und Unentschiedenen. Sie sind für Argumente durchaus erreichbar […]. Eine Gruppe deutscher Psychologen empfiehlt dazu etwa, den Dialog mit der Wertschätzung des Gegenübers zu beginnen.

Ulrich Schnabel: Wie stoppt man Fake-News?, Die ZEIT, 30. September 2017; www.zeit.de/2017/40/fake-news-falsche-informationen-verstaerkung-umgang, Zugriff am 27. November 2020

Checkliste zum Erkennen von Fake News

1. Den Absender kontrollieren

Auf Homepages:

- Das Impressum ansehen: In Deutschland gibt es eine Impressumspflicht. Einer Seite ohne Impressum sollte man daher kein Vertrauen schenken.
- Das Impressum gibt Auskunft über den Urheber einer Nachricht. Die Adresse des Herausgebers von Fake-News-Seiten liegt häufig nicht in Deutschland.
- Ist ein Autor des Artikels angegeben? Wenn ja: recherchieren, was der Autor außerdem veröffentlicht hat.
- Fehlt eine Adresse oder ist ein Postfach im Ausland angegeben, sollte dies kritisch hinterfragt werden.

mimikama	Diese österreichische NGO finanziert sich aus Spenden und wird von Tom Wannemacher und Andre Wolf betrieben. Sie richtet sich vor allem an Private. Falschmeldungen können dort zur Überprüfung eingereicht werden.
correctiv	Diese deutsche NGO bezeichnet sich als „gemeinnütziges Rechenzentrum" und betreibt vor allem investigativen Journalismus, vielfach im Kontext digitaler Medien. Finanziert wird die Organisation durch Stiftungen und Mitgliedsbeiträge.
SWR-Fakefinder	Der „SWR Fakefinder" – nicht zu verwechseln mit dem ARD-faktenfinder – ist ein spannendes Browserspiel. Bei diesem Spiel werden Newsfeeds unter die Lupe genommen. Mit jeder beantworteten Frage wächst das eigene Repertoire, um zu beurteilen: Was ist Wahrheit, woran lässt sich Betrug erkennen?
faktenfinder	Die ARD-Redaktion untersucht vermeintliche Fakes im Rahmen des „faktenfinder". Die Journalist(inn)en stellen dafür ihre Erkenntnisse zur tatsächlichen Faktenlage dar – wahren aber dennoch Multiperspektivität. Damit soll Menschen eine Plattform zum Nachlesen von verifizierten Fakten geboten werden.
Hoaxmap.org	Diese Seite bildet Gerüchte ab, die in Deutschland in Umlauf waren und als Fake News entlarvt wurden. Meist geht es dabei um geflüchtete Menschen oder Einwanderer.
European Union External Action	Diese Abteilung der EU-Kommission will Falschmeldungen entlarven, bevor sie sich ausbreiten. Besonders offensiv verfolgt sie Informationen aus Russland.
FactCheck.org	FactCheck.org ist eine gemeinnützige Website, die sich selbst bezeichnet als „Verbraucheranwalt für Wähler mit dem Ziel, das Ausmaß an Täuschung und Verwirrung in der US-Politik zu verringern".
Tineye	Ob es sich um ein Originalfoto handelt, können Redakteurinnen und Redakteure auch mit dem kostenlosen englischsprachigen Programm Tineye überprüfen. Laut Hersteller checkt die Rückwärts-Bildersuche momentan über 17 Milliarden Fotos auf Übereinstimmung.
First Draft News	Die gemeinnützige Vereinigung First Draft stellt Leitlinien für den Umgang mit Gerüchten, Bildern und Videos, die sich auf sozialen Netzwerken verbreiten, zusammen. In Deutschland arbeiten beispielsweise dpa, Zeit, ARD und ZDF mit den Initiatoren der Website zusammen.
YouTube Dataviewer	Die Hilfsorganisation Amnesty International hat das kostenlose Online-Tool YouTube Dataviewer entwickelt, um der Verbreitung von Fake News und Videos auf der Plattform YouTube entgegenzuwirken.
Google Bildersuche	Der Klassiker: Google bietet die Möglichkeit, gezielt nach dem Ursprung eines Fotos zu suchen. Dabei wird die Datenbank nach Websites, die das Bild enthalten, und nach ähnlichen oder identischen Fotos durchforstet.

Abb. 74.1: Initiativen und Internetools zur Enttarnung von Fake News

Abb. 75.1: Fake News erkennen (Dr. André Griemert)

In sozialen Netzwerken:
- Profile von Absendern genau ansehen: Wie lange gibt es den Twitter-/Facebook-Account bereits und welche Tweets/Posts wurden dort bislang abgesetzt? Wie viele Freunde oder Follower hat der Account? Wenige Follower und sehr neue Profile geben Anlass zur Skepsis.
- Auch die bisher veröffentlichten Beiträge sollten geprüft werden. Sind die Tweets und Postings zeitlich und inhaltlich widerspruchsfrei? Wer sind die Follower/Freunde? Hat der Account einen blauen Verifizierungshaken?

2. Die Inhalte gegenchecken
- Grundsätzlich sollte man das Datum einer Meldung ansehen und die Überschrift in eine Suchmaschine eingeben.
- Wurde über denselben Sachverhalt bereits von anderen Seiten und Medien berichtet? Gibt es mehrere Quellen? Nein? Dann sollte man der Nachricht kritisch gegenübertreten.
- Quellen und Zitate überprüfen: In welchem Kontext sind diese noch im Internet zu finden?
- Wie seriös erscheinen weitere Artikel der vermeintlichen Fake-News-Seite? Was wird noch veröffentlicht?
- Kopierte Inhalte deuten auf unseriöses „Copy & Paste"-Verhalten hin. Texte, die verkürzt nur auf Schlagzeilen beruhen, wenig Inhalt und viel Meinung präsentieren, sollten mit Vorsicht genossen werden.

3. Die URL (Internetadresse) kontrollieren
- Es gibt Fälle, in denen Falschmeldungen im Design bekannter Medienmarken erscheinen.
- Daher immer die Webadresse in der Browserzeile prüfen. Oftmals unterscheidet sich die URL nur durch einen Zusatz wie einen Bindestrich oder eine Endung wie .net vom Original.

4. Fotos und Videos überprüfen
- Wurde das Foto tatsächlich an dem angegebenen Ort aufgenommen? Werbetafeln, Verkehrsschilder und Autokennzeichen geben möglicherweise Hinweise auf den Ort.
- Fake-News-Macher zeigen gerne nur bestimmte Bildausschnitte, wodurch der ursprüngliche Kontext der Aufnahme nicht wahrheitsgemäß wiedergegeben wird. Dadurch lässt sich die Aussage eines Bildes leicht manipulieren.
- Mit der umgekehrten Bildersuche lassen sich viele gefälschte Inhalte und im falschen Zusammenhang geteilte Inhalte entlarven. Ist das Foto tatsächlich die erste Aufnahme eines abgestürzten Flugzeugs oder zeigt es das Wrack einer anderen Maschine? Durch den Foto-Upload in der Bildersuche von Suchmaschinen werden Webseiten angezeigt, auf denen das Foto integriert ist. Eine umgekehrte Bildersuche führt man durch die Eingabe der Bild-URL oder durch rechten Mausklick auf das Foto (im Dialogfenster Option „In der Suchmaschine nach diesem Bild suchen" auswählen) durch.
- Liegen mehrere Kopien eines Videos vor, kann der YouTube-Dataviewer von Amnesty International beim Finden der Originalversion helfen. Er zeigt nicht nur die konkrete Upload-Uhrzeit an, sondern extrahiert gleichzeitig die Vorschaubilder des Clips. Diese kann man anschließend durch eine integrierte umgekehrte Bildersuche laufen lassen. Gibt es nur ein einziges Suchergebnis, ist der Urheber leichter zu finden. Bei mehreren Ergebnissen kann man in der Regel davon ausgehen, dass das Bild mit der höchsten Auflösung das Original ist.

Arbeitsaufträge

1. Stellen Sie eine der in Abb. 74.1 genannten Initiativen und Internetools ausführlich vor!
2. Entwickeln Sie Handlungsoptionen von Politik und Gesellschaft, um Informationsverfälschungen durch Fake News entgegenzuwirken (**M1**)!
3. Führen Sie zum Thema „Was tun gegen Fake News?" eine Expertendiskussion durch. Verteilen Sie die Rollen: Vereine für digitale Zivilcourage; Facebook-, YouTube- oder Twitter-Vertreter/in; Vertreter/in des Innenministeriums; Internetnutzer/in; Journalist/in; Blogger/in; Zeitungsverleger/in; Kommunikationswissenschaftler/in etc.).
4. Zwischen Zensur und Meinungsfreiheit: Erörtern Sie, ob offensichtliche Falschmeldungen gelöscht werden oder bleiben sollen!
5. Nehmen Sie zur Aussage von Mark Zuckerberg Stellung: „Eine Menge davon, was Leute als Fake News bezeichnen, sind einfach nur Meinungen, mit denen sie nicht einverstanden sind."

Zusammenfassung

Funktion der Massenmedien

Massenmedien haben zwar nur zu einem kleineren Teil direkt mit Politik zu tun, dennoch sind sie für das politische Geschehen in zweifacher Hinsicht von zentraler Bedeutung: So sorgen Sie

- durch die Information der Öffentlichkeit über den politischen Prozess für dessen Transparenz,
- durch die Kontrolle sämtlicher öffentlicher Institutionen dafür, dass Entscheidungen argumentativ begründet und gegen Einwände verteidigt bzw. revidiert werden müssen,
- durch die Artikulation der verschiedenen in der Gesellschaft vorhandenen Interessen und politischen Meinungen für einen thematischen Orientierungsrahmen des politischen Handelns.

Anderen politischen Systemen sind Demokratien nicht zuletzt dadurch überlegen, dass sie sich durch die Medien als Instanz einer kritischen Öffentlichkeit unter einen permanenten Lernzwang setzen lassen. Schon aus Legitimitätsgründen ist Politik darauf angewiesen, dass über die Entscheidungsprozesse und deren Ergebnisse öffentlich und unabhängig informiert wird.
Die Aufgabe, Politik in kritischer Absicht öffentlich zu machen, ist mehr als nur Berichterstattung. Sie schließt das Ziel ein, durch nachforschenden, investigativen Journalismus hinter die Kulissen zu schauen, den Alltag politischer Machtausübung zu kontrollieren. Die Medien transportieren im demokratischen Staat daher nicht nur Information, sie stellen darüber hinaus eine gesellschaftliche Kritik- und Kontrollinstanz dar, die Missständen in Regierung, Verwaltung und Rechtsprechung nachspürt, diese öffentlich macht und so etwaigem Machtmissbrauch entgegenwirken kann. Damit können Medien neben den klassischen Gewalten der Legislative, Exekutive und Judikative zu einer „vierten Gewalt" werden, mit der staatliches Handeln öffentlich, nachvollziehbar und kritischer Kontrolle unterzogen wird. Dies gilt für die öffentlich-rechtlichen wie auch für die privat organisierten Medien in gleichem Maße.

Während der nichtdemokratische Staat zur Sicherung seiner Existenz auf die Unterdrückung der Meinungsfreiheit und die Gleichschaltung der Medien angewiesen ist, hängt die Demokratie unmittelbar von der Meinungs- und Kommunikationsfreiheit ab, die im Rechtsstaat Anspruch auf besonderen staatlichen Schutz genießt (Art. 5 GG).

In Deutschland hat das Bundesverfassungsgericht die herausragende Bedeutung der Medien für das Funktionieren der Demokratie mehrfach hervorgehoben, weil die Pressefreiheit Voraussetzung einer freien Meinungsbildung ist.

Objektive Berichterstattung

Ihre besondere politische Bedeutung erwächst den Medien vor allem aus ihrer Vorherrschaft im Prozess des sogenannten Agenda-Setting. Die von den Medien kommunizierten Ereignisse und Themen sind für die Bürger/-innen in aller Regel die wichtigsten und zu allermeist auch die einzigen Informationen über das politische Geschehen.

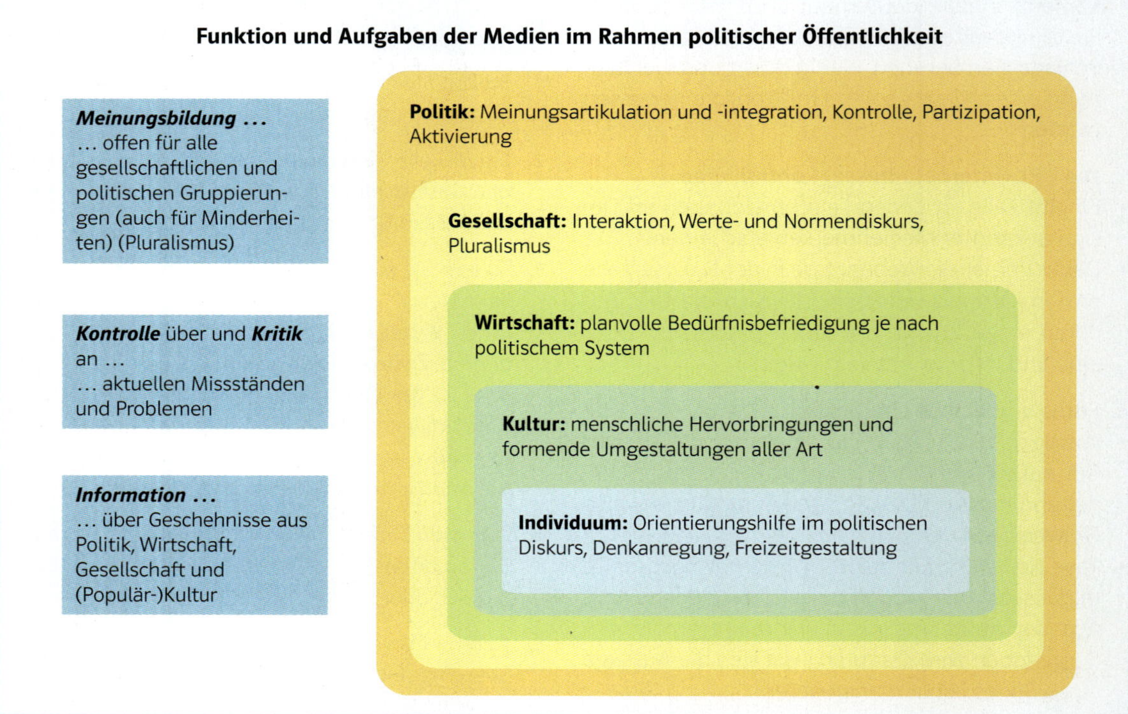

Abb. 76.1: Mögliche Funktionen von Medien für eine demokratische Gesellschaft

Die Medien besitzen also die weitgehende Definitionshoheit darüber, was politisch wichtig (und richtig) ist. Medien sind also maßgeblich daran beteiligt, wenn wir uns ein Bild von der Wirklichkeit machen. Erfolg im politischen Wettbewerb hängt deshalb wesentlich davon ab, welchen Einfluss politische Akteure auf das Agenda-Setting der Medien nehmen können, inwieweit es ihnen also gelingt, die Tagesordnung der Themen selbst zu bestimmen. So erreicht uns Politik weitgehend nur über die Präsentation in den Massenmedien.
Medien verbreiten jedoch nicht nur Informationen. Mit ihren Bildern und Berichten liefern sie zugleich Deutungen, entscheiden, was wichtig ist, und setzen eigene Akzente. Unser Wissen über und unsere Sichtweise von Politik sind in hohem Maße durch Medien geprägt, sind „mediatisiert". Der enorme Einfluss der Medien auf die politische Wahrnehmung ist nicht zuletzt deshalb alles andere als unproblematisch: Oft finden Überraschendes und Skandalöses sowie der offene politische Schlagabtausch leichter den Weg in die Öffentlichkeit als die sachliche Diskussion kniffliger Detailfragen.

Onlinemedien

Daran ändert vermutlich auch die Tatsache nichts, dass das Vermittlungsmonopol für politische Informationen neuerdings durch das Internet durchbrochen wird.
Information, Meinungsbildung und kritische Kontrolle sind Voraussetzungen, um am politischen Geschehen aktiv teilnehmen zu können. Neue Medien können in vielfältiger Weise als Plattform für eigene Meinungsbildung dienen. Sie machen es darüber hinaus möglich, politische Debatten mit anderen zu führen und so seine Meinung zu verbreiten. Das kann mehr bedeuten, als klassischerweise Lesebriefe zu schreiben, denn das eigentlich Neue am Internet ist die interaktive, wechselseitige Kommunikation in Blogs und sozialen Netzwerken. Durch Digitalisierung und Dezentralisierung der Rundfunk- und Fernseheinrichtungen öffnen sich auch diese Medien für engagierte Bürgerinnen und Bürger und deren Meinungen. Diese neuen Medien können eine zusätzliche Brücke zwischen Bevölkerung und Politik schlagen und zum Forum für politische Mitwirkung werden.
Darin liegen aber auch Chancen für politische Akteure: Sie nutzen die neuen Medien zunehmend, um eigene Informationspools und Diskussionsforen aufzubauen, mit denen Bürgerinnen und Bürger schneller und direkter erreicht werden als über traditionelle Massenmedien. Allerdings birgt das Internet durch die Einflussnahme solcher Interessengruppen auch ein Gefährdungspotenzial für die politische Öffentlichkeit in der Demokratie.
Zudem wirft die Fülle der verfügbaren Informationen das Problem auf, dass die Angebote von den Nutzern selbst auf ihre Relevanz, Vollständigkeit und Objektivität hin überprüft werden müssen. Hier werden hohe Anforderungen an die Medienkompetenz der Nutzer gestellt.

Qualitätssicherung der Informationen

Bisher setzten das jeweilige Presserecht der Bundesländer und der Pressecodex der journalistischen Arbeit Qualitätsstandards und rechtliche Schranken. Inwiefern dies im Rahmen der sozialen Netzwerke möglich ist, bleibt abzuwarten. In der Tat wird dieses Problem aber die zentrale Frage der Medienpolitik im 21. Jahrhundert sein.
Die meisten Medien befinden sich in Privatbesitz. Die öffentlich-rechtlichen Medienanstalten bilden hier die Ausnahme. Bei Ersteren handelt es sich im Prinzip um Wirtschaftsunternehmen mit entsprechend höherer oder niedrigerer Marktorientierung, die einen wesentlichen Teil ihrer Einnahmen über Werbung generieren. Überzogene Renditeerwartungen der Eigentümer, sinkende Auflagen und zurückgehende Werbeeinnahmen haben insbesondere bei den Printmedien zu verstärkten Sparmaßnahmen und Konzentrationsprozessen geführt. Dies führt nicht selten zu einem Qualitätsverlust, da auf ausführliche Hintergrundberichte und sorgfältige Recherche zunehmend verzichtet wird. Zudem kann dies dazu führen, dass die Meinungsvielfalt eingeschränkt wird, wenn die Eigentümer versuchen, auf ihre Produkte inhaltlich Einfluss zu nehmen oder andere Unternehmen vom Markt zu verdrängen.

Jeder hat das Recht, seine Meinung in Wort, Schrift und Bild frei zu äußern und zu verbreiten und sich aus allgemein zugänglichen Quellen ungehindert zu unterrichten. Die Pressefreiheit und die Freiheit der Berichterstattung durch Rundfunk und Film werden gewährleistet. Eine Zensur findet nicht statt (Art. 5 Abs. 1 GG).

Meinungsfreiheit	Informationsfreiheit	Pressefreiheit	Zensurverbot
• Meinungen frei äußern • Meinungen frei verbreiten in Wort, Schrift und Bild	• sich frei aus rechtlich zugänglichen Quellen informieren • andere ungehindert informieren und unterrichten können	• ungehinderte Arbeit der Presse • freie Berichterstattung in gedruckten und elektronischen Medien • freie Berufsausübung ohne staatliche Kontrolle	• keine inhaltliche Kontrolle durch staatliche Behörden – keine Vorzensur • keine Verpflichtung durch den Staat auf eine bestimmte Berichterstattung

Diese Rechte finden ihre Schranken in den Vorschriften der allgemeinen Gesetze, den gesetzlichen Bestimmungen zum Schutze der Jugend und in dem Recht der persönlichen Ehre (Art. 5 Abs. 2 GG).

Abb. 77.1: Drei Freiheiten und ein Verbot (Herbert Uhl)

Musterklausur Kapitel 4 mit Lösung
59c5ev

5. Wahlen als Form politischer Partizipation

5.1 Funktionen von Wahlen

Artikel 20 GG
[…] (2) Alle Staatsgewalt geht vom Volke aus. Sie wird vom Volke in Wahlen und Abstimmungen und durch besondere Organe der Gesetzgebung, der vollziehenden Gewalt und der Rechtsprechung ausgeübt. […]

Am Wahltag entscheiden Wähler über die zukünftige Machtverteilung in einem politischen Gemeinwesen (**Partizipation**). Die Wähler/-innen bestimmen die Gewählten, die jedoch nur **Macht auf Zeit** erhalten. Aufgrund der regelmäßig stattfindenden Wahlen muss die Politik den Aspekt der **Herrschaft auf Zeit** in ihren Entscheidungen mit berücksichtigen (die Meinungs- und Willensbildung der Wählerschaft). Die Einflüsse des Bürgers auf die Politik sind insofern umfassender als der kurze Wahlakt am Sonntag. Wahlen und Demokratie hängen also eng zusammen. Dabei muss ein Minimum an gemeinsamen **Grundüberzeugungen** in der Gesellschaft herrschen. Dazu gehört vor allem die Anerkennung des **Mehrheitsprinzips**. Von der Minderheit wird erwartet, dass sie die Entschlüsse der Mehrheit respektiert und anerkennt. Allerdings besagt das Prinzip des **Minderheitenschutzes** auch, dass kleine Gruppierungen nicht vom politischen Willensbildungsprozess ausgeschlossen werden dürfen.

Die Wahlgrundsätze

Artikel 38 des Grundgesetzes: Die Abgeordneten des Deutschen Bundestages werden in allgemeiner, unmittelbarer, freier, gleicher und geheimer Wahl gewählt.

ALLGEMEIN	Jeder deutsche Staatsbürger ab 18 Jahren darf wählen.
UNMITTELBAR	Die Bürger wählen die Kandidaten direkt. Es gibt keine Wahlmänner oder -frauen, auf die man seine Stimme überträgt.
FREI	Die Bürger sind frei in ihrer Wahlentscheidung, niemand darf auf sie Druck ausüben.
GLEICH	Jede Stimme hat das gleiche Gewicht.
GEHEIM	Niemand kann nachvollziehen, wie ein bestimmter Wähler gewählt hat. Niemand muss sagen, wen er gewählt hat.

Diese Grundsätze gelten auch bei Landtags- oder Kommunalwahlen (Art. 28 des Grundgesetzes).

Quelle: Bundeszentrale für politische Bildung © Globus 11751

Abb. 78.1: Das Fundament jeder demokratischen Wahl

M1 Die wichtigsten Wahlfunktionen

Legitimations- und Kontrollfunktion: Wahlen leisten die für eine Demokratie unverzichtbare Rückführung politischer Herrschaft auf den Willen derjenigen, die der Herrschaft unterworfen sind. Sie sichern die Kontrolle der Herrschaftsunterworfenen über die Herrschenden und gewährleisten durch ihre regelmäßige Wiederkehr die Zeitbegrenzung politischer Herrschaft […].
Kreationsfunktion: Aus Wahlen gehen die politischen Leitungsorgane hervor, in einer parlamentarischen Demokratie also eine funktionsfähige Volksvertretung. Diese ist ihrerseits in der Lage, eine funktionsfähige Regierung einzusetzen und die für das Gemeinwesen wesentlichen Entscheidungen zu treffen.
Repräsentationsfunktion: Wahlen sollen gewährleisten, dass sich die vielfältigen Interessen, Anschauungen und Werthaltungen der Bevölkerung in der von ihnen gewählten Vertretungskörperschaft widerspiegeln.
Integrationsfunktion: Über Wahlen findet darüber hinaus die Integration der Bevölkerung in das politische System statt; dazu stellt der Wahlakt als solcher eine politische Gemeinsamkeit unter den Bürgerinnen und Bürgern her.

nach Frank Decker: Bundestagswahl 2017, in: Informationen zur politischen Bildung aktuell, Nr. 31/2017, S. 4

M2 Nicht im Grundgesetz, aber wichtig!

Das Prinzip der Öffentlichkeit soll gewährleisten, dass die Wahl ordnungsgemäß und nachvollziehbar verläuft – von den Wahlvorschlägen über die eigentliche Wahlhandlung […] bis zur Ermittlung des Wahlergebnisses. Der Grundsatz beinhaltet auch, dass die Stimmabgabe im öffentlichen Raum stattfindet und die Wahl so als öffentliches Ereignis sichtbar wird.

Frank Decker, a.a.O., S. 7

M3 Bedeutung der Wahlgrundsätze

Demokratische Wahlen setzen […] voraus, dass sich Präferenzen innerhalb der Gesellschaft frei entfalten können, dass Parteien sie zu unterschiedlichen programmatischen und personellen Angeboten bündeln und dass diese Angebote in der Wahlauseinandersetzung fair miteinander konkurrieren. Der Wettbewerb ist dabei an das Mehrheitsprinzip als demokratische Spielregel gebunden. Seine Funktionsfähigkeit beweist sich daran, dass Regierungswechsel möglich sind.

Frank Decker, a.a.O., S. 4

M4 Wahlen in der Krise?

Empirische Untersuchungen weisen […] auf eine wachsende soziale Ungleichheit der Wahlbeteiligung hin. So lag beispielsweise der Anteil der Nichtwähler bei der Bundestagswahl 2013 in der untersten Einkommensgruppe mehr als fünfmal so hoch wie in der obersten […]. Auch die jüngeren Altersklassen beteiligen sich nur unterdurchschnittlich. Unter Demokratiegesichtspunkten ist das prekär, weil damit auch die Interessen dieser Gruppen im politischen Prozess weniger beachtet werden: Wer nicht wählen geht, läuft Gefahr, dass seine Interessen nicht repräsentiert werden. Manche Autoren […] befürworten aus diesem Grund die Einführung einer Wahlpflicht.

Frank Decker, a.a.O., S. 4

M5 Wahlen als Legitimation des demokratischen Systems

[…] Wahlen [bleiben] doch weiterhin zentrale Verfahren, mit denen Legitimation erzeugt, die Regierungspolitik inhaltlich programmiert und Parteien für ihr Handeln und/oder ihre Programme belohnt oder bestraft werden. Damit Wahlen diese für eine Demokratie zentrale Funktion unverzerrt übernehmen können, muss Regierungshandeln transparent sein […].
In fast allen westlichen Demokratien sank in den letzten Jahrzehnten die Wahlbeteiligung, und auch wenn es normativ umstritten ist, ab welchem Niveau der Wahlbeteiligung ein demokratisches System seine Legitimation verliert, so kann doch

diagnostiziert werden, dass dieser Prozess die Legitimation verringert. Schließlich – und für die Legitimation des demokratischen Systems entscheidend – greift das Kongruenzkriterium immer schlechter. Gemeint ist damit, dass idealerweise Entscheidungsbetroffene auch Entscheidungsberechtigte sein sollen. Aufgrund der hinlänglich bekannten Prozesse der Globalisierung und Supranationalisierung fallen Entscheidungsberechtigte und Entscheidungsbetroffene zunehmend auseinander. Legislative Funktionen und Kompetenzen → **supranationaler** Instanzen lassen demokratische Nationalstaaten sukzessive in die Funktion rein exekutiver Organe rücken. Darunter leidet die demokratische Legitimation des demokratischen Nationalstaates.

Gary S. Schaal: Postdemokratie. Tatsächlich?, in: Magazin Erwachsenenbildung.at (2010) 11, S. 4, http://www.erwachsenenbildung.at/magazin/10-11/meb10-11.pdf, Zugriff am 03. November 2021

M6 Thesen zur Wahlbeteiligung

Dass die Wahlbeteiligung in der Bundesrepublik rückläufig ist, kann als unstrittig festgehalten werden, über die Bewertung dieser Tatsache gehen die Meinungen jedoch auseinander. Auf der einen Seite stehen Interpretationen, die den Rückgang der Wahlbeteiligung als eine Anpassung an das Niveau in anderen politischen Systemen ansehen und somit als normalen Vorgang bewerten. Auf der anderen Seite dient die schwindende Beteiligung an Wahlen als Zeichen der Krise der repräsentativen Demokratie. Armin Schäfer hat für den ersteren Bewertungsansatz insgesamt drei Begrenzungslinien herausgearbeitet. Nach der **(1) Normalisierungsthese** wird darauf abgestellt, dass die hohe Wahlbeteiligung in den 1970er Jahren die Ausnahme gewesen sei und nicht die heutige Situation. Im Vergleich zu anderen westlichen Demokratien seien die Beteiligungsraten in der Bundesrepublik ohnehin ungewöhnlich hoch ausgefallen. Nach der **(2) Zufriedenheitsthese** sei die Abstinenz an den Wahlurnen eher als Ausdruck der Zustimmung zu den politischen Prozessen denn als Anzeichen politischen Protests zu werten. Wahlbeteiligung werde nicht als erforderlich erachtet, da alles gut laufe. Anhänger der **(3) Substitutionsthese** weisen hingegen darauf hin, dass sich die Bürgerinnen und Bürger schlichtweg andere Formen der politischen Beteiligung gesucht hätten, mittels derer sie sich erhofften, ihre Interessen besser umsetzen zu können. Das politische Interesse der Wählerinnen und Wähler sei also nach wie vor vorhanden, es würden nur andere Wege gesucht, um sich zu engagieren.

Marc Solar: „Traditionelle" Akteure und Formen politischer Partizipation – Anpassungs- und wandlungsfähig?, in: Ursula Bitzegeio, Jürgen Mittag, Lars Winterberg (Hrsg.): Der politische Mensch. Akteure gesellschaftlicher Partizipation im Übergang zum 21. Jahrhundert, Bonn 2019, S. 31–60, hier S. 40 f.

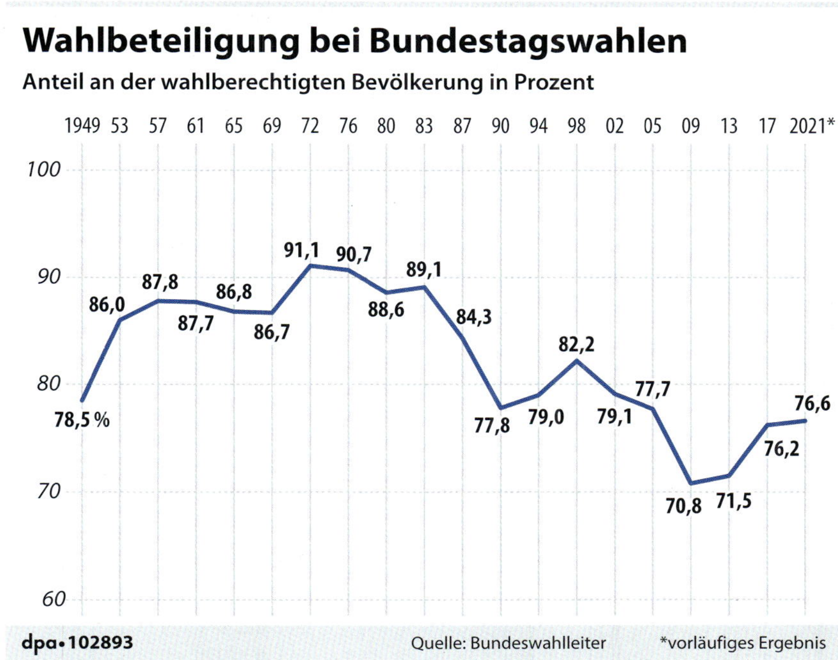

Abb. 79.1: Wahlbeteiligung bei den Bundestagswahlen

M7 Was ist Postdemokratie?

Der Begriff bezeichnet ein Gemeinwesen, in dem zwar nach wie vor Wahlen abgehalten werden […], in dem allerdings konkurrierende Teams professioneller PR-Experten die öffentliche Debatte während der Wahlkämpfe so stark kontrollieren, dass sie zu einem reinen Spektakel verkommt, bei dem man nur über eine Reihe von Problemen diskutiert, die die Experten zuvor ausgewählt haben. Die Mehrheit der Bürger spielt dabei eine passive, schweigende, ja sogar apathische Rolle, sie reagieren nur auf die Signale, die man ihnen gibt.

Colin Crouch: Postdemokratie. Suhrkamp, Frankfurt am Main 2008, S. 10

Arbeitsaufträge

1. Erläutern Sie die Funktionen von Wahlen in Ihren eigenen Worten (M1 bis M3)!
2. Arbeiten Sie heraus, inwiefern Wahlen politische Partizipation bedeuten!
3. Beurteilen Sie, ob Wahlen die ihnen zugewiesenen Funktionen bei einer steigenden Anzahl von Nichtwählern noch erfüllen können (M4 bis M6)!
4. Erläutern Sie die These der Postdemokratie von Colin Crouch (M7)!
5. Erörtern Sie die Aussage des ehemaligen US-Präsidenten Barack Obama: „Wahlen allein machen noch keine Demokratie"!

5.2 Pro und Kontra Wahlpflicht

M1 Nichtwählertypen

Unechte Nichtwähler: Gemeint sind Wahlberechtigte, die beispielsweise wegen eines Umzugs oder eines Auslandsaufenthalts keine Wahlbenachrichtigung erhalten haben. In diese Kategorie fallen auch Verstorbene, die aber weiterhin in den Wählerverzeichnissen stehen, sowie durch Krankheit verhinderte Wahlberechtigte.

Grundsätzliche Nichtwähler: Diese Gruppe besteht aus Wahlberechtigten, die einerseits aus politikfernen, sozial schlecht integrierten Randgruppen stammen, und zu denen andererseits auch Minderheiten wie die Zeugen Jehovas zählen, die Wählen aus religiösen Gründen ablehnen.

Konjunkturelle Nichtwähler: Diese dritte Gruppe ist die größte. Konjunkturelle Nichtwähler entscheiden bei jeder Wahl neu, ob sie ihre Stimme abgeben. Wähler dieser Gruppe beteiligen sich zum Beispiel zwar an Bundestagswahlen, nicht aber an Kommunal- oder Europawahlen. Ob sie ihre Stimme abgeben, hängt davon ab, wie wichtig ihnen die Wahl erscheint. Knapp die Hälfte der Nichtwähler ging 2013 nur einmal nicht zur Wahl. […]

Bekennende Nichtwähler: Gemeint sind Menschen, die politisch interessiert sind, aber aus Unzufriedenheit mit der Regierungspolitik, mit den Parteien oder mit der Funktionsweise der Demokratie auf die Stimmabgabe verzichten. Dazu zählen auch Protest-Nichtwähler, die zum Beispiel ihre zuvor gewählte Partei gezielt abstrafen. Forscher konnten nachweisen, dass bekennende Nichtwähler eine kleine Minderheit sind. […]

Sara Sundermann, Das sind die verschiedenen Nichtwähler-Typen, in: Weser Kurier, 5. April 2015, https://www.weser-kurier.de/buergerschaftswahl2015_artikel,-Das-sind-die-verschiedenen-NichtwaehlerTypen-_arid,1094943.html, Zugriff am 03. November 2021

Info

Nichtwähler seit 1949 in Prozent

1949 – 21,5 %
1953 – 14,0 %
1957 – 12,2 %
1961 – 12,3 %
1965 – 13,2 %
1969 – 13,3 %
1972 – 8,9 %
1976 – 9,3 %
1980 – 11,4 %
1983 – 10,9 %
1987 – 15,7 %
1990 – 22,2 %
1994 – 21,0 %
1998 – 17,8 %
2002 – 20,9 %
2005 – 22,3 %
2009 – 29,2 %
2013 – 28,5 %
2017 – 23,8 %
2021 – 23,4 %

nach: www.bundeswahlleiter.de. Zugriff am 2. September 2018, ergänzt durch André Griemert

Abb. 80.1: Alle Staatsgewalt geht vom Volke aus
(Freimut Woessner)

M2 Gegen eine Wahlpflicht

Prof. Dr. Jürgen Maier leitet das Institut für Politikwissenschaft der Universität Koblenz Landau

Seit Jahren schon wird über eine Einführung der Wahlpflicht in Deutschland diskutiert. In einigen Ländern ist sie schon umgesetzt. Das Ergebnis ist, wie zu erwarten, eine höhere Wahlbeteiligung. Zu bezweifeln ist jedoch, ob eine höhere Wahlbeteiligung eine bessere Demokratie verspricht.

Nach Angaben des International Institute for Democracy and Electoral Assistance gilt in 27 Staaten der Erde die Wahlpflicht. Bürger können sich hier nicht aussuchen, ob sie wählen möchten oder nicht – sie müssen es. In manchen dieser Staaten ist die Wahlpflicht zwar formal verankert; Verstöße werden aber nicht verfolgt (z. B. in Griechenland). In anderen Ländern drohen teilweise hohe Strafen (z. B. eine mögliche Haftstrafe in Australien). 172 Staaten – oder 85 Prozent aller Länder – kommen ohne eine entsprechende Regelung aus. Darunter sind zahlreiche Länder, die auf eine lange Tradition als Demokratien zurückblicken können: Großbritannien, die Vereinigten Staaten von Amerika oder die Schweiz. In diesen drei Ländern fällt die Wahlbeteiligung oftmals deutlich niedriger aus als in Deutschland. An der letzten US-Präsidentschaftswahl beteiligten sich zum Beispiel nur rund 59 Prozent der Wähler. Bei den Nationalratswahlen 2015 gaben weniger als die Hälfte der Schweizer (49,5 %) ihre Stimme ab. In diesen Ländern gibt es aktuell keine Hinweise darauf, dass die niedrige Wahlbeteiligung die Arbeit der Verfassungsorgane beeinträchtigt, also dass die niedrige Wahlbeteiligung die Demokratie schwächt.

Eine hohe Wahlbeteiligung kann die Demokratie gefährden. Es spricht sogar einiges dafür, dass eine hohe Wahlbeteiligung, für die man ja durch die Einführung einer Wahlpflicht sorgen würde, die Demokratie beschädigen kann. Das historische Paradebeispiel ist das Ende der Weimarer Republik. Ein sprunghafter Anstieg der Wahlbeteiligung ging einher mit großen Stimmengewinnen für KPD und NSDAP – Parteien also, deren Ziel es unter anderem war, die Demokratie abzuschaffen und durch totalitäre Ordnungssysteme zu ersetzen. Das Ergebnis der Wahlen vom März 1933 ist bekannt und ihre Folgen prägen Politik und Gesellschaft der Bundesrepublik bis heute. Eine hohe Mobilisierung der Wählerschaft kann also nicht nur Demokraten und politisch Versierte an die Wahlurne bringen, sondern auch Bürger, die anti-demokratische Einstellungen haben oder sich nur wenig für Politik interessieren – und deshalb vielleicht besonders empfänglich wären für populistische Parolen und vermeintlich einfache Lösungen. Die Einführung einer Wahlpflicht würde solche Bürger nicht nur in Krisenzeiten an die Wahlurne führen, sondern dauerhaft mobilisieren.

Die einfache Gleichung „hohe Wahlbeteiligung = gute Wahl, niedrige Wahlbeteiligung = schlechte

Wahl" geht also nicht auf. Ob eine Wahl „gut" oder „schlecht" ist, kann man nur beurteilen, wenn man die Motive der Wähler und der Nichtwähler kennt. Nachdem eine höhere Wahlbeteiligung nicht automatisch eine bessere Demokratie verspricht, ist unklar, welchen Beitrag eine Wahlpflicht genau leisten soll – außer dass die Beteiligungswerte dann einem vor allem von Politikern und Medien geteilten Idealbild der Demokratie nahekommen. Aufgabe von Wahlen ist es aber nicht, politischen Entscheidungsträgern ein gutes Gefühl zu geben. Nüchtern betrachtet reduziert sich die Funktion von Wahlen auf das Bestellen einer handlungsfähigen Regierung. Wie viele Bürger ihre in der Verfassung verbriefte Macht aktiv – also durch die Stimmabgabe – auf Zeit an Abgeordnete übertragen, ist für das Funktionieren der Demokratie nachrangig. Will man dennoch, dass möglichst viele Bürger wählen gehen, sind am Ende des Tages die Parteien und ihre Repräsentanten gefordert. Ihre Aufgabe ist es, die Wahlberechtigten im Wettstreit davon zu überzeugen, dass sich dies auch lohnt. Die Einführung einer Wahlpflicht würde die politischen Akteure von dieser Aufgabe befreien – und der Demokratie einen Bärendienst erweisen.

Jürgen Maier: Standpunkt: Gegen eine Wahlpflicht, 22. September 2017, https://www.bpb.de/dialog/podcast-zur-bundestagswahl/256461/standpunkt-gegen-eine-wahlpflicht, Zugriff am 03. November 2021

M3 Für eine Wahlpflicht

Bis in die 70er Jahre hinein gehörte es sich, wählen zu gehen, so wie man sonntags in die Kirche ging. Die Wahlbeteiligung erreichte bis zu 90 Prozent. Das ist längst vorbei. Höchste Zeit, über eine Wahlpflicht zu sprechen, sagt der Christian Weber (SPD), Präsident der Bremischen Bürgerschaft:

Inzwischen scheint es mir dringlicher denn je zu sein, daran zu erinnern, dass das Wahlrecht kein beliebiger, sondern ein elementarer Wert ist, der das Fundament unserer Demokratie bildet. Bis heute muss das Wahlrecht in manchen Ländern unter großen Mühen erkämpft werden. In Zeiten relativ stabiler gesellschaftlicher Verhältnisse hierzulande ist das Ringen um das hohe Gut der Teilhabe offenbar in Vergessenheit geraten. […] Seit nunmehr über 30 Jahren hat sich hierzulande eine wachsende Schar Dauer-Nichtwähler/innen gebildet – bewusst oder unbewusst in Kauf nehmend, dass ihre Weigerung die Demokratie schwächt.

Entsprechend düster sieht die Situation in Bremen aus. Die Landtagswahl 2015 endete offiziell mit einer Wahlbeteiligung von 50,2 Prozent – historischer Tiefstand. Damit nicht genug: Berücksichtigt man jene immerhin acht Prozent Wähler/-innen, die zwar ihr Recht wahrnahmen, deren Stimmen jedoch verloren gingen, weil die von ihnen bevorzugten Parteien an der Fünf-Prozent-Hürde scheiterten, bleibt die nüchterne Bilanz: Die Abgeordneten der 19. Legislaturperiode der Bremischen Bürgerschaft repräsentieren lediglich 42,2 Prozent aller Wahlberechtigten im Land Bremen. Da könnte sich der eine oder andere Parlamentarier durchaus die Frage stellen, ob er sich als Volksvertreter noch ausreichend legitimiert fühlt. Nur: Eine amtliche Skala, ab wann die Berechtigung kritisch wird oder gar erlischt, existiert nicht.

Ich bin nicht mehr bereit einfach zuzusehen, wie eine Minderheit über eine Volksvertretung entscheidet, quasi die Hoheit über die Gesamtheit der Bürgerinnen und Bürger übernimmt. Damit würde einer Spaltung der Gesellschaft Vorschub geleistet. Auch deshalb befürworte ich eine Wahlpflicht, die wie ein Stabilisator, ja Schutz des allgemeinen und freien Wahlrechts funktioniert. Eine Wahlpflicht einzuführen, gebietet sich schon aus Respekt gegenüber den Nichtwählerinnen und Nichtwählern – nämlich sie nicht aufzugeben, sondern ihnen ein verbindliches Angebot zu machen. Wahlpflicht schränkt nicht die Freiheit ein, vielmehr holt sie die Mehrheit der Wahlberechtigten vom Rand ins Zentrum der Demokratie zurück.

Der Wahlakt sorgt für den Pulsschlag der Demokratie. Ich plädiere für eine Wahlpflicht, die den Staatsbürgerinnen und Staatsbürgern nicht nur die Freiheit lässt, sondern ihnen Verantwortung abverlangt. Allerdings sollte die Ausübung der Wahlpflicht so leicht wie möglich gemacht werden: Über attraktive Wahllokale, verlängerte Öffnungszeiten (möglicherweise über mehrere Tage), vereinfachte Briefwahl und Online-Stimmabgabe. Und schließlich muss das, was die Gewählten regelmäßig bei Abstimmungen praktizieren, auch den Wählerinnen und Wählern zugestanden werden – die auf dem Wahlzettel explizit vorgesehene Enthaltungsstimme.

Wahlpflicht bedarf der Wahlrechtsänderung, wobei das Erfüllen der Wahlpflicht vor allem über Appelle erreicht werden sollte und erst im zweiten Schritt über zu prüfende maßvolle Sanktionen. Mir ist bewusst, dass der ganze Prozess von heftigen Diskussionen und Debatten, Kommentaren und Kontroversen, von Ideen und Ideologien begleitet werden wird. Allemal Vorgänge, die die politische Kultur bereichern dürften. Das Wählen bedeutet ebenso eine gesamtgesellschaftliche Aufgabe wie die Bildung, die Inklusion oder der soziale Zusammenhalt. Es geht darum, die politische Bildung an den Schulen verbindlich zu regeln und die Bestandteile der direkten Demokratie auszubauen. Eine hohe Wahlbeteiligung beruht nicht so sehr auf sanftem Druck, sondern auf gesamtgesellschaftlicher Erziehung und Überzeugung, die Wahlrecht und Wahlpflicht zur Selbstverständlichkeit des Wählens verschmelzen lassen. Die Frage nach einer Wahlpflicht wäre dann überflüssig.

Christian Weber: Standpunkt: Für eine Wahlpflicht, 22. September 2017, https://www.bpb.de/dialog/podcast-zur-bundestagswahl/256660/standpunkt-fuer-eine-wahlpflicht, Zugriff am 03. November 2021

Info

Eine Wahlpflicht besteht in folgenden EU-Ländern:
Belgien
Bulgarien
Griechenland
Luxemburg
Zypern

ABBILDUNG 13 **Sinus-Milieus® – Verteilung aller Wahlberechtigten**

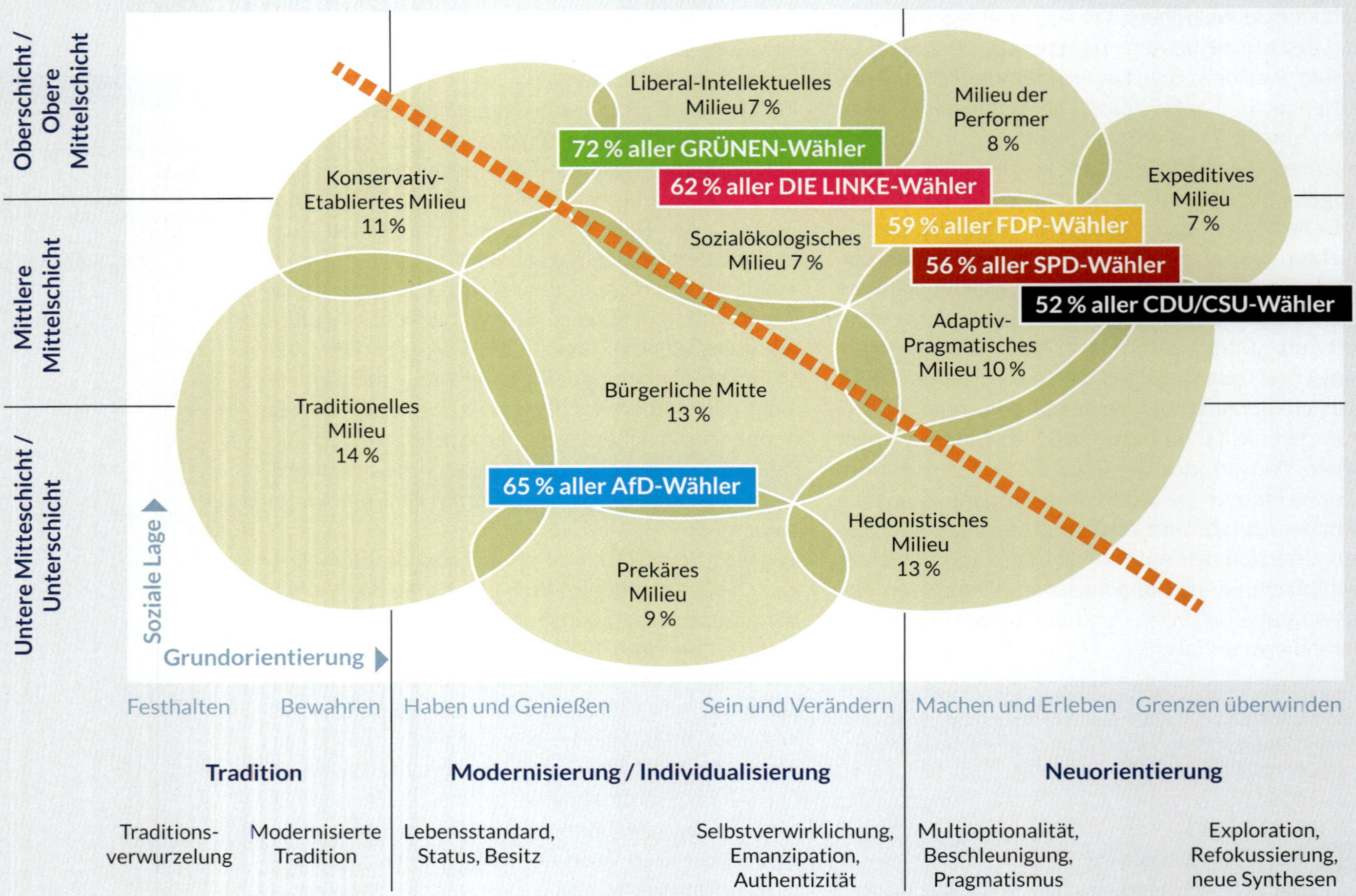

Quelle: SINUS-Institut und eigene Berechnungen auf Basis der Daten von YouGov Deutschland GmbH. | BertelsmannStiftung

KURZ ERKLÄRT: Diese Abbildung zeigt, auf welcher Seite der Diagonalen die Wähler der verschiedenen Parteien verortet sind. Die Diagonale trennt die Gesellschaft grob in zwei Hälften – die Modernisierungsskeptiker unterhalb der Diagonalen und die Modernisierungsbefürworter oberhalb der Diagonalen. Dabei zeigt sich sehr deutlich: Die Wähler der GRÜNEN, DIE LINKE, FDP, SPD und CDU/CSU sind mehrheitlich den Modernisierungsbefürwortern zuzuordnen. Das somit entstandene Vakuum unterhalb der Diagonalen füllt nun die AfD – 65 Prozent ihrer Wähler stammen aus den Milieus der Traditionellen, der Prekären, der Bürgerlichen Mitte, dem konsumorientierten Teil der Hedonisten sowie der Hälfte der Konservativ-Etablierten. Der jeweilige Wähleranteil wurde auf Basis einer aus Umfragedaten und Stimmbezirksanalysen geschätzten Wahlbeteiligung sowie der Parteiergebnisse in den verschiedenen Milieus berechnet.

Abb. 82.1.: Wahlverhalten einzelner Milieus bei der Bundestagswahl 2017 (https://www.bertelsmann-stiftung.de/de/presse/pressemitteilungen/pressemitteilung/pid/bundestagswahl-2017-wahlergebnis-zeigt-neue-konfliktlinie-der-demokratie/, Zugriff am 03. November 2021)

M4 Das Grundgesetz und die Wahlpflicht

Prof. Dr. Uwe Volkmann ist Inhaber des Lehrstuhls für Lehrstuhl für Öffentliches Recht und Rechtsphilosophie an der Goethe Universität Frankfurt am Main

Aber dürfte man die Bürger auch rechtlich zum Wählen verpflichten? Anderen Ländern mit durchaus vorzeigbarer demokratischer Tradition ist eine solche Wahlpflicht nicht fremd, wie die Beispiele Belgiens oder Australiens zeigen; auch Österreich kannte lange Zeit eine Wahlpflicht. Mit Blick auf grassierende Politikmüdigkeit und abnehmende Wahlbeteiligung wird nun auch hierzulande vereinzelt über ihre Einführung diskutiert.

Die Wahl selbst ist frei – aber auch die Teilnahme? Um jede solche Diskussion schon im Keim zu ersticken, wenden Gegner des Konzepts oft ein, dass nach Art. 38 Abs. 1 […] Grundgesetz (GG) die Wahlen „frei" sein müssten: Das schließe jede Form von Zwang hinsichtlich der Stimmabgabe aus.

Das wäre allerdings nur dann richtig, wenn sich die Freiheit der Wahl nicht nur auf den Inhalt der Stimmabgabe, sondern darüber hinausgehend auch schon auf die Teilnahme an der Wahl als solche bezöge, und auch unter dieser Prämisse wäre erst noch zu überlegen, ob der in einer Wahlpflicht liegende Eingriff in diese Freiheit nicht durch andere Gründe von verfassungsrechtlichem Gewicht legitimiert werden könnte. Bezieht sich die Freiheit der Wahl dagegen von vornherein nur auf den jeweiligen Inhalt der Stimmabgabe, wäre eine Wahlpflicht jedenfalls dann mit ihr vereinbar, wenn es weiter die Möglichkeit der Enthaltung gäbe oder der Wähler seine Stimme zumindest sanktionslos ungültig machen könnte.

Mit den Mitteln herkömmlicher Interpretation oder überhaupt irgendeiner Form der Logik lässt sich die Frage nicht beantworten: Der Text selbst fügt sich beiden Deutungen, und die Entstehungsgeschichte gibt für die Entscheidung kaum etwas her. Die Antwort kann also nur vom jeweils zugrunde gelegten Demokratieverständnis aus erfolgen, in das auch die Wahlgrundsätze eingebettet sind und von dem aus sie interpretiert werden müssen.

Versteht man unter Demokratie eine rein statistische Zuordnung von Mehrheit und Mehrheit, bei der lauter einzelne und voneinander isolierte Individuen legitimerweise bloß ihre privaten Interessen verfolgen, müsste es konsequenterweise auch dem Belieben jedes Einzelnen überlassen bleiben, ob er wählen geht oder nicht. Versteht man demgegenüber unter Demokratie der Sache nach ein gemeinsames Unternehmen von Bürgern, die ihre kollektiven Angelegenheiten kollektiv regeln wollen, schließt das automatisch auch eine bestimmte Form gegenseitiger Verantwortlichkeit ein.

In diesem Grundsatzstreit, der die politische Philosophie bis heute durchzieht, hat sich das Bundesverfassungsgericht von Anfang an gegen ein rein statistisches und für ein stärker gemeinschaftliches Verständnis ausgesprochen, aus dem heraus einzelne Akteure des politischen Prozesses – etwa der Rundfunk oder die politischen Parteien – für diesen in die Pflicht genommen werden.

Das passt zum allgemeinen Menschenbild des Grundgesetzes, das nach der bekannten Formel des Gerichts nicht auf das souveräne, selbstherrliche Individuum zielt, sondern auf die auch in der Gemeinschaft stehende und ihr vielfältig verpflichtete Persönlichkeit. In ein solches Profil fügte sich auch eine Wahlpflicht ein, so wie sie eben in anderen demokratischen Staaten bereits Realität ist.

Verfassungsrechtlich wäre gegen eine solche Wahlpflicht also nichts einzuwenden. Die andere Frage ist, ob ihre Einführung wirklich eine gute Idee wäre. Dafür spricht, dass sie jedermann den öffentlichen Wert von Demokratie und gerade die Bedeutung von Wahlen vor Augen führt. Im Übrigen nehmen auch die Nichtwähler, ob sie es wollen oder nicht, indirekt Einfluss auf die Zusammensetzung des Parlaments und möglicherweise sogar auf die Regierungsbildung.

Geht man etwa hinsichtlich der FDP für die kommende Bundestagswahl [2013] von einem relativ sicher mobilisierbaren Stamm von etwa zwei Millionen Wählern aus, hinge es letztlich von der Höhe der Wahlbeteiligung und damit auch von den Nichtwählern ab, ob sie die Fünf-Prozent-Hürde letztlich überspringt oder nicht. Grund genug also, um über die Entscheidung zumindest sorgfältig nachzudenken.

Ob jedoch die Demokratie am Ende dadurch an Attraktivität gewinnt, dass man die Teilnahme an ihr verpflichtend macht, steht auf einem anderen Blatt. Chronischer Politikmüdigkeit kommt man mit Bußgeldverfahren nicht bei. Wichtiger als die tatsächliche Einführung einer Wahlpflicht ist deshalb allemal die öffentliche Diskussion darüber: weil sie jedermann vor Augen führt, dass hier ein Bereich betreten ist, der wichtig ist und alle angeht.

Und weil gerade solche Diskussionen jenen sanften Druck erzeugen, den moralische Pflichten hin und wieder brauchen, um von der großen Mehrheit auch in Zukunft ohne großes Aufhebens befolgt zu werden. Das vorschnelle Herumwedeln mit den Freiheitsprinzipien der Verfassung ist dann in jedem Sinne kontraproduktiv.

Uwe Volkmann: Und bist du nicht willig ..., 11. September 2013, https://www.lto.ae/recht/hintergruende/h/wahlpflicht-bundestagswahl-wahlrecht-buergerpflicht/, Zugriff am 03. November 2021

Arbeitsaufträge

1. Definieren Sie den Begriff Nichtwähler und nennen Sie Gründe für das Nichtwählen (**M1**)!
2. Analysieren Sie die Abb. 80.1 und nehmen Sie Stellung zur Aussage der Karikatur!
3. Nennen und erläutern Sie mithilfe von Abb. 82.1 Gründe, warum sozial besser gestellte Schichten eine höhere Wahlbeteiligung aufweisen könnten!
4. Erläutern Sie in eigenen Worten, was eine Wahlpflicht bedeutet (**M2** bis **M4**)!
5. Überprüfen Sie, inwiefern eine Wahlpflicht auch die genannten Nichtwählertypen (**M1**) zur Wahl animieren könnte!
6. Erstellen Sie eine Pro- und Kontra-Liste, ob in Deutschland eine Wahlpflicht bei Bundestagwahlen eingeführt werden sollte. (**M2** bis **M4**)! Ergänzen Sie gegebenenfalls weitere Argumente und nehmen Sie Stellung zu der Frage!

5.3 Mehrheits- und Verhältniswahl

Es sind zwei Wahlsysteme in ihrer grundlegenden Tendenz zu unterscheiden: die Mehrheitswahl und die Verhältniswahl. Ob in einem politischen System eines der beiden Wahlsysteme ausgeübt wird, hat ganz konkrete Auswirkungen auf die Realisierung des Wählerwillens, die Verteilung der Mandate im Parlament und die Bildung einer Regierung. Vor allem unterscheiden sich Mehrheits- und Verhältniswahl hinsichtlich der Repräsentation der in einer Gesellschaft vorhandenen politischen Gruppierungen und Interessen.

5.3.1 Das Mehrheitswahlrecht

„Das Heil der Demokratien, von welchem Typus und Rang sie immer seien, hängt von einer geringfügigen technischen Einzelheit ab: vom Wahlrecht. Alles andere ist sekundär."

José Ortega y Gasset (1883–1955), spanischer Philosoph

M1 Relative und absolute Mehrheitswahl

Dieses Wahlsystem zielt darauf ab, möglichst klare Mehrheitsverhältnisse zu schaffen. Man unterscheidet die beiden Varianten der relativen und der absoluten Mehrheitswahl. [...]

Bei der relativen Mehrheitswahl wird das Wahlgebiet in so viele Wahlkreise unterteilt, wie Abgeordnete zu wählen sind. Jeder Wahlkreis wählt eine/n Abgeordnete/n. Man spricht daher von Einpersonenwahlkreisen.

Der Wähler bzw. die Wählerin hat eine Stimme pro Kandidat oder Kandidatin. Wer von diesen mehr Stimmen als jede/r andere der Mitbewerber/-innen (das heißt die relative Mehrheit) auf sich vereinigt, zieht in das Parlament ein. Die Stimmen für die unterlegenen Kandidaten/Kandidatinnen gehen verloren (es gilt also das „The winner takes it all"-Prinzip). Die Zusammensetzung des Parlaments ist leicht durchschaubar, da sich in der Regel klare Mehrheiten bilden. Die relative Mehrheitswahl hat insofern einen „mehrheitsbildenden Effekt".

[...] Bei der absoluten Mehrheitswahl wird wie bei der relativen Mehrheitswahl in Einpersonenwahlkreisen gewählt. Ein Kandidat oder eine Kandidatin schafft im ersten Wahlgang den Einzug ins Parlament allerdings nur, wenn er oder sie die absolute Mehrheit (also mehr als 50 Prozent der Stimmen) erringt. Da dies selten gelingt, fällt gewöhnlich ein zweiter Wahlgang an. In ihm ist dann die relative Mehrheit der Stimmen ausreichend. [...]

Die absolute Mehrheitswahl soll wie die relative Mehrheitswahl zu klaren Mehrheiten im Parlament führen. Der mehrheitsbildende Effekt ist in diesem Fall aber nicht so stark wie bei der relativen Mehrheitswahl.

Karl-Rudolf Korte: Wahlen in Deutschland. Grundsätze, Verfahren und Analysen, Bonn 2017, S. 21, 26 f.

„Ich bin sehr für das Mehrheitswahlrecht. Da werden die Stimmen der Wähler in keiner Weise manipuliert."

Theodor Eschenburg (1904–1999), deutscher Politikwissenschaftler und Staatsrechtler

Wir stellen uns einen demokratischen Kleinstaat vor. Vier Parteien bewerben sich um die sechs Sitze im Parlament. Das Staatsgebiet ist in sechs Wahlkreise eingeteilt. Die Parteien erzielen in den Wahlkreisen folgende Stimmergebnisse:

Wahlkreis	Partei A	Partei B	Partei C	Partei D
1	35 000	34 000	28 000	2 000
2	18 000	76 000	8 000	1 000
3	34 000	52 000	6 000	3 000
4	32 000	28 000	31 000	5 000
5	39 000	38 000	12 000	4 000
6	36 000	34 000	10 000	10 000
Stimmen gesamt	194 000	262 000	95 000	25 000

Abb. 84.1: Ein fiktives Wahlergebnis

M2 Das Beispiel Großbritannien

Großbritannien ist das Paradebeispiel für die relative Mehrheitswahl. [...] In Großbritannien gewinnt in der Regel eine der beiden großen Parteien (Conservatives oder Labour Party) die absolute Mehrheit der Parlamentssitze. Die Mehrheitspartei kann die Regierung stellen, ohne dass eine Koalition gebildet werden muss. Eine absolute Mehrheit (mehr als 50 Prozent der Stimmen) erlangt dabei gewöhnlich keine Partei. Erst das Mehrheitswahlsystem verwandelt einen kleinen Stimmenvorteil in eine deutliche Mehrheit. [...]

Karl-Rudolf Korte, a.a.O., S. 21 f.

M3 Vorzüge der Mehrheitswahl

Verhütung der Parteienzersplitterung: Das System der relativen Mehrheit enthält eine versteckte „Sperrklausel": Parteien, welche die relative Mehrheit der Wählerstimmen nicht auf sich vereinigen können, scheiden automatisch aus. Minderheitenparteien haben daher nur in ihren Hochburgen die Chance, ein Mandat zu erlangen.

Stabile Regierungen: Ein Mehrheitswahlsystem führt tendenziell zu Zweiparteiensystemen und somit zur Bildung stabiler Regierungen.

Förderung politischer Mäßigung: Da die Wähler der Mitte eine Wahl entscheiden, sind die konkurrierenden Parteien gezwungen, sich in ihrer Programmatik an der gemäßigten Wählerschaft der Mitte zu orientieren.

Förderung des Wechsels in der Regierungsausübung: Bereits kleine Veränderungen in den Stärkeverhältnissen der Parteien nach Wählerstimmen können [...] große Veränderungen an Mandaten auslösen.

Personenwahl: Aufgrund der Einteilung des Wahlgebietes in Wahlkreise entsteht eine enge Verbindung zwischen Wähler und Kandidat. Der Wähler entscheidet bei seiner Stimmabgabe eher über Personen als über Parteien.

Direkte Wahl der Regierung: Der Wähler entscheidet bei der Wahl unmittelbar über Regierung und Opposition, sodass nicht die Parteien in Koalitionsverhandlungen die Regierungsführung aushandeln.

Unabhängigkeit des Abgeordneten gegenüber seiner Partei: Durch die direkte Wahl im Wahlkreis wahrt der Abgeordnete eine unmittelbare Verbindung zum Wähler.

Wichard Woyke: Stichwort Wahlen. Wähler, Parteien, Wahlverfahren. Bundeszentrale für politische Bildung, 1994, S. 36 f. (Hervorhebung A. G.)

M4 Hochburgen und unsichere Wahlkreise

[…] Auch die Labour Party und die Conservatives haben in vielen Wahlkreisen – ihren Hochburgen – ein festes Standbein. Die Mehrheit der Wählerschaft entscheidet sich dort regelmäßig für dieselbe Partei. Diese Wahlkreise werden „sichere Wahlkreise" genannt, weil eine Partei damit rechnen kann, diesen Wahlkreis sicher zu gewinnen. […]
Wird eine Hochburg regelmäßig von derselben Partei gewonnen, bleibt das nicht ohne Folgen für das politische Leben. Die unterlegene Partei lässt normalerweise von Anstrengungen ab, diesen Wahlkreis zu erobern. […] Fehlt aber die Konkurrenz, muss sich auch die dominierende Partei nicht sonderlich bemühen. Es kommt daher oft zur politischen Verödung der Parteihochburgen. […]
Der Entpolitisierung in den Parteihochburgen steht ein florierendes politisches Leben in den umkämpften Wahlkreisen gegenüber. Will eine Partei die Wahl gewinnen, muss sie ausreichend unsichere Wahlkreise für sich erringen.

Karl-Rudolf Korte, a. a. O., S. 23 f.

M5 Umkehrung der Stimmen-Mandate-Relation

Gelegentlich führt das Mehrheitswahlsystem dazu, dass die nach der Zahl der insgesamt abgegebenen Stimmen zweitstärkste Partei die Mehrheit im Parlament erhält. Diese Erscheinung wird bias (Mehrheitsumkehr) genannt. Dazu kommt es, wenn die letztlich unterlegene Partei ihre Stimmen in Hochburgen des politischen Gegners „verschenkt" und/oder die Wahlbeteiligung in den Wahlkreisen des Gewinners niedrig ist. […]
Stellen wir uns ein Land mit zwei Parteien, A und B, einem relativen Mehrheitswahlrecht in Einpersonenwahlkreisen, 100 Wahlkreisen und 1 000 000 Wahlberechtigten vor. 10 000 Bürgerinnen und Bürger sind in jedem Wahlkreis wahlberechtigt. Partei A erhält in 40 Wahlkreisen die eindeutige Mehrheit von 60 Prozent. In diesen Wahlkreisen gehen alle Wahlberechtigten zur Wahl. Partei B erhält in den restlichen 60 Wahlkreisen nur eine Mehrheit von 55 Prozent. Der Rest wählt A. Hier geht nur die Hälfte wählen. Insgesamt sind 700 000 Wählerinnen und Wähler zur Urne gegangen. In diesem Beispiel hat Partei A 375 000 Stimmen. Das sind 53,6 Prozent der Stimmen. A erhält aber nur 40 Prozent der Sitze. Partei B bekommt dagegen für 46,4 Prozent der Stimmen die absolute Mandatsmehrheit von 60 Prozent.

Karl-Rudolf Korte, a. a. O., S. 24 f.

M6 Wahlkreiseinteilung

Eine besondere Bedeutung bei der Wahl in Einpersonenwahlkreisen kommt der Einteilung der Wahlkreise zu. [Großbritannien] wird in 650 Wahlkreise (= die Anzahl der Abgeordneten im Unterhaus) eingeteilt: Werden sie nach politischen Gesichtspunkten gezogen, ist das Wahlergebnis moralisch anstößig, denn es lässt sich effektiv manipulieren. Zwei Strategien sind möglich: Zum einen können die Wahlkreisgrenzen so gezogen werden, dass starke Wählerschaften des politischen Gegners durch starke eigene Wählerschaften neutralisiert werden, andererseits lassen sich Hochburgen bilden. […]
Um Manipulationen zu verhindern, ist also eine unabhängige Kommission notwendig, die über faire Wahlkreisgrenzen wacht. Die ständige Anpassung der Wahlkreisgrenzen ist auch deshalb erforderlich, weil immer Migrationsprozesse stattfinden und das Bevölkerungswachstum verschieden schnell verläuft. Variiert die Anzahl der Wahlberechtigten pro Wahlkreis zu stark, kann dem Gebot der Stimmengleichheit nicht mehr entsprochen werden. […]

Karl-Rudolf Korte, a. a. O., S. 25

Abb. 85.1: Die Mehrheit bestimmt (Tobias Wieland)

Arbeitsaufträge

1. Erstellen Sie mithilfe der Materialien dieser Doppelseite ein Schaubild zum Mehrheitswahlrecht!
2. Arbeiten Sie aus den Materialien dieser Doppelseite die Vor- und Nachteile des Mehrheitswahlsystems heraus!
3. Berechnen Sie, wie sich das gewählte Parlament in Abb. 84.1 zusammensetzt!
4. Verändern Sie die Zahlen aus Abb. 84.1 so, dass eine bias-Situation (M5) auftritt!
5. Beurteilen Sie die These, dass „bias" oder ein zweiter Wahlgang die Entscheidung des Wählers verfälscht!
6. Erörtern Sie die Problematik der Wahlkreiseinteilung in Mehrheitswahlsystemen! Nehmen Sie abschließend Stellung zur Abb. 85.1!

5.3.2 Das Verhältniswahlrecht

M1 Grundvorstellung

Die Grundvorstellung der Verhältniswahl ist, dass im Parlament alle gesellschaftlichen Gruppen gemäß ihrem Anteil an Wählerstimmen vertreten sind. Es soll die „Landkarte" der Gesellschaft sein. Deshalb ist die Anzahl der Sitze, die jede Partei erhält, proportional zu der Anzahl ihrer Stimmen. So gehen nicht wie bei der Mehrheitswahl Stimmen verloren. Sie zählen alle gleich und haben den gleichen Erfolgswert.

Karl-Rudolf Korte: Wahlen in Deutschland. Grundsätze, Verfahren und Analysen. Bonn 2017, S. 29

M2 Vorzüge Verhältniswahl

Gerechtigkeit: Das Verhältniswahlsystem zeichnet sich durch große Gerechtigkeit aus, da
a) jede Stimme den gleichen Erfolgswert aufweist,
b) Minderheitengruppen entsprechend ihrer tatsächlichen Stärke repräsentiert werden und
c) kein Wähler durch einen Abgeordneten repräsentiert wird, den er nicht gewählt hat.

Spiegelbild der Wählerschaft: Bei reinem Verhältniswahlsystem entsteht ein getreues Abbild der in der Wählerschaft bestehenden politischen Präferenzen.

Keine Wahlkreisgeometrie: Durch die Verrechnung auf Wahlgebietsbasis besteht keine Möglichkeit der Manipulation von Wahlergebnissen durch Wahlkreiseinteilung im Interesse bestimmter Gruppen.

Erforderliche Experten: Die für jedes Parlament notwendigen Experten können über Landeslisten besser abgesichert werden.

Bessere Möglichkeiten für neue Parteien: Die Verhältniswahl ermöglicht neuen Parteien eher den parlamentarischen Zugang und verhindert ein Kartell der bestehenden Parteien.

Verhinderung extremer politischer Umschwünge: In der Verhältniswahl ist es außerordentlich selten, dass extreme Veränderungen im Parteiensystem sich sehr schnell niederschlagen.

Wichard Woyke: Stichwort Wahlen. Wähler, Parteien, Wahlverfahren. Bonn 8. Aufl. 1994, S. 37 f. (Hervorhebung A. G.)

Abb. 86.1: Auf Wunsch der Deutschen Bundesregierung: Sperrklausel für Kleinstparteien im EU-Parlament ab 2024 (Timo Essner)

M3 Stimmenverteilungsverfahren nach d'Hondt

Das Verfahren ermittelt auf verhältnismäßig einfache Weise aufgrund der Stimmenzahlen die proportionale Sitzverteilung nach Höchstzahlen. Die auf jede Partei entfallenden Stimmen werden nacheinander durch 1, 2, 3 usw. geteilt. Auf diese Weise werden so viele Höchstzahlen ermittelt, wie Sitze im Parlament zu vergeben sind. Anschließend werden die auf die einzelnen Parteien entfallenden Höchstzahlen und damit die Sitzverteilung festgestellt.

Statistisches Bundesamt (Hrsg.): Wahl-Lexikon, www.bundeswahlleiter.de/service/glossar/d/d-hondtsche-sitzverteilung.html, Zugriff am 03. November 2021

M4 ... nach Hare/Niemeyer

Die einer Partei zuzuteilenden Sitze werden nach diesem Verfahren in zwei Schritten berechnet: Zuerst wird jeweils die Anzahl der Zweitstimmen einer Partei mit der Gesamtanzahl der zu vergebenden Sitze multipliziert und durch die Gesamtanzahl aller zu berücksichtigenden Zweitstimmen geteilt. Im zweiten Schritt wird das Ergebnis aufgespalten in den ganzzahligen Anteil und den Rest. Die ganzzahligen Anteile werden der jeweiligen Partei als Sitze zugeschrieben. Die übrigen Sitze werden den Parteien in der Reihenfolge der Reste nach deren Größe zugewiesen.

Statistisches Bundesamt a. a. O., www.bundeswahlleiter.de/service/glossar/h/hare-niemeyer.html, Zugriff am 03. November 2021

M5 ... nach Sainte-Laguë/Schepers

Bei diesem Verfahren, auch Divisormethode mit *Standardrundung* genannt, werden die jeweiligen Anzahlen der Zweitstimmen für die einzelnen Parteien durch einen gemeinsamen Divisor geteilt. Die sich ergebenden Quotienten werden standardmäßig zu Sitzzahlen gerundet, d.h. bei einem Bruchteilsrest von mehr oder weniger als 0,5 wird auf- oder abgerundet, bei einem Rest von genau gleich 0,5 entscheidet das Los. Der Divisor wird dabei so bestimmt, dass die Sitzzahlen in der Summe mit der Gesamtzahl der zu vergebenden Mandate übereinstimmen.

Statistisches Bundesamt a. a. O., www.bundeswahlleiter.de/service/glossar/s/sainte-lague-schepers.html, Zugriff am 03. November 2021

M6 Das bessere Verfahren?

Der Bundeswahlleiter erklärte 1999, dass das Verfahren nach Sainte-Laguë dem von Hare/Niemeyer und d'Hondt vorzuziehen ist. [...] Dadurch, dass die Mandatsverteilung der Bundestagswahl seit 2009 nach dem Verfahren von Sainte-Laguë erfolgt, hat es sich weiter etabliert. So ist es auch bei verschiedenen Landtagswahlen [...] zum Einsatz gekommen. [...] Die Mehrheitsverhältnisse im Parlament müssen extrem knapp sein, wenn das Verrechnungsverfahren darüber entscheidet, wer die Regierung stellt.

Karl-Rudolf Korte, a. a. O., S. 31

M7 Sperrklauseln

Einen weitaus größeren Einfluss auf die Auswirkungen eines Verhältniswahlsystems hat eine Sperrklausel. Sie bestimmt, wie viel Prozent der Stimmen eine Partei mindestens erreichen muss, um überhaupt bei der Mandatsvergabe berücksichtigt zu werden. In der Bundesrepublik sind das bei der Bundestagswahl und bei Landtagswahlen fünf Prozent. Sperrklauseln verhindern, dass sehr kleine Parteien ins Parlament einziehen. Sie stabilisieren das Parteiensystem und schützen vor Parteienzersplitterung. Dies ist wesentlich für die parlamentarische Mehrheitsbildung und damit für die Funktionsfähigkeit des parlamentarischen Systems.

[...] Kämpft eine kleine Partei mit der Fünfprozenthürde, so erhält sie manchmal sogenannte Leihstimmen von Wählerinnen und Wählern, die ihr Überleben sichern wollen. [...] Erscheint es dagegen aussichtslos, dass eine Partei die Hürde nimmt, distanzieren sich gewöhnlich viele Wählerinnen und Wähler davon, ihre Stimme zu „verschenken", und wählen lieber eine aussichtsreichere Partei.

[...] Bei den Bundestagswahlen muss eine Partei fünf Prozent der Stimmen im gesamten Bundesgebiet erreichen[, aber] wenn die Partei mindestens drei Direktmandate gewinnt, [...] greift die Fünfprozentklausel nicht [...].

Natürlich wird an Sperrklauseln Kritik geübt. Kleine Parteien sehen durch sie die „politische Meinungsvielfalt" – ihre Existenz – bedroht. Es wird außerdem eingewendet, Sperrklauseln zementierten das Parteiensystem. Die Etablierung der Grünen in den Achtzigerjahren in der Parteienlandschaft der Bundesrepublik zeigt aber, dass neue Kräfte durchaus Chancen haben. [...] In der politischen Diskussion wird der Sperrklausel immer wieder die Funktion zugedacht, extremistischen Parteien den Zugang zu den Parlamenten zu versperren. Dazu trägt sie gewiss bei. Die NPD etwa kam bei der [...] Bundestagswahl 2013 mit 1,3 Prozent der Stimmen nicht in den Bundestag. Bei den Wahlen zu den Landtagen nahmen extremistische, demokratiefeindliche Parteien jedoch häufiger die Hürde.

Karl-Rudolf Korte, a.a.O., S. 33 f.

M8 Beurteilung von Wahlsystemen I

Wahlsysteme haben Auswirkungen auf die Verteilung der politischen Macht. Änderungen sind jedoch nicht mit Manipulationen gleichzusetzen. Das jeweilige Wahlrecht lässt bestimmte Ergebnisse erwarten. Ob diese gerecht sind, ist eine ethische, keine politische Kategorie. Die mathematischen Verrechnungsverfahren müssen jedoch durch eine demokratisch legitimierte Legislative beschlossen worden sein. Bei der Bewertung von Wahlsystemen lassen sich grundsätzlich zwei Maßstäbe anlegen:

Gerechtigkeit: Ein Wahlsystem soll vor allem gerecht sein. Das Parlament soll die Verhältnisse der Gesellschaft möglichst exakt widerspiegeln. Der Maßstab zur Bewertung des Wahlrechts ist daher die Gerechtigkeit.

Funktionalität: Eine Demokratie soll vor allen Dingen funktionieren. Das geht am besten, wenn es zwei große Parteien gibt, die um die Macht konkurrieren müssen und sich in der Regierungsverantwortung immer wieder abwechseln.
Die Wahl soll deshalb einer Partei zu einer stabilen Mehrheit verhelfen, sodass eine stabile Regierung gebildet werden kann. Sie soll zudem den Regierungswechsel fördern.

Karl-Rudolf Korte, a.a.O., S. 40 f. (Hervorhebung A.G.)

M9 Beurteilung von Wahlsystemen II

Repräsentation: Alle relevanten gesellschaftlichen Gruppen sollen in den gewählten Vertretungsorganen vertreten sein. Die abgegebenen Wählerstimmen sollen sich proportional in Abgeordnetenmandaten niederschlagen.
Konzentration: Die Zahl der Parlamentsparteien soll reduziert und die Bildung stabiler parlamentarischer Mehrheiten gefördert werden.
Partizipation: Die Wähler sollen große Beteiligungschancen haben, insbesondere neben der Parteienwahl auch eine personelle Wahl treffen können.
Einfachheit: Die Wähler sollen die Funktionsweise des Wahlsystems verstehen. Der Wahlvorgang soll transparent sein. [...]
Jede dieser Anforderungen ist zwar für sich in bestmöglicher Weise realisierbar; dementsprechend lässt sich der Realisierungsgrad einzelner Anforderungen in unterschiedlichen Wahlsystemen miteinander vergleichen. Allerdings können in keinem Wahlsystem alle Anforderungen gleichzeitig voll erfüllt werden.

Volker von Prittwitz: Vollständig personalisierte Verhältniswahl, 22. Dezember 2003. In: Aus Politik und Zeitgeschichte 52/2003, www.bpb.de/apuz/27211/vollstaendig-personalisierte-verhaeltniswahl?p=all, Zugriff am 03. November 2021 (Hervorhebung A.G.)

Arbeitsaufträge

1. Erstellen Sie ein Schaubild zum Verhältniswahlrecht (M1 bis M5)!
2. Arbeiten Sie die Vor- und Nachteile der Verhältniswahl heraus (M1 bis M6)!
3. a) Berechnen Sie nach M3 bis M5, wie sich jeweils das gewählte Parlament mit den Zahlen aus Abb. 84.1 zusammensetzt!
   b) Erörtern Sie ausgehend von den Ergebnissen, warum der Bundeswahlleiter das Verfahren Sainte-Laguë/Schepers vorzieht (M6)!
4. Vergleichen Sie die Auswirkungen von Mehrheits- und Verhältniswahl nach folgenden Kriterien: a) Prinzip, b) Ziel, c) Wahlberechtigte, d) Politiker, e) Parteiensystem, f) Regierung, g) politische Repräsentation in der Gesellschaft!
5. Beurteilen Sie abschließend die beiden Wahlsysteme (M8, M9), z. B. mit nebenstehendem Raster!

Sind die Wählergruppen in einem gerechten Verhältnis im Parlament repräsentiert?

Mehrheitswahl
+ Legitimität/Gerechtigkeit –

Verhältniswahl
+ Legitimität/Gerechtigkeit –

Gelingt es, stabile Regierungsmehrheiten zu schaffen?

Mehrheitswahl
+ Effizienz/Stabilität –

Verhältniswahl
+ Effizienz/Stabilität –

Was steht bei der Wahl für die Wähler im Mittelpunkt?

Mehrheitswahl
Inhalte Personen

Verhältniswahl
Inhalte Personen

5.4 Das Wahlsystem für die Wahlen zum Deutschen Bundestag

M1 Wahlrecht und Wählbarkeit

Für das aktive Wahlrecht ist der Grundsatz der Allgemeinheit wichtig, wonach grundsätzlich jede Bürgerin und jeder Bürger wahlberechtigt ist. Hierbei sind allerdings zwei Aspekte zu berücksichtigen:

a) Das Wahlrecht ist beschränkt auf die Personen, die vom Ergebnis der Wahl betroffen sind, das heißt normalerweise auf Staatsbürgerinnen und -bürger, die im Wahlgebiet sesshaft sind.

b) Die Wahlberechtigten müssen in der Lage sein, eine überlegte Entscheidung zu treffen. Deshalb wird ein bestimmtes Wahlalter festgelegt. Daher sind etwa auch Personen ausgeschlossen, für die zur Besorgung all ihrer Angelegenheiten ein Betreuer nicht nur durch einstweilige Anordnung bestellt ist.

Konkret bedeutet dies: Wahlberechtigt sind deutsche Staatsangehörige, die sich seit mindestens drei Monaten in Deutschland aufhalten, das 18. Lebensjahr vollendet haben und ihr Wahlrecht nicht durch einen Richterspruch verloren haben. Alle Wahlberechtigten werden im Wählerverzeichnis des zuständigen Wahlbezirks von der Kommunalverwaltung geführt. In diese Listen kann vor der Wahl Einsicht genommen werden, um sich von deren Vollständigkeit zu überzeugen und gegebenenfalls Ergänzungen vornehmen zu lassen.

Für das passive Wahlrecht gelten entsprechende Überlegungen: Somit ist wählbar, wer seit mindestens einem Jahr die deutsche Staatsangehörigkeit innehat, das 18. Lebensjahr vollendet hat und das Wahlrecht besitzt.

Karl-Rudolf Korte: Wahlen in Deutschland. Grundsätze, Verfahren und Analysen. Bonn 2017, S. 56

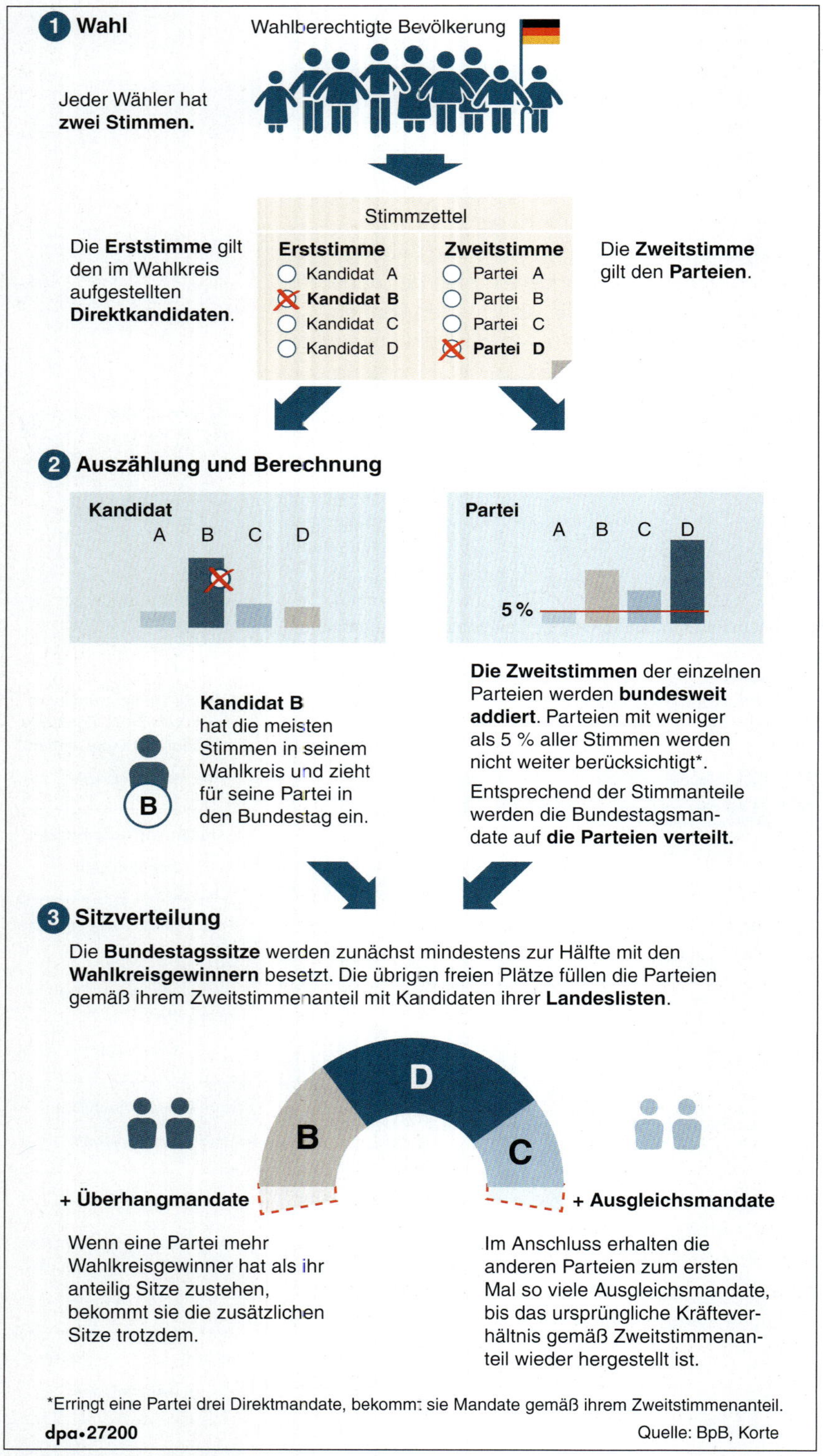

Abb. 88.1: So funktioniert die Bundestagswahl

M2 Was war das Problem des bisherigen Wahlrechts?

In Deutschland gibt es seit 1949 ein personalisiertes Verhältniswahlsystem. Durch das Zweistimmensystem können die Wähler ihre Erst- und Zweitstimme gesondert abgeben. Mit der Erststimme wählt die Wählerin/der Wähler eine/n Bewerber/in im Wahlkreis. Der Kandidat/die Kandidatin muss nicht von einer Partei auf einer Landesliste aufgestellt worden sein. Die Zweitstimme bei der Wahl zum Deutschen Bundestag ist dagegen maßgeblich für die Sitzverteilung der Parteien. […]

Das Problem bisher: Erhält eine Partei über die Erststimmen mehr Direktmandate, als ihr eigentlich über die zweite Stimme zustehen, kommt es zu Überhangmandaten. Diese werden durch Sitze der anderen Parteien ausgeglichen. Das soll sicherstellen, dass zwar jeder über die Erststimmen direkt gewählte Abgeordnete im Bundestag sitzt, aber das Kräfteverhältnis bei den Zweitstimmen – mit denen man eine Partei wählt – trotzdem stimmt. „Die Größe des Bundestages und die Stärke der Fraktionen sollen auch die Verteilung der Zweitstimmen widerspiegeln“, erklärt Politikwissenschaftler Thorsten Faas.

Wegen dieser zahlreichen Überhang- und Ausgleichsmandate war das Parlament immer weiter angewachsen. Nach der Bundestagswahl am 26. September 2021 sind in der kommenden Legislaturperiode

736 Abgeordnete vertreten – zuletzt waren es 709. Das Bundeswahlgesetz sieht aber eigentlich eine Anzahl von 598 Abgeordneten vor. Ziel der Wahlrechtsreform ist es, den Bundestag arbeitsfähig zu halten und darum nicht zu groß werden zu lassen.

https://www.deutschlandfunk.de/wahlrechtsreform-wie-der-bundestag-verkleinert-werden-soll-100.html (15.10.2021), Zugriff am 01.12.2021

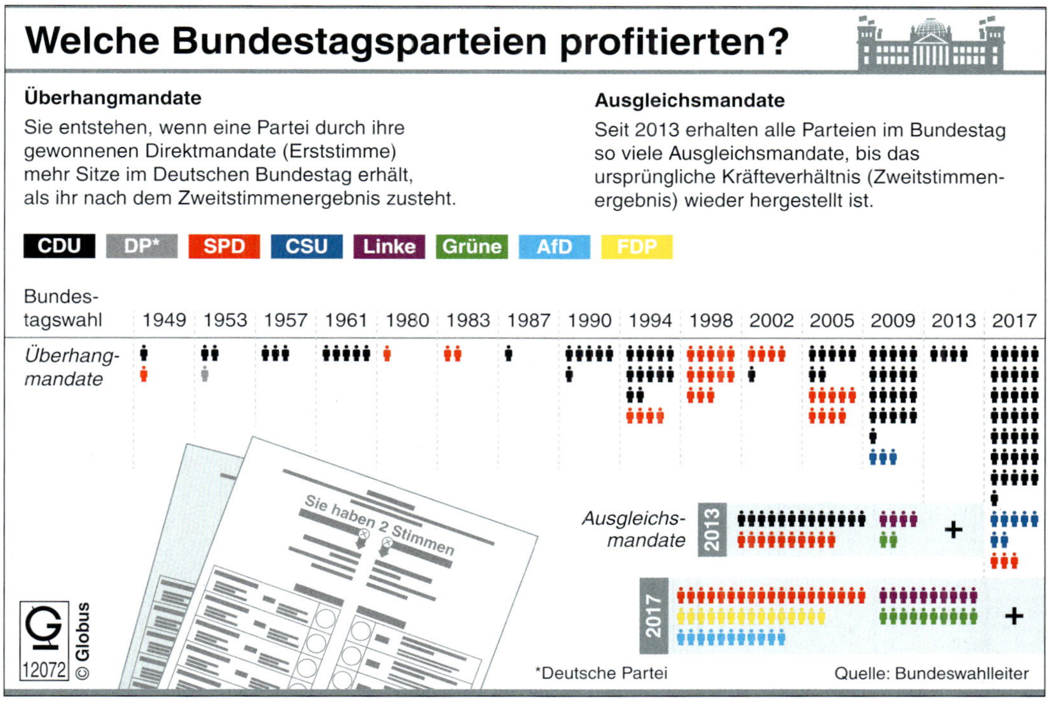

Abb. 89.1: Auswirkungen von Überhang- und Ausgleichsmandaten

M3 Reform für das Wahlrecht

Wie soll die Wahlrechtsreform umgesetzt werden?

Die Reform soll in zwei Schritten erfolgen. Im ersten Schritt blieb es für die Bundestagswahl am 26. September 2021 bei der Zahl von 299 Wahlkreisen. Aber es wurden erstmals Überhangmandate, die entstehen, wenn eine Partei in einem Bundesland mehr Direktmandate bekommt, als ihr nach dem Zweitstimmenergebnis zustehen, teilweise mit Listenplätzen der Partei in anderen Ländern verrechnet. Zudem wurden bis drei Überhangmandate einer Partei nicht ausgeglichen, weil die Regelgröße des Bundestages von 598 Abgeordneten überschritten wurde. Wie von Experten vor der Wahl prognostiziert, hat diese Änderung des Wahlrechts nur eine geringe Auswirkung auf die Größe des Parlaments gehabt – der Bundestag ist mit 736 so groß wie noch nie.

Nach Einschätzung des Wahlforschers Robert Vehrkamp ist das Anwachsen des Bundestages um 26 Abgeordnete auf das Wahlergebnis der CSU zurückzuführen. Diese habe 45 der 46 Direktmandate in Bayern gewonnen, nach dem Zweitstimmenanteil hätten ihr aber nur 34 Sitze zugestanden, so der Wissenschaftler der Bertelsmann Stiftung am 27. September. Die CSU hat also 11 Überhangmandate, von denen seien – wie von der Wahlrechtsänderung vorgesehen – drei nicht ausgeglichen worden. Die anderen acht Überhangmandate hätten aber zu 126 Ausgleichsmandaten für die anderen Parteien geführt.

Einschneidender soll sich das Wahlrecht im zweiten Schritt für die Bundestagswahl 2025 ändern. Dann soll die Zahl der Wahlkreise von 299 auf 280 reduziert werden. Wahlkreise werden vor jeder Bundestagswahl angepasst, um sicherzustellen, dass die Größe der einzelnen Wahlkreise nicht allzu stark voneinander abweicht, erklärte Politikwissenschaftler Thorsten Faas im Dlf. […]

Was sind die Probleme eines zu großen Parlaments?

Eine größere Anzahl von Parlamentariern hat Folgen für die Steuerzahler: Der Bund der Steuerzahler (BdSt) mahnte auch aus Kostengründen eine Reform an. BdSt-Präsident Reiner Holznagel verwies auf zu erwartende Mehrkosten von mindestens 410 Millionen Euro in den kommenden vier Jahren im Vergleich zu einem Bundestag mit der gesetzlich vorgesehenen Mandatszahl von 598.

Die Bundestagsabgeordneten selbst äußerten die Sorge, dass das Parlament nicht mehr arbeitsfähig sei, dass die Demokratie nicht mehr wirklich funktioniere, wenn der Bundestag zu groß werde. Zu große Fraktionen, Arbeitsgruppen und Ausschüsse erschweren die Abläufe und machen die parlamentarische Arbeit schwerfälliger.

Auch die Platzfrage muss gelöst werden. […]

Welche Kompromisse ist die Große Koalition eingegangen?

Auf einen gemeinsamen Reformvorschlag konnten sich die Koalitionsfraktionen CDU/CSU und SPD lange nicht einigen – seit sieben Jahren arbeitet man an Vorschlägen, die Anzahl der Abgeordneten zu reduzieren. CDU/CSU, aber auch die SPD haben einen Wegfall von Wahlkreisen lange abgelehnt.

Nach massivem Druck der Opposition habe man einen klassischen Kompromiss gefunden, erklärte Politikwissenschaftler Faas im Dlf: „Man kann das sehr schön an der Zahl der nicht auszugleichenden Überhangmandate sehen. Da wollte die Union sieben, die SPD wollte eigentlich null. Jetzt sind drei am Ende bei rausgekommen." Diese würden aber aufseiten der kleinen Parteien Linke, FDP, Grüne für heftige Proteste sorgen, vermutet Faas. „Und die werden vermutlich auch dazu führen, dass in Karlsruhe das Bundesverfassungsgericht sich das doch noch einmal anschauen muss." Einen Eilantrag von FDP, Linkspartei und Grünen gegen die Wahlrechtsreform lehnte das Bundesverfassungsgericht aber am 13. August 2021 ab.

Quelle s. M2

Info

Papierkorbstimmen
Mancher Wähler votiert nicht für „seine" Partei, weil er befürchtet, sie könne an der 5-%-Hürde scheitern, und damit wäre seine Stimme verloren.

Leihstimmen
Einige Wähler votieren für kleine Parteien, um ihnen die parlamentarische Präsenz zu garantieren.

Größe des Bundestages
2017 – 709 Sitze
2021 – 736 Sitze

Wahlrechtsreform - Das wollen die Parteien

Diese Änderungen am Wahlrecht wollen die Parteien bis zur Bundestagswahl 2021 durchbringen, um einen noch größeren Bundestag zu verhindern:

	Wahlkreise	Sollgröße Bundestag	Mindestsitz-zahlverfahren	Überhang- und Ausgleichs-mandate
aktuell	*299*	*598 Soll / 709 Ist*	*Verteilung der 598 Sitze nach Bevölkerungsanteil der Bundesländer*	*keine Begrenzung / derzeit 111*
CDU/CSU Fraktion im Deutschen Bundestag	auf bis zu 280 reduzieren			7 Überhang- nicht durch Ausgleichsmandate kompensieren
SPD	bei 299 belassen	Soll 598 / maximal 690		nur bis 690, dann Kappung
Bündnis 90/Die Grünen, Freie Demokraten FDP, DIE LINKE.	auf 250 reduzieren	erhöhen auf 630	abschaffen	
Alternative für Deutschland	bei 299 belassen	Soll 598 nicht überschreiten		

dpa•101418 Stand August 2020 Quelle: Parteien, dpa, Bundestag

Abb. 90.1: Bisherige Reformvorschläge für das deutsche Wahlrecht

M4 Kommentar zur Reform

[…] Was die Spitzen von Union und SPD in der Nacht beschlossen haben, ist ein klassischer Minimalstkompromiss. Beide Seiten bewegten sich ein bisschen, damit der Bundestag ein bisschen weniger stark anwächst als befürchtet. So wird an der Zahl der Überhang- und Ausgleichsmandate ein bisschen geschraubt, die Zahl der Wahlkreise bleibt aber erstmal unverändert.

Das ist sicherlich kein großer Wurf, und der Effekt bei der nächsten Bundestagswahl im Herbst 2021 dürfte überschaubar sein – nicht ohne Grund sprechen die Koalitionäre nebulös von „Dämpfungsmaßnahmen" und „Bremsen" – aber es ist zumindest ein Anfang nach sieben Jahren Stillstand. Eine Übergangslösung. Vor der eigentlichen Reform drücken sich Union und SPD, bringen aber wichtige Weichenstellungen für die Wahl 2025 auf den Weg. […]

Zu mehr fehlte den Spitzen von CDU, CSU und SPD der Mut. Zugegeben, das Thema ist sperrig und hochkompliziert, doch was die Sache wirklich schwierig macht, ist: Es geht um Macht. Weniger Wahlkreise, weniger Überhang- oder weniger Ausgleichsmandate – jede Fraktion verfolgt hier ihre eigenen legitimen Interessen. Wer beschließt schon gerne Maßnahmen, die ihm selbst schaden? Von den 46 Überhangmandaten, die bei der Wahl 2017 entstanden, holte die Union 43. Gäbe es dafür weniger Ausgleichsmandate für die anderen Parteien, wäre die Union im Vorteil.

Und so wundert es kaum, dass sich trotz aller Mahnungen zweier Bundestagspräsidenten seit Jahren nichts ändert – außer die Größe des Bundestags. 614 Abgeordnete 2005, 622 waren es 2009, 631 im Jahr 2013 und 709 nach der Bundestagswahl 2017. Und 2021 könnten es mehr als 800 Parlamentarier sein, die sich in den Bundestag drängeln. […]

Das Problem des XXL-Bundestags ist jedoch mehr als nur eine lapidare Platzfrage. Der Bundestag ist ein Arbeitsparlament, doch mit wachsender Größe ist dieses Parlament schlicht immer weniger arbeitsfähig. Und damit erwächst aus dem Platzproblem ein Problem für die parlamentarische Demokratie. Das sollte für die Fraktionen eigentlich Grund genug sein, mit mehr Mut an die Sache ranzugehen. Radikaler zu denken. FDP, Linkspartei und Grüne plädieren in ihrem gemeinsamen Gesetzentwurf für maximal 630 Bundestagsmitglieder. Dafür soll unter anderem die Zahl der Wahlkreise auf 250 verringert werden – was weniger Überhang- und Ausgleichsmandate zur Folge hätte. Seit Oktober liegt der Vorschlag auf dem Tisch, doch Union und SPD blockieren seit Monaten die Abstimmung im Parlament.

[…] Üblicherweise werden Fragen des Wahlrechts mit breiter Mehrheit im Bundestag beschlossen. Einbinden statt vergrätzen wäre daher die klügere Strategie. Großspurig sollte die GroKo angesichts des Minimalstkompromisses auch nicht auftreten.

Wenke Börnsen, Wahlrechtsreform. Zu mehr fehlt der GroKo der Mut (26.08.2020), https://www.tagesschau.de/inland/groko-wahlrecht-101.html, Zugriff am 27. November 2020

Arbeitsaufträge

1. Charakterisieren Sie das deutsche Wahlrecht, indem Sie den Begriff „personalisierte Verhältniswahl" erläutern (M1, Abb. 88.1)!
2. Ordnen Sie die Mehrheitswahl, die Verhältniswahl und die personalisierte Verhältniswahl einer oder mehreren Demokratietheorien (siehe Kapitel 1) begründet zu!
3. Beurteilen Sie die Auswirkungen der Überhangs- und Ausgleichsmandate (M2, Abb. 89.1) mithilfe der Kriterien für die Beurteilung von Wahlsystemen (vgl. Kap. 5.3.2)!
4. Untersuchen Sie (arbeitsteilig) die machtpolitischen Interessen hinter der Reform des Wahlrechts: Wie würden Mitglieder der einzelnen Bundestagsfraktionen die Reform verteidigen oder kritisieren? (M3)
5. Überprüfen Sie kritisch die Vorschläge zur Reformierung des deutschen Wahlrechts (M3) mithilfe der Bewertungskriterien für Wahlsysteme (Kap. 5.3.2)!
6. Beurteilen Sie den Effekt der Wahlrechtsreform hinsichtlich der Bundestagswahl 2021!

5.5 Wahlverhaltenstheorien

In den Sozialwissenschaften ist immer wieder die Rede von zwei Theorien: der Theorie des *homo oeconomicus* und des *homo sociologicus*. Der homo oeconomicus handelt immer so, dass er den größten Nutzen aus seiner Handlung zieht. Der homo sociologicus hingegen ist ein Mensch, der durch die Gesellschaft, in der bestimmte Regeln, Normen und Werte gelten, fremdbestimmt wird. Diese beiden Theorien und Menschentypen können auf das Wahlverhalten übertragen werden: Es gibt Wählerinnen und Wähler, die eher **rational** (homo oeconomicus) wählen, und solche, die ihre Wahlentscheidung in Abhängigkeit von sozialen Faktoren treffen, ihr Wahlverhalten ist also **sozial eingebettet** (homo sociologicus).

M1 Der rationale Wähler

Die Theorie des rationalen Wählers geht davon aus, dass diese vor jeder Wahlentscheidung eine individuelle Kosten-Nutzen-Kalkulation durchführen. Auf dieser Grundlage votieren sie dann für die Partei, von der sie sich den größten persönlichen Vorteil erwarten.

Stefan Marschall: Das politische System Deutschlands. Konstanz/München 3. Aufl. 2014, S. 53

M2 Issue-Voting

In der wissenschaftlichen Wahlforschung wird rationales Wahlverhalten im Allgemeinen mit der Orientierung des Wählers an aktuellen politischen Streit- und Sachfragen („issue-voting") gleichgesetzt. Der rationale Wähler ermittelt seine Wahlentscheidung, indem er ein sogenanntes Nutzendifferenzial aufstellt. Hierzu vergleicht er die Arbeit der Regierung in der vergangenen Legislaturperiode mit dem vermuteten Ergebnis der Opposition, wäre diese an der Macht gewesen. Er entscheidet sich dann für diejenige Partei, von der er glaubt, dass sie seine individuellen Ziele am ehesten zu verwirklichen vermag. Die Wahlentscheidung ist somit letztlich abhängig von den aktuellen politischen Problemen sowie vom Erscheinungsbild von Regierung und Opposition, […] als auch von wirtschaftlichen Indikatoren wie Inflationsrate, Arbeitslosenzahlen oder Wachstumsraten. Soziale Loyalitäten oder längerfristige emotionale Parteineigungen spielen aus dieser Perspektive nur eine untergeordnete Rolle. […]

Allerdings hat auch das rationale Erklärungsmodell seine Grenzen. Innerhalb seiner engen Modellannahmen lässt sich die Frage, warum jemand überhaupt an einer Wahl teilnimmt, nicht schlüssig beantworten. Die Wirkung der eigenen Stimme, also der Nutzen einer Beteiligung, ist verwindend gering gegenüber den entstehenden Kosten, sozusagen den Mühen einer Teilhabe an den Wahlen.

Karl-Rudolf Korte: Wahlen in Nordrhein-Westfalen. Kommunalwahl, Landtagswahl, Bundestagswahl, Europawahl. Schwalbach am Taunus 4. Aufl. 2016, S. 208

M3 Gibt es den rationalen Wähler?

[Das Modell des rationalen Wählers] fragt nicht nach den Interessen der Wählerschaft, die als gegeben vorausgesetzt werden. Gefragt wird nach den äußeren Bedingungen und Restriktionen, unter denen die Wähler ihre Entscheidung zu treffen haben.

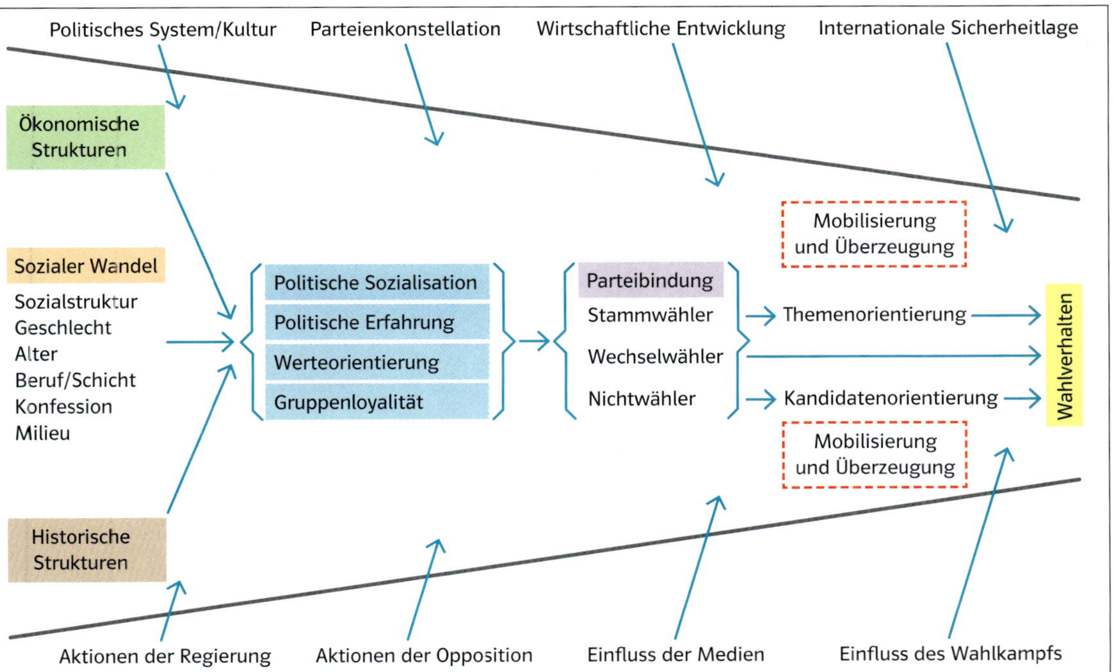

André Griemert nach: Angus Campbell u. a., The American Voter, New York u. a. 1960, S. 24–37; Russel J. Dalton, Citizen Politics. Public Opinion and Political Parties in Andvanced Industrial Democracies, Washington 42006, S. 184; Charlotte Kellermann, Trends and constellations. Klassische Bestimmungsfaktoren des Wahlverhaltens bei den Bundestagswahlen 1990–2005, Baden-Baden 2008, S. 34 und Karl-Rudolf Korte, Wahlen in Deutschland. Grundsätze, Verfahren, Analysen, Bonn 2017, S. 105–115

Abb. 91.1: Trichter der Einflussfaktoren auf das Wahlverhalten (Dr. André Griemert)

Anna:
„Klar gehe ich wählen. Ich wähle die Partei, die am besten für mich ist und mir am meisten bringt mit ihrer Politik. Ist doch logisch."

Klara:
„Oh, bald ist schon wieder Wahl? Hab ich gar nicht mitbekommen. Aber nee, das macht bei uns keiner …"

Anton:
„Natürlich?! Ich will nach der Schule eine Ausbildung machen und wähle dann die Partei, die die höchsten Ausbildungsgehälter fordert. Da hab ich dann auch richtig was von!"

Tobias:
„Nee, dazu habe ich gar keine Lust. Das ist mir viel zu viel Aufwand, sonntags ins Wahlbüro zu gehen … Und dann ist meine einzelne Stimme so oder so nicht wichtig. Das sehe ich nicht ein, weil ich da eh nix von habe."

Josefine:
„Was für eine Frage. Ich gehe auf jeden Fall zur Wahl. Ich bin als Kind schon immer mit ins Wahllokal gegangen, als meine Eltern gewählt haben! Und jetzt wähle ich natürlich selber, das ist bei uns selbstverständlich. Wenn ich nicht gehen würde, würde ich, glaube ich, Ärger von meinen Eltern bekommen!"

Luc:
„Ich dachte, man muss wählen gehen? Gibt's sonst nicht Ärger oder so? Ich mach' auf jeden Fall mein Kreuzchen!"

(alle aus: www.bpb.de/lernen/grafstat/grafstat-bundestagswahl-2017/251725/m-03-02-stimmen-zur-wahl, Zugriff am 03. November 2021)

Abb. 92.1: Die *„Vote or Die!"*-Kampagne in den USA

Kurzfristige Stimmungsumschwünge lassen sich als Reaktion auf veränderte Bedingungen, etwa die Inflationsrate, die Arbeitslosenquote, wirtschaftliche Wachstumsraten oder auch ein verändertes Personalangebot interpretieren. Auch in diesem Modell kommt dem Verhalten der politischen Elite eine Schlüsselfunktion zu. Im Rahmen der Modellvorstellung orientieren sich die politischen Parteien zuallererst an einer Strategie der Stimmenmaximierung, am angestrebten Gewinn der nächsten Wahlen. Hierzu bearbeiten sie die für ihre jeweiligen Zwecke günstigen Themen, um so Einfluss auf die öffentlichen politischen Diskurse zu nehmen. Dieses Wettbewerbsmodell schärft allerdings den Blick für die Mitverantwortung der Wählerinnen und Wähler am Zustand des politischen Systems. Anbieter richten [sich] immer auch nach den Wünschen ihrer potenziellen Nachfrager. Unzureichend lassen sich mit diesem Erklärungsmodell hingegen eher langfristige Wählerverschiebungen der politischen Kräfteverhältnisse sowie regionale Unterschiede im Wählerverhalten erklären. Beides gründet sich letztlich auf Veränderungen oder Unterschiede, die sich in den Interessen der Wählerschaft entwickeln.

Karl-Rudolf Korte, a.a.O., S. 211

M4 Das Wahlparadoxon

Der Weg zum Wahllokal, die vorherige Informationseinholung über die Parteien etc. sind beispielsweise Mühen, die sich für die rationalen Wählerinnen und Wähler auch wirklich lohnen müssen. Für sie ist die Teilnahme an der Wahl erst dann rational, wenn der erwartete persönliche Nutzen höher ist als der aufgenommene Aufwand. An dieser Stelle kommt ein Problem der rational choice Theorie auf. […] Warum gehen die Menschen denn überhaupt wählen, wenn es sich eigentlich nicht lohnt? Es ist also nicht rational, sich an der Wahl zu beteiligen, da die eigene Stimme mit hoher Wahrscheinlichkeit für den Wahlausgang nicht entscheidend sein wird. Trotzdem nehmen regelmäßig viele Menschen an Wahlen teil. Darin besteht das „Wahlparadox".

Andrea Szukala, Eva Thesling, Stefan Grosz: Warum wählen?, 12. Juli 2017, www.bpb.de/lernen/grafstat/grafstat-bundestagswahl-2017/252448/m-03-04-wahlparadox, Zugriff am 03. November 2021

M5 Sozial eingebettetes Wahlverhalten

Die Theorie des sozial eingebetteten Wahlverhaltens geht davon aus, dass der Mensch sich an der Wahl beteiligt, weil dies eine internalisierte, also eine verinnerlichte, Norm des Menschen ist. […] Eine solche Norm ist auch die Wahlnorm mit der vorgeschriebenen Handlung: Du sollst wählen. Wählerinnen und Wähler, die sich an dieser Norm orientieren, treffen ihre Wahlentscheidung also eher emotional als rational. Steht eine Person vor einer Wahlentscheidung, bedenkt diese, dass ein Nicht-Wählen in einer Demokratie falsch ist. Denn in einer Demokratie dürfen die Bürgerinnen und Bürger die Parteien direkt wählen, weswegen solche Wählerinnen und Wähler sich persönlich verpflichtet fühlen, dieses Recht wahrzunehmen. Wird das Wahlrecht nicht wahrgenommen, rechnen die Wählerinnen und Wähler mit dem sozial eingebetteten Wahlverhalten mit Sanktionen, also Bestrafungen. Damit sind keine Bestrafungen wie beispielsweise die Geldstrafe gemeint, sondern individuelle Bestrafungen wie zum Beispiel Scham und Schuld im eigenen Umfeld. Dieses Verhalten ist immer […] von der Eingebundenheit in die Gesellschaft, dem Vertrauen in die Politik und dem nahen Umfeld abhängig. Je stärker die Integration in ein gesellschaftliches Umfeld ist, in der Wählen gehen normal ist, desto größer ist die Wahrscheinlichkeit, sich selbst an der Wahl zu beteiligen.

Andrea Szukala, Eva Thesling, Stefan Grosz: Warum wählen?, 12. Juli 2017, www.bpb.de/lernen/grafstat/grafstat-bundestagswahl-2017/252447/m-03-03-02-sozial-eigebettetes-wahlverhalten, Zugriff am 03. November 2021

M6 Warum noch wählen?

Gerade weil wir wählen dürfen, beschäftigen wir uns mit Politik, tauschen uns aus und entwickeln uns dadurch als politische Wesen weiter. Entscheidend ist also nicht der Akt des Wählens selbst, sondern vielmehr die Tatsache, dass wir auf diese Weise dazu motiviert werden, uns über unser Gemeinwesen Gedanken zu machen. Ohne Beteiligung wäre das völlig unnötig. Kurz: Weil wir wählen, kommunizieren wir.

An der Wahlurne selbst konkretisiert sich die gesamtgesellschaftliche Kommunikation, die zuvor auf unzähligen Kanälen stattfand – am Arbeitsplatz, beim Abendessen in der Familie, in Talkshows oder im Plenum des Bundestags. Sie wird sichtbar in Prozentpunkten, in Koalitionen, in konkreten politischen Maßnahmen.

Benedikt Herber: Das Wahlparadoxon: Warum überhaupt noch wählen?, Süddeutsche Zeitung vom 29. Mai 2017, www.sueddeutsche.de/politik/das-wahlparadoxon-warum-ueberhaupt-noch-waehlen-1.3503054, Zugriff am 03. November 2021

Arbeitsaufträge

1. Positionsspiel: Im Raum hängen zwei Symbole für „Zustimmung" und „Ablehnung". Positionieren Sie sich begründet zu jedem Zitat in der Randspalte S. 91! Ordnen Sie sich begründet dem *homo oeconomicus* oder dem *homo sociologicus* zu!
2. Erläutern Sie die Modelle des rationalen und des sozial eingebetteten Wählers nach: Entstehungshintergrund, Wählerstruktur, Einflussfaktoren auf Wahlentscheidungen, Kritik!
3. Ordnen Sie die Zitate (Randspalte S. 91) den Modellen zum Wahlverhalten begründet zu!
4. Beurteilen Sie vor dem Hintergrund der Modelle die Kampagne „Vote or Die!" (Abb. 92.1 und eigene Recherche), die vor einigen Jahren in den USA zur Anhebung der Wahlbeteiligung lief!

Zusammenfassung

Demokratische Systeme werden bestimmt durch **politische Partizipation** und **politischen Wettbewerb.** Politische Akteure befinden sich daher in der Situation, sich dem Wähler als attraktive Alternative präsentieren zu müssen. Daher müssen demokratische Wahlen bestimmte Funktionen erfüllen: Hierzu gehört die **Repräsentation** des Wählerwillens, die **Legitimation** und **Kontrolle** der Regierenden, die **Kreationsfunktion** und die **Integration** der Wähler in das politische System. Wahlen ermöglichen die Anschaulichkeit der Konkurrenz personeller und programmatischer Alternativen z. B. in Wahlkampfzeiten. In der Bundesrepublik treffen die Bürgerinnen und Bürger dabei nicht selbst politische Entscheidungen, sondern wählen Abgeordnete, die dies für die Summe aller Staatsangehörigen übernehmen.

Zentrale Elemente demokratischer Wahlen sind in Deutschland vor allem im Artikel 38 GG festgeschrieben. Das Verfahren von Bundestagswahlen, die in der Regel alle vier Jahre stattfinden (Art. 39 GG), muss den Grundsätzen einer allgemeinen, gleichen, direkten, freien und geheimen Wahl genügen.

Grundlegend werden **zwei Wahlsysteme unterschieden**, die in demokratischen Systemen in Rein- oder Mischform vorkommen: Beim **Mehrheitswahlrecht** entstehen deutliche Mehrheiten, die die Regierungsbildung erleichtern. Doch fallen diejenigen Stimmen, die die Verlierer im Wahlkreis gewählt haben, unter den Tisch (Papierkorbstimmen). Kleinere Parteien schaffen es so nicht in das Parlament. Beim **Verhältniswahlrecht** werden die gesamten abgegebenen Stimmen eines Landes in Parlamentssitze umgerechnet. Oft gibt es aber eine Sperrklausel; erreicht eine Partei nicht genügend Wählerstimmen, kann sie nicht in das Parlament einziehen, womit eine Zersplitterung der Parlamentszusammensetzung in Kleinstparteien verhindert werden soll. Bei der Sitzverteilung im Parlament sollen die unterschiedlichen Meinungen und politischen Interessen, die in einer Gesellschaft und in den Parteien präsent sind, äquivalent zum Ausdruck kommen.

Der **Deutsche Bundestag** wird durch das **personalisierte Verhältniswahlrecht** bestimmt. Das Bundesgebiet ist zurzeit (2021) in 299 Wahlkreise eingeteilt. Mit der **Erststimme** haben die Wähler die Möglichkeit, einen Kandidaten aus ihrem Wahlkreis für den Bundestag zu bestimmen (relative Mehrheitswahl). Mit der **Zweitstimme** werden weitere 299 Kandidaten über eine Parteienlandesliste in den insgesamt dann 598 Sitze umfassenden Bundestag gewählt (Verhältniswahl). Die Zweitstimme ist dabei die entscheidende, da mit ihr die prozentuale Verteilung der Mandate im Bundestag bestimmt wird. Insofern besitzt der Wähler die Möglichkeit, strategisch zu wählen (Stimmensplitting), um so einem bestimmten Koalitionswunsch Ausdruck zu verleihen (Slogan „Zweitstimme ist Kanzlerstimme“; Zweitstimmenkampagnen). Die Sitzverteilung wird im Rahmen des Devisorverfahrens Sainte-Laguë/Schepers ermittelt.

Zugleich kann es bei der Verteilung der Direktmandate zu **Überhangmandaten** kommen. Diese werden seit 2013 mit den sogenannten **Ausgleichsmandaten** so lange ausgeglichen, bis der tatsächliche Zweitstimmenanteil der Parteien wieder zur Geltung kommt. Dadurch wird allerdings der Bundestag in der Regel größer als die 598 vorgesehenen Sitze: 2021 waren es schon 736 Mandate.

Durch die „Aufblähung“ des Bundestages ist diese Regelung in der Kritik. Daher wurde 2020 eine Wahlrechtsreform beschlossen, um das Parlament wieder zu verkleinern. Allerdings gibt es noch zwei weitere nicht unumstrittene Regelungen, die Einfluss auf die Zusammensetzung des Parlaments nehmen: **die Fünf-Prozent-Hürde** (Sperrklausel), die bei Kommunalwahlen seit 2008 nicht mehr angewendet wird, und die **Alternativklausel** bei den Direktmandaten.

Mithilfe theoretischer **Modelle** wird versucht, **Wählerverhalten** zu erklären und zukünftige **Wahlentscheidungen** zu prognostizieren. Die Modelle sollen sowohl einen theoretisch plausiblen als auch einen empirisch überprüfbaren Bezug herstellen zwischen dem Wahlverhalten und entsprechenden sozio-ökonomischen Einflussfaktoren.

Musterklausur Kapitel 5 mit Lösung
59c5ev

Auswirkungen der Wahlsysteme im Vergleich

	Mehrheitswahl a) absolute b) relative	Verhältniswahl
Prinzip		
	„dem Sieger alles“: Mehrheitsbildung einer Partei	Verhältnis der Stimmanteile: gerechte Vertretung aller Interessen
Wahlberechtigte		
Zielperspektive	Entscheidung für oder gegen eine Partei	Entscheidung für einen repräsentativen Mandatsträger
Repräsentation des Wählerwillens	verzerrt: viele Papierkorbstimmen	unverzerrt: wenige Papierkorbstimmen
Politiker		
Abhängigkeit vom Wahlkreis	hoch	niedrig
Abhängigkeit von der Partei	niedrig	hoch
Ausrichtung der Wahl	Persönlichkeitswahl	Absicherung benötigter Kandidaten
Parteiensystem		
Wahlchancen kleinerer Parteien	niedrig (Benachteiligung kleiner Parteien)	hoch (unpersönliche Listenwahl)
Etablierungschancen neuer Parteien	niedrig	hoch
Charakter des Parteiensystems	Tendenz zum Zweiparteiensystem (Stabilität)	Tendenz zum Mehrparteiensystem (Flexibilität)
Regierung		
Regierungstyp	Einparteien-Mehrheitsregierung (Stabilität)	Koalitions-/Minderheitsregierungen (Instabilität)
Stabilität der Regierung	hoch (eindeutige Mehrheiten)	niedrig (parteipolitisch gespaltene Mehrheit
Zuordenbarkeit der politischen Verantwortung	bei der Regierungspartei	bei mehreren Parteien der Regierungskoalition
Chancen auf politischen Richtungswechsel	hoch	niedrig
Politikstil	Parteienkonkurrenz	gesellschaftliche Integration durch Aushandeln
Politische Repräsentation		
Sicherung der Repräsentation von Minderheiten	niedrig	hoch

André Griemert nach diversen Quellen

6. Direktdemokratische Formen der politischen Beteiligung

In Umfragen stimmt die Mehrheit der befragten Deutschen der Aussage zu, dass sie die Möglichkeit von Volksentscheiden auf Bundesebene befürworten (siehe Abb. 94.1). Die Zustimmungswerte liegen bereits seit den 1970er-Jahren über 60% und haben in den vergangenen Jahrzehnten tendenziell weiter zugenommen.
Die Befürworter sehen in Volksabstimmungen ein „Mehr" an Demokratie. Daher nennt sich ein Verein, der sich in Deutschland für die Ausweitung von direktdemokratischen Elementen einsetzt, „Mehr Demokratie" (www.mehr-demokratie.de). In der Politikwissenschaft und in der öffentlichen Diskussion ist aber umstritten, ob die Einführung direktdemokratischer Elemente dem Gemeinwesen tatsächlich zum Vorteil gereicht.

Abb. 94.1: Alle Daten, soweit nicht anders angegeben, sind von der YouGov Deutschland GmbH bereitgestellt. An der Befragung zwischen dem 11.10. und dem 14.10.2016 nahmen 1024 Personen teil. Die Ergebnisse wurden gewichtet und sind repräsentativ für die deutsche Bevölkerung (Alter 18+).

M1 Das Spektrum direktdemokratischer Elemente

Abb. 94.3: Volksentscheid zur Enteignung großer Wohnungsunternehmen, 26.09.021

Volksinitiative

Die Volksinitiative umschreibt das Recht einer bestimmten Zahl von Stimmberechtigten (oder Einwohnern), bestimmte Themen der politischen Willensbildung dem Parlament zur Befassung vorzulegen. Sie kann auch auf Gesetzentwürfe beschränkt sein. Regelmäßig steht den Initiatoren ein Anhörungsrecht im Parlament zu. Die Volksinitiative kann als erste Stufe integrativer Bestandteil eines Volksgesetzgebungsverfahrens sein.

Abb. 94.4: Plakat eines (gescheiterten) Volksbegehrens aus Mecklenburg-Vorpommern gegen die Gerichtsstrukturreform

Volksbegehren

Ein Volksbegehren bezeichnet das Recht der Gesetzesinitiative des Volkes, das durch die Unterstützung einer bestimmten Anzahl von Stimmbürgern zu einem Volksentscheid führt. Es richtet sich in der Regel auf den → **Erlass**, die Änderung oder Aufhebung eines Gesetzes und ist zumeist auf einen ausgearbeiteten Gesetzentwurf beschränkt. [Es] kann jedoch auch um den Antrag auf vorzeitige Parlamentsauflösung oder andere Gegenstände der politischen Willensbildung erweitert werden.

Volksentscheid

Unter einem Volksentscheid ist die verbindliche Entscheidung des Volkes zu einer bestimmten Frage (Gesetz, Verfassung, Parlamentsauflösung) zu verstehen.

Volksbefragung

Im Unterschied zu einem Volksentscheid führt eine Volksbefragung zu keiner rechtlich verbindlichen Entscheidung. Ihr Ergebnis kann allenfalls eine

Abb. 94.2: Ehrentag des Wählers (Peter Leger, Haus der Geschichte Bonn)

politische Verbindlichkeit entwickeln. In der Regel entscheiden das Parlament oder die Regierung über die Durchführung einer Volksbefragung und die ihr zugrunde liegende Fragestellung; es ist jedoch auch eine volksinitiierende Volksbefragung denkbar (Volksenquete).

Referendum

Der Begriff des Referendums wird oft in Abgrenzung zu Volksentscheiden, die durch das Volk initiiert werden, benutzt. Es handelt sich um Abstimmungen über eine „fremde" Vorlage (z.B. ein vom Parlament beschlossenes Gesetz), die auf Antrag der Regierung, des Parlaments oder eines bestimmten → **Quorums** der stimmberechtigten Bevölkerung durchgeführt werden (fakultatives Referendum). Bezieht sich die Abstimmung auf eine Verfassungsänderung, handelt es sich um ein Verfassungsreferendum. Einige

Verfassungen sehen obligatorische Verfassungsreferenden vor, d.h. jede Verfassungsänderung muss einer Volksabstimmung unterzogen werden. Das Ergebnis des Referendums ist rechtlich bindend. Das Volk kann jedoch nicht gestalterisch mitwirken, sondern lediglich auf einen bereits gefassten Parlamentsbeschluss reagieren, indem es ihn annimmt oder ablehnt.

Plebiszit

Das Plebiszit ist sachlich eng verwandt mit dem Referendum, insofern das Volk über eine Vorlage abstimmt, die nicht von ihm stammt. Im Unterschied zum Referendum wird das Plebiszit ad hoc und optional „von oben“, in der Regel von der Spitze der Exekutive, angeordnet. Es wird gern benutzt als Instrument zur Bestätigung der politischen Führung. In Diktaturen dienen Plebiszite zur scheindemokratischen Akklamation autoritärer Führerentscheidungen.

Andreas Klages, Petra Paulus: Direkte Demokratie in Deutschland. Marburg 1996, S. 19 f.

M2 Argumente und Ansichten für und wider Volksentscheide

1. Volksinitiativen und Volksbegehren bevorteilen Gruppen, die Zugang zu den Medien haben oder die genügend finanzielle Mittel haben, um eine Werbekampagne für ihr Anliegen zu verbreiten.
2. Bei Volksabstimmungen beteiligen sich weniger sozial benachteiligte Gruppen, sondern vielmehr solche interessierten Kreise, die dank genügend Zeit, Geld und rhetorischen Mitteln sich ohnehin besser durchsetzen können: Ober- und Mittelschicht, Akademiker, gut situierte Rentner und Pensionäre. Von direkter Demokratie profitieren also nur politisch Informierte, die sich mobilisieren lassen.
3. Mit der direkten Demokratie können Themen, die bislang im Parlament keine oder nur eine untergeordnete Rolle spielten, auf die politische Tagesordnung gesetzt werden.
4. Direktdemokratische Entscheidungen polarisieren (ja/nein) und sehen keine Kompromisslösungen vor, wie sie für die repräsentative Demokratie typisch sind.
5. Direktdemokratische Partizipationsmöglichkeiten sind transparent. Sie führen zu hoher Akzeptanz und lösen Konflikte dauerhaft.
6. Volksentscheide verhindern, dass das Parlament in seiner Wahlperiode anders entscheidet, als es die Mehrheit in der Bevölkerung will. Die Vorwirkung direkter Demokratie ist wichtig. Allein die Möglichkeit, Referenden gegen Parlamentsbeschlüsse einzuleiten, führt dazu, dass Abgeordnete ihre Entscheidungen gründlicher und ausführlicher mit der Gesellschaft beraten.
7. Bestimmte Bevölkerungsgruppen könnten mithilfe direktdemokratischer Instrumente politische Probleme auf andere Bevölkerungsgruppen (Minderheiten) abwälzen.
8. Abgeordnete und Regierung sind für ihr Handeln verantwortlich, können bei Wahlen abgewählt werden. Das Volk kann jedoch nicht zur Verantwortung gezogen werden.
9. Umfragen belegen seit Jahrzehnten, dass sich eine Mehrheit der deutschen Bevölkerung für bundesweite Volksentscheide ausspricht – und das unabhängig von den parteipolitischen Präferenzen.
10. Durch Volksbegehren und Volksentscheide werden Menschen ermutigt, sich zu engagieren. Sie übernehmen Verantwortung und können diese nicht mehr „nach oben“ abwälzen. Die Identifikation mit dem politischen System steigt, die Verdrossenheit mit Parteien und Demokratie sinkt.
11. Eine Partei zu wählen, ist immer ein Kompromiss. Abstimmungen in Sachfragen ermöglichen es den Wählerinnen und Wählern, zu differenzieren: Eine FDP-Wählerin kann für eine Steuererhöhung zugunsten von Schulen in sozialen Brennpunkten stimmen, ein Wähler der Grünen kann sich für den Ausbau einer – seiner Meinung nach unverzichtbaren – Autobahn aussprechen.
12. Unangenehme, aber dringend notwendige Gesetze sind in einer direkten Demokratie schwer durchsetzbar.
13. Eine Volksabstimmung z.B. zur Wiedereinführung der Todesstrafe wird anders ausfallen, wenn in der Woche vor der Abstimmung ein spektakulärer Kindermord in den Medien diskutiert wird, als wenn bekannt wird, dass ein vermeintlicher Täter zu Unrecht in Haft saß. Direkte Demokratie fördert eine „Stimmungsdemokratie“.
14. Ein Großteil der Menschen ist nicht genügend über komplexe Sachfragen informiert. Auch die Beteiligung an den Abstimmungen ist oft gering.
15. Volksabstimmungen begrenzen den Einfluss von Lobbyisten, Klüngelei unter Politikern und faulen Kompromissen („Kuhhandel“).

Stefan Prochnow, eigene Zusammenstellung

Info

Die Mütter und Väter des Grundgesetzes haben sich 1948/49 bewusst gegen umfangreichere direktdemokratische Elemente entschieden. Häufiges Argument war, dass die Volksentscheide in der Weimarer Republik zur Destabilisierung der Demokratie und zum Emporkommen demagogischer Kräfte beigetragen hätten.

Abb. 95.1: Plakat zum Volksentscheid für die entschädigungslose Enteignung der Fürstenhäuser 1926

Arbeitsaufträge

1. Beschreiben Sie die verschiedenen Formen direkter Demokratie (M1) und vergleichen Sie sie nach dem Ausmaß der Einflussmöglichkeiten des Volkes!
2. Beschreiben und analysieren Sie die Karikatur Abb. 94.2! Begründen Sie, inwiefern die Karikatur im Zusammenhang mit der Forderung nach der Einführung von Volksabstimmungen in Deutschland steht!
3. Überprüfen Sie, welche Argumente bzw. Aussagen in M2 für und welche gegen eine Ausweitung direktdemokratischer Elemente auf Bundesebene sprechen!
4. Führen Sie eine Pro-Kontra-Debatte zu der Frage durch: Sollen in Deutschland auf Bundesebene mehr Elemente der direkten Demokratie eingeführt werden?

6.1 Direkte Demokratie in Deutschland

„Alle Staatsgewalt geht vom Volk aus." (Art. 20 Abs. 2 GG) „Sie wird vom Volke in Wahlen und Abstimmungen ausgeübt." (Art. 29 GG)

Direktdemokratische Elemente finden sich in Deutschland auf Bundesebene nur bei der Neugliederung des Bundesgebietes nach Art. 29 des Grundgesetzes. In den Bundesländern gibt es jedoch auf Landes- und auf kommunaler Ebene in unterschiedlichem Maße weitergehende Elemente der direkten Demokratie.

M1 Direktdemokratische Elemente in den 16 deutschen Bundesländern auf Landesebene und in der Schweiz auf Bundesebene

Bundesland	Volksbegehren		Volksentscheid	
	Unterschriftenquorum	**Eintragungsfrist (A) oder freie Sammlung (F)**[1]	**Zustimmungsquorum einfaches Gesetz**	**Zustimmungsquorum bei einer Verfassungsänderung**
Baden-Württemberg	10 %	6 Monate (F), 3 Monate (A)	20 %	50 %
Bayern	10 %	14 Tage (A)	kein Quorum	25 %
Berlin	7 % einfache Gesetze, 20 % Verfassungsänderungen	4 Monate (F + A)	25 %	50 % + 2/3-Mehrheit
Brandenburg	80 000 (ca. 3,8 %)	6 Monate (A + B)	25 %	50 % + 2/3-Mehrheit
Bremen	5 % einfache Gesetze, 10 % Verfassungsänderungen	3 Monate (F)	20 %	40 %
Hamburg	5 %	21 Tage (F + B + A)	20 %	kein Quorum + 2/3-Mehrheit
Hessen	20 %	2 Monate (A)	kein Quorum	nicht möglich
Mecklenburg-Vorpommern	100 000 (ca. 7,5 %)	5 Monate (F)	25 %	50 % + 2/3-Mehrheit
Niedersachsen	10 %	mindestens 6 Monate (F)	25 %	50 %
Nordrhein-Westfalen	8 %	1 Jahr (F) und in den ersten 18 Wochen (A)	15 %	50 %-Beteiligungsquorum + 2/3-Mehrheit
Rheinland-Pfalz	300 000 (ca. 9,7 %)	2 Monate (F + A)	25 %-Beteiligungsquorum	50 %
Saarland	7 %	3 Monate (A)	25 %	50 %-Beteiligungsquorum + 2/3-Mehrheit
Sachsen	450 000 (ca. 13,2 %)	8 Monate (F)	kein Quorum	50 %
Sachsen-Anhalt	9 %	6 Monate (F)	25 %	50 % + 2/3-Mehrheit
Schleswig-Holstein	80 000 (ca. 3,6 %)	6 Monate (F + A)	15 %	50 % + 2/3-Mehrheit
Thüringen	10 % (F), 8 % (A)	4 Monate (F), 2 Monate (A)	25 %	40 %
Schweiz (Bund)	ca. 2 %	18 Monate (F)	kein Quorum	kein Quorum

[1] *Die Unterschriften dürfen entweder frei auf der Straße gesammelt (F), per Brief (B) eingetragen oder müssen in Amtsstuben (A) geleistet werden.*

Frank Rehmet, Tim Weber: Volksbegehrensbericht 2017. Direkte Demokratie in den deutschen Bundesländern 1946 bis 2016, in: Mehr Demokratie e.V. (Hrsg.), Berlin 2016, S. 10 f.

M2 Praxis der Volksabstimmungen in Niedersachsen

Bisher konnte sich die 1993 eingeführte Volksgesetzgebung in Niedersachsen nur punktuell entfalten. 10 Anträge auf Volksbegehren wurden eingeleitet, der Großteil scheiterte. Den spektakulärsten Erfolg erzielte 2001 ein Volksbegehren zur Finanzierung der Kindertagesstätten, das vom Landtag nach jahrelangen politischen und rechtlichen Auseinandersetzungen übernommen wurde. Zuvor hatte der Staatsgerichtshof die Auffassung der Landesregierung zurückgewiesen, das Begehren wirke sich in unzulässiger Weise auf den Haushalt aus. Einen Volksentscheid erlebte Niedersachsen bislang nicht. Auf allen Verfahrensstufen sind die → **Quoren** zu hoch.

Frank Rehmet, Tim Weber: Das Volksentscheids-Ranking 2016, www.mehr-demokratie.de/fileadmin/pdf/volksentscheids-ranking_2016.pdf, S. 38, Zugriff am 03. November 2021

Arbeitsaufträge

1. Untersuchen Sie, wie oft in den Bundesländern von den Möglichkeiten der direkten Demokratie Gebrauch gemacht wurde (www.mehr-demokratie.de)! Stellen Sie Thesen auf, worin Ursachen für die unterschiedliche Häufigkeit der Nutzung liegen könnten!
2. Stellen Sie eine Volksinitiative, ein Volksbegehren oder einen Volksentscheid der vergangenen Jahre aus Niedersachsen oder einem anderen Bundesland Ihrer Wahl dar! Prüfen Sie anhand dieses Beispiels, inwiefern sich dabei die Argumente aus M2 (S. 95) belegen oder widerlegen lassen!
3. Beurteilen Sie die Ausgestaltung der direktdemokratischen Beteiligungsmöglichkeiten in Niedersachsen!

6.2 Direkte Demokratie international

M1 Volksentscheide in einzelnen europäischen Ländern

Dänemark

Das Volk stimmt über wichtige Verfassungsänderungen ab. Volksentscheide über einfache Gesetze können nicht aus der Mitte der Bürgerschaft, sondern von 1/3 der Parlamentsmitglieder eingeleitet werden; hier wird die direkte Demokratie als Recht der parteipolitischen Opposition verstanden.

Frankreich

Allein der Präsident hat das Initiativrecht für Volksabstimmungen in Form von Plebisziten.

Irland

In Irland stimmen die Bürger über alle Verfassungsänderungen ab.

Italien

Hier können 500 000 Wahlberechtigte einen Volksentscheid gegen ein vom Parlament beschlossenes Gesetz einleiten. Die Bürger können jedoch keine eigenen Gesetzesvorschläge zur Abstimmung bringen.

Mehr Demokratie e.V. (Hrsg.): Volksabstimmungen in europäischen Staaten, Berlin, www.mehr-demokratie.de/themen/europa-und-international/volksabstimmungen-in-europaeischen-staaten/, Zugriff am 13. August 2018

M2 Die Europäische Bürgerinitiative

Mit der Europäischen Bürgerinitiative (EBI) ist es seit 2012 Bürger/-innen der EU-Staaten möglich, gemeinsam die Europäische Kommission aufzufordern, sich mit einem Thema zu befassen oder eine Gesetzesinitiative zu ergreifen. Die EBI ist damit ein unverbindliches Beteiligungsinstrument, mit dem Anregungen für EU-Gesetzesvorhaben gegeben werden können. Allerdings kann mit der EBI nicht durchgesetzt werden, dass die Bürger/-innen auch selbst entscheiden. Mit ihr könnte jedoch immerhin eine europäische politische Öffentlichkeit entstehen und wachsen.

a.a.O., www.mehr-demokratie.de/themen/europa-und-international/eu-buergerinitiative/, Zugriff am 30. November 2020

M3 Direktdemokratische Elemente in Bundesstaaten der USA

In den USA ist die direkte Demokratie auf Einzelstaaten- und Gemeindeebene ein fester Bestandteil der politischen Kultur – ungeachtet [der] Tatsache, dass mit James Madison einer der Protagonisten der repräsentativen Demokratie aus Amerika stammt. Ein Volksbegehren zur Legalisierung von Casinos? In Deutschland vermutlich undenkbar, zumal von einer millionenschweren Kampagne begleitet. In Ohio hingegen wurde das Glücksspiel 2009 dank dieser Kampagne per Volksentscheid erlaubt. [...] In Kalifornien und Oregon gab es bisher jeweils rund 350 Volksentscheide, die auf Initiativen aus dem Volk zurückgehen. Dennoch wird – gerade in Kalifornien – über eine Reform der direkten Demokratie diskutiert. Dabei steht die Kommerzialisierung ganz oben an. Volksbegehren werden hier ausschließlich mit bezahlten Unterschriftensammlern bestritten. Initiativen rechnen mit durchschnittlich fünf Dollar pro Unterschrift. Den Sammlern geht es vor allem um die „schnelle" Unterschrift. Das geht auf Kosten des Gesprächs und der inhaltlichen Auseinandersetzung. Allein mit Ehrenamtlichen sind die Unterschriften (→ **Quoren**) kaum zu schaffen. Sehr viel Geld wird in Fernsehspots investiert. Hier geht es weniger um Aufklärung als um Emotionalisierung. [...] Negativ zu bewerten ist: Das Verfahren läuft komplett am Parlament vorbei. Kompromisse zwischen der Initiative und dem Parlament sind nicht möglich. Einen Alternativvorschlag des Parlamentes beim Volksentscheid gibt es nicht. Als problematisch hat sich auch herausgestellt, dass angenommene Volksentscheide nicht (auch nicht viele Jahrzehnte später) durch das Parlament geändert werden dürfen, es sei denn, die Initiative erlaubt dies explizit im Gesetzentwurf des Volksbegehrens. Sieht das Parlament eine Änderung vor, muss diese per Volksentscheid genehmigt werden. Die Unabänderbarkeit von Volksentscheiden führte schon häufig zu skurrilen Ergebnissen, besonders dann, wenn sich die Sach- und Rechtslage nach Jahren geändert hatte. Weitere Schwachstellen: Es gibt nur eine formelle Vorprüfung von Volksbegehren, verfassungswidrige Vorlagen können also abgestimmt werden und danach von Gerichten für unzulässig erklärt werden. Für Volksbegehrenskampagnen sind Spenden in unbegrenzter Höhe möglich, was zu extremer Kommerzialisierung geführt hat. Und: Die relativ leichte Änderbarkeit der Verfassung führte dazu, dass höchst umstrittene Verfassungsänderungen, die Bürgerrechte bestimmter Bevölkerungsgruppen einschränken, durch knappe Mehrheiten getroffen wurden. Durch die Kopplung von Volksabstimmungen mit Wahlen haben die Bürger außerdem über sehr viele Vorlagen auf einmal zu entscheiden, wobei die Abstimmungstexte häufig zu lang sind.

a.a.O., www.mehr-demokratie.de/themen/europa-und-international/usa/2011-direkte-demokratie-in-kalifornien/, Zugriff am 30. November 2020

Abb. 97.1: Flagge des US-Bundesstaats Kalifornien

Info

Some issues that California electors addressed on the November 8, 2016, ballot included:

- Marijuana legalization (yes)
- Gun control (yes)
- Mandatory use of condoms in porn (no)
- Ban single-use plastic bags (yes)
- Repealing the death penalty (no)
- Increase tobacco taxes (yes)

Arbeitsaufträge

1. Stellen Sie eine europäische Bürgerinitiative (M2) vor, die aktuell Unterstützer sammelt! (Das Amtliche Register der EBI ist zu finden unter https://europa.eu/citizens-initiative/_de.) Diskutieren Sie im Kurs die Anliegen der Initiatoren! Entscheiden Sie individuell, ob Sie eine Bürgerinitiative tatsächlich unterstützen wollen!
2. Entwickeln Sie Reformvorschläge für die direkte Demokratie in Kalifornien (M3)!

M4 Direkte Demokratie und Konkordanz: Das Regierungssystem der Schweiz

Das Schweizer Regierungssystem weist im Vergleich mit den meisten anderen westlichen Demokratien eine Reihe von **Besonderheiten** auf.
Im politischen Willensbildungsprozess spielen die verschiedenen Möglichkeiten der **Volksabstimmung** eine wichtige Rolle. Da jede Entscheidung des Parlaments bzw. der Regierung durch genügend starke Oppositionsparteien auf dem Umweg der Unterschriftensammlung und Volksabstimmungskampagne zu Fall gebracht werden könnte, werden alle größeren Parteien von vornherein in die Regierung mit einbezogen. Darüber hinaus werden auch alle größeren **Verbände** in die Entscheidungsfindung mit einbezogen, da auch sie in der Lage wären, ihre Mitglieder oder Sympathisanten gegen unliebsame Gesetze zu mobilisieren und Unterschriften für eine Volksabstimmung zu sammeln. Die Instrumente der direkten Demokratie führten in der Schweiz also dazu, dass fast alle Parteien und bedeutenden Verbände in den politischen Willensbildungsprozess integriert sind. Im Gegensatz zur Konkurrenzdemokratie spricht man von einer **Konkordanz-** oder **Konsensdemokratie**. Das heißt, Entscheidungen werden nicht durch einfache Mehrheitsbeschlüsse gefällt, sondern es wird vielmehr versucht, breit abgestützte Kompromisse zu finden, an denen alle „referendumsfähigen" Parteien und Verbände beteiligt sind. Die hohe **Integrationskraft** dieses Politikkonzepts geht allerdings zulasten der **Flexibilität** (Entscheidungen ziehen sich teilweise über Jahre oder Jahrzehnte hinweg) und der **Transparenz** (die Entscheidungen werden meist hinter verschlossenen Türen getroffen, damit die Partei- und Verbandsführer bei wechselseitigem Nachgeben in einzelnen Sachfragen vor ihren eigenen Mitgliedern nicht das Gesicht verlieren). Die Konkordanz ist eine Folge der direkten Demokratie!
Die Schweiz ist ein **föderaler Staat** mit 26 selbstständigen Gliedstaaten, den Kantonen und Halbkantonen. Diese werden im Parlament (der Bundesversammlung) durch eine zweite Kammer, dem **Ständerat**, repräsentiert, in dem jeder Kanton zwei Stimmen besitzt. Die erste Kammer (der **Nationalrat**) wird nach dem Verhältniswahlrecht direkt durch die Bürger gewählt. Die Abgeordneten des Parlaments sind offiziell „nebenamtliche" Politiker, die keine Diäten, sondern lediglich eine Aufwandsentschädigung erhalten („Milizsystem"). [...]
An der Spitze der Exekutive steht als Regierung der **Bundesrat**, der ein Kollegialorgan mit sieben gleichberechtigten Direktoren ist. Der Bundesrat wird von beiden Kammern des Parlaments gemeinsam gewählt, ist aber nicht von dessen Vertrauen abhängig; d.h., die Regierung kann vom Parlament nicht vor Ablauf der Legislaturperiode abgesetzt werden. Die Regierung umfasst seit 1959 („Zauberformel") Mitglieder der vier größten Parteien, die zusammen meist über 75 % der Wählerstimmen auf sich vereinigen. Daneben wird auf die proportionale Vertretung der Sprachgruppen, der Konfessionen und der Kantone geachtet (**„Proporz-Prinzip"**). [...]
Die Schweiz kennt kein Staatsoberhaupt im eigentlichen Sinne – die Rolle des **Bundespräsidenten** beschränkt sich vollkommen auf formale bzw. repräsentative Funktionen; seine Wahl erfolgt turnusmäßig aus der Reihe der Direktoren. Eine Verfassungsgerichtsbarkeit gibt es in der Schweiz nicht, da diese als Einschränkung der Volkssouveränität betrachtet wird.

Franz Lehner: Vergleichende Regierungslehre. Opladen 2. Aufl. 1991, S. 93–98

Info

Zauberformel von 1959 bis 2003:
je zwei Bundesräte (Minister) für die Freisinnig-Demokratische Partei (FDP), die Christlich-Demokratische Volkspartei (CVP) und die Sozialdemokratische Partei (SP) sowie einen Posten für die Schweizerische Volkspartei (SVP).
Seit 2015 hat die SVP zulasten der CVP einen Bundesrat mehr. Zusammen vereinen die vier Parteien mehr als 75 % der Wählerstimmen.

Abb. 98.1: Landgemeinde Glarus am 4. Mai 2014

M5 Die Glarner Landsgemeinde

Die Landsgemeinde ist die Versammlung der stimmberechtigten Landeseinwohner und oberstes Organ des Kantons. [...] Vor allem aber ist sie für Verfassungs- und Gesetzgebung, für die Festsetzung des Steuerfußes und wichtige Sachentscheide zuständig. Alle Stimmberechtigten haben das Recht, Anträge auf Unterstützung, Abänderung, Ablehnung, Verschiebung oder Rückweisung zu stellen. [...]
Jede stimmberechtigte Person kann, ohne Unterschriften zu sammeln, jederzeit [zu Händen] der Landsgemeinde Anträge einreichen.
Die Landsgemeinde versammelt sich unter freiem Himmel am ersten Sonntag im Mai auf dem Zaunplatz in Glarus. [...] Die Landsgemeinde wird vom Landammann geleitet, der sich während der Verhandlungen auf das Landesschwert stützt. Er eröffnet sie mit einer Ansprache und vereidigt danach die Stimmberechtigten. Grundlage für die Verhandlungen bildet das Memorial, eine allen Haushaltungen, in denen mindestens eine stimmberechtigte Person wohnt, zugestellte Druckschrift. [...]
Die Stimmabgabe erfolgt durch das Hochhalten des Stimmrechtsausweises. Die Mehrheit ermittelt der Landammann durch Abschätzen. In zweifelhaften Fällen zieht er vier Mitglieder des Regierungsrates beratend bei und entscheidet danach endgültig und unanfechtbar.

Homepage der Staatskanzlei des Kantons Glarus, www.landsgemeinde.gl.ch, Zugriff am 04. November 2021

M6 Ergebnisse Schweizer Volksinitiativen und Referenden (Auswahl)

2010: Volksinitiative „Für die Ausschaffung krimineller Ausländer". Die Initiative sah vor, dass in der Schweiz ansässige Ausländer ihr Aufenthaltsrecht verlieren, wenn sie für schuldig befunden wurden, ein schweres Delikt begangen zu haben (Gewaltdelikte, Drogenhandel oder Einbruch), oder wenn sie missbräuchlich Sozialhilfe oder Leistungen der Sozialversicherungen bezogen haben. Ergebnis: Mit 52,9 % der Abstimmenden in 17½ Kantonen angenommen.

2014: Volksinitiative „Stopp der Überbevölkerung – zur Sicherung der natürlichen Lebensgrundlagen". Die Initiative forderte, die Zuwanderung in die Schweiz zu begrenzen und weltweit finanzielle Mittel für die Familienplanung zur Reduzierung des globalen Bevölkerungswachstums einzusetzen. Ergebnis: Mit 74,1 % Nein-Stimmen in allen Kantonen überwiegend abgelehnt. Abstimmungsbeteiligung 49 %.

2014: Volksinitiative „Schluss mit den Steuerprivilegien für Millionäre". Die Initiative forderte die Abschaffung der in einigen Kantonen üblichen Pauschalbesteuerung (anstelle der z. B. in Deutschland vorgeschriebenen Steuerprogression: Personen mit höherem Einkommen zahlen höhere Steuersätze). Ergebnis: Mit 59,2 % abgelehnt. Beteiligung: 49 %.

2014: Volksinitiative „Gegen Masseneinwanderung". Sie fordert, den Zuzug von Ausländern durch jährliche Obergrenzen, die sich nach den gesamtwirtschaftlichen Interessen der Schweiz richten, zu begrenzen. Dem widersprechende bilaterale Verträge (etwa mit der EU die europäische Personenfreizügigkeit betreffend) sollen geändert werden. Im Nationalrat (Parlament) wurde die Initiative mit 140 zu 54 Stimmen abgelehnt. Ergebnis der Volksabstimmung: Zustimmung von 50,3 % der Abstimmenden (mit Mehrheiten in 12 Kantonen und 5 Halbkantonen) bei einer Abstimmungsbeteiligung von 56,6 %.

2018: Volksinitiative „Ja zur Abschaffung der Radio- und Fernsehgebühren". Laut den Initiatoren soll niemand mehr gezwungen sein, Gebühren für den öffentlichen Rundfunk zu zahlen. Alle Sender sollen sich privat finanzieren. Ergebnis: Mit 71,6 % sowie in sämtlichen Kantonen abgelehnt.

2020: Volksinitiative „Für ein Verbot der Finanzierung von Kriegsmaterialproduzenten". Die Vorlage wurde mit 57,45 % der Abstimmenden abgelehnt.

Zusammenstellung Stefan Prochnow anhand des Abstimmungsarchivs der Bundeskanzlei der Schweizerischen Eidgenossenschaft, www.bk.admin.ch/ch/d/pore/va/vab_2_2_4_1.html, Zugriff am 30. November 2020

M7 Direktdemokratische Elemente in der Schweiz

Die **Volksinitiative** ermöglicht es den Bürgerinnen und Bürgern, Vorschläge zur Änderung oder Erweiterung der Verfassung einzureichen. Ihre Wirkung besteht darin, die politische Debatte zu einem genau umschriebenen Thema anzuregen oder neu zu lancieren. Damit eine Volksinitiative gültig ist und zur Abstimmung gebracht wird, müssen innerhalb von 18 Monaten 100 000 Unterschriften gesammelt werden. Die Behörden können einer Volksinitiative einen Gegenvorschlag gegenüberstellen und hoffen, dass Volk und Stände diesem den Vorzug geben.
Mit dem **fakultativen Referendum** können die Bürgerinnen und Bürger verlangen, dass ein Gesetz, das von der Bundesversammlung verabschiedet worden ist, dem Volk zur Abstimmung vorgelegt wird. Innerhalb von 100 Tagen nach Veröffentlichung des Gesetzestextes müssen 50 000 Unterschriften gesammelt werden, damit es zur Volksabstimmung kommt.
Jede Änderung an der Verfassung durch das Parlament untersteht dem **obligatorischen Referendum**, das heißt, sie muss dem Volk zur Abstimmung vorgelegt werden. Auch der Beitritt der Schweiz zu gewissen internationalen Organisationen untersteht dem obligatorischen Referendum.

Schweizerische Eidgenossenschaft, Departement für auswärtige Angelegenheiten, Zugriff am 14. August 2018

Schweiz
Wir haben das letzte Wort

4 Mal jährlich stimmt die Schweizer Bevölkerung über rund 15 Geschäfte ab.

18+ Rund 5,2 Mio. Schweizerinnen und Schweizer oder 62 % der Bevölkerung haben das Stimm- und Wahlrecht.

Auf nationaler Ebene haben die Schweizerinnen erst seit 1971 das Stimm- und Wahlrecht.

An der Landsgemeinde in Appenzell Innerrhoden und in Glarus versammeln sich die stimmberechtigten Bürgerinnen und Bürger unter freiem Himmel um abzustimmen.

Das Volk ist der Souverän des Landes, also die oberste politische Instanz.

Schweizerinnen und Schweizer haben viele Mitbestimmungsrechte und können direkt in die Politik eingreifen, zum Beispiel mit der Lancierung einer Initiative oder eines Referendums.

Es gibt 3 Möglichkeiten, seine Stimme abzugeben:
- an der Urne
- briefliche Stimmabgabe (am häufigsten genutzt)
- E-Voting (in einzelnen Kantonen)

2015 © EDA, PRS / Quellen (2014): Bundesamt für Statistik (BFS), Swissvotes, Schweizerische Bundeskanzlei (BK), ch.ch, aso.ch, Das Portal der Schweizer Regierung / Mehr auf aboutswitzerland.org

Abb. 99.1: Elemente der direkten Demokratie in der Schweiz

Arbeitsaufträge

1. Stellen Sie die Besonderheiten des Schweizer Regierungssystems in Form einer Mindmap dar (M4)!
2. Beschreiben Sie die verschiedenen Formen von Volksabstimmungen auf Bundesebene in der Schweiz (M7)!
3. Erklären Sie den Begriff „Konkordanzdemokratie" und erläutern Sie den Zusammenhang zwischen Volksabstimmungen und der Konkordanzpraxis in der Schweiz (M4)!
4. Beurteilen Sie, worin die Stärken und Schwächen des Regierungssystems der Schweiz liegen (M4 – M7)!
5. Begründen Sie, dass es in bestimmten Situationen auch in der föderalen politischen Praxis der Bundesrepublik Deutschland zu konkordanzdemokratischen Ansätzen kommt!

7. Funktionen und Kompetenzen der Verfassungsorgane

→ zum Prinzip der **Gewaltenteilung** siehe John Locke (S. 13, M1) und Charles de Montesquieu (S. 13, M2)

Der Staatsaufbau in der Bundesrepublik Deutschland orientiert sich am Modell einer repräsentativen, parlamentarischen Konkurrenzdemokratie. Statt durch eine strikte Trennung der Gewalten ist die parlamentarische Demokratie durch eine Gewaltenverschränkung gekennzeichnet (siehe M2 bis M4). Auf Bundesebene gibt es fünf höchste Verfassungsorgane: Bundestag, Bundesrat, Bundesregierung, Bundespräsident und Bundesverfassungsgericht.

M1 Verfassungsorgane und Staatsaufbau der Bundesrepublik Deutschland

Nach dem Grundsatz der Gewaltenteilung werden die verschiedenen Funktionen der Staatsgewalt durch mehrere, sich gegenseitig ergänzende und kontrollierende Verfassungsorgane ausgeübt. Oberstes gesetzgebendes Organ ist der **Bundestag**, dessen Abgeordnete alle vier Jahre in allgemeiner, freier, gleicher und geheimer Wahl unmittelbar vom Volk gewählt werden. Durch den **Bundesrat**, der das föderative Element im Staatsaufbau verkörpert, wirken die Länder an der Gesetzgebung des Bundes und in EU-Angelegenheiten mit. Im Gesetzgebungsverfahren ist je nach dem Gegenstand des Gesetzes die Zustimmung des Bundesrates erforderlich […]. Staatsoberhaupt der Bundesrepublik ist der **Bundespräsident**, der von der Bundesversammlung auf jeweils fünf Jahre gewählt wird. Die Bundesversammlung besteht aus sämtlichen Bundestagsabgeordneten und einer gleich großen Anzahl von Mitgliedern, die von den Parlamenten der Bundesländer entsandt werden. Auf Vorschlag des Bundespräsidenten wählt der Bundestag mit den Stimmen der Mehrheit seiner Mitglieder den **Bundeskanzler**. Die vom Bundeskanzler ausgewählten Mitglieder der Bundesregierung werden auf seinen Vorschlag vom Bundespräsidenten ernannt und entlassen. Innerhalb der Regierung bestimmt der Bundeskanzler die Richtlinien der Politik. Abgewählt werden kann er nur, indem der Bundestag einen neuen Kanzler wählt („konstruktives Misstrauensvotum").
Die Ausübung der rechtsprechenden Gewalt liegt beim Bundesverfassungsgericht, den Bundesgerichten und den Gerichten der Länder. Das **Bundesverfassungsgericht** als Hüter des Grundgesetzes besteht aus zwei Senaten mit je acht Richtern. Diese werden je zur Hälfte von einem Wahlausschuss des Bundes und vom Bundesrat gewählt.

Bergmoser + Höller Verlag AG, Text zum Zahlenbild 62110, Stand 11/2015

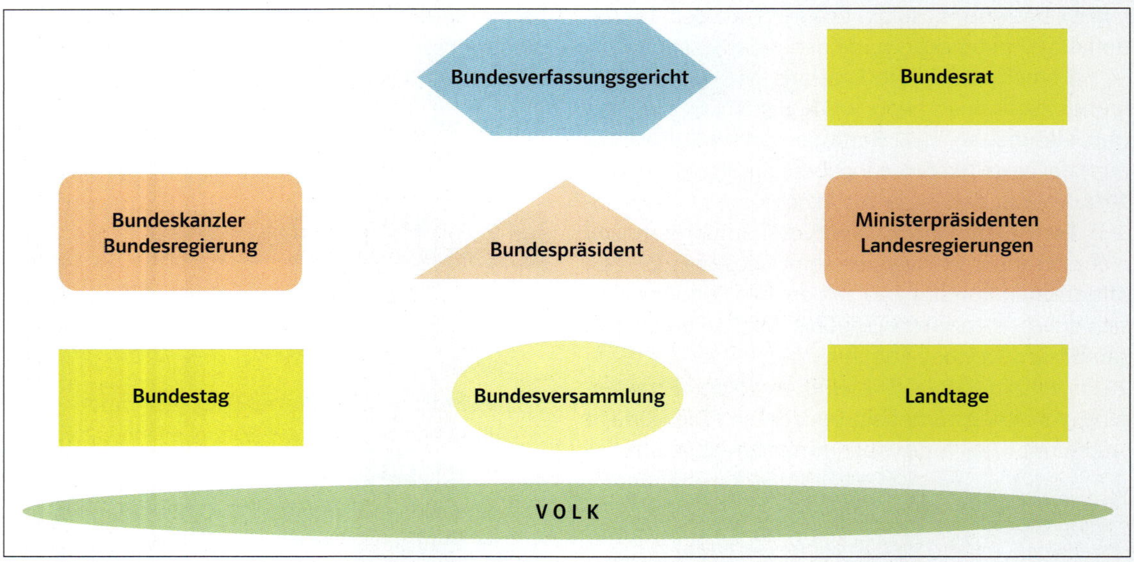

Abb. 100.1: Verfassungsorgane und Staatsaufbau der Bundesrepublik Deutschland (Stefan Prochnow)

M2 Die Teilung der Staatsgewalt – die drei Gewalten

Die **gesetzgebende Gewalt** (Legislative) schafft die für das Zusammenleben im Staat erforderlichen Rechtsnormen, an die Verwaltung und Rechtsprechung gebunden sind. Auf Bundesebene wird sie schwerpunktmäßig vom Bundestag als der Vertretung des Volkes und vom Bundesrat ausgeübt. An ihr beteiligt sind aber auch die Bundesregierung, von der die meisten Gesetzesinitiativen ausgehen, und das Bundesverfassungsgericht, das über die Verfassungsmäßigkeit von Gesetzen befindet.
Die **vollziehende Gewalt** (Exekutive) führt die Gesetze aus. Neben dem Bundespräsidenten sind dafür in erster Linie die Bundesregierung und die Länderregierungen mit ihren nachgeordneten Verwaltungen zuständig. […]

Die **rechtsprechende Gewalt** (Judikative) sorgt für die verbindliche Rechtsauslegung und für die Anwendung der Rechtssätze auf den einzelnen Fall. Sie liegt in den Händen unabhängiger Gerichte, an der Spitze das Bundesverfassungsgericht und die fünf obersten Gerichtshöfe des Bundes (Bundesgerichtshof, Bundesverwaltungsgericht, Bundessozialgericht, Bundesarbeitsgericht, Bundesfinanzhof).

Bergmoser + Höller Verlag AG, Text zum Zahlenbild 61110, Stand 7/1997

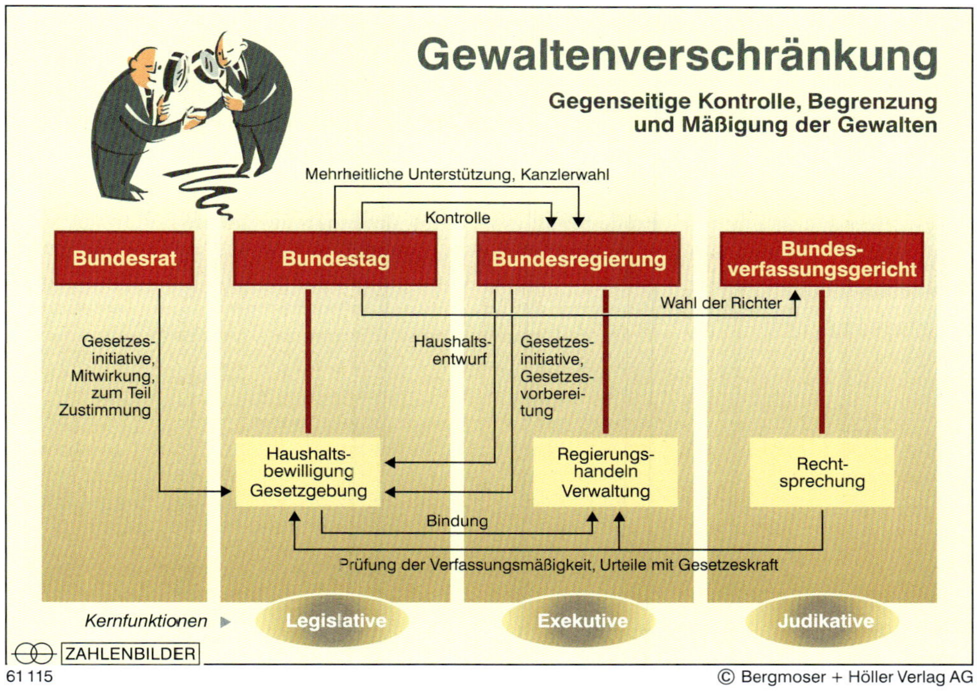

Abb. 101.1: Gewaltenverschränkung

M3 Gewaltenteilung und Gewaltenverschränkung

Statt durch eine strikte Trennung der Gewalten ist die parlamentarische Demokratie gekennzeichnet durch eine Gewaltenverschränkung. Legislative und Exekutive sind miteinander verknüpft, getrennt von ihnen ist dagegen die Rechtsprechung. In der Bundesrepublik Deutschland ist die Beschränkung und Kontrolle der Macht der Regierenden gewährleistet durch:

- die Opposition im Bundestag,
- das föderalistische System mit der Aufteilung der staatlichen Gewalt und der staatlichen Aufgaben auf Bund, Länder und Gemeinden,
- die unabhängige Justiz, vor allem die weitreichenden Befugnisse des Bundesverfassungsgerichts,
- die öffentliche Meinung.

Horst Pötzsch: Die deutsche Demokratie. Bundeszentrale für politische Bildung, Bonn 3. Aufl. 2004, S. 68

M4 Gewaltenverschränkung

Wie das Bundesverfassungsgericht feststellt, ist das Prinzip der Gewaltenteilung […] „nirgends rein verwirklicht" (BVerfGE 95, 1 [15]). Vielmehr bestehen zahlreiche **Gewaltenverschränkungen**. Das Grundgesetz fordert nach Ansicht der Verfassungsrichter „nicht eine absolute Trennung, sondern die gegenseitige Kontrolle, Hemmung und Mäßigung der Gewalten". Die Verschränkung der Gewalten ist auf unterschiedliche Weise geregelt: als Kontrolle, die ein Organ über die Tätigkeit eines anderen ausübt, als Mitwirkung an dessen Entscheidungen, als Einspruchsrecht, als Bindung der Organe an die vom Parlament beschlossenen Gesetze, als Beschränkung durch Gerichtsentscheidungen, nicht zuletzt auch als Wahlrecht, das über die politische Ausrichtung und personelle Besetzung eines anderen Organs entscheidet (Beispiel: die Kanzlerwahl durch die Mehrheit des Bundestags).

Die Gewaltenverschränkung darf aber nur so weit gehen, dass die vom Grundgesetz gewollte **Gewichtsverteilung** zwischen den Staatsorganen dadurch nicht verändert wird und ihnen ihre **Kernbereiche** erhalten bleiben. Das betrifft insbesondere die hervorgehobene Stellung des *Parlaments*, das über die Gesetze beschließt, an die sich alle Gewalten halten müssen, und das dazu als vom Volk direkt gewähltes Organ legitimiert ist. Die *Regierung* unterliegt, formal gesehen, der stärksten Beschränkung und Kontrolle. Aber das Parlament darf ihr, außer in verfassungsrechtlich geregelten Fällen, die Aufgaben des Regierens und Verwaltens nicht streitig machen oder entziehen. In der Verfassungswirklichkeit sind Parlamentsmehrheit und Regierung in einem parlamentarischen System wie in Deutschland eng aufeinander bezogen; die Aufgabe der Kontrolle fällt im Wesentlichen der parlamentarischen Opposition zu. Kritisch zu sehen ist die zunehmende Verlagerung der Gesetzesinitiative und Gesetzesvorbereitung auf den Regierungsapparat.

Bergmoser + Höller Verlag AG, Text zum Zahlenbild 61115, Stand 9/2015

Arbeitsaufträge

1. „Im parlamentarischen System der Bundesrepublik Deutschland gibt es keine strenge Gewaltenteilung, sondern eine Gewaltenverschränkung." Erläutern Sie diese Aussage (M1 - M4)!
2. Stellen Sie die Gewaltenverschränkung in der Bundesrepublik Deutschland auf der Basis von Abb. 100.1 grafisch dar, indem Sie festlegen, durch wen die einzelnen Verfassungsorgane gewählt bzw. bestimmt werden (M1)!
3. Erklären Sie, wofür die unterschiedlichen Formen bzw. Farben in Abb. 100.1 stehen!

7.1 Der Bundestag – Zentrum der Macht?

Der Bundestag ist die Volksvertretung der Bundesrepublik Deutschland mit Sitz im Berliner Reichstagsgebäude. Als einziges politisches Organ des Bundes wird er in der Regel alle vier Jahre vom Volk direkt gewählt.

- → Aktuelle Stunde
- → Alterspräsident
- → Ältestenrat
- → Anhörung (Hearing)
- → Arbeitsparlament
- → Ausschuss
- → Berichterstatter
- → Berliner Stunde
- → Diäten
- → Enquetekommission
- → EU-Richtlinie
- → Fragestunde
- → Fraktion
- → Fraktionsdisziplin
- → Große Anfrage
- → Hammelsprung
- → Immunität
- → Indemnität
- → Kleine Anfrage
- → Koalition
- → Konstituierung
- → Mandat
- → MdB
- → Mehrheit (absolute, einfache, qualifizierte)
- → namentliche Abstimmung
- → Nebeneinkünfte, Nebentätigkeiten
- → Obleute
- → Opposition
- → Pairing
- → Parlamentarischer Geschäftsführer
- → Petition
- → Plenum
- → Ratifizierung
- → Redeparlament
- → Untersuchungsausschuss

Wahlfunktion	Gesetzgebungsfunktion	Artikulationsfunktion	Kontrollfunktion
• Wahl des Bundeskanzlers • Wahl des Wehr- und Datenschutzbeauftragten • Beteiligung an der Wahl des Bundespräsidenten • Beteiligung an der Wahl der Verfassungsrichter	• Initiative, Beratung (in Ausschüssen) und Verabschiedung von Gesetzen, zusammen mit dem Bundesrat • z. B. Budgetrecht (Verabschiedung des Bundeshaushalts)	• öffentliches Forum für die Diskussion politisch wichtiger Fragen • repräsentiert die politischen Anschauungen des Volkes • ist an der politischen Willensbildung beteiligt	kontrolliert die Regierung, • z. B. mit konstruktivem Misstrauensvotum • Anfragen • alternativen Gesetzesvorschlägen • Anhörungen • Untersuchungsausschüssen

Aufgaben des Bundestags

Abb. 102.1: Welche Funktionen obliegen dem Bundestag? (Stefan Prochnow)

M1 Wie arbeitet der Bundestag?

Die eigentliche Arbeit findet in den Ausschüssen statt, dort wird (oft hinter verschlossenen Türen) im kleineren Kreis über die Gesetzentwürfe beraten, es werden Empfehlungen ausgesprochen und dann dem Plenum zur Abstimmung vorgelegt. Es gibt z. B. Ausschüsse für Auswärtiges, den Rechts- und den Haushaltsausschuss. Die Debatten im Plenum dienen eher der Beeinflussung der öffentlichen Meinung und nicht der Überzeugungsarbeit gegenüber den anderen Abgeordneten. Daher sind die Sitzreihen auch oft leer, wenn im Bundestag Reden gehalten werden.

nach Horst Pötzsch: Die deutsche Demokratie. Bundeszentrale für politische Bildung, Bonn 3. Aufl. 2004, S. 52–59

M2 Kontrollinstrumente des Bundestags bzw. der Opposition

In der Regel sind allein die Mehrheitsfraktionen (Regierungskoalition) am politischen Erfolg der Regierung interessiert. Sie tragen die Regierungsarbeit. Insofern verschmelzen also Legislative und Exekutive eng miteinander. Daraus folgt ein **Dualismus** zwischen Bundesregierung und Mehrheitsfraktionen auf der einen und der Opposition auf der anderen Seite. Machtkontrolle im Sinne Montesquieus ist insofern vorrangig Sache der Opposition.

Die Kontrollfunktion des Bundestags ergibt sich aus zehn parlamentarischen Kontrollrechten:

1. Konstruktives Misstrauensvotum (Art. 67 GG) und Verweigerung des Vertrauens aufgrund von Art. 68 GG
2. Garantien des freien Mandats (Art. 38 GG)
   - Rederecht (Art. 46 I GG)
   - Recht zum Fraktionswechsel
   - Indemnität (Art. 46 I GG) und Immunität (Art. 46 II GG)
3. Öffentlichkeit der Verhandlungen des Bundestags (Art. 42 I GG)
   - Große Anfragen, Kleine Anfragen, mündliche Anfragen in der Fragestunde (Geschäftsordnung des Bundestags = GO-BT)
   - Recht auf Beanstandung einer Auskunft der Bundesregierung (GO-BT)
   - Zwischenfragen (GO-BT)
   - Anhörungen, Hearings (GO-BT)
4. Budget
   Beteiligung an der Haushalts- und Finanzkontrolle (Art. 110 und 114 GG)
5. Parlamentarische Mitwirkung an der Gesetzgebung (Art. 43, 45a, 76 GG)
   Vorlagen, Anträge, Entschließungsanträge, Auskunftserteilung durch die Regierung über die Durchführung von Parlamentsbeschlüssen (GO-BT)
6. Enquete-Kommission zur Vorbereitung von Entscheidungen über umfangreiche und wichtige Sachkomplexe (GO-BT)
7. Petitionswesen (Art. 17 und 45c GG)
8. Wehrbeauftragter (Art. 45b GG)
9. Untersuchungsausschüsse (Art. 44 GG)
10. Klagen beim Bundesverfassungsgericht
    - Anklage des Bundespräsidenten (Art. 61 GG)
    - Organstreit (Art. 93 I.1 GG)
    - Abstrakte Normenkontrolle (Art. 93 I.2 GG)

Grundsätzlich hat die Opposition die Möglichkeit, auf Probleme hinzuweisen und als „potenzielle Regierung von morgen" alternative Lösungsansätze zu präsentieren. Dabei ist außerhalb des Bundestags vor allem der Weg über die Medien und die öffentliche Meinung der erfolgversprechendste für die Wirkmächtigkeit der Opposition. Neben der offenen Kontrolle der Regierung durch die Opposition (und die Medien) gibt es eine verdeckte Kontrolle durch die Regierungsparteien selbst, die sich meist hinter verschlossenen Türen abspielt. Diese Kontrolle geschieht leise, kann aber sehr wirksam sein, denn eine Regierung ist machtlos ohne Rückhalt in der eigenen Parlamentsfraktion – ohne Parlamentsmehrheit könnte sie ihre geplanten Gesetze nicht mehr umsetzen.

Zusammenstellung Stefan Prochnow unter Verwendung von: Deutscher Bundestag (Hrsg.): Parlamentsdeutsch. Lexikon der parlamentarischen Begriffe, Berlin 2017

	Anteil an allen Abgeordneten des Bundestags in %	Anteil an der Gesamtbevölkerung in %
Männer	69,1	49,3
Frauen	30,9	50,7
unter 30 Jahre alt	4,4	30,6
30–60 Jahre alt	82,8	43,1
älter als 60 Jahre	12,8	26,3
kinderlos	38,2	37,3
1 Kind	15,5	18,3
2 Kinder	26,4	24,5
3 Kinder	13,3	11,7
4 Kinder oder mehr	6,6	8,2
Schüler, Studenten, Auszubildende	2,1	16,5
Berufsgruppen		Anteil an allen Erwerbstätigen
Beamte und Angestellte im öffentlichen Dienst	28,9	10,5
– darunter Lehrer	*4,8*	*1,8*
Angestellte bei politischen und gesellschaftlichen Organisationen	14,4	0,2
kirchliche Mitarbeiter	1,1	0,1
Angestellte in Wirtschaft und Verbänden	20,6	60,7
Selbstständige in Wirtschaft und Verbänden	12,4	6,6
Freie Berufe	17,1	4,7
– darunter Juristen	*14,2*	*1,5*
Hausfrauen, -männer	0,3	11,2
Arbeitslose	0,6	6,0

Abb. 103.1: Anteil bestimmter Gruppen im 19. Bundestag (709 Abgeordnete), Stand: Juni 2018

M3 Fraktionsdisziplin

Die beiden Vorschriften [Art. 21 und 38 GG] lassen sich theoretisch nur schwer in Einklang bringen: Auf der einen Seite erscheinen die Parteien als hauptsächliche Träger der politischen Willensbildung des Volkes, auf der anderen Seite soll aber der Abgeordnete, der doch in aller Regel über eine Partei sein Mandat erhält, als Vertreter des Gesamtvolkes nur nach seinem Gewissen entscheiden.

Entscheidungen des Bundesverfassungsgerichts Bd. 2, S. 72, vom 23. Oktober 1952

In der überwiegenden Mehrzahl der Fälle, in denen Fraktionen geschlossen abstimmen, liegt die Ursache nicht in einer von der Fraktionsspitze verlangten Disziplin, sondern im hohen Grad interner Arbeitsteilung. Jede Fraktion kennt heute für jedes einzelne Sachgebiet ihre Spezialisten. Die übrigen Fraktionsmitglieder vertrauen natürlich dem Urteil ihrer sachkundigen Parteifreunde.

Waldemar Besson, Gotthard Jasper: Das Leitbild der modernen Demokratie. Bundesz. f. pol. Bild., Bonn 1990, S. 37

Ein Abgeordneter, der wegen seines Abstimmungsverhaltens in wirkliche Überzeugungs- und Gewissenskonflikte gerät […] und der sich schließlich zugunsten „seiner Überzeugung und seines Gewissens" entscheidet, muss dies womöglich um den hohen Preis seiner politischen Karriere tun, [denn über seine künftige Position auf der Liste entscheidet die Partei].

Hildegard Hamm-Brücher: Ist unser parlamentarisches System in guter Verfassung?, in: Aus Politik und Zeitgeschichte 37–38/1989, S. 14 ff.

Abb. 103.2: Fraktionsdisziplin (Gerhard Mester)

Ein Abgeordneter oder eine Abgeordnete wird praktisch immer ins Parlament gewählt, weil er oder sie einer bestimmten Partei angehört. Daher erwarten die Wählerinnen und Wähler auch zu Recht, dass er oder sie so abstimmt, wie die Mehrheit der Partei es für richtig hält und meist ja auch vorher kommuniziert hat.

nach Werner J. Patzelt: Politikverdrossenheit, populäres Parlamentsverständnis und die Aufgaben der politischen Bildung, in: Aus Politik und Zeitgeschichte 7–8/1999, S. 36

Arbeitsaufträge

1. Erklären Sie mithilfe des Glossars die in der Randspalte S. 102 abgedruckten Fachbegriffe!
2. Stellen Sie das Abstimmungsverhalten „Ihres/Ihrer" Bundestags-Abgeordneten (Wahlkreis-Direktmandat: www.abgeordnetenwatch.de) dar! Gibt es Abweichungen zur „Fraktionsdisziplin" (M3)?
3. Vergleichen Sie die soziale Zusammensetzung des Bundestags mit der Gesamtbevölkerung (Abb. 103.1)! Nehmen Sie Stellung zu Ihren Ergebnissen: Wie sind Abweichungen zu erklären? Sind diese Ihres Erachtens problematisch?
4. Analysieren Sie eine Debatte bzw. einzelne Redebeiträge im Bundestag: Bezug zu den Funktionen des Bundestags, Aufbau der Rede, Länge, Adressaten, Vortragsstil (frei oder abgelesen, spontan, emotional, sachlich, polemisch), Eingehen auf Vorredner, rhetorische Mittel, Resonanz im Plenum!
5. Beurteilen Sie Redebeiträge im Bundestag anhand selbstgewählter Kriterien!
6. Formulieren Sie zu der von Ihnen in Aufgabe 4 analysierten Debatte
   a) einen eigenen Redebeitrag im Bundestag oder
   b) einen Kommentar fürs Radio oder eine Tageszeitung oder
   c) einen Leserbrief.

verfassungsrechtlich ein Riese, politisch ein Zwerg

Kanzler-Wahlverein

Forum der Nation

Die parlamentarischen Kontrollrechte sind eher ein stumpfes Schwert. Die Kontrolle der Regierung erfolgt eher außerhalb des Bundestags.

Die entscheidenden Debatten werden heute nicht mehr im Parlament, sondern in den Medien ausgetragen: in Talkshows, in sozialen Netzwerken.

Abb. 103.3: Zitate über den Bundestag

7.2 Bundesregierung

Die Bundesregierung hat die Aufgabe der **politischen Führung** (→ **gubernative Funktion**). Sie soll zudem den politischen Willen der parlamentarischen Mehrheit in **praktische Politik umsetzen**.
Vor der Wahl des Bundeskanzlers – das Grundgesetz kennt den Begriff der Bundeskanzlerin nicht –, der nach Art. 63 GG gewählt wird, vereinbaren die → **Koalitionsparteien** in einem → **Koalitionsvertrag** wichtige Ziele für die kommende → **Legislaturperiode**. Der designierte (= vorgesehene) Bundeskanzler sucht sich, im Einvernehmen mit den Koalitionsparteien, die Ministerinnen und Minister selbst aus. Der Bundeskanzler als **Regierungschef** bildet zusammen mit den Ministerinnen und Ministern die Bundesregierung, auch **Bundeskabinett** genannt.
Dem Bundeskanzler kommt eine herausragende Stellung zu, wenn er die vom Grundgesetz vorgesehene → **Richtlinienkompetenz** unter den gegebenen Machtverhältnissen auch in die politische Praxis umsetzen kann. Man spricht dann von einer **„Kanzlerdemokratie"**.

Abb. 104.1: Konrad Adenauer, CDU, Kanzler von 1949 bis 1963

Abb. 104.2: Ludwig Erhard, CDU, Kanzler von 1963 bis 1966

Abb. 104.3: Kurt Georg Kiesinger, CDU, Kanzler von 1966 bis 1969

Abb. 104.4: Willy Brandt, SPD, Kanzler von 1969 bis 1974

M1 Wahl des Bundeskanzlers

(1) Der Bundeskanzler wird auf Vorschlag des Bundespräsidenten vom Bundestage ohne Aussprache gewählt.
(2) Gewählt ist, wer die Stimmen der Mehrheit der Mitglieder des Bundestages auf sich vereinigt. Der Gewählte ist vom Bundespräsidenten zu ernennen.
(3) Wird der Vorgeschlagene nicht gewählt, so kann der Bundestag binnen vierzehn Tagen nach dem Wahlgange mit mehr als der Hälfte seiner Mitglieder einen Bundeskanzler wählen.
(4) Kommt eine Wahl innerhalb dieser Frist nicht zustande, so findet unverzüglich ein neuer Wahlgang statt, in dem gewählt ist, wer die meisten Stimmen erhält. Vereinigt der Gewählte die Stimmen der Mehrheit der Mitglieder des Bundestages auf sich, so muss der Bundespräsident ihn binnen sieben Tagen nach der Wahl ernennen. Erreicht der Gewählte diese Mehrheit nicht, so hat der Bundespräsident binnen sieben Tagen entweder ihn zu ernennen oder den Bundestag aufzulösen.

Grundgesetz (1949) Art. 63

M2 Arbeitsweise der Bundesregierung

Das Bundeskabinett tagt in der Regel wöchentlich (mittwochs) in Berlin im Gebäude des Kanzleramts unter dem Vorsitz des Bundeskanzlers. Die Sitzungen werden vom Kanzleramt vorbereitet. Über die Ergebnisse informiert das Presse- und Informationsamt der Bundesregierung, der Pressesprecher veranstaltet Pressekonferenzen. Artikel 65 GG legt drei wichtige Arbeitsprinzipien des Kabinetts fest:
Kanzlerprinzip: Der Bundeskanzler bestimmt die Richtlinien der Politik und trägt dafür die politische Verantwortung.
Ressortprinzip: Innerhalb der vom Kanzler vorgegebenen Richtlinien leitet jeder Minister sein Ressort (also seinen Geschäftsbereich) selbstständig und eigenverantwortlich.
Kollegialprinzip: Alle wichtigen Entscheidungen werden vom Kabinett kollegial, d.h. gemeinsam gefällt. Bei Meinungsverschiedenheiten zwischen Ministern entscheidet das Kabinett durch Mehrheitsbeschluss.

Stefan Prochnow, eigener Text auf Grundlage des Art. 65 GG

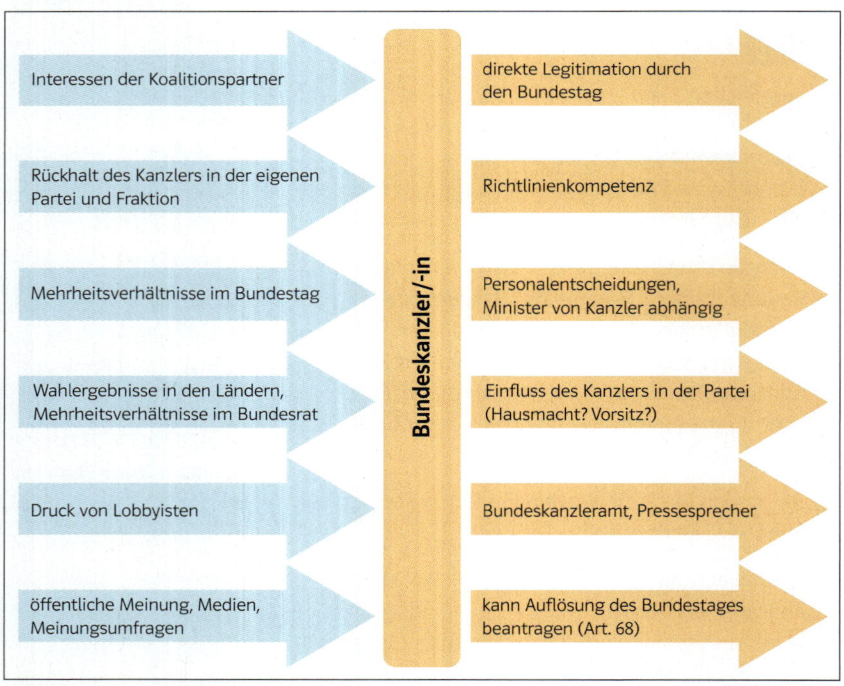

Abb. 104.5: Kanzlerdemokratie? Einflussfaktoren auf den und Machtfaktoren des Bundeskanzlers (Stefan Prochnow)

M3 Koalitionsräson – Praxis der Koalitionsregierung

Die Macht des Kanzlers wird unter anderem durch die → **Koalitionsräson** begrenzt: Alle bisherigen Bundesregierungen waren Koalitionsregierungen. Die Parteien, die eine Koalitionsregierung bilden wollen, schließen einen **Koalitionsvertrag**, in dem sie gemeinsame Leitlinien und politische Ziele definieren und die Ressorts aufteilen. Meinungsverschiedenheiten, auch über Personalfragen, werden während der Legislaturperiode in einem **Koalitionsausschuss** verhandelt, in dem meist die Partei- und Fraktionsvorsitzenden der Regierungspartner vertreten sind. Ähnliche Regelungen finden sich bei Koalitionsregierungen in den Bundesländern.

nach Textarchiv des Deutschen Bundestages (Hrsg.): Praxis Koalitionsregierung. Berlin 2018, o. S.

> Die Demokratie ist die einzige Staatsform, die den stets notwendigen Weg zum Wandel in Frieden finden lässt.
>
> *(Richard von Weizsäcker, Bundespräsident von 1984–1994, bei seiner Vereidigung am 1. Juli 1984 in Bonn)*

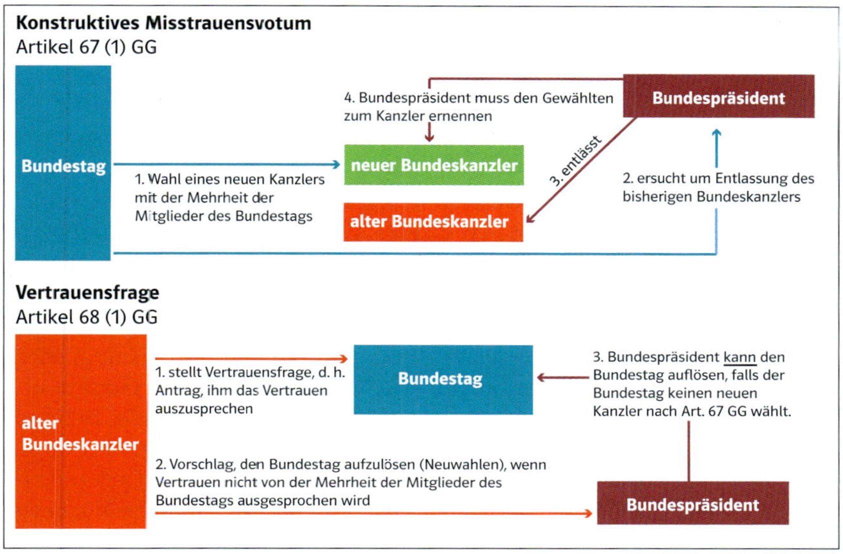

Abb. 105.1: Konstruktives Misstrauensvotum und Vertrauensfrage (Stefan Prochnow)

M4 Auszug aus dem Koalitionsvertrag 2021

Über das Verfahren und die Arbeit im Parlament wird Einvernehmen zwischen den Koalitionsfraktionen hergestellt. Anträge, Gesetzesinitiativen und Anfragen auf Fraktionsebene werden gemeinsam oder im Ausnahmefall im gegenseitigen Einvernehmen eingebracht. […]

Im Kabinett werden Entscheidungen einvernehmlich getroffen, kein Koalitionspartner wird überstimmt.

Auszug aus dem Koalitionsvertrag zwischen der SPD, BÜNDNIS 90/DIE GRÜNEN und FDP, S. 174 f.

M5 Regierungswechsel

Ein Regierungswechsel kann nach **Ablauf der → Legislaturperiode** stattfinden, z. B. wenn neue Mehrheitsverhältnisse im Bundestag einen politischen und personellen Wechsel bringen.

Ein Regierungswechsel während einer Legislaturperiode kann durch ein **konstruktives Misstrauensvotum** (Art. 67 GG) geschehen. Dabei wählt der Bundestag aus eigenem Antrieb heraus einen neuen Kanzler, womit der alte Kanzler sein Amt abgeben muss. Dies setzt also voraus, dass der neue Kanzler eine Mehrheit der Bundestagsabgeordneten hinter sich hat.

Eine weitere Möglichkeit des Regierungswechsels ergibt sich aus der **Vertrauensfrage** (Art. 68 GG): Beantragt der Bundeskanzler, dass ihm der Bundestag das Vertrauen aussprechen soll, wird damit danach gefragt, ob seine Politik den notwendigen Rückhalt im Parlament hat. Findet die Vertrauensfrage keine Mehrheit, kann der Bundeskanzler dem Bundespräsidenten vorschlagen, den Bundestag aufzulösen, also Neuwahlen anzuberaumen. Für die Abgeordneten ergibt sich daraus die Konsequenz, dass sie eventuell einem neu gewählten Bundestag nicht mehr angehören werden, falls die Partei sie in einem Wahlkreis oder auf der Landesliste der Partei nicht mehr aufstellt oder das Wahlergebnis der eigenen Partei schlechter ausfällt.

Beispiele: Fünf Mal wurde bisher von einem Regierungschef die Vertrauensfrage gestellt, zwei Mal versuchte das Parlament, den Kanzler mithilfe des konstruktiven Misstrauensvotums zu stürzen. Bundeskanzler Helmut Schmidt (SPD, Kanzler 1974–82) setzte die Vertrauensfrage 1982 ein, um eine politisch zerstrittene Regierungsmehrheit wieder zu einigen. Bundeskanzler Helmut Kohl (CDU, 1982–98) kam durch ein konstruktives Misstrauensvotum 1982 an die Macht. Er stellte anschließend die Vertrauensfrage, um den Bundestag vorzeitig auflösen zu lassen. Mit der Neuwahl 1983 wurde dann der Machtwechsel im Parlament auch durch das Volk legitimiert.

2001 verknüpfte Kanzler Gerhard Schröder (SPD) die Vertrauensfrage mit einer Sachfrage: der Entsendung deutscher Streitkräfte nach Afghanistan nach den Terroranschlägen des 11. September in den USA. 20 Abgeordnete der SPD und acht des Koalitionspartners Bündnis90/Grüne waren unentschlossen oder kündigten ihre Ablehnung an. Schröder verknüpfte die Vertrauensfrage mit der Zustimmung zum Auslandseinsatz. Am Ende votierten die meisten Kritiker aus den eigenen Reihen dann doch für den Auslandseinsatz. […]

2005, nach den umstrittenen Hartz-Reformen, stellte Schröder erneut die Vertrauensfrage, verlor sie und wurde nach Neuwahlen von Angela Merkel abgelöst.

nach Textarchiv des Deutschen Bundestags (Hrsg.): Misstrauensvotum und Vertrauensfrage, Berlin 2018, o. S.

Arbeitsaufträge

1. Stellen Sie am Beispiel der Bundestagswahl 2021 den Ablauf von der Bundestagswahl bis zur Wahl eines Bundeskanzlers und der Bildung einer Bundesregierung in einem erläuterten Flussdiagramm dar!
2. Erklären Sie den Begriff „Kanzlerdemokratie"!
3. Beurteilen Sie, ob man in der aktuellen politischen Situation von einer Kanzlerdemokratie sprechen kann!
4. Arbeiten Sie heraus, warum die Vertrauensfrage nach Art. 68 GG eher ein Machtmittel des Kanzlers zur Disziplinierung der Regierungsfraktion im Bundestag ist und weniger ein Machtmittel der Opposition!

Abb. 105.2: Helmut Schmidt, SPD, Kanzler von 1974 bis 1982

Abb. 105.3: Helmut Kohl, CDU, Kanzler von 1982 bis 1998

Abb. 105.4: Gerhard Schröder, SPD, Kanzler von 1998 bis 2005

Abb. 105.5: Angela Merkel, CDU, Kanzlerin von 2005 bis 2021

Abb. 105.6: Olaf Scholz, SPD, Kanzler seit 2021

1

2

3

4

5

6

7

8

9

10

11

12

13

14

15

16

7.3 Bundesrat

In einem Bundesstaat besteht das Parlament aus zwei **Kammern**. Die Volksvertretung, in Deutschland der Bundestag, wird vom Volk direkt gewählt.

Bundesland	Einwohner in Mio.	Stimmen im Bundesrat
Nordrhein-Westfalen	17,9	6
Bayern	13,1	6
Baden-Württemberg	11,1	6
Niedersachsen	8,0	6
Hessen	6,3	5
Sachsen	4,1	4
Rheinland-Pfalz	4,1	4
Berlin	3,7	4
Schleswig-Holstein	2,9	4
Brandenburg	2,5	4
Sachsen-Anhalt	2,2	4
Thüringen	2,1	4
Hamburg	1,9	3
Mecklenburg-Vorp.	1,6	3
Saarland	1,0	3
Bremen	0,7	3

Abb. 106.1: Einwohnerzahl der Bundesländer und Anzahl der Stimmen im Bundesrat (Zahlen des Statistischen Bundesamts, Dezember 2020, Einwohnerzahlen der Länder der BR Deutschland gerundet)

Die andere Kammer kann auf unterschiedliche Weise gebildet werden, beispielsweise ebenfalls durch direkte Wahl in den Bundesstaaten wie beim Senat in den USA. Dort hat jeder Bundesstaat, unabhängig von der Einwohnerzahl, zwei Senatoren (**Senatsprinzip**). In Deutschland besteht der Bundesrat aus Regierungsmitgliedern bzw. von der Landesregierung entsandten und ihr gegenüber weisungsgebundenen Delegierten. Die Delegierten haben somit eine Doppelfunktion: Sie sind Angehörige der Exekutive eines Landes und gleichzeitig Mitglieder der Legislative (Gewaltenverschränkung). Die Anzahl der Stimmen jedes Bundeslandes variiert mit der Einwohnerzahl, ohne aber proportional zur Einwohnerzahl zu sein (siehe Abb. 106.1).

Die ursprünglich angestrebte Trennung von zentralen – vom Bund übernommenen – Aufgaben und dezentralen – von den Ländern separat und eigenverantwortlich gestalteten – Politikbereichen (Wettbewerbsföderalismus) wich immer mehr einer Zurückdrängung der Länder aus Politikfeldern zugunsten des Bundes oder der EU. Dafür werden die Länder häufig in die Gesetzgebung des Bundes eingebunden, indem mehr als ein Drittel aller Bundesgesetze der Zustimmung des Bundesrates bedürfen (kooperativer Föderalismus).

M1 Zusammensetzung und Aufgaben

Durch den Bundesrat wirken die Länder bei der Gesetzgebung und Verwaltung des Bundes und in Angelegenheiten der Europäischen Union mit (Art. 23 und 50 GG).

Zusammensetzung: Zurzeit 69 Mitglieder (= Stimmen): Regierungschefs, Minister für Bundesangelegenheiten oder Fachminister. Die Stimmen eines Landes dürfen nur einheitlich abgegeben werden. Koalitionsregierte Länder entscheiden sich daher bei Uneinigkeit oft, sich der Stimme zu enthalten. Die Mehrheit im Bundesrat gilt als erreicht, wenn mehr als 34 Stimmen erreicht werden; Enthaltungen zählen wie Nein-Stimmen.

Zum **Bundesratspräsidenten** – und damit gleichzeitig zum Vertreter des Bundespräsidenten – wird für ein Jahr reihum ein Regierungschef eines Bundeslandes gewählt.

Arbeitsweise: Wie im Bundestag wird die eigentliche Arbeit in den → **Ausschüssen** geleistet. Im Bundesrat gibt es 16 Fachausschüsse, in die jedes Land ein Mitglied entsendet. Das Plenum tagt gewöhnlich alle drei Wochen in Berlin. Die Beschlüsse sind in den Ausschüssen vorbereitet worden; sie werden im Plenum nur noch mündlich dargelegt und begründet. Daher herrscht in der Regel eine sachliche Atmosphäre, es gibt nur selten „Reden zum Fenster hinaus".

Aufgaben: Die wichtigste Aufgabe ist die Mitwirkung bei der Gesetzgebung des Bundes [vgl. S. 112 f.]. Vom Bundestag beschlossenen Gesetzen, die die Interessen der Länder in besonderer Weise berühren – z. B. Steuergesetze –, muss der Bundesrat zustimmen (**Zustimmungsgesetze**). Nicht zustimmungsbedürftige Gesetze werden als **Einspruchsgesetze** bezeichnet: Der Bundesrat hat ein Einspruchsrecht, das vom Bundestag überstimmt werden kann. Der Bundesrat wirkt auch bei der Verwaltung des Bundes mit, etwa bei Rechtsverordnungen (wie z. B. die Straßenverkehrsordnung) und Verwaltungsvorschriften. Rechtsverordnungen werden aufgrund eines Gesetzes erlassen. Es gibt zwei- bis dreimal so viele Rechtsverordnungen wie Gesetze. Verwaltungsvorschriften weisen die Behörden an, wie sie Gesetze und Rechtsverordnungen auszuführen haben. Damit soll gesichert werden, dass sie überall im Bundesgebiet einheitlich gehandhabt werden. Die Steuerrichtlinien beispielsweise sind Verwaltungsvorschriften.

Kontrollfunktion: Der Bundesrat wacht darüber, dass die Gesetzgebung des Bundes nicht die Kompetenzen der Länder aushöhlt. [...] Auseinandersetzungen um politisch strittige Gesetze finden vor allem statt, wenn im Bundesrat andere parteipolitische Mehrheitsverhältnisse als im Bundestag herrschen. Es kann nicht ausbleiben, dass die Oppositionsmehrheit im Bundesrat ihren Vorteil nutzt, um wichtige Gesetze aufzuhalten und die Regierung in Schwierigkeiten zu bringen, indem sie Gegenvorschläge unterbreitet. In der Regel geht es aber um gleichartige Länderinteressen, zum Beispiel um die

Verteilung der Steuern zwischen Bund und Ländern. In vielen Fällen meldet der Bundesrat umfangreiche Änderungswünsche an. Zumeist wird im → **Vermittlungsausschuss** – manchmal erst nach längeren Auseinandersetzungen – ein Kompromiss gefunden, der die unterschiedlichen Interessen ausgleicht.

nach Horst Pötzsch: Die deutsche Demokratie. Bundeszentrale für politische Bildung, Bonn 3. Aufl. 2004, S. 70 f.

M2 Bedeutung des Bundesrates

In der Bundesrepublik fallen Regierungsmehrheit und Gesetzgebungsmehrheit nicht zwangsläufig zusammen. […] Selbst wenn die Mehrheiten im Bundestag und Bundesrat parteipolitisch gleich ausgerichtet sind, muss die Regierungsmehrheit auf die häufig föderal begründeten Vorstellungen der Länder eingehen. Der Bundesrat ist somit als sogenannter „Vetospieler" einzuordnen […]. Es ist vor allem auf diesen Zwang zur Kooperation zurückzuführen, dass der Bundesrat als sogenanntes → **konkordanzdemokratisches** Element eingestuft wird. […] Für die Bundesregierung und ihre Mehrheit im Bundestag bedeutet dies, dass der Bundesrat ihr als starker Mitregent entgegentritt, der in der Lage ist, die Zusammenarbeit an Bedingungen zu knüpfen und unter Umständen sogar Gesetzesvorlagen blockiert.

Ursula Münch: Die Rolle des Bundesrates im politischen System, in: Informationen zur politischen Bildung, Bundeszentrale für politische Bildung, Bonn 2008, S. 40 f.

M3 Beispiele für Gesetzesinitiativen der Bundesländer

Neu vorgestellt wurden zahleiche Vorschläge aus den Ländern: zur Registrierungspflicht für Nutzerdaten in sozialen Netzwerken, zum „Marktortprinzip" für effektivere Strafverfolgung von Hasskriminalität, zur besseren Absicherung von Pauschalreisen im Insolvenzfall, Vermeidung von Lieferengpässen bei Medikamenten, erweiterten Pfandpflicht auf Getränkeverpackungen, Wettbewerbsfähigkeit für Erneuerbare Energien sowie zu erhöhten Lohnkostenzuschüssen für Langzeitarbeitslose und Kartellbußen zugunsten von Verbraucherverbänden.
Keine Abstimmung gab es zu einem Antrag Berlins, Pyrotechnik beim Silvesterfeuerwerk verstärkt zu verbieten - die Vorlage wurde vertagt.

BundesratKOMPAKT: Ausgewählte Tagesordnungspunkte der 985. Sitzung am 14.02.2020, https://www.bundesrat.de/DE/plenum/bundesrat-kompakt/20/985/985-pk.html, Zugriff am 04. November 2021

Abb. 107.1: Gebäude des Bundesrats in Berlin

M4 Bedeutungsverlust der Länderparlamente

Die Substanzentleerung des deutschen Föderalismus wird vor allem am starken Rückgang der Gesetzgebungstätigkeit der Landesparlamente sichtbar. […] Die Legislativen der Länder haben starke Einbußen erlitten zugunsten der Exekutiven und zugunsten der Bundesorgane [und der europäischen Institutionen].

Heinz Laufer: Das föderative System der Bundesrepublik Deutschland. Bundeszentrale für politische Bildung, Bonn 1991, S. 236

Arbeitsaufträge

1. Beschreiben Sie Zusammensetzung und Aufgaben des Bundesrats!
2. Ermitteln Sie die aktuelle parteipolitische Zusammensetzung des Bundesrats! Überprüfen Sie, welche Auswirkungen sich daraus für die politische Praxis in Deutschland ergeben!
3. Vergleichen Sie Bundestag und Bundesrat (Zusammensetzung, Stellung und Bezahlung der Abgeordneten bzw. Delegierten, Aufgaben)!
4. Ermitteln Sie, was aus den Gesetzesinitiativen der Länder (M3) geworden ist!
5. Recherchieren Sie aktuelle Gesetzesinitiativen des Bundesrats und verfolgen Sie anhand des Modells des Politikzyklus (siehe Methode S. 50 f.) die weitere Diskussion und das politische „Schicksal" einer dieser Initiativen!
6. Erörtern Sie, ob die Schaffung eines „Nordstaates", also die Zusammenlegung der norddeutschen Bundesländer Bremen, Hamburg, Mecklenburg-Vorpommern, Niedersachsen und Schleswig-Holstein sinnvoll ist!

A
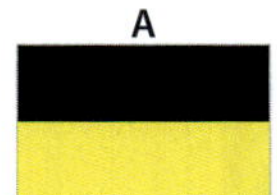
B
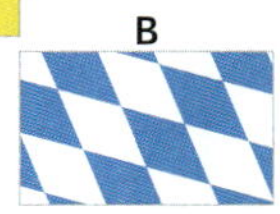
C

D

E
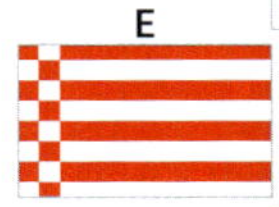
F
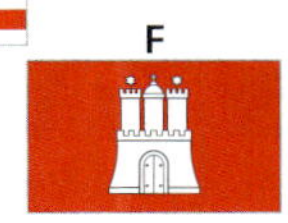
G
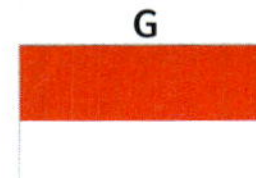
H

I
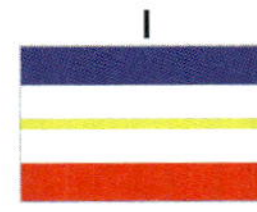
J
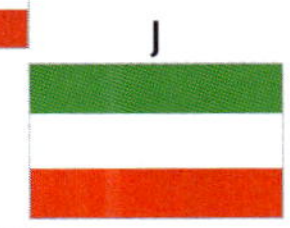
K

L

M
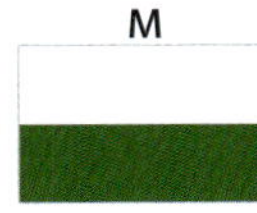
N
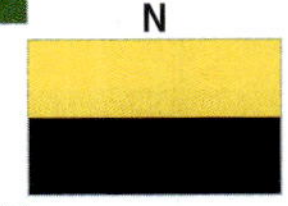
O
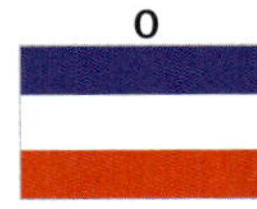
P
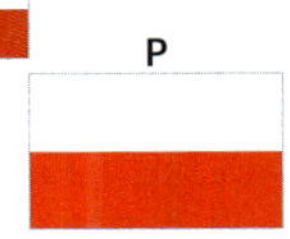

7.4 Bundespräsident

Info

Der Bundespräsident übernimmt als Staatsoberhaupt vor allem repräsentative Tätigkeiten und hat im internationalen Vergleich verhältnismäßig wenig Macht. In parlamentarischen Krisensituationen kann er aber eine wichtige Rolle spielen.

Der Bundespräsident (eine Bundespräsidentin hat Deutschland bisher noch nicht gehabt) ist das **Staatsoberhaupt** der Bundesrepublik Deutschland mit Amtssitz im Schloss Bellevue in Berlin und in der Villa Hammerschmidt in Bonn.

Er **repräsentiert** das Land nach innen und außen und soll die Einheit des Landes stabilisieren, d. h., er soll zur **Integration** aller hier lebenden Menschen beitragen, zu ihrer Identifikation mit Deutschland und zu ihrem Engagement für Demokratie und Gesellschaft motivieren.

Er unterschreibt als **„Staatsnotar“** formale Rechtsakte wie Ernennungsurkunden und Gesetze. In bestimmten politischen Blockade- und Krisensituationen hat er eng umrissene politische Entscheidungskompetenzen (**Reservefunktion**).

Bundespräsident kann jede/r Deutsche ab dem 40. Lebensjahr werden, de facto haben die Parteien ein Vorschlagsmonopol. Da der Präsident im Rahmen seiner Integrationsfunktion jedoch „über dem Parteienstreit“ stehen soll, ruht seine eventuelle Mitgliedschaft in einer politischen Partei für die Dauer seiner Amtszeit.

Abb. 108.3: Theodor Heuss, FDP, Bundespräsident von 1949 bis 1959

Abb. 108.4: Heinrich Lübke, CDU, Bundespräsident von 1959 bis 1969

Abb. 108.5: Gustav Heinemann, SPD, Bundespräsident von 1969 bis 1974

Abb. 108.6: Walter Scheel, FDP, Bundespräsident von 1974 bis 1979

Abb. 108.7: Karl Carstens, CDU, Bundespräsident von 1979 bis 1984

M1 Wahl des Bundespräsidenten

Der Bundespräsident wird für fünf Jahre (einmalige Wiederwahl ist zulässig) von der Bundesversammlung gewählt. Sie wird gebildet aus den Abgeordneten des Bundestages und einer gleichen Anzahl von den Delegierten, die von den Landesparlamenten entsprechend den Fraktionsstärken entsandt werden. Das sind überwiegend Landtagsabgeordnete, zum Teil aber auch Kommunalpolitiker und Persönlichkeiten des öffentlichen Lebens. In der Wahl des Bundespräsidenten werden zwei Prinzipien des Grundgesetzes deutlich: die repräsentative Demokratie und der Föderalismus.

Horst Pötzsch: Die deutsche Demokratie. Bundeszentrale für politische Bildung, Bonn 5. Aufl. 2009, S. 97

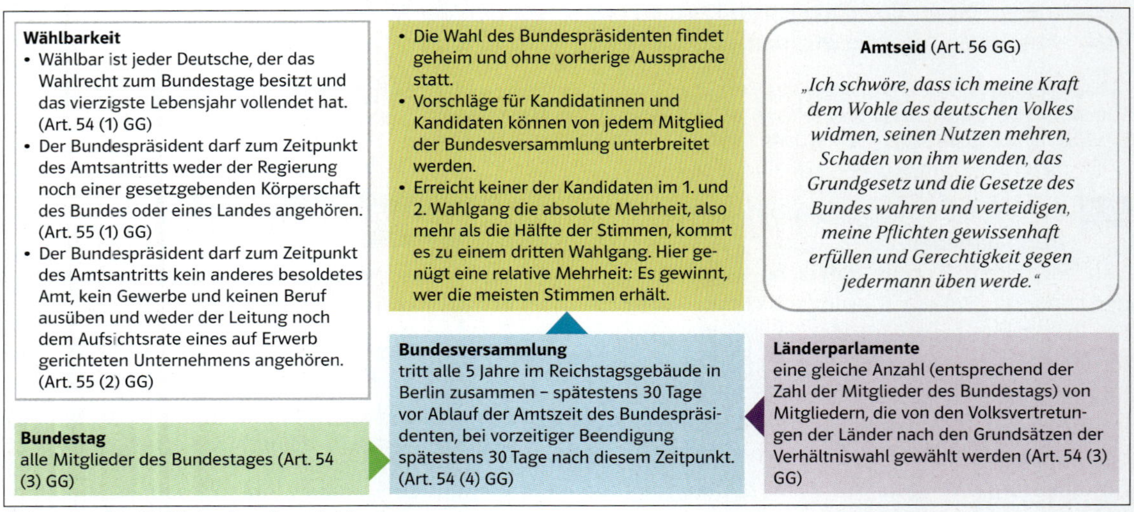

Abb. 108.1: Die Wahl des Bundespräsidenten

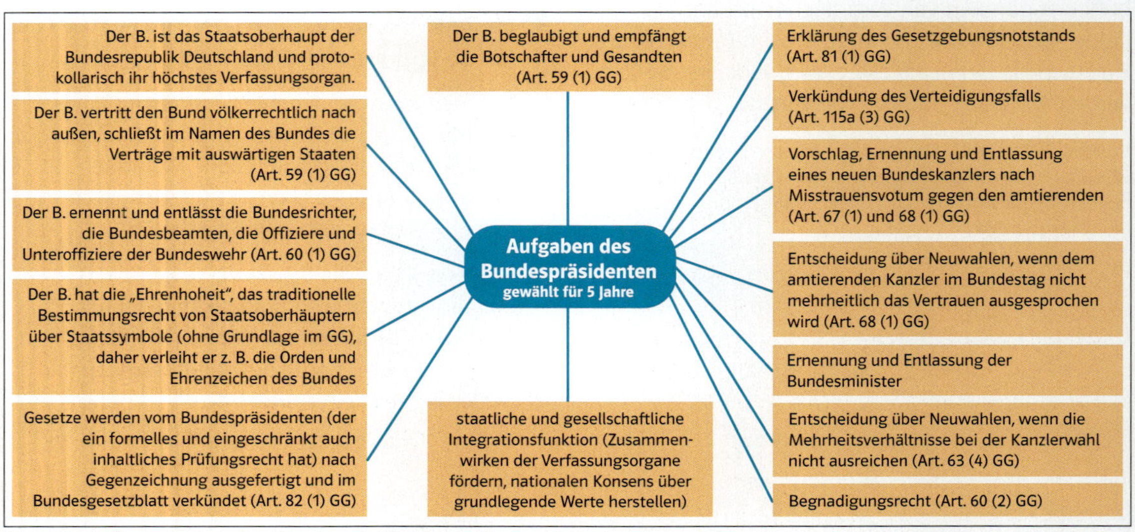

Abb. 108.2: Die Aufgaben des Bundespräsidenten nach dem Grundgesetz

M2 Aufgaben des Bundespräsidenten

Der Bundespräsident hat die üblichen Funktionen eines Staatsoberhauptes. Dazu gehören:

- die Repräsentation der Bundesrepublik Deutschland nach innen und außen: nach innen durch sein öffentliches Auftreten bei staatlichen, gesellschaftlichen und kulturellen Veranstaltungen, durch Reden bei besonderen Anlässen, durch Besuche in den Bundesländern und Gemeinden; nach außen durch Staatsbesuche und den Empfang ausländischer Staatsgäste;
- die völkerrechtliche Vertretung der Bundesrepublik Deutschland: durch Unterzeichnung der Verträge mit anderen Staaten, durch förmliche Bestellung (Beglaubigung) der deutschen diplomatischen Vertreter und die Entgegennahme der Beglaubigungsschreiben der ausländischen Diplomaten.

Bei der Wahrnehmung weiterer Rechte kann der Bundespräsident nicht selbstständig, sondern nur im Zusammenwirken mit anderen Verfassungsorganen handeln. Seine Anordnungen und Verfügungen „bedürfen zu ihrer Gültigkeit der Gegenzeichnung durch den Bundeskanzler oder durch den zuständigen Bundesminister" (Art. 58 GG). Damit übernehmen diese die politisch-parlamentarische Verantwortung.

Das gilt für die

- Unterzeichnung (Ausfertigung) von Gesetzen (Art. 82 GG): Gesetze werden vom Bundespräsidenten ausgefertigt und verkündet, das heißt unterzeichnet und im Bundesgesetzblatt veröffentlicht. Nach überwiegender Meinung kann der Bundespräsident prüfen, ob das Gesetz in verfassungsgemäßer Form zustande gekommen ist und inhaltlich dem Grundgesetz entspricht. 1991 hat sich beispielsweise Bundespräsident Richard von Weizsäcker geweigert, das Gesetz zur Privatisierung der Flugsicherung zu unterzeichnen, weil nach Art. 87 GG die „Luftverkehrsverwaltung in bundeseigener Verwaltung geführt" wurde. [...]
- Ernennung von Bundesministern (Art. 64 GG): Der Bundespräsident muss die vom Bundeskanzler vorgeschlagenen Bundesminister ernennen und entlassen; er kann lediglich Bedenken gegen einen Ministerkandidaten geltend machen.
- Ernennung von Bundesrichtern, Bundesbeamten, Offizieren und Unteroffizieren (Art. 60 Abs. 1 GG): Auch hier wird der Bundespräsident den Vorschlägen der Regierung oder anderer Verfassungsorgane folgen, außer bei extremen Fehlentscheidungen; Bundespräsident Lübke hat beispielsweise die Ernennung eines Bundesrichters wegen dessen NS-Vergangenheit abgelehnt.
- Der Bundespräsident übt nach Art. 60 Abs. 2 GG für den Bund das Begnadigungsrecht aus.

Politisch eigenständig handeln kann der Bundespräsident in bestimmten parlamentarischen Krisensituationen:

- Erhält bei der Kanzlerwahl ein Kandidat auch im dritten Wahlgang nicht die absolute, sondern nur die einfache Mehrheit, kann der Bundespräsident ihn zum Kanzler einer Minderheitenregierung ernennen oder den Bundestag auflösen und Neuwahlen herbeiführen (Art. 63 Abs. 4 GG). [...]
- Findet der Bundeskanzler bei einer Vertrauensabstimmung keine Mehrheit, kann der Bundespräsident auf Antrag des Bundeskanzlers den Bundestag auflösen (Art. 68 GG). Zu einer Auflösung des Bundestages durch den Bundespräsidenten ist es gekommen, als Willy Brandt 1972, Helmut Kohl 1982 und Gerhard Schröder 2005 einen entsprechenden Antrag stellten, um Neuwahlen herbeizuführen und so zu versuchen, eine sichere Parlamentsmehrheit zu bekommen. [...]

Als eine unabhängige, über dem parteipolitischen Streit stehende Persönlichkeit steht [der Bundespräsident] für das Gemeinsame. Er soll Vertrauen vermitteln, moralische Maßstäbe setzen, Ratschläge erteilen, in Kontroversen ausgleichend wirken. Dies geschieht durch Reden, öffentliche Auftritte bei Anlässen bzw. Organisationen, die dem Bundespräsidenten wichtig erscheinen und die er unterstützen möchte, aber z. B. auch durch Ordensverleihungen.

Horst Pötzsch: Die deutsche Demokratie. Bundeszentrale für politische Bildung, Bonn 5. Aufl. 2009, S. 97 ff.

Abb. 109.1: Arbeitszimmer des Bundespräsidenten im Berliner Schloss Bellevue

Arbeitsaufträge

1. Die Aufgaben des Bundespräsidenten lassen sich vier Oberbegriffen zuordnen: Repräsentation, Integration, „Staatsnotar" und Reservefunktion. Erläutern Sie diese vier Funktionen anhand von Beispielen (M2, Abb. 108.2)!
2. Im Internet wird der Terminkalender des Bundespräsidenten veröffentlicht. Ermitteln Sie, welche Funktionen des Bundespräsidenten (M2, Abb. 108.2) sich in den vergangenen zwei Wochen im Terminkalender wiederfinden!
3. Vergleichen Sie die Aufgaben des deutschen Bundespräsidenten mit denen des Präsidenten der USA!
4. Erörtern Sie, ob der Bundespräsident künftig direkt vom Volk gewählt werden sollte!

Abb. 109.2: Richard von Weizsäcker, CDU, Bundespräsident von 1984 bis 1994

Abb. 109.3: Roman Herzog, CDU, Bundespräsident von 1994 bis 1999

Abb. 109.4: Johannes Rau, SPD, Bundespräsident von 1999 bis 2004

Abb. 109.5: Horst Köhler, CDU, Bundespräsident von 2004 bis 2010

Abb. 109.6: Christian Wulff, CDU, Bundespräsident von 2010 bis 2012

Abb. 109.7: Joachim Gauck, parteilos, Bundespräsident von 2012 bis 2017

Abb. 109.8: Frank-Walter Steinmeier, SPD, Bundespräsident seit 2017

7.5 Das Bundesverfassungsgericht – mehr als ein „Hüter der Verfassung“?

Das Bundesverfassungsgericht (BVerfG) in Karlsruhe wacht als „Hüter der Verfassung“ über die Einhaltung des Grundgesetzes. Es kontrolliert die Urteile anderer Gerichte und prägt mit seinen Entscheidungen die Auslegung des Verfassungstextes im Wandel der Zeit. Die Entscheidungen (man spricht nicht von „Urteilen“!) des Verfassungsgerichts haben auch politische Wirkung. Das wird besonders deutlich, wenn das Gericht ein Gesetz für verfassungswidrig erklärt.

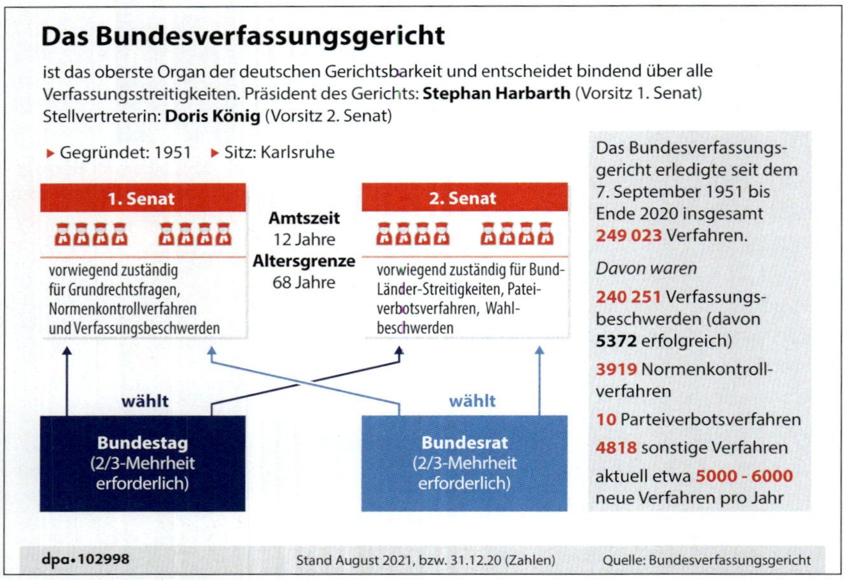

Abb. 110.1: Das Bundesverfassungsgericht

Info

Es wurden bisher insgesamt über 235 000 Verfassungsbeschwerden eingereicht, davon waren ca. 2,3 % erfolgreich.

→ zu den Aufgaben des BVerfG vgl. Art. 93 und 100 GG

M1 Verfahrensarten und Zuständigkeiten des Bundesverfassungsgerichts

Verfassungsbeschwerde: Mit einer Verfassungsbeschwerde kann jeder Bürger das Gericht anrufen, der glaubt, durch die öffentliche Gewalt in seinen Grundrechten verletzt worden zu sein. Das kann ein Verwaltungsakt, eine Gerichtsentscheidung oder auch ein Gesetz sein. […] Verfassungsbeschwerde kann erst dann eingelegt werden, wenn der Rechtsweg ausgeschöpft ist, das heißt, wenn zuvor alle Instanzen des zuständigen Gerichts angerufen worden sind. Kammern, die mit je drei Bundesverfassungsrichtern besetzt sind, prüfen jede eingereichte Beschwerde auf ihre Zulässigkeit. […] Die weit überwiegende Mehrheit der Verfassungsbeschwerden scheitert an dieser Hürde. […] Es besteht kein Anwaltszwang. Das Verfahren ist kostenlos. […]

Konkrete Normenkontrolle: Wenn ein Gericht bei der Verhandlung eines konkreten Falles zu der Überzeugung gelangt, dass das anzuwendende Gesetz nicht [oder nicht mehr] mit dem Grundgesetz vereinbar ist, muss es das Verfahren unterbrechen und die Entscheidung des Bundesverfassungsgerichts […] einholen. […]

Abstrakte Normenkontrolle: Auf Antrag der Bundesregierung, einer Landesregierung oder mindestens eines Drittels der Bundestagsabgeordneten prüft das BVerfG, ob Bundesrecht oder Landesrecht mit dem Grundgesetz übereinstimmt. Das Gericht entscheidet in solchen Verfahren „abstrakt“ über die Verfassungsmäßigkeit eines Gesetzes oder eines Vertrages, bevor das Gesetz in einem „konkreten“ Fall angewendet worden bzw. der Vertrag rechtsgültig geworden ist. Hier geht um Entscheidungen in wichtigen Fragen, oftmals um zentrale politische Kontroversen. In der Regel wird das Gericht von der parlamentarischen Opposition, entweder von der Bundestagsfraktion oder von einer Landesregierung gleicher parteipolitischer Färbung, gegen Entscheidungen der regierenden Mehrheit angerufen. In anderen Fällen klagt die Bundesregierung gegen eine Landesregierung. […]

Das BVerfG ist zuständig für **Organstreitigkeiten**, das sind Streitigkeiten zwischen Verfassungsorganen, sowie für **Bund-Länder-Streitigkeiten**, das sind Meinungsverschiedenheiten über die Rechte und Pflichten von Bund und Ländern oder um Streitigkeiten zwischen Ländern.

Von den weiteren Zuständigkeiten des BVerfG ist vor allem die Aufgabe zu erwähnen, über die Verfassungsmäßigkeit von Parteien zu entscheiden und gegebenenfalls ein **Parteiverbot** bzw. einen Entscheid über die **Verwirkung von Grundrechten** für verfassungsfeindliche Gruppierungen auszusprechen.

Außerdem obliegen dem BVerfG die **Wahlprüfung** und die **Klärung des Parteienstatus** sowie die **Anklage des Bundespräsidenten** und von **Bundesrichtern**.

nach Horst Pötzsch: Die deutsche Demokratie. Bundeszentrale für politische Bildung, Bonn 3. Aufl. 2004, S. 116 ff.

M2 Kandidatenauswahl

Die Tätigkeit als Richterin oder Richter am Bundesverfassungsgericht ist die Krönung einer juristischen Karriere. Doch juristische Brillanz genügt nicht, denn das Wahlverfahren (Zwei-Drittel-Mehrheit im Bundesrat oder Bundestag) sorgt dafür, dass die Posten auch nach parteipolitischen Kriterien vergeben werden. Formale Voraussetzung ist natürlich, Volljurist mit beiden Staatsexamina zu sein. Man muss mindestens 40 Jahre alt und deutscher Staatsbürger sein, darf aber das 68. Lebensjahr nicht überschritten haben. Die Wahl erfolgt für 12 Jahre ohne die Möglichkeit der Wiederwahl, endet aber früher, wenn man das 68. Lebensjahr während der Amtszeit erreicht. Hilfreich sind umfangreiche Kenntnisse im öffentlichen Recht, Erfahrungen als Richter/-in an einem Obersten Bundesgericht oder als Professor/-in für Rechtswissenschaft. Man darf nicht Mitglied des Bundestags, des Bundesrates, der Bundesregierung, einer Landesregierung oder eines Landtages sein bzw. muss auf diese Ämter oder Mandate verzichten, sobald man Richter/-in am Bundesverfassungsgericht wird. Faktisch liegt das Vorschlagsrecht derzeit bei den Parteien CDU/CSU, SPD und Bündnis90/Die Grünen – gute Kontakte oder gar eine Mitgliedschaft in einer dieser Parteien sind daher die Regel.

ergänzt nach www.bundesverfassungsgericht.de/DE/Richter/Richterwahl.html, Zugriff am 15. Juli 2018

M3 Reale und fiktive Fälle vor dem Bundesverfassungsgericht

Das BVerfG fällt seine Entscheidungen nach internen Beratungen in der Regel mit der einfachen Mehrheit der Mitglieder eines Senats. Die Richter mit einer abweichenden Meinung dürfen diese in einem Minderheitsvotum veröffentlichen.

Fall 1: Soldaten sind Mörder?

Der Autofahrer A wird angeklagt, weil er an seinem Auto einen Aufkleber mit einem Zitat des Schriftstellers Kurt Tucholsky mit folgendem Inhalt angebracht hat: „Soldaten sind Mörder." Ein Amtsgericht verurteilt A zu einer Strafe, da der Aufkleber die Soldaten der Bundeswehr verunglimpfe und beleidige. A geht in → **Berufung** bzw. → **Revision**, doch alle höheren Gerichtsinstanzen bestätigen das Urteil. A zieht schließlich vor das BVerfG. Er argumentiert mit seinem Recht auf freie Meinungsäußerung.

Fall 2: Dürfen Kreuze in Klassenräumen staatlicher Schulen vorgeschrieben sein?

Das bayerische Schulrecht ordnet an, dass in jedem Klassenzimmer der staatlichen Schulen ein Kreuz oder Kruzifix anzubringen ist. Dagegen wehrt sich ein bayerisches Elternpaar mit schulpflichtigen Kindern, die ihre Kinder ohne religiöse Beeinflussung erziehen wollen. Sie machen geltend, dass durch das Kreuz im Sinne des Christentums auf ihre Kinder eingewirkt werde; dies laufe ihrer eigenen Erziehungsvorstellung und Weltanschauung zuwider. Ihr Antrag auf Entfernung der Kreuze ist von den Verwaltungsgerichten mehrfach abgelehnt worden. Die betroffenen Eltern wenden sich nun an das BVerfG.

Fall 3: Gesetz über den internationalen Handel mit Organen von Straftätern

Angenommen, die Bundesrepublik schließt einen Vertrag mit den USA ab, der besagt, dass Organe von in den USA zum Tode verurteilten Straftätern künftig nach Deutschland exportiert werden dürfen. Dadurch soll ein „Organtourismus" deutscher Patienten in die USA unterbunden werden. Auf Antrag der Opposition im Bundestag soll vom BVerfG geklärt werden, ob der Vertrag nach dem Grundgesetz gültig sein kann.

Stefan Prochnow

M4 Kritik am Bundesverfassungsgericht

Warum bestimmt eigentlich Karlsruhe über die Gleichstellung von Homosexuellen, die Familienpolitik oder das Steuerrecht? […] Immer wieder werden politische Streitfragen nach Karlsruhe getragen, weil sich die Politik nicht traut, den Wählern reinen Wein einzuschenken. Andererseits ist das Bundesverfassungsgericht zu einem Kampfplatz der Opposition verkommen. Wann immer diese politische Mehrheitsentscheidungen nicht akzeptieren will […], ruft sie nach einem Urteil aus Karlsruhe, um so die verlorene politische Auseinandersetzung zu verlängern.

Christoph Seils: Die Überpolitiker aus Karlsruhe, in: DER TAGESSPIEGEL vom 4. März 2013, S. 1

Die Normen des Grundgesetzes sind zum Teil weit, unbestimmt, offen und einer dynamischen Interpretation zugänglich. […] Was heißt „freie Entfaltung der Persönlichkeit", „Freiheit des Glaubens", „Eigentum"? […] Das bedeutet für die Verfassungsrichter, dass sie Recht eher bilden, als dass sie es vorfinden.

Martin Kutscha, in: Blätter für deutsche und internationale Politik 10/1995, S. 1219

Abb. 111.1: Wo ist die wahre deutsche Hauptstadt? (Waldemar Mandzel)

Arbeitsaufträge

1. Beschreiben Sie die Wahl und die Aufgaben des Bundesverfassungsgerichts (M1, M2, Abb. 110.1)!
2. Stellen Sie die Eigenschaften einer aussichtsreichen Kandidatin für das Amt einer Verfassungsrichterin zusammen (M2)!
3. a) Prüfen Sie, ob das BVerfG in den Fällen M3 zuständig ist und, falls ja,
   b) welche Verfahrensart (M1) jeweils vorliegt!
   c) Entscheiden Sie in den Fällen und begründen Sie Ihre Entscheidung!
4. Beschreiben und analysieren Sie die Karikatur Abb. 111.1!
5. Das Bundesverfassungsgericht verkündet seine Entscheidungen „im Namen des Volkes". Erörtern Sie, ob dies bedeutet, dass es sich am Mehrheitswillen der Bevölkerung orientieren müsse!
6. In manchen demokratischen Staaten (z. B. Großbritannien, Schweiz) gibt es kein Verfassungsgericht, da „nichts und niemand über dem Volk bzw. den Volksvertretern stehen soll". Nehmen Sie Stellung zu dieser Position!

Zusammenfassung

An dieser Stelle soll das formale Zusammenwirken der Verfassungsorgane am Beispiel der → **Gesetz**gebung zusammengefasst werden. Zu beachten ist aber, dass der politische Prozess nicht auf die formale Ebene beschränkt ist, sondern dass weitere Akteure bereits im Vorfeld politischer Entscheidungen eine wichtige Rolle spielen (vgl. Politikzyklus S. 50 f., Parteien, Medien, Verbände und Lobbyisten).

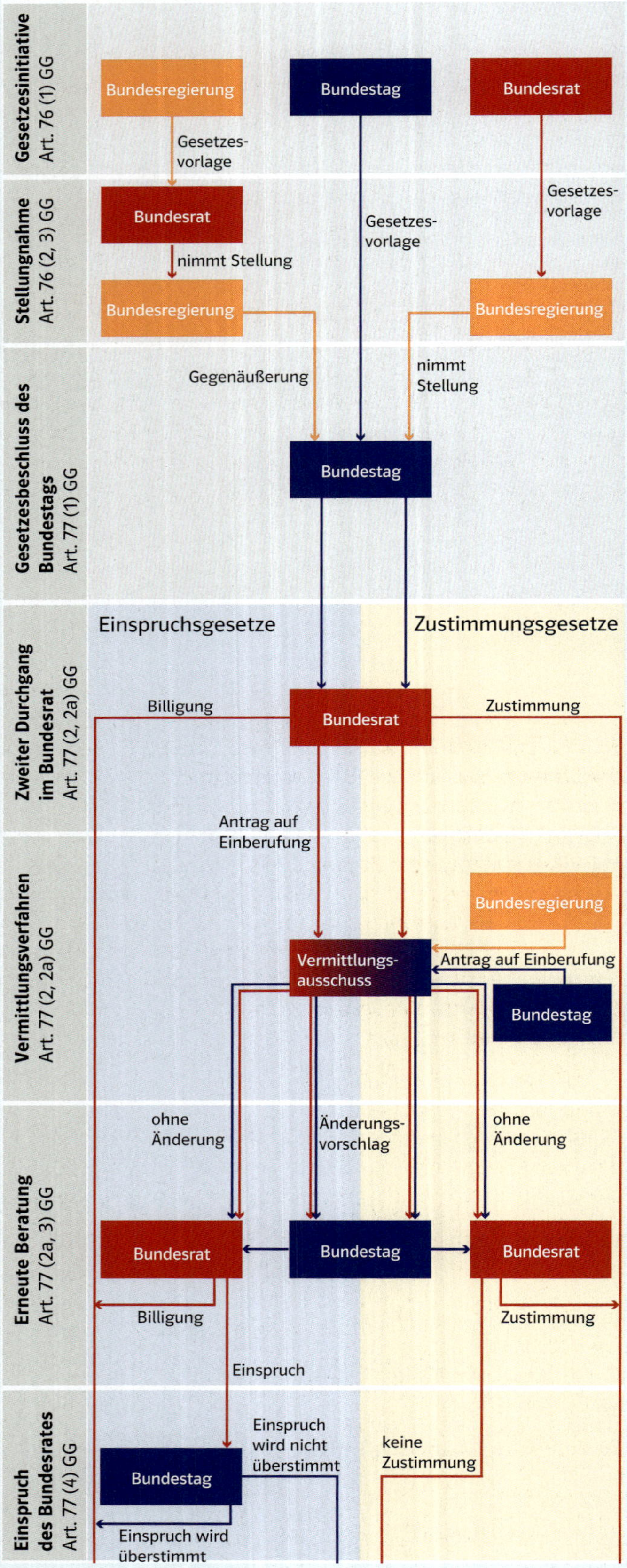

1 Gesetzesinitiative Laut Grundgesetz kann ein Gesetzentwurf durch die Bundesregierung, den Bundestag (eine Fraktion bzw. mindestens 5 % der Abgeordneten) und den Bundesrat eingebracht werden. Circa 75 % der Gesetzesinitiativen gehen von der Bundesregierung aus und beruhen auf → **Referentenentwürfen**.

2 Stellungnahme Gesetzentwürfe der Bundesregierung werden zunächst im Bundesrat behandelt (erster Durchgang), der zu den Gesetzentwürfen Stellung nehmen kann. Dazu soll sich wiederum die Bundesregierung äußern. Gesetzesinitiativen des Bundesrates werden über die Bundesregierung an den Bundestag weitergeleitet.

3 Lesungen im Bundestag Im Bundestag wird der Gesetzentwurf in drei Lesungen beraten. Nach der ersten Lesung wird die Vorlage in der Regel den zuständigen → **Ausschüssen** zugewiesen. In der zweiten Lesung wird jede Bestimmung des Entwurfs einzeln diskutiert und zur Abstimmung aufgerufen, ebenso Änderungsanträge, die häufig von der Opposition gestellt werden, um der Öffentlichkeit ihren abweichenden Standpunkt deutlich zu machen. Nach der dritten Lesung erfolgt die Schlussabstimmung im Bundestag.

4 Zweiter Durchgang im Bundesrat Jedes vom Bundestag beschlossene Gesetz wird vom Bundesrat geprüft. Gesetze, die die Rechte und Interessen der Länder berühren (→ **Zustimmungsgesetze**), können nur mit Zustimmung des Bundesrates in Kraft treten. Alle übrigen, „einfachen" Gesetze nennt man → **Einspruchsgesetze**. Auch mit diesen muss der Bundesrat befasst werden, sein Einspruch kann aber vom Bundestag überstimmt werden.

5 Vermittlungsausschuss Wenn sich Bundestag und Bundesrat über einen Gesetzesbeschluss nicht einig sind, kann der → **Vermittlungsausschuss** einberufen werden. Dieser soll einen Kompromiss finden. Er besteht aus je 16 Mitgliedern des Bundesrates und des Bundestages. Er kann vom Bundesrat einberufen werden und – wenn der Bundesrat einem zustimmungsbedürftigen Gesetz nicht zustimmt – auch vom Bundestag und der Bundesregierung. Beantragen diese die Einberufung nicht, ist das Gesetz gescheitert.

6 Erneute Beratung Schlägt der Vermittlungsausschuss vor, das Gesetz zu ändern, muss der Bundestag einen neuen Beschluss fassen. Mit diesem Beschluss muss sich dann auch erneut der Bundesrat befassen. Schlägt der Vermittlungsausschuss vor, das Gesetz nicht zu ändern, wird es nur dem Bundesrat zugeleitet. Dieser muss dann entscheiden, ob er
a) bei einem Einspruchsgesetz es billigt oder Einspruch einlegt,
b) bei einem Zustimmungsgesetz zustimmt oder seine Zustimmung verweigert.

7 Einspruch des Bundesrates Ein Einspruch des Bundesrates kann durch den Bundestag mit der absoluten Mehrheit, also der Mehrheit der Mitglieder des Bundestages (nicht nur der bei der Abstimmung anwesenden Abgeordneten!) überstimmt werden. Bei einer Zweidrittelmehrheit für den Einspruch im Bundesrat muss auch eine entsprechende Mehrheit im Bundestag zustande kommen.

8 Zustandekommen oder Scheitern eines Gesetzes Ein zustimmungsbedürftiges Gesetz scheitert, wenn der Bundesrat dem Gesetz – gegebenenfalls nach einem oder mehreren Vermittlungsverfahren – nicht zustimmt. Ein Einspruchsgesetz scheitert, wenn der Bundestag den Einspruch des Bundesrates nicht mit der entsprechenden Mehrheit überstimmt.

9 Gegenzeichnung Ist das Gesetz zustande gekommen, wird es vom Bundeskanzler und dem zuständigen Minister gegengezeichnet, d. h. unterschrieben.

10 Ausfertigung und Verkündung Abschließend wird das Gesetz dem Bundespräsidenten zur Ausfertigung zugeleitet. Dieser prüft in erster Linie, ob es verfassungsgemäß zustande gekommen ist. Ein inhaltliches Prüfungsrecht hat er nur in beschränktem Maße, d. h., er darf seine Unterschrift nicht verweigern, wenn ihm der Inhalt des Gesetzes politisch nicht gefällt. Nach seiner Unterschrift wird das Gesetz im Bundesgesetzblatt verkündet und tritt in Kraft.

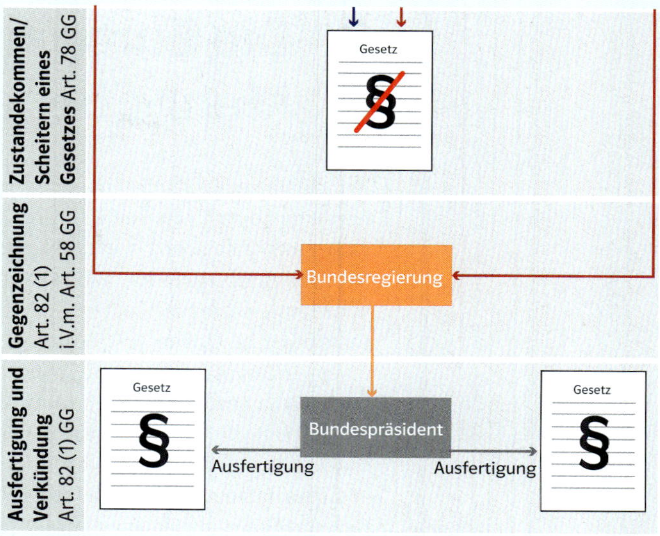

Abb. 113.1: Das Zusammenwirken der Verfassungsorgane, Beispiel: Gesetzgebung (Quelle: © Bundesrat)

Die Umsetzung (**Implementation**) des Gesetzes liegt dann in den Händen der Verwaltung, d. h. der Behörden, der Polizei usw. Bei Verstößen gegen das Gesetz kann vor **Gerichten** geklagt werden, denn die Justiz wacht über die Einhaltung der Gesetze. Doch *nach* dem Gesetz ist auch *vor* dem Gesetz: Ob ein Gesetz sich bewährt oder ob es Nachbesserungsbedarf gibt, wird ständig evaluiert (= bewertet), sei es in den Medien, vonseiten der Verbände oder auch direkt innerhalb der Bevölkerung. Nicht selten werden Reformen von Gesetzen verlangt und das Gesetz wird dann erneuert (= „novelliert", **Gesetzesnovelle**) oder ganz abgeschafft. Oder es treten Probleme auf, die ein neues Gesetz nötig erscheinen lassen, etwa infolge des technischen Fortschritts oder des gesellschaftlichen Wandels.

Einerseits wird im Gesetzgebungsprozess die **Gewaltenteilung** deutlich, denn die Bundesregierung darf zwar Gesetzesvorschläge unterbreiten, diese aber nicht ohne Zustimmung des Bundestages umsetzen. Andererseits wird aber auch die für das parlamentarische System typische **Gewaltenverschränkung** erkennbar, denn die Regierung geht aus dem Bundestag hervor, wird von ihm gewählt und kann auch vom ihm während einer laufenden Legislaturperiode abgewählt werden (Misstrauensvotum). Die Regierung ist auch personell mit dem Parlament verschränkt, denn viele Regierungsmitglieder sind gleichzeitig Abgeordnete, Bundeskanzler Olaf Scholz ist beispielsweise direkt gewählter Bundestagsabgeordneter eines Wahlkreises in Brandenburg.

Das **Bundesverfassungsgericht** spielt im Gesetzgebungsprozess zunächst keine Rolle. Allerdings kann es angerufen werden, wenn ein geplantes Gesetz daraufhin geprüft werden soll, ob es mit der Verfassung vereinbar ist (abstrakte Normenkontrolle).

Musterklausur
Kapitel 7 mit Lösung
59c5ev

Grundsätze der deutschen Verfassung Elemente der freiheitlich-demokratischen Grundordnung				
Republik	**Demokratie**	**Rechtsstaat**	**Bundesstaat**	**Sozialstaat**
• gewähltes Staatsoberhaupt • Abschaffung von Monarchie und Erbdynastien • Bestimmung der Regierung durch Wahlen	• Volkssouveränität („Alle Staatsgewalt geht vom Volke aus." Art. 20 (2) GG) • Repräsentation des Volkes durch Abgeordnete • allgemeine, freie, gleiche, geheime und unmittelbare Wahlen (Art. 22 GG) • Meinungs- und Pressefreiheit (Art. 5 (1) GG) • Versammlungsfreiheit (Art. 8 GG) • Vereinigungsfreiheit (Art. 9 GG)	• Bindung aller staatlichen Gewalt an die Verfassung • Gewaltenteilung bzw. Gewaltenverschränkung • Rechtsgleichheit vor dem Gesetz (Art. 3 GG) • Rechtsschutz (Art. 17 GG), Rechtsweggarantie • Freiheitssicherung (Art. 4 GG)	• Gliederung des Bundes in Länder • eigene Kompetenzen der Länder • Mitwirkung der Länder an der Gesetzgebung des Bundes (Bundesrat) und der Europäischen Union	• Schutz der Menschenwürde (Art. 1 (1) GG) • Schutz von Ehe und Familie (Art. 6 (1) GG) • Gleichberechtigung von Frau und Mann (Art. 3 (2) GG) • soziale Verantwortung des Eigentums (Art. 14 (2) GG) • Sicherung der Menschenwürde durch „soziales Netz" (SGB I bis XII), u. a. Sozialversicherung, Sozialleistungen, öffentliche Einrichtungen

Abb. 113.2: Grundsätze der Verfassung

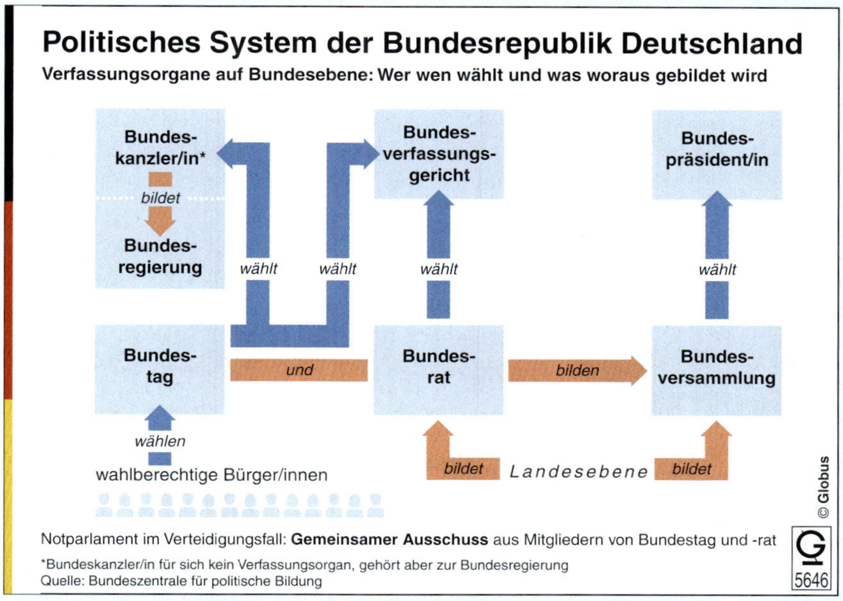

Abb. 113.3: Verfassungsorgane der Bundesrepublik Deutschland

8. Die Europäische Union im politischen Mehr-Ebenen-System

Durch die **europäische Integration** wurde die politische Landschaft Europas nach dem Zweiten Weltkrieg neu geordnet. Nach den Erfahrungen des zerstörerischen Krieges und des Ost-West-Konflikts schlossen sich zunächst sechs westeuropäische Staaten (Belgien, Deutschland, Frankreich, Italien, Luxemburg, Niederlande) zu einer **Wirtschaftsgemeinschaft** zusammen. Der wirtschaftlichen Integration folgte schrittweise die politische. Nach dem Ende des „Kalten Kriegs", der Spaltung Europas in zwei Lager, ist die **Europäische Union** (EU) zu einer politischen Ordnung geworden, in der die Mitgliedstaaten einen Teil ihrer → **Souveränität** an die Union abgetreten haben.

Die EU regiert mit ...

Im politischen → **Mehr-Ebenen-System** spielt die Europäische Union in **einigen Politikbereichen** eine wichtige Rolle, da sie dort mit **Verordnungen** verbindliches Recht setzen kann oder **Richtlinien** für die nationale Gesetzgebung vorgeben darf. Zu unterscheiden ist dabei zwischen Politikbereichen, in denen → **supranationale** Entscheidungen nach dem Mehrheitsprinzip auf EU-Ebene von EU-Organen entschieden werden, notfalls auch gegen den Willen einzelner Mitgliedstaaten. In anderen Politikbereichen kommen Entscheidungen nur → **intergouvernemental** zustande, d. h. nur im Konsens aller Mitgliedstaaten. Generell gilt, dass die EU gemäß dem → **Subsidiaritätsprinzip** Entscheidungen nur dann von den Mitgliedstaaten an sich ziehen soll, wenn dies sinnvoll ist. Dadurch soll gewährleistet werden, dass Entscheidungen möglichst bürgernah getroffen und dass Gemeinden, Regionen sowie nationale Regierungen nicht unnötig in ihren Kompetenzen entmachtet werden.

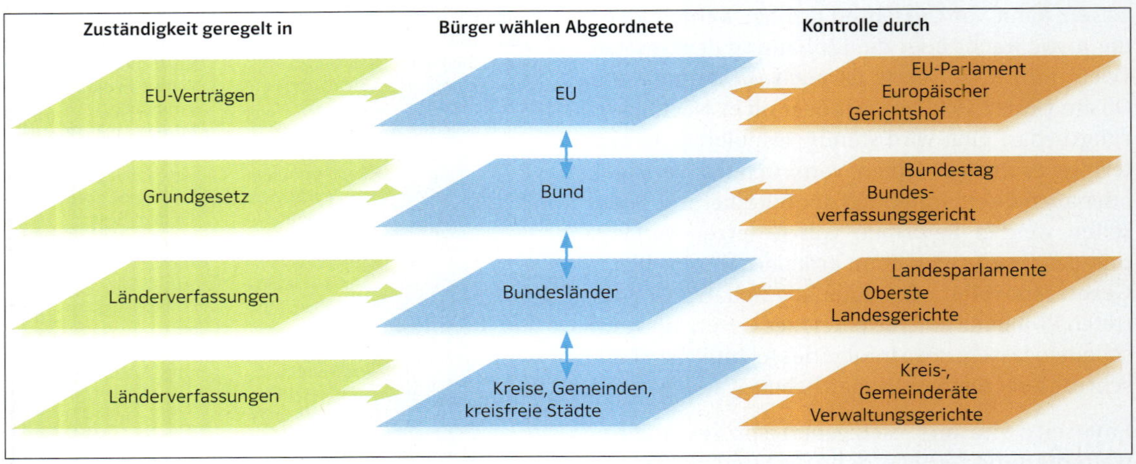

Abb. 114.1: Ebenen politischer Entscheidungen am Beispiel Deutschlands (Herbert Uhl)

Abb. 114.2: „Die EU ist ein Schnabeltier." Mit dieser Aussage weisen Politikwissenschaftler auf die Sonderstellung der EU zwischen Staatenbund und Bundesstaat hin. In der Biologie gilt das Schnabeltier als Besonderheit, weil es Merkmale von Vögeln (legt Eier) und Säugetieren (säugt die Jungen) vereint.

Die EU selbst wird vom Bundesverfassungsgericht als **Staatenverbund** bezeichnet. Die Mitgliedstaaten der EU sind enger verbunden als in einem **Staatenbund** (Konföderation), der eine lose Verbindung vollständig souveräner Staaten darstellt. Anders als in einem **Bundesstaat** haben sie jedoch das Recht zum Austritt. Die EU ist mit dieser Sonderstellung weltweit einmalig und historisch ohne Vorbild.

Kritiker werfen der EU mangelnde Transparenz in den Entscheidungsprozessen und ein → **Demokratiedefizit** vor. Manche kritisieren, dass die nationalen Regierungen durch den → **Exekutivföderalismus** einen zu starken Einfluss auf die Entscheidungen der EU ausüben, während andere genau im Gegenteil behaupten, die EU würde immer mehr Kompetenzen an sich ziehen und die nationalen Parlamente und Regierungen entmündigen.

Bei aller Kritik darf man jedoch nicht vergessen, dass die EU maßgeblich dazu beigetragen hat, den **Frieden** und **Wohlstand** in Europa zu sichern. Unklar ist, in welche Richtung die europäische Integration künftig gehen wird: zurück zu einem „**Europa der Vaterländer**" mit einer größeren Bedeutung der Nationalstaaten? Oder macht sich die EU auf den Weg zu einem „**Europa der Regionen**" oder den „**Vereinigten Staaten von Europa**" mit einer gemeinsamen Verfassung?

Abb. 114.3: Die EU erhielt 2012 den Friedensnobelpreis. Alt-Bundeskanzler Helmut Kohl (links) empfängt vom damaligen EU-Ratspräsidenten Herman van Rompuy eine Kopie der Nobelpreis-Urkunde.

M1 Gemeinschaftspolitik und Regierungszusammenarbeit

In der **Gemeinschaftspolitik** geht es um Politikbereiche, die nur noch gemeinsam geregelt werden – etwa in allen Fragen des Handels mit Drittländern oder der Gestaltung des Binnenmarktes. Dazu schlägt die Europäische Kommission Regelungen vor, die im Ministerrat und im Europäischen Parlament beraten und als **europäische Gesetze** (EU-Verordnungen) verbindlich verabschiedet werden. Kommt es zu Streitigkeiten über die Auslegung des EU-Rechts, entscheidet letztlich der Europäische Gerichtshof.

Daneben gibt es Politikbereiche, in denen sich die Staaten letzte Entscheidungen vorbehalten haben. Damit aber auch hier ein abgestimmtes Vorgehen möglich wird, arbeiten sie auf der Ebene der Regierungen, insbesondere durch die betreffenden Fachminister, zusammen. Durch eine solche **Regierungszusammenarbeit**, werden – je nach Fall – Rahmenbeschlüsse (Richtlinien) zu gemeinsamen Standpunkten oder Grundsätzen festgelegt. Die konkrete Ausgestaltung bleibt bei den einzelnen Ländern.
Die Regierungszusammenarbeit läuft – je nach Politikbereich – nicht immer nach dem gleichen Muster ab. So arbeiten die Staaten in der Außen- und Sicherheitspolitik in genau festgelegten Verfahren eng zusammen, bis hin zu Beschlüssen, mit denen einzelne Mitglieder auch überstimmt werden. Dagegen ist die Zusammenarbeit in Fragen der Justiz und der Polizei wesentlich lockerer; hier geht es in den meisten Fällen darum, dass die Mitgliedstaaten ihre Vorgehensweisen – etwa bei der Verbrechensbekämpfung – nach gemeinsamen Richtlinien und Grundsätzen koordinieren.
Damit haben wir in der EU eine **abgestufte Integration**. Sie reicht von → **supranationaler** Gemeinschaftspolitik durch die dafür vorgesehen Organe über die enge Kooperation in der Gemeinsamen Außen- und Sicherheitspolitik bis zur Koordination der nationalen Politik der Mitglieder. Seit der Vertrag von Lissabon in Kraft getreten ist, werden schrittweise weitere Politikbereiche, in denen bislang die Regierungen relativ offen zusammengearbeitet haben, in den Bereich der Gemeinschaftspolitik übernommen. Das bedeutet: Die europäische Integration wurde im Laufe ihrer Geschichte und wird auch heute noch schrittweise verdichtet.

Herbert Uhl (Hrsg.): Leitfragen Politik. Orientierungswissen politische Bildung. Ernst Klett Verlag Stuttgart 2010, S. 246

Europäische Union

Ausschließliche Zuständigkeit der EU (Art. 3)	Geteilte Zuständigkeit der EU (Art. 4)	Unterstützung, Koordination, Ergänzung der Mitgliedstaaten (Art. 6)
• Zollunion, Außenhandel • Binnenmarkt, Wettbewerbsregeln • Währungspolitik für Euro-Länder • Fischereipolitik • Handelspolitik	• Sozialpolitik • Landwirtschaft (außer Fischerei) • Umweltpolitik • Verbraucherschutz • Verkehrspolitik • Energiepolitik	• Gesundheitspolitik • Industriepolitik • Kultur und Tourismus • Bildung, Jugend und Sport • Katastrophenschutz • Verwaltungszusammenarbeit
Supranationale Gemeinschaftspolitik (Mehrheitsprinzip)	**intergouvernementale Zusammenarbeit der nationalen Regierungen** (Einstimmigkeitsprinzip)	

Abb. 115.1: Kompetenzen der EU nach dem Vertrag von Lissabon (Stefan Prochnow)

EU-Verordnungen	EU-Richtlinien	EU-Entscheidungen und Beschlüsse	EU-Empfehlungen
EU-Verordnungen werden ohne nationale Rechtsakte unmittelbar in allen Mitgliedstaaten verbindlich.	EU-Richtlinien müssen von den Mitgliedstaaten in nationales Recht überführt werden, wobei es ihnen überlassen bleibt, wie sie dies tun.	EU-Entscheidungen und Beschlüsse sind verbindliche Festlegungen im Einzelfall.	EU-Empfehlungen sind unverbindlich.

Abb. 115.2: Rechtsakte („Gesetze") der EU (Stefan Prochnow)

M2 Rechtsakte der EU

Was in der EU beschlossen wird, hat als geltendes Recht Bedeutung für die einzelnen Mitgliedsländer. Allerdings gibt es dabei einige Unterschiede:
Verordnungen gelten unmittelbar und in der ganzen EU und sind in all ihren Teilen verbindlich. Sie stehen über dem nationalen Recht, das die einzelnen Staaten beschließen. Die Staaten dürfen einzelne Verordnungen nicht modifizieren und ihren eigenen Vorstellungen anpassen.
Richtlinien richten sich an die Mitgliedstaaten und müssen von ihnen erst in ihr eigenes nationales Recht umgesetzt werden. Dabei sind die Ziele, wie sie in den Richtlinien formuliert wurden, verbindlich. Die Staaten haben jedoch bei der Art der Umsetzung gewisse Spielräume.
Entscheidungen richten sich an besondere Empfänger, zum Beispiel an einzelne Staaten oder Unternehmen. Sie sind in allen Teilen verbindlich.
Empfehlungen sind unverbindliche Vorschläge, ebenso wie die **Stellungnahmen**, die die EU zu besonderen Themen abgibt.

Herbert Uhl (Hrsg.), a.a.O., S. 257

Arbeitsaufträge

1. Stellen Sie, in Form einer Dokumentationsmappe oder einer Wandzeitung (siehe Methode S. 116), aktuelle Entscheidungsprozesse und Rechtsakte der EU zusammen!
2. Ordnen Sie die gesammelten aktuellen Gesetzesvorhaben der EU den verschiedenen Kompetenzbereichen der EU (Abb. 115.1) und den Rechtsakten (Abb. 115.2) zu!

Zeitungsdokumentation und Wandzeitung

Im Kapitel 8 wird deutlich, wie stark politische Entscheidungen, aber auch unser Alltagsleben durch Regelungen der Europäischen Union beeinflusst werden. Durch eine Dokumentation aktueller Themen der europäischen Politik anhand von Tageszeitungen lässt sich ermitteln, welche Themenbereiche gerade diskutiert werden und welche Standpunkte und Interessen die einzelnen Akteure jeweils vertreten. Die „Europäisierung“ des Lebens und die wachsende Bedeutung der europäischen Institutionen spiegeln sich zunehmend auch in der Berichterstattung in den Medien wider.

Daher ist es sinnvoll, dass Sie eine oder mehrere Tageszeitung(en) auf Nachrichten und Berichte mit Bezug zur Europa-Politik untersuchen und anhand der gesammelten Zeitungsausschnitte eine Dokumentation als kommentierte Mappe oder als Wandzeitung erstellen.

Dabei empfiehlt sich folgendes Vorgehen:

1. Legen Sie zunächst fest,
   - wer welche Zeitung(en) zur Verfügung hat und auswerten kann und
   - wann der Untersuchungszeitraum beginnen und enden soll.
     Denkbar ist auch, den Aufwand zu begrenzen, indem nicht alle Schüler/-innen täglich eine oder mehrere Zeitungen untersuchen, sondern an bestimmten Wochentagen nur jeweils bestimmte Schüler/-innen eine Zeitung auswerten, während an anderen Wochentagen andere Schüler/-innen die Auswertung übernehmen.
   - Vereinbaren Sie Kriterien, nach denen Sie entscheiden wollen, ob ein Zeitungsartikel einen „Europabezug“ aufweist oder nicht.
2. Legen Sie fest, nach welchen Kategorien die Artikel sortiert werden sollen. Denkbar ist zum Beispiel eine Sortierung nach einer der folgenden Kategorien:
   a. Thematische Sortierung nach Politikfeldern
   b. Sortierung nach den Dimensionen der Politik (siehe S. 26 f.)
   c. Sortierung nach der Stellung im Politikzyklus (siehe S. 50 f.)
   d. Gliederung nach Kompetenzbereichen der EU (siehe Abb. 115.1)
   e. Sortierung nach der Art der Rechtsakte der EU (siehe Abb. 115.2)

Tipp: Achten Sie nicht nur auf Texte, sondern auch auf aussagekräftige Bilder.

3. Tauschen Sie sich im Kurs untereinander aus, welche Themen im Untersuchungszeitraum in den Medien im Vordergrund standen und welche Auswirkungen die getroffenen Entscheidungen auf das Alltagsleben der Menschen in Europa haben dürften.
4. Kommentieren Sie die Zeitungsausschnitte.

Abb. 116.1: Beispiel für eine Wandzeitung (Foto: Stefan Prochnow)

8.1 Organe der EU

M1 Europäischer Rat der Staats- und Regierungschefs (ER)

Hier kommen (turnusgemäß viermal jährlich) die Staats- und Regierungschefs der Mitgliedsländer gemeinsam mit dem Präsidenten der Europäischen Kommission zu nicht-öffentlichen Gipfeltreffen zusammen. Der Rat ist faktisch das wichtigste Gremium der EU, gehört aber formal nicht zu ihren Entscheidungsorganen. Er unterliegt nicht der demokratischen Kontrolle durch die EU-Kommission, durch das Europäische Parlament und durch den Europäischen Gerichtshof. Zusammen mit dem EU-Ratspräsidenten, der nur beratend tätig ist, legen die Staatschefs und der Kommissionspräsident die Leitlinien der EU-Politik für den Ministerrat fest, beschäftigen sich mit den Problemen, über die sich die Minister nicht einigen konnten, und stimmen darüber ab, wobei in der Regel das Konsensprinzip gilt. Der ER ist somit Impulsgeber, politische Steuerungsinstanz und oberster Konfliktlöser in der EU.

M2 Rat der Europäischen Union (Ministerrat)

Hier treffen sich die für das jeweilige Sachgebiet zuständigen Minister der Mitgliedstaaten sowie der zuständige EU-Kommissar. Sie treffen sich etwa monatlich in Brüssel oder in Luxemburg. Die Sitzungen sind teilweise öffentlich. Der Ministerrat ist zusammen mit dem Parlament der Gesetzgeber der EU und vertritt dabei die Interessen der Mitgliedstaaten. Er gilt als das wichtigste Entscheidungsorgan der EU neben dem Rat der Staats- und Regierungschefs (ER). Jedes Mitgliedsland hat für sechs Monate den Vorsitz im Ministerrat. Hier müssen Entscheidungen entweder einstimmig oder mit „doppelter Mehrheit" beschlossen werden. Die doppelte Mehrheit gilt als erreicht, wenn mindestens 55 % der Staaten zustimmen, die zusammen mindestens 65 % der EU-Bevölkerung repräsentieren.

M3 Das Europäische Parlament (EP)

Die Abgeordneten des EP werden direkt von der Bevölkerung der Mitgliedstaaten auf fünf Jahre gewählt. Es gibt kein einheitliches Wahlrecht. Vielmehr wendet jedes Land sein nationales Wahlrecht an. Die EU-Staatsbürgerschaft garantiert den Bürgerinnen und Bürgern das Recht, in dem EU-Land zu wählen, in dem sie ihren Wohnsitz haben, auch wenn sie die Staatsbürgerschaft eines anderen EU-Staates besitzen. Das Parlament tagt in Straßburg und Brüssel. Die Zahl der Abgeordneten, die aus einem Land ins Parlament einziehen, richtet sich ungefähr nach der Bevölkerungszahl. Dabei sind kleinere Länder jedoch überproportional vertreten. So hat Malta (ca. 440 000 Einwohner) sechs Abgeordnete; Deutschland hat dagegen 186 Mal so viele Einwohner wie Malta, aber nicht 1116 Abgeordnete (186 × 6), sondern nur 96. Die Abgeordneten gehören in der Regel nationalen Parteien an, die sich im Europäischen Parlament zu verschiedenen Fraktionen zusammengeschlossen haben. Es gibt keine strenge Fraktionsdisziplin,

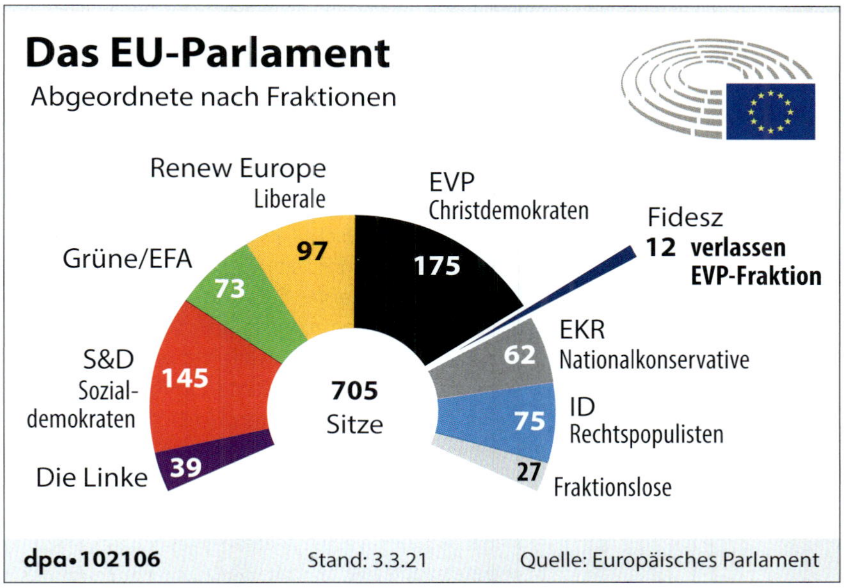

Abb. 117.1: Zusammensetzung des Europäischen Parlaments

parteipolitische und nationale Interessen überlagern sich sehr stark. Die Fraktionen entsenden Abgeordnete in die Fachausschüsse, in denen die EU-Rechtsakte (Abb. 115.2) beraten werden.

Befugnisse:

- **Budgetrecht**: Parlament und Ministerrat bilden zusammen die „Haushaltsbehörde". Das Parlament kann den Gesamthaushalt der EU am Ende des Verfahrens ablehnen.
- **Zustimmung** zu Beitritten und Assoziierungen zur EU sowie zu EU-Verträgen mit Dritten.
- **Gesetzgebung**: Eine Möglichkeit, in der EU Rechtsvorschriften zu initiieren, besitzt allein die EU-Kommission (siehe S. 118). Die Rechte des EP beim Erlass von Richtlinien und Verordnungen reichen von der Unterrichtung und Anhörung bis zum Vetorecht. Sie sind abhängig vom jeweils zugrunde liegenden Politikbereich. Meist findet das **Mitentscheidungsverfahren** („ordentliches Gesetzgebungsverfahren") Anwendung. Das EP ist mit zwei Lesungen an der Entscheidungsfindung beteiligt. Bei fehlender Einigung mit dem Ministerrat kann ein Vermittlungsausschuss angerufen werden; das EP hat das Recht, am Ende des Gesetzgebungsverfahrens mit absoluter Mehrheit einen Gesetzesvorschlag abzulehnen.
- **Wahl der Exekutive**: Die EU-Kommission kommt nur ins Amt, wenn das EP dem Kandidaten für das Amt des Kommissionspräsidenten sowie der Zusammensetzung der Kommission insgesamt zustimmt. Durch ein Anhörungsverfahren in seinen Ausschüssen prüft das EP die Kandidaten auf ihre Eignung.
- **Kontrolle der Exekutive**: Durch ein Misstrauensvotum kann das EP die EU-Kommission als Ganzes zum Rücktritt zwingen. Das EP kann Anfragen an die Kommission und den Ministerrat stellen und Untersuchungsausschüsse einsetzen. Ein Kontrollausschuss des EP kontrolliert die Verwaltung des Haushaltes durch die EU-Kommission.

M1 bis M3: Stefan Prochnow, diverse Quellen

Abb. 117.2: Symbol der EU vorm Europäischen Parlament in Straßburg – die Skulptur „Europe à cœur"

M4 Die Europäische Kommission (EK)

Die EK mit Sitz in Brüssel ist die „Regierung", die Exekutive, der EU. Sie wacht über die Einhaltung der Verträge in den Mitgliedstaaten. Jedes Mitgliedsland entsendet eine/n Kommissar/-in, die/der einen Geschäftsbereich (ähnlich einem Ministerium) übernimmt. Die Kommissare werden von den Mitgliedstaaten vorgeschlagen, müssen aber vom Ministerrat und dem EP bestätigt werden. Ihre Amtszeit beträgt fünf Jahre. Sie sind verpflichtet, nicht nationale Interessen zu verfolgen, sondern Gemeinschaftsinteressen der EU. Geleitet wird die EK von einem Kommissionspräsidenten mit beschränkter interner Richtlinienkompetenz in Organisationsfragen und bei der Zuständigkeitsverteilung. In strittigen politischen Sachfragen entscheidet die EK mit einfacher Mehrheit, wobei jedes Kommissionsmitglied (also jeder Mitgliedstaat) eine Stimme hat.

Kompetenzen: Die EK hat weitreichende Initiativ-, Verwaltungs-, Aufsichts- und Kontrollbefugnisse. Sie ist an der Aufstellung und Durchführung des Finanzhaushalts der EU beteiligt. Im Gesetzgebungsprozess hat sie allein das Recht, EU-Gesetze vorzuschlagen (Monopol der **Gesetzesinitiative**), über die der Ministerrat und das EP entscheiden. Deren Durchführung kontrolliert wieder die EK. Ferner wacht sie zusammen mit dem Europäischen Gerichtshof darüber, dass Neumitglieder den Rechtsbestand der EU übernehmen und Mitgliedstaaten das EU-Recht einhalten. Die EK erarbeitet den Haushaltsentwurf der EU und verwaltet deren Finanzmittel, mit denen die politischen Programme der EU realisiert werden.

Abb. 118.1: Die Kommission ist nicht den nationalen Interessen, sondern allein den europäischen Gemeinschaftsinteressen verpflichtet. Vor ihrem Gebäude in Brüssel wehen daher nicht die Flaggen der Mitgliedstaaten, sondern ausschließlich die Flaggen der EU.

Sie ist außerdem zuständig für das Aushandeln völkerrechtlicher Verträge und sie vertritt die EU nach außen, z.B. bei internationalen Organisationen.

Die Kommission ist als Kontrollbehörde für die Einhaltung der Regeln des freien Wettbewerbs zuständig. Sie kontrolliert u.a. staatliche Beihilfen (Subventionen) und kann als oberste Kartellbehörde Unternehmenszusammenschlüsse (Fusionen) untersagen, wenn diese den Wettbewerb auf den Märkten behindern. Die einzelnen Kommissare können weder vom Ministerrat noch von den Mitgliedstaaten abberufen werden, sondern nur vom EP.

Abb. 118.2: Großer Saal des EuGH in Luxemburg

M5 Der Europäische Gerichtshof (EuGH)

Die Richterinnen und Richter sowie die Generalanwältinnen und -anwälte werden von den Regierungen der Mitgliedstaaten „im gegenseitigen Einvernehmen" auf sechs Jahre ernannt. Pro Staat ist ein Richter oder eine Richterin im EuGH vertreten. Der EuGH (Sitz: Luxemburg) nimmt in der EU eine Stellung ein, die in Deutschland den obersten Bundesgerichten vergleichbar ist. Er entscheidet nach europäischem Recht auf der Grundlage des EU-Vertrages. Bei Rechtsstreitigkeiten kann der EuGH auch direkt von Bürgerinnen und Bürgern angerufen werden.

Der EuGH sorgt dafür, dass Mitgliedstaaten und Gerichte in der EU das europäische Gemeinschaftsrecht nicht auf unterschiedliche Weise auslegen und anwenden. Zu diesem Zweck ist der EuGH für Entscheidungen über Rechtsstreitigkeiten zuständig, an denen Mitgliedstaaten, Gemeinschaftsorgane, Unternehmen und Privatpersonen als Parteien beteiligt sein können.

Die Richter/-innen fällen ihre Urteile mit einfacher Mehrheit. Es gibt folgende Klageverfahren vor dem EuGH:

- **Vertragsverletzungsklage**: EK und Mitgliedstaaten können Vertragsverletzungen von Mitgliedstaaten rügen und der gerichtlichen Kontrolle unterwerfen. Stellt der EuGH die Vertragsverletzung fest, ist der betreffende Staat verpflichtet, diese unverzüglich abzustellen.
- **Nichtigkeitsklage**: Mitgliedstaaten, das EP, der Ministerrat und die EK können beantragen, Gemeinschaftsvorschriften ganz oder teilweise für nichtig (unwirksam) zu erklären. Einzelpersonen können die Nichtigkeitserklärung von Rechtsakten fordern, die sie unmittelbar und persönlich betreffen. Der Gerichtshof kann so die Rechtmäßigkeit der Handlungen der Gemeinschaftsorgane überprüfen.
- **Untätigkeitsklage**: Der EuGH kann die Rechtmäßigkeit der Untätigkeit eines Gemeinschaftsorgans prüfen und gegebenenfalls dessen Schweigen oder Nichthandeln ahnden.
- **Schadenersatzklage**: Der EuGH kann entscheiden, ob die Gemeinschaft für Schäden aufzukommen hat, die ihre Organe oder Bediensteten bei ihrer Amtstätigkeit verursacht haben.
- **Vorabentscheidungsverfahren**: Ein nationales Gericht kann vom EuGH eine Vorabentscheidung verlangen, wenn es in einem Verfahren Gemeinschaftsrechtsnormen anwenden muss und Zweifel hinsichtlich deren Auslegung hegt. Das nationale Gerichtsverfahren wird ausgesetzt, bis die Vorabentscheidung ergeht. Sie ist dann für das nationale Gericht bindend. Vorabentscheidungsverfahren sind bedeutsam für die einheitliche Auslegung des Gemeinschaftsrechts.

M6 Der Wirtschafts- und Sozialausschuss

Die Mitglieder dieses Ausschusses sind Vertreter gesellschaftlicher Interessengruppen aus den Mitgliedstaaten, also von Arbeitgeberverbänden, Gewerkschaften, Bauernverbänden, Umwelt- und Verbraucherschutzgruppen oder Menschenrechtsaktivisten. Sie sind jedoch nur beratend an der europäischen Gesetzgebung beteiligt. Bedeutsamer ist der informelle Einfluss von Lobbyisten, zu denen auch Unternehmensvertreter gehören, im Vorfeld des offiziellen Gesetzgebungsprozesses.

M7 Der Ausschuss der Regionen (AdR)

Um die Belange der Regionen und Kommunen der Mitgliedstaaten stärker auf europäischer Ebene sichtbar zu machen, ist der AdR ins Leben gerufen worden. Seine Mitglieder sind nur beratend tätig und vertreten die Interessen der europäischen Regionen (in Deutschland der Bundesländer) sowie der großen Städte und Gemeinden.

M8 Die Europäische Zentralbank (EZB)

Die EZB ist für die Geld- und Währungspolitik derjenigen EU-Länder zuständig, die den Euro eingeführt haben. Die EZB wird von einem Direktorium geleitet, das aus dem Präsidenten, seinem Stellvertreter und vier weiteren Mitgliedern besteht. Sie sind für die Leitung der täglichen Geschäfte der Bank zuständig. Oberstes Entscheidungsorgan der Bank ist der EZB-Rat, dem neben den sechs Direktoriumsmitgliedern die Präsidenten derjenigen nationalen Zentralbanken (wie etwa der Deutschen Bundesbank) angehören, die den Euro als Zahlungsmittel eingeführt haben. Die EZB bestimmt über die europäische Geldpolitik. Sie entscheidet beispielsweise darüber, ob im Eurogebiet die Leitzinsen angehoben oder gesenkt werden. Sie ist dabei personell, institutionell und finanziell von der EU und den Regierungen der Mitgliedstaaten unabhängig.

→ zum Thema Lobbyismus siehe auch Kap. 3.3 bis 3.5

M4 bis M8: Stefan Prochnow, diverse Quellen

Arbeitsaufträge

1. Stellen Sie
   a) die Zusammensetzung,
   b) die Arbeitsweise,
   c) die Befugnisse der EU-Organe
   tabellarisch zusammen (M1 bis M5)!
2. Erläutern Sie die Rechtsetzungspraxis der EU anhand eines Schaubilds!
3. Stellen Sie anhand eines selbst recherchierten Beispiels den Einfluss von Verbänden und Lobbygruppen auf den Rechtsetzungsprozess der EU dar!
4. Parteien und Medienlandschaft sind weitgehend national organisiert. Beurteilen Sie, welche Auswirkungen das auf die europäische Integration hat!

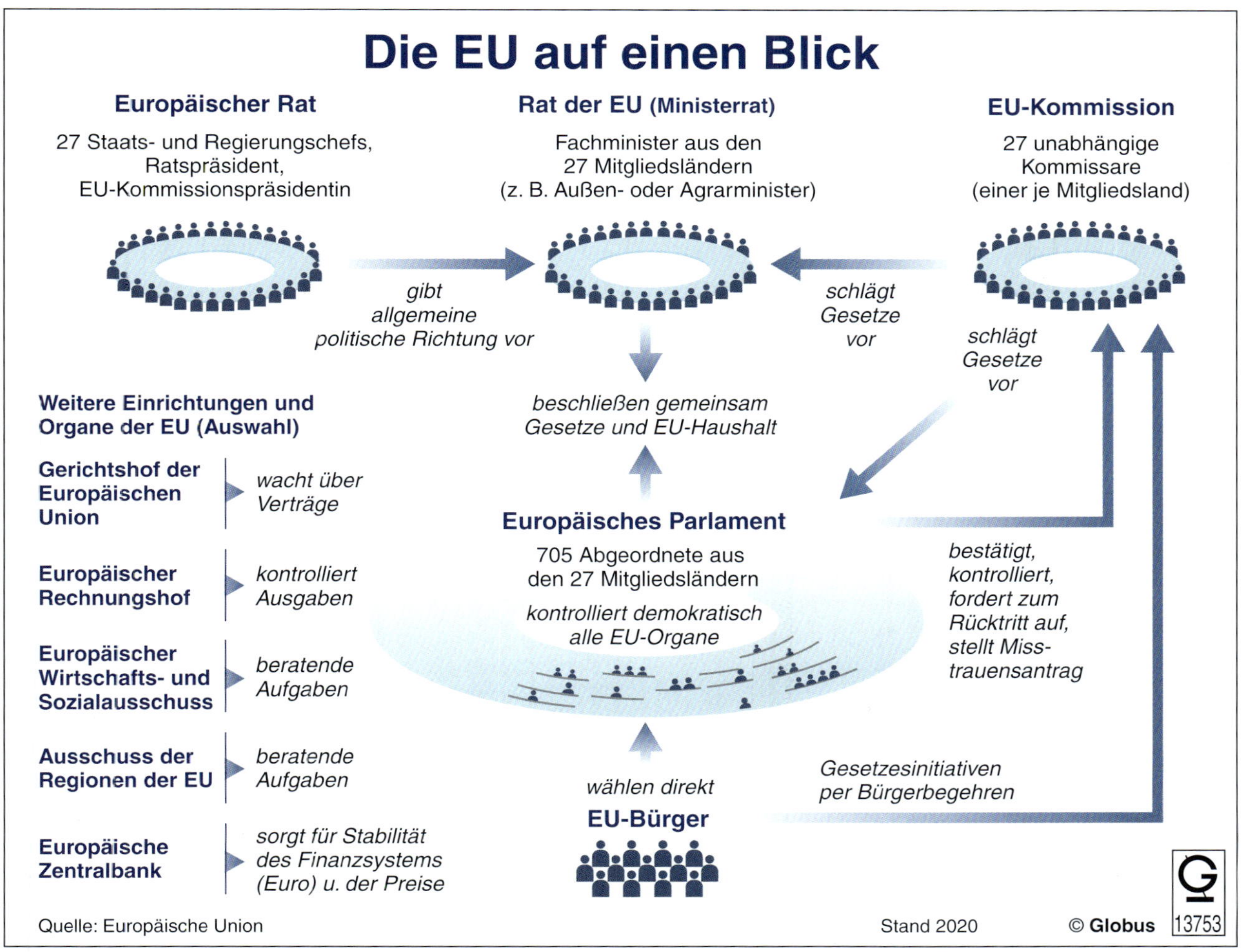

Abb. 119.1: Zusammensetzung, Pflichten und Rechte der EU-Organe

8.2 Entscheidungsprozesse in der EU

Abb. 120.1: Komplizierte Entscheidungen (Carsten Schley)

Politische Entscheidungen in der EU zu treffen ist kompliziert, schließlich müssen dabei viele unterschiedliche Interessen berücksichtigt werden: die nationalen Regierungen, die vielen Interessengruppen in jedem Land und in der Gemeinschaft, die Regionen und Kommunen, aber auch das vom Volk direkt gewählte Europäische Parlament mit seinen unterschiedlichen Fraktionen und die Europäische Kommission.

Es gibt in der EU unterschiedliche Wege, um zu einer politischen Entscheidung zu kommen – je nach der politischen Aufgabe, die es zu lösen gilt. Die Wege unterscheiden sich hauptsächlich hinsichtlich der Rechte des Europäischen Parlaments und der erforderlichen Mehrheiten im Ministerrat.

Ordentliche Gesetzgebung (Mitentscheidungsverfahren)	Zustimmung	Anhörung
Gesetzesvorschläge der Kommission können nur vom Ministerrat und dem EP gemeinsam angenommen werden. Gilt für mehr als drei Viertel aller Entscheidungen.	Entscheidungen kommen zustande, wenn das Parlament einer Vorlage der Kommission zustimmt. Es kann eine Vorlage jedoch nicht abändern, sondern nur als Ganzes annehmen oder ablehnen.	Das Parlament wird bei diesen Entscheidungen nur angehört und kann dabei Vorschläge einbringen. Sie müssen jedoch nicht übernommen werden.
Beispiele: Welches Verfahren bei welcher politischen Frage?		
• Binnenmarkt • Agrarpolitik • Verbraucherschutz • Umweltschutz • Anerkennung von Zeugnissen und Berufsabschlüssen • Beschäftigungspolitik • Sozialpolitik	• Aufnahme neuer Mitglieder • internationale Abkommen • Ernennung der Kommissionsmitglieder und des Kommissionspräsidenten	• bestimmte einzelne Regelungen im Rahmen der gemeinsamen Agrarpolitik • Festlegung von Steuern in der EU • Regelungen des Wettbewerbs im Europäischen Binnenmarkt

Abb. 120.2: Welche Rolle spielt das Europäische Parlament bei politischen Entscheidungen? (Herbert Uhl)

M1 Das „Ordentliche Gesetzgebungsverfahren" der EU

Wir beschreiben im Folgenden das sogenannte **Mitentscheidungsverfahren** [= ordentliches Gesetzgebungsverfahren], das heute in mehr als drei Vierteln aller Fälle praktiziert wird. Bei allen Verfahren geht es darum, wie die politischen Organe der EU bei einer Entscheidung zusammenwirken – und nicht zuletzt darum, welche Rolle die Abgeordneten des Parlaments als die demokratisch gewählten Repräsentanten der Bevölkerung spielen.
Beim Mitentscheidungsverfahren müssen vor allem die Europäische Kommission, der Ministerrat und das Europäische Parlament zu einer gemeinsamen Lösung kommen. Dies geschieht in fünf Schritten:

Schritt 1
Initiativrecht

(1) **Vorschlags- und Initiativrecht**: Der Vorschlag für ein europäisches Gesetz muss immer von der Europäischen Kommission ausgehen. Zwar können andere (Europäisches Parlament, Ministerrat, europäische Bürgerinitiative mit mindestens 1 Million Unterschriften) die Kommission auffordern, zu einem bestimmten Thema einen Vorschlag vorzulegen. Auch hört sich die Kommission vorher die unterschiedlichen Meinungen der Mitgliedsregierungen und wichtige[r] Interessengruppen an. Ob und wann sie einen Gesetzesvorschlag macht und wie dieser aussieht, ist aber allein Sache der Kommission.

Schritt 2
Beratung und Stellungnahmen

(2) **Beratung und Stellungnahmen**: Der Kommissionsvorschlag geht dann zur Beratung an das Europäische Parlament und den Ministerrat, an den Wirtschafts- und Sozialausschuss und den Ausschuss der Regionen. Sie alle diskutieren den Vorschlag und geben eine Stellungnahme ab, in der sie entweder der Kommission zustimmen oder Änderungen vorschlagen.

Schritt 3
Einigung und Beschluss

(3) **Einigung und Beschluss**: In vielen meist technischen Fragen, z.B. in der Umweltpolitik, gibt es keine unterschiedlichen Meinungen zwischen Kommission, Parlament und Ministerrat. In solchen Fällen stimmen Parlament und Ministerrat dem Kommissionsvorschlag zu und dieser wird dann „Gesetz". Oder Parlament und Ministerrat sind sich einig, den Kommissionsvorschlag abzuändern. Dann wird die von Parlament und Ministerrat beschlossene Änderung „Gesetz".

(4) **Schwierigkeiten – der Vermittlungsausschuss**: Kompliziert wird es, wenn Kommission, Parlament und Ministerrat sich nicht einigen können. Dann muss ein Vermittlungsausschuss aktiv werden. Ihm gehören in gleicher Zahl Abgeordnete des Parlaments und Vertreter des Ministerrats an. Diese versuchen, den Gesetzestext so zu formulieren, dass beide Organe – Europäisches Parlament und Ministerrat – zustimmen können. Das ist mitunter ein schwieriges Unterfangen, wenn die Interessen sehr unterschiedlich sind. Gelingt es dem Vermittlungsausschuss, ein gemeinsames Ergebnis vorzulegen und stimmen dieser Vorlage das Parlament und der Ministerrat zu, ist das Gesetz beschlossen. Schafft es der Vermittlungsausschuss nicht, ein gemeinsames Ergebnis zu finden oder lehnt nur eines der beiden Organe – Parlament oder Ministerrat – den Vermittlungsvorschlag ab, ist der Gesetzentwurf gescheitert. Das Problem lässt sich dann nur lösen, wenn die Europäische Kommission […] von vorn anfängt und einen neuen Vorschlag vorlegt. Wichtig ist also: Ein europäisches Gesetz, zum Beispiel eine Richtlinie zum Umweltschutz, wird nur rechtskräftig, wenn ihm sowohl das Europäische Parlament als auch der Ministerrat zustimmen.

Schritt 4

Bei Schwierigkeiten: Vermittlungsausschuss

(5) **Veröffentlichung:** Das europäische Gesetz wird im **Amtsblatt** veröffentlicht und tritt damit in Kraft. Dann sind die Regierungen der Mitgliedstaaten verpflichtet, es in ihrem nationalen Recht umzusetzen bzw. ihr eigenes Recht entsprechend anzupassen. Die Europäische Kommission kontrolliert, ob EU-Recht in den Staaten auch umgesetzt wird. Sie mahnt säumige Regierungen und kann diese vor dem Europäischen Gerichtshof verklagen, falls sie die Vorgaben aus Brüssel nicht oder nicht ausreichend umsetzen.

Schritt 5

Veröffentlichung Inkrafttreten

Herbert Uhl (Hrsg.): Grundwissen Politik. Ernst Klett Verlag Stuttgart 2007, S. 246 f.

M2 Was ist eine Europäische Bürgerinitiative (EBI)?

Sie ist ein Instrument der partizipativen Demokratie, das den Bürgerinnen und Bürgern die Möglichkeit gibt, konkrete Änderungen der Rechtsvorschriften in den Bereichen anzuregen, in denen die Europäische Kommission befugt ist, Rechtsakte vorzuschlagen, z. B. in den Bereichen Umwelt, Landwirtschaft, Energie, Verkehr und Handel. […]
Um eine Initiative zu starten, braucht es 7 EU-Bürger/-innen, die in mindestens 7 unterschiedlichen Mitgliedsländern leben und das Wahlalter erreicht haben. Sobald eine Initiative 1 Million Unterstützungsbekundungen gesammelt […] hat, muss die Europäische Kommission entscheiden, ob sie tätig wird.

Europäische Union: Die Europäische Bürgerinitiative, http://ec.europa.eu.citizens-initiative/public/basic-facts?lg=de, Zugriff am 10. August 2018

Arbeitsaufträge

1. Stellen Sie den europäischen Gesetzgebungsprozess anhand eines konkreten Beispiels dar!
2. Überprüfen Sie, inwieweit die „Europäische Bürgerinitiative“ Impulse zur Gesetzgebung auf europäischer Ebene setzen konnte!

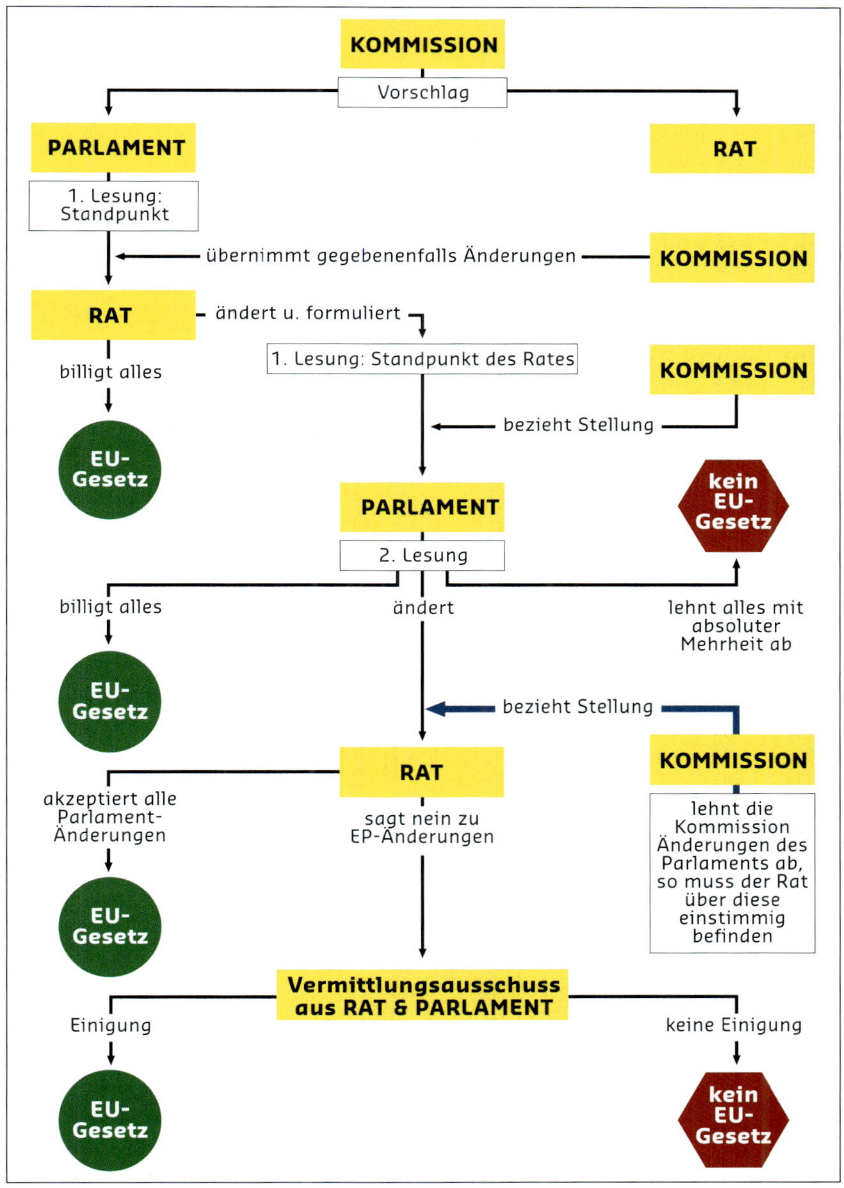

Abb. 121.1: So kommt ein europäisches Gesetz zustande (Peter Diehl)

Glossar

Absolutismus: eine Herrschaftsform, die durch die unumschränkte Gewalt eines Monarchen gekennzeichnet ist. (siehe S. 8)

Aktuelle Stunde: Auf Verlangen einer → **Fraktion** im Bundestag können zu aktuellen Themen von allgemeinem Interesse Diskussionsstunden anberaumt werden. Die Redezeit pro Abgeordnetem beträgt 5 Minuten, insgesamt höchstens 60 Minuten. Bundesregierung und Bundesrat dürfen jedoch länger reden. (siehe S. 102)

Alterspräsident wird das dienstälteste Mitglied des Bundestages genannt, das (mit seiner Zustimmung) die erste Sitzung des Bundestages nach einer Bundestagswahl eröffnet und leitet, bis ein neuer Bundestagspräsident gewählt ist. (siehe S. 102)

Der **Ältestenrat** besteht aus dem Bundestagspräsidenten, seinen Stellvertretern und 23 weiteren Mitgliedern, die von den → **Fraktionen** nach ihrem Stärkeverhältnis benannt werden. Der Ältestenrat unterstützt den Bundestagspräsidenten bei der Führung der Geschäfte des Parlaments. (siehe S. 102)

Anhörung (Hearing): Jeder → **Ausschuss** kann eine öffentliche Anhörung durchführen. Dabei werden Fachleute aus Wissenschaft und Praxis eingeladen, um den Mitgliedern des Ausschusses Informationen zu einem Beratungsthema zu vermitteln, beispielsweise ob ein Gesetzentwurf zur Lösung des Problems geeignet oder ob er verfassungsgemäß ist. Es gibt auch die Möglichkeit, nicht-öffentliche Anhörungen durchzuführen. (siehe S. 102)

Als **Arbeitsparlament** werden Parlamente bezeichnet, deren Bearbeitung von Gesetzesvorlagen überwiegend in den Parlamentsausschüssen (Gliederung nach Sachlogik) und → **Fraktionen** (Gliederung nach Parteilogik) stattfindet, wo diese einzeln durchgearbeitet werden. Die Debatten im Plenum eines Arbeitsparlaments dienen lediglich der Information der Öffentlichkeit. Das Parlamentsplenum ist somit als eine Art Arena zum Überzeugen potenzieller Wähler anzusehen, nicht aber zum Überzeugen der Abgeordneten des politischen Gegners. Daher sind in vielen Plenardebatten auch allenfalls die an der Erarbeitung beteiligten Parlamentarier anwesend. Im Gegensatz dazu werden in den → **Ausschüssen** zumeist weniger offensiv und öffentlichkeitswirksam, sondern vielmehr konstruktiv und parteiübergreifend Fragestellungen kritisch erörtert. Beispiele für ein solches Arbeitsparlament sind der Deutsche Bundestag, das Parlament der Schweiz, der US-Kongress oder das Europaparlament. Das Gegenteil des Arbeitsparlaments ist das → **Redeparlament**. (siehe S. 102)

Ausgleichsmandate sind Zusatzmandate, die andere Parteien erhalten, wenn eine Partei Überhangmandate bekommen hat. Ziel ist eine Zusammensetzung des Parlaments, die dem Verhältnis der abgegebenen Stimmen entspricht. (siehe S. 89)

Ausschuss: Fachgremium des Bundestages. Gesetzentwürfe werden arbeitsteilig in Ausschüssen mit thematischen Schwerpunkten (meist ähnlich dem Zuschnitt der Bundesministerien) beraten. Die Ausschüsse sind ein verkleinertes Spiegelbild des Parlaments in ihrer Zusammensetzung nach Fraktionen. Bei politisch bedeutsamen Vorhaben finden fast immer öffentliche → **Anhörungen (Hearings)** von sachverständigen Wissenschaftlern und Verbandsvertretern statt. Neben den ständigen Ausschüssen kann es auch vorübergehende Ausschüsse geben, etwa → **Untersuchungsausschüsse**. (siehe S. 102, 106, 112)

Berichterstatter: Für jeden Beratungsgegenstand in den → **Ausschüssen** benennen die → **Fraktionen** Berichterstatter. Sie sind als Fachleute für ein Thema oder mehrere Themen in den Arbeitsgruppen ihrer Fraktion zuständig. Im Ausschuss vertreten sie die Auffassungen der Fraktionen und steuern maßgeblich die jeweiligen Beratungen. (siehe S. 102)

Berliner Stunde: Verrechnungsschlüssel, nach dem die für einen bestimmten Tagesordnungspunkt beschlossene Debattendauer auf die → **Fraktionen** aufgeteilt wird. Er geht vom Stärkeverhältnis der Fraktionen aus. Die → **Parlamentarischen Geschäftsführer** legen in der Regel fest, wer aus der Fraktion und in welcher Reihenfolge sprechen darf. (siehe S. 102)

Berufung: Überprüfung der Tatsachen eines Gerichtsverfahrens vor einer höheren Gerichtsinstanz, d. h. ein „Neuaufrollen" des Falls einschließlich einer neuen Beweisaufnahme. (siehe S. 111)

Das **Bundeskartellamt** ist eine unabhängige Wettbewerbsbehörde mit Sitz in Bonn. Ihre Aufgabe ist der Schutz des Wettbewerbs in Deutschland, eine zentrale ordnungspolitische Aufgabe in einer marktwirtschaftlich verfassten Wirtschaftsordnung. Das Bundeskartellamt befasst sich mit allen Wettbewerbsbeschränkungen, die sich in Deutschland auswirken. Ist nur ein Bundesland betroffen, ist die jeweilige Landeskartellbehörde zuständig, Fusionsfälle werden jedoch ausschließlich vom Bundeskartellamt geprüft. Grundlage seiner Tätigkeit ist das Gesetz gegen Wettbewerbsbeschränkungen. Daneben wendet das Bundeskartellamt europäisches Wettbewerbsrecht an, wenn die Voraussetzungen für die Anwendung vorliegen und die Europäische Kommission nicht selbst tätig wird. (siehe S. 68)

Cleavages (engl., = Spaltungen): Interessenunterschiede, die zu politisch bedeutsamen Spannungs- und Konfliktlinien führen und das Wahlverhalten über längere Zeit beeinflussen. Wichtige Cleavages können sein: Interessenunterschiede zwischen Arbeitgebern (Kapital) und abhängig Beschäftigten (Arbeit), zwischen Arm und Reich, geografische Unterschiede zwischen städtischen Zentren und ländlicher Peripherie oder neuerdings zwischen Globalisierungs- und Migrationsgewinnern und Globalisierungs- und Migrationskritikern. (siehe S. 36, 42)

Der **Content Provider** (= Inhaltsanbieter) stellt eigene redaktionelle Beiträge und Inhalte zur Verfügung oder hält ein entsprechendes Programm (CMS) auf Mietbasis bereit. Dabei ist es egal, bei welchem Internetanbieter die jeweiligen Seiten oder Domains tatsächlich liegen, denn die Inhalte werden vom Inhaltsanbieter lediglich verlinkt. (siehe S. 70)

Demokratiedefizit bezeichnet als *strukturelles* Demokratiedefizit im Zusammenhang mit der EU das von Kritikern unterstellte Fehlen eines einheitlichen Staatsvolkes und damit einer gemeinsamen demokratischen Legitimation, da es keine gemeinsame europäische Identität bzw. kein gesamteuropäisches Gemeinverständnis gäbe. Als *repräsentatives* Demokratiedefizit bezeichnen Kritiker die Tatsache, dass nicht alle Länder proportional zu ihrer Einwohnerzahl im Parlament vertreten sind: Die kleinen Länder haben überproportional viele, die größeren Staaten unterproportional wenige Abgeordnete. Als *institutionelles* Demokratiedefizit bezeichnen Kritiker a) die ihrer Ansicht nach unzureichende demokratische Legitimation von EU-Institutionen (wobei die Organe mit höherer demokratischer Legitimation wie das EU-Parlament oft faktisch weniger Kompetenzen haben als Organe mit geringerer bzw. nur indirekter demokratischer Legitimation wie der Rat der Staats- und Regierungschefs) und b) die unzureichenden demokratischen Kompetenzen mancher EU-Institutionen (insbesondere des Europäischen Parlaments gegenüber dem Ministerrat) und damit durch den daraus folgenden → **Exekutivföderalismus** eine Schwächung der Gewaltenteilung zugunsten der Exekutive. (siehe S. 114)

Der **Deutsche Presserat** ist eine Gründung von Journalisten und Zeitungsverlegern. Er legt Regeln fest, wie sich eine seriöse Presse verhalten soll (Pressecodex). Außerdem kontrolliert er, wie diese Regeln eingehalten werden. Man spricht von „freiwilliger Selbstkontrolle". (siehe S. 67)

Diäten nennt man die Entschädigung (Bezahlung) der Abgeordneten. Die Höhe der Diäten beschließen die Abgeordneten selbst per Gesetz. Bundestagsabgeordnete erhalten (2018) monatlich 9 540 € brutto zuzüglich Kostenerstattungen für Amtsausstattung, Kostenpauschalen für Mitarbeiter/-innen und Bahnfreifahrten in Deutschland. (siehe S. 102)

Der **Echokammer**-Effekt (engl.: „Echo Chamber Effect") beschreibt, wie es durch den verstärkten virtuellen Umgang mit Gleichgesinnten in sozialen Netzwerken zu einer Verengung der Weltsicht kommt. Der Echokammer-Effekt ist verwandt mit dem Phänomen der → **Filterblase** und wurde in der Kommunikationswissenschaft erforscht. (siehe S. 72)

Der **EdgeRank-Algorithmus** ist ein von Facebook entwickelter Algorithmus, der auf Basis verschiedener Faktoren alle Aktionen auf Facebook, die potenziell im Newsfeed eines Nutzers angezeigt werden könnten, bewertet und entsprechend anzeigt. Der Edge Rank ist kein einheitlicher Wert, sondern wird für jeden Beitrag individuell für den einzelnen Nutzer bestimmt. Der Algorithmus fußt auf den drei Hauptfaktoren Affinität, Gewichtung und Aktualität. Er wurde jedoch ab August 2013 auf mehr als 100 000 Faktoren erweitert. Die Bezeichnung „Edge Rank" wurde von Facebook nie offiziell benutzt und ist eher eine Kreation der Medien. Über die genaue Funktionsweise des Algorithmus hält sich Facebook genauso bedeckt wie Google über den eigenen Suchalgorithmus. (siehe S. 72)

Einspruchsgesetze: „einfache" Bundesgesetze, bei denen die Zustimmung des Bundesrates nicht zwingend erforderlich ist. Zwar kann der Bundesrat Einspruch erheben, der Bundestag kann diesen Einspruch aber in einer erneuten Abstimmung mit der Mehrheit seiner Mitglieder zurückweisen. (siehe S. 112)

Enquetekommissionen bestehen aus Abgeordneten und Sachverständigen aus Wissenschaft und Praxis; sie bereiten Entscheidungen in komplexen Sachverhalten vor. Sie legen dem Bundestag am Ende ihrer Arbeit Abschlussberichte vor, in denen in der Regel auch Empfehlungen für die Gesetzgebung enthalten sind. (siehe S. 102)

Erlass: Verwaltungsvorschrift, die von einem Bundes- oder Landesministerium herausgegeben wird und die innerhalb einer gesetzlich bestimmten Bandbreite verwaltungsinterne Abläufe in einem Gegenstandsbereich regelt. (z. B. Kultusministerium). Er ist nur für die Angehörigen dieses Verwaltungsbereichs verbindlich, hat also keine Außenwirkung. Verwaltungsbestimmungen sind u. a.: Ausführungsbestimmungen, Durchführungsbestimmungen, Dienstanweisungen, Richtlinien. Verwaltungsvorschriften interpretieren Rechtsvorschriften für eine einheitliche Verwaltungspraxis und regeln Organisations- und Verfahrensfragen. (siehe S. 94)

EU-Richtlinie: Das Europäische Parlament und der Ministerrat können Beschlüsse fassen, die für alle Mitgliedstaaten der EU gelten (Rechtsakte). Hierzu zählen Richtlinien, Verordnungen und Beschlüsse. Eine Richtlinie muss innerhalb einer bestimmten Frist durch die nationalen Parlamente in nationales Recht umgesetzt werden. Dabei ist das Ziel vorgegeben, anders als bei Verordnungen ist aber freigestellt, *wie* das Ziel erreicht werden soll. (siehe S. 102)

Exekutivföderalismus: Form des Föderalismus, in der Vertreter von Regierungen, d. h. der Exekutive, in einem Organ der höheren Ebene über Gesetze abstimmen. Dadurch sind Vertreter der Exekutive gleichzeitig Teil der Legislative (z. B. Mitglieder von Landesregierungen als Delegierte im Bundesrat, Minister aus dem Bundeskabinett als stimmberechtigte Mitglieder im EU-Ministerrat). (siehe S. 114)

Ewigkeitsklausel: Art. 79 Absatz 3 Grundgesetz stellt die Art. 1 und 20 des Grundgesetzes unter besonderen Schutz: Eine Änderung dieser Artikel, durch welche die Gliederung des Bundes in Länder, die grundsätzliche Mitwirkung der Länder bei der Gesetzgebung oder die in den Artikeln 1 und 20 niedergelegten Grundsätze berührt werden, ist unzulässig. (siehe S. 24)

Die **Filterblase** (engl.: „filter bubble") oder Informationsblase entsteht, weil Webseiten versuchen, algorithmisch vorauszusagen, welche Informationen ein/e User/-in auffinden möchte. Dies geschieht auf der Basis der verfügbaren Informationen über die/den User/-in (beispielsweise Standort, Suchhistorie und Klickverhalten). Dies führt dazu, dass Informationen, die nicht dem Standpunkt der Userin/des Users entsprechen, für sie/ihn ausgeblendet bleiben. Beispiele dafür sind Googles personalisierte Suchergebnisse und der personalisierte News Stream von Facebook. (siehe S. 72)

Fragestunde: In jeder Sitzungswoche findet im → **Plenum** eine Fragestunde statt, für die jede/r Abgeordnete vorab bis zu zwei Fragen an die Bundesregierung einreichen kann. (siehe S. 102)

Fraktionen sind Zusammenschlüsse mehrerer Abgeordneter, in der Regel derselben Partei (z. B. AfD, FDP, Bündnis 90/Die Grünen, Die Linke.) oder mehrerer Parteien (CDU/CSU), die zusammen mindestens fünf Prozent der Abgeordneten umfassen. Im Bundestag sind bestimmte Rechte an den Fraktionsstatus gekoppelt, etwa das Einbringen von Gesetzen, Anträge, Fragerechte. (siehe S. 102)

Fraktionsdisziplin bezeichnet die einheitliche Meinungsäußerung und das einheitliche Abstimmungsverhalten einer Fraktion. Diese Praxis ist jedoch keine rechtliche Verpflichtung für die Abgeordneten, da sie nach Art. 38 GG ein → **freies Mandat** haben und nur ihrem Gewissen unterworfen sind. (siehe S. 102)

Freies → Mandat bedeutet, dass ein Abgeordneter bei Abstimmungen nur seinem Gewissen unterworfen ist, also nicht an Weisungen seiner Partei oder seiner Wähler gebunden ist. Gegenteil: imperatives Mandat. Aus Art. 38 GG geht hervor, dass die Abgeordneten des Deutschen Bundestags ein freies Mandat haben; daraus ergibt sich, dass ein Abgeordneter auch dann sein Mandat behält, wenn er während der → **Legislaturperiode** aus seiner Partei austritt oder die Partei wechselt. (siehe S. 11)

Gatekeeper: Als Gatekeeper (deutsch: Torwächter, Schleusenwärter oder Türsteher) bezeichnet man in den Sozialwissenschaften metaphorisch einen (meist personellen) Einflussfaktor, der eine wichtige Position bei einem Entscheidungsfindungsprozess einnimmt. Mit dem Terminus Gatekeeping soll die publizistische Wirkungsweise der Massenmedien bestimmt werden. Mit dem Aufkommen des Internets, insbesondere dessen kollaborativen Anwendungen wie Blogs, Online-Foren und -Netzwerken, wird die Gatekeeper-Funktion der Massenmedien jedoch in ihrer Wirkung zunehmend außer Kraft gesetzt. (siehe S. 62)

Ein **Gesetz** wird vom Gesetzgeber erlassen, also z. B. von einem Parlament. Die darin enthaltenen Regelungen sind für alle Bürger verbindlich. (siehe S. 112)

Große Anfrage: Fraktionen bzw. mindestens 5% der Abgeordneten können die Bundesregierung zur Aufklärung über wichtige politische Fragen mit einer Großen Anfrage auffordern. An die schriftliche Beantwortung der Anfrage kann sich eine Debatte anschließen. (siehe S. 102)

G7-Gipfel: Jährliches Treffen der Staats- und Regierungschefs der sieben größten westlich-demokratischen Industrienationen der Welt (Deutschland, Frankreich, Großbritannien, Italien, Japan, Kanada, USA) zum Zweck des Austauschs über aktuelle Themen vor allem der internationalen Sicherheitspolitik und des Welthandels. (siehe S. 27)

gubernativ: Manche Politikwissenschaftler unterscheiden zwischen gubernativen und exekutiven Aufgaben der Regierung: Gubernative = Führungsaufgabe, politischer Handlungsspielraum der Regierung, Ziele und Mittel festlegen; Exekutive = bloße Ausführung von Gesetzen, Verwaltung. (siehe S. 104)

Hammelsprung: Bei knappen Abstimmungen im Bundestag kann der Hammelsprung verlangt werden, bei dem die Abgeordneten den Saal durch drei Türen verlassen und dabei gezählt werden: je eine Tür für „Ja", für „Nein" und für „Enthaltung". (siehe S. 102)

Hartz-Gesetze: Kurzbezeichnung für Arbeitsmarktreformen, die auf Vorschlägen der „Kommission für moderne Dienstleistungen am Arbeitsmarkt" (unter Leitung von Peter Hartz) beruhen. Der Grundgedanke ist, mittels durchgreifender, technisch-organisatorischer Verbesserung der Arbeitsvermittlung jedem die Möglichkeit zu geben, sein Leben auf Erwerbsarbeit zu gründen („Fördern und Fordern"). Nach der Bundestagswahl 2002 wurden die Gesetze I bis IV (= Hartz I bis IV) eingebracht. Hartz I und II (2003): Einrichtung von Personal-Service-Agenturen zur Unterstützung der Vermittlungsleistung der Arbeitsämter, die Aufwertung der Leiharbeit, die Förderung von geringfügiger Beschäftigung und von Selbstständigkeit aus der Arbeitslosigkeit sowie die Verschärfung von Regeln über die Zumutbarkeit angebotener Arbeit. Hartz III (2004): Umbau der Arbeitsverwaltung zur Bundesagentur für Arbeit. Hartz IV (2005): Zusammenlegung von Arbeitslosenhilfe und Sozialhilfe zum neuen Arbeitslosengeld II. (siehe S. 22)

Hate Speech (engl): Der Begriff „Hassrede" bezeichnet sprachliche Ausdrucksweisen von Hass mit dem Ziel der Herabsetzung und Verunglimpfung bestimmter Personen oder Personengruppen. Der Begriff wird nicht immer gleich weit gefasst: So wird oft das Ziel der Hassredner, die Verunglimpften auszugrenzen oder sogar Gewalt gegen diese auszuüben, in den Vordergrund gestellt. (siehe S. 70)

Iconic turn (engl.) = **Ikonische Wende:** Entwicklung, die durch die Analyse von Bildern, der Betrachtung und Interpretation von z. B. Fotos, eine wissenschaftliche Rationalität beifügt; ikonisch: veranschaulichend, bildhaft. (siehe S. 28)

identitäre Bewegung: völkisch orientierte rechte Gruppierung, die sich für den „Erhalt der deutschen kulturellen Identität" und gegen „Multikulturalität" und die „Vermischung von Rassen und Kulturen" wendet. (siehe S. 8)

Im politischen Sinne sind **Ideologien** bestimmte Kombinationen aus Weltanschauungen und Interessen, die zur Begründung und Rechtfertigung politischen Handelns dienen. Wesentliche Bestandteile einer Weltanschauung sind u. a. das zugrunde liegende Menschenbild, Wertvorstellungen und Ziele. (siehe S. 38)

Immunität: Abgeordnete dürfen nach Art. 46 Abs. 2 GG für Straftaten nur zur Verantwortung gezogen werden, wenn der Bundestag es genehmigt. Die Genehmigung wird bei kriminellen Delikten in der Regel erteilt. (siehe S. 102)

Indemnität: Abgeordnete dürfen nach Art. 46 Abs. 1 GG wegen ihres Abstimmungsverhaltens oder wegen Äußerungen im Bundestag – außer für verleumderische Beleidigungen – nicht verfolgt oder belangt werden. (siehe S. 102)

Intergouvernemental sind Entscheidungen in internationalen Organisationen, die a) nur auf einer Zusammenarbeit nationaler Regierungen beruhen (also ohne übergeordnete internationale Institutionen) und/oder b) nur dann verbindlich sind, wenn alle beteiligten Staatsregierungen dem zugestimmt haben. (siehe S. 114)

Kleine Anfrage: → **Fraktionen** oder mindestens fünf Prozent der Abgeordneten können durch eine Kleine Anfrage schriftlich von der Bundesregierung Auskunft über bestimmte Sachverhalte verlangen. (siehe S. 102)

Koalition: temporäres Bündnis politischer Parteien bzw. → **Fraktionen** mit dem Ziel, eine gemeinsame Regierung zu bilden. Dies ist oft in Ländern mit Verhältniswahlrecht nötig, wenn eine Partei keine absolute Mehrheit der Abgeordneten im Parlament erreicht. (siehe S. 102)

Koalitionsparteien: die in einer → **Koalition** zusammenarbeitenden Parteien. Dabei bedeutet diese Koalition im Bundestag nicht, dass die dort zusammenarbeitenden Parteien z. B. auf Länderebene nicht gegeneinander konkurrieren dürfen. (siehe S. 104)

Koalitionsräson: Entscheidungen, die im Sinne des Koalitionsfriedens zur Fortsetzung einer → **Koalition** erforderlich erscheinen. Sie begrenzen die → **Richtlinienkompetenz** des Bundeskanzlers, da er auf die Koalitionsparteien Rücksicht nehmen muss. (siehe S. 104)

Koalitionsvertrag: Die in einer → **Koalition** zusammenarbeitenden → **Koalitionsparteien** schließen in der Regel einen Vertrag, der u. a. die wichtigsten Vorhaben der aus der Koalition hervorgehenden Regierung enthalten. Der Vertrag begrenzt die → **Richtlinienkompetenz** des Kanzlers und stärkt die Rolle der Partei- und Fraktionschefs, die in Streitfragen in einem Koalitionsausschuss mitentscheiden können. Der Koalitionsvertrag ist allerdings rechtlich betrachtet keine einklagbare Verpflichtung, sondern eine politische Absichtserklärung. (siehe S. 104)

Konkordanzdemokratie (auch: Konsensdemokratie): politisches System, in dem Entscheidungen nicht mit knappen parlamentarischen Beschlüssen erfolgen, sondern in dem breit angelegte Kompromisse unter Einbeziehung aller größerer Parteien angestrebt werden. Es wird versucht, Interessenunterschiede durch formalisierte Entscheidungsprozesse, institutionalisierte Kompromiss- und Proporzregeln auszugleichen. Beispiel: Schweiz (siehe S. 107)

Konstituierung: erste Sitzung eines neu gewählten Bundestags, findet spätestens 30 Tage nach der Wahl statt. (siehe S. 102)

Kooptation: nachträgliche Hinzuwahl neuer Mitglieder in eine Körperschaft durch die dieser Körperschaft bereits angehörenden Mitglieder. (siehe S. 47)

Unter **Kumulieren** (von lat. cumulus = der Haufen) oder auch Häufeln versteht man die Möglichkeit bei Personen-Mehrstimmen-Wahlsystemen, mehrere Stimmen für einen Kandidaten abgeben zu können, um dessen Position innerhalb einer offenen Liste zu verbessern (s. auch → **panaschieren**). (siehe S. 31, 89)

Landesmedienanstalten sind die Aufsichtsinstanzen für den privaten Rundfunk in Deutschland. Als Einrichtungen des öffentlichen Rechts sind sie staatsunabhängig. In grundsätzlichen, länderübergreifenden Angelegenheiten arbeiten die 14 Landesmedienanstalten zusammen. Zu ihren Aufgaben gehören die Lizenzierung von privaten Rundfunkveranstaltern, die Programmaufsicht und -kontrolle, aber auch die Durchführung von Forschungsprojekten und die Medienkompetenzförderung. (siehe S. 72)

legacy media: hier: „traditionelle Medienhäuser". Gemeint sind große, schwerfällige Medienkonzerne, die zu langsam seien, um sich dem digitalen Wandel mit der nötigen Schnelligkeit und Konsequenz anzupassen. Legacy media seien mit zu vielen Altlasten bepackt, um marktangemessen manövrieren zu können. Daher würden diese Medienformate langfristig aussterben. (siehe S. 69)

Legislaturperiode bezeichnet den Zeitraum, für den eine Volksvertretung gewählt worden ist. Der Bundestag wird für vier Jahre gewählt, die meisten Landtage sowie das Europaparlament für fünf Jahre. (siehe S. 11, 104)

Lobbyismus bezeichnet die Einflussnahme von Interessenverbänden (→ **pressure groups**) über ihre Vertreter (Lobbyisten) auf a) Gesetzgebungsbeschlüsse durch Einwirkung auf Abgeordnete und b) auf Gesetzentwürfe und Verwaltungsanordnungen durch Einwirkung auf Regierungs- und Verwaltungsmitglieder. Die Bezeichnung leitet sich vom Begriff Lobby ab, der die Vorhalle eines Hotels und eines Parlaments bezeichnet, in der Verbandsfunktionäre im 19. Jahrhundert Abgeordnete zu beeinflussen bzw. zur Kontaktaufnahme zu bewegen versuchten. (siehe S. 44)

Mandat: Amt und Aufgabe eines Abgeordneten. In Deutschland ist das nach Art. 38 GG ein → **freies Mandat**, d.h. der Abgeordnete ist an Weisungen der Wähler und der Partei nicht gebunden. (siehe S. 102)

Marktliberalismus: wirtschaftspolitische Richtung, die von den Selbstheilungskräften des Marktes ausgeht und daher staatliche Eingriffe in die Wirtschaft tendenziell reduzieren will. (siehe S. 39)

MdB: Mitglied des Bundestags. (siehe S. 102)

Mediakratie oder **Mediokratie** bezeichnet eine Kolonialisierung der Politik durch die Medien, die der Politik ihre Handlungslogik aufzwingen. In diesem Zusammenhang zählt, was berichtenswert erscheint, also Nachrichtenwert hat (Selektionslogik) und in einer attraktiven Form präsentiert und inszeniert wird (Präsentationslogik). Es herrscht das Gesetz der spannungsreichen theatralischen Inszenierung. Mit der Zunahme unterhaltungsangereicherter Elemente kommt es nicht selten zu einer Form der politischen Vermittlung, die als „→ **Politainment**" oder „Infotainment" beschrieben wird. (siehe S. 65)

Mehr-Ebenen-System: Bezeichnung für Beziehungsgefüge horizontaler und vertikaler politischer Entscheidungsstrukturen, die miteinander in Konkurrenz über Entscheidungskompetenzen geraten können. Es gibt in Deutschland die kommunale Ebene (Städte und Gemeinden, Landkreise), die Ebene der Bundesländer, die Bundesebene und mit der EU die → **supranationale** Ebene. (siehe S. 114)

Mehrheit (einfache, absolute, qualifizierte): Die **einfache** oder **relative Mehrheit** ist gegeben, sobald ein Kandidat mehr Stimmen hat als jeder andere (einzeln betrachtet). Enthaltungen werden nicht gezählt. Bei der **absoluten Mehrheit** muss die Zahl der Stimmen mindestens eine Stimme über der Hälfte der a) abgegebenen Stimmen oder b) der Zahl der Wahlberechtigten (z.B. bei Abstimmungen im Bundestag über der Zahl der Mitglieder des Bundestages) liegen. Als **qualifizierte Mehrheit** werden solche bezeichnet, die über der absoluten Mehrheit liegen. So ist für Verfassungsänderungen in Deutschland eine Zweidrittelmehrheit der gesetzlichen Mitgliederzahl im Bundestag (und im Bundesrat) erforderlich. (siehe S. 102)

Misstrauensvotum: eine parlamentarische Abstimmung darüber, ob die Regierung insgesamt bzw. ein Regierungsmitglied noch das Vertrauen der Mehrheit des Parlaments genießt. Ist das nicht der Fall, muss die Regierung bzw. das Regierungsmitglied zurücktreten. Das Misstrauensvotum ist (je nach verfassungsrechtlicher Regelung) ein Instrument, das vom Parlament eingesetzt werden kann (Misstrauensantrag) und/oder von der Regierung genutzt werden kann, um festzustellen, ob sie noch von der Mehrheit des Parlaments unterstützt wird (Vertrauensfrage). Eine besondere Variante ist das in Deutschland vorgesehene konstruktive Misstrauensvotum (Art. 67 GG), bei dem es nicht genügt, dass eine parlamentarische Mehrheit für den Misstrauensantrag gegen den Bundeskanzler stimmt. Vielmehr kann das Misstrauen nur dadurch ausgesprochen werden, dass mit parlamentarischer Mehrheit gleichzeitig ein Nachfolger gewählt wird. (siehe S. 7)

Monopol: Marktform, bei der auf der Angebotsseite nur ein Anbieter (Monopolist) vielen kleinen Nachfragern gegenübersteht (Angebotsmonopol). Der Monopolist ist als Alleinanbieter konkurrenzlos und damit in der Lage, entweder die Absatzmenge festzulegen oder die Preise zu bestimmen. Bringt der Monopolist eine festgelegte Gütermenge auf den Markt, entsteht über die Nachfrage ein bestimmter Preis. Legt der Monopolist den Preis für seine Güter fest (Preisfixierer), haben die Nachfrager nur die Möglichkeit, zu entscheiden, welche Gütermenge sie abnehmen (Mengenanpasser). (siehe S. 69)

namentliche Abstimmung: Eine → **Fraktion** oder mindestens fünf Prozent der Abgeordneten können eine namentliche Abstimmung verlangen, etwa bei politisch besonders umstrittenen Fragen. Dafür gibt es namentlich gekennzeichnete Stimmkarten in blau („ja"), rot („nein") und weiß („Enthaltung"). Die Ergebnisse werden veröffentlicht. (siehe S. 102)

Nebeneinkünfte, Nebentätigkeiten: Die Abgeordneten müssen ihre Nebentätigkeiten und Nebeneinkünfte beim Bundestagspräsidenten melden. Auch Funktionen in Vereinen, Verbänden und Stiftungen müssen gemeldet werden, ebenso Beteiligungen an Unternehmen. Die Daten werden veröffentlicht. (siehe S. 102)

Neophilie meint in der Kommunikations- und Medienwissenschaft die Tendenz der Medien, das Neue, das Ungewöhnliche, das von der Norm Abweichende in den Vordergrund zu stellen. Kritiker sehen darin die Gefahr, dass die Realität in den Medien verzerrt dargestellt wird, nämlich zu dynamisch und zu negativ. (siehe S. 65)

Obleute sind Abgeordnete, die in den → **Ausschüssen** Hauptansprechpartner ihrer Fraktionsführung sind. In jedem Ausschuss gibt es je Fraktion eine Obfrau oder einen Obmann. (siehe S. 102)

Onlinemedien: nicht gegenständliche Medien, die über Internetdienste zugänglich gemacht werden. Hierzu zählen insbesondere Internetseiten, Chats, E-Mails, Messenger, Online-Games, Netzpublikationen und Video-on-demand. Dem gedruckten Wort der klassischen Printmedien (Zeitungen, Magazinen usw.) steht z.B. der HTML-formatierte und verlinkte Text der Onlinezeitungen gegenüber. (siehe S. 65, 70)

Opposition sind die → **Fraktionen** im Parlament, die sich als Minderheit gegen die Regierung und die Fraktionen der Regierungsmehrheit stellen. (siehe S. 102)

Pairing: Bundesregierung und Opposition können ein Pairing beschließen, wenn einzelne Abgeordnete bei Abstimmungen entschuldigt fehlen, beispielsweise aus Termingründen, Krankheit oder Auslandsdienstreisen. Entsprechend viele Abgeordnete der jeweiligen Gegenpartei verzichten dann, an der Abstimmung teilzunehmen, damit das Stimmenverhältnis im Bundestag gleich bleibt. So sollen zufällige Mehrheiten vermieden werden. (siehe S. 102)

Panaschieren (von frz. panacher = mischen) ist die Möglichkeit, bei Personen-Mehrstimmen-Wahlsystemen mit freier Liste seine Stimmen auf Kandidaten verschiedener Listen zu verteilen. (s. auch → **kumulieren**) (siehe S. 31, 89)

Parallelaktionen: Indirekte Zuwendungen an Parteien in Form von Wahlkampfunterstützung durch Dritte. So wurde der Wahlkampf der AfD bei den Landtagswahlen 2016 und 2017 in sieben Bundesländern durch einen „Verein zur Erhaltung der Rechtsstaatlichkeit und der bürgerlichen Freiheit" mit Anzeigen und Wahlplakaten unterstützt. Solche Aktionen sind zwar legal, werden aber als Verstoß gegen das Transparenzgebot der Demokratie kritisiert, weil sie faktisch anonyme Spenden an Parteien ermöglichen. (siehe S. 35)

Parlamentarischer Geschäftsführer: Abgeordneter, der in Zusammenarbeit mit dem Fraktionschef die Geschäfte einer → **Fraktion** führt, etwa die Rednerlisten führt, für Geschlossenheit sorgt, die → **Ausschuss**sitze verteilt. (siehe S. 102)

Petition: Bitte oder Beschwerde eines Bürgers (auch in Gemeinschaft mit anderen Bürgern) an ein Parlament (Art. 17 GG), in der er z. B. eine Gesetzesänderung anregt. (siehe S. 102)

Plenum: Gesamtheit aller Abgeordneten im „Plenarsaal" des Bundestags. (siehe S. 102)

Populismus: Politik, die sich volksnah gibt, die Emotionen, Vorurteile und Ängste der Bevölkerung für die eigenen Interessen und Ziele nutzt und einfache und klare vermeintliche Lösungen für politische Probleme anbietet. Populisten grenzen sich rhetorisch scharf von den „Etablierten" und „Eliten" ab. Sie geben vor, für das gesamte Volk zu sprechen, den wahren Willen des Volkes zu kennen und zu vertreten. (siehe S. 37)

Das **Presserecht** ist in den sogenannten Landespressegesetzen festgeschrieben. Es regelt die Rechte und Pflichten der Presse. So haben die Journalisten, die für Zeitungen schreiben oder für das Fernsehen berichten, das **Recht**, von den Behörden informiert zu werden, um ihrerseits die Öffentlichkeit informieren zu können. Ein Ort, wo die Journalisten wichtige Informationen aus der Politik erhalten, ist zum Beispiel die wöchentliche Bundespressekonferenz. Dort stellt sich der Bundeskanzler/ein Pressesprecher/eine Ministerin der Regierung ... den Fragen der Journalisten und berichtet über bestimmte Gesetze und Vorhaben der Regierung. Die Journalistinnen und Journalisten sind ver**pflicht**et, nichts Falsches zu veröffentlichen und genau zu prüfen, ob alles, was sie berichten, seine Richtigkeit hat. Verstöße gegen das Presserecht können bestraft werden. (siehe S. 72)

Pressure Group ist die englische Bezeichnung für einen Interessenverband. Der englische Begriff wird im Deutschen meist mit negativem Unterton verwendet, weil er den Verbänden ein tatsächliches oder vermeintliches Druckpotenzial unterstellt (→ **Lobbyismus**). (siehe S. 44)

Protestwähler geben ihre Stimme nicht aus Überzeugung oder aus koalitionstaktischen Überlegungen für eine Partei ab, sondern als Signal der eigenen Unzufriedenheit mit der bisher gewählten Partei bzw. mit den etablierten Parteien insgesamt. Davon profitieren oft die Parteien an den politischen Rändern. (siehe S. 36)

Quorum (Mehrzahl: **Quoren**): Ein Unterschriftenquorum legt fest, wie viele Unterschriften gesammelt bzw. wie viel Prozent der Stimmberechtigten für ein Volksbegehren unterschreiben müssen, damit es zur Abstimmung zugelassen wird. Ein Abstimmungsquorum legt fest, dass ein bestimmter Prozentsatz der Wahlberechtigten sich am Volksentscheid beteiligen muss (Beteiligungsquorum) oder dass ein bestimmter Prozentsatz der Stimmberechtigten einer Vorlage zustimmen muss (Zustimmungsquorum), damit der Volksentscheid gültig ist. In Bundesländern, in denen ein Quorum verlangt wird, genügt es also nicht, wenn die einfache Mehrheit der Abstimmenden sich für eine Vorlage ausspricht. (siehe S. 94, 96, 97)

Ratifizierung: Zustimmung des Parlaments zu einem völkerrechtlichen Vertrag. Ungeachtet etwaiger Unterschriften der Bundesregierung oder des Bundespräsidenten wird ein völkerrechtlicher Vertrag erst dann gültig, wenn die Volksvertretung dem zugestimmt hat (Volkssouveränität). (siehe S. 102)

Redeparlament: Parlament, in dem Gesetzesvorlagen überwiegend im → **Plenum** bearbeitet werden. Als Beispiel gelten das britische Ober- und Unterhaus. Den Reden kommt daher eine andere Bedeutung zu als im → **Arbeitsparlament**, in dem die Gesetzentwürfe eher in den Ausschüssen beraten werden. (siehe S. 102)

Referentenentwurf: Vorlage eines zuständigen Fachreferats eines Ministeriums für ein neues Gesetz. Dazu führt der Referent oder die Referentin Gespräche mit betroffenen Verbänden und Organisationen, Behörden sowie Wissenschaftlerinnen und Wissenschaftlern. Der Entwurf wird innerhalb des Ministeriums und mit anderen Ministerien abgestimmt. Der Entwurf wird dann dem Bundeskabinett vorgelegt (Kabinettsvorlage) und, wenn er dort beschlossen wird, als Gesetzentwurf der Bundesregierung an Bundesrat und Bundestag zur Beratung und Abstimmung weitergeleitet. (siehe S. 112)

Revision: rechtliche Überprüfung eines Urteils einer niedrigeren Gerichtsinstanz durch eine höhere Instanz. Dabei wird keine neue Beweisaufnahme durchgeführt, sondern lediglich geprüft, ob bestehende Gesetze und Verfahrensnormen korrekt angewandt wurden. (siehe S. 111)

Richtlinienkompetenz: das Recht des Bundeskanzlers, die Leitlinien (Ziele und Instrumente) der Regierungspolitik verbindlich vorzugeben. (Art. 65 GG) (siehe S. 104)

Rundfunkstaatsvertrag: Der Staatsvertrag (aller Bundesländer) über den Rundfunk im vereinten Deutschland vom 31. August 1991 ist die wichtigste rechtliche Grundlage für das duale Rundfunksystem der Bundesrepublik. Er enthält in seinen Artikeln 1 bis 5 – Rundfunkstaatsvertrag (seit 1. März 2007 Staatsvertrag für Rundfunk und Telemedien), ARD-Staatsvertrag, ZDF-Staatsvertrag, Rundfunkgebührenstaatsvertrag und Rundfunkfinanzierungsstaatsvertrag – Grundsatzregelungen für den öffentlich-rechtlichen wie für den privatrechtlichen bzw. kommerziellen Rundfunk. In seiner Präambel garantiert der Rundfunkstaatsvertrag Bestand und Entwicklung des öffentlich-rechtlichen Rundfunks, eingeschlossen die Teilhabe an „allen neuen technischen Möglichkeiten" und die „Veranstaltung neuer Formen von Rundfunk" sowie die Sicherung der „finanziellen Grundlagen". (siehe S. 68)

Social Media (engl., Plural) = Soziale Medien: Gesamtheit der Weblogs, Wikis, sozialen Netzwerke u. Ä., über die im Internet miteinander kommuniziert wird. (siehe S. 58)

Souveränität bezeichnet hier die äußere Unabhängigkeit und innere Selbstbestimmung von Staaten. Äußere Unabhängigkeit bedeutet, dass souveräne Staaten sich gegenseitig als gleich anerkennen und es keine Institution über ihnen gibt, der sie Folge leisten müssen („Gleiche unter Gleichen"). Innere Selbstbestimmung heißt, dass keine fremde Regierung ihre Politik auf dem Gebiet eines anderen Staates durchsetzen darf (Nichteinmischung in innere Angelegenheiten). Die Souveränität ist in den letzten Jahrzehnten durch die UNO und die EU eingeschränkt worden. Die Mitgliedstaaten der EU haben freiwillig einen Teil ihrer Souveränität an die EU abgegeben und erkennen sie als Institution an, die in manchen Bereichen als → **supranationale** Organisation über den Nationalstaaten steht. (siehe S. 114)

Staatsinterventionismus: wirtschaftspolitische Richtung, die in größerem Umfang Eingriffe des Staates in die Wirtschaft anstrebt, z. B. zum Zweck der Umverteilung von Einkommen und Vermögen. (siehe S. 39)

Stammwähler: Wähler/-innen, die über einen langen Zeitraum (oft aus Gewohnheit, Tradition oder Verankerung in einem bestimmten sozialen Milieu) dieselbe Partei wählen. (siehe S. 36)

Subsidiarität ist ein Prinzip, nach dem jede Entscheidung auf der niedrigstmöglichen Ebene fallen soll. Zuständig soll eher die kleinere Ebene (z. B. ein Bundesland) sein als die größere (z. B. der Bund oder die EU), wenn die kleinere in der Lage ist, das Problem selbstständig zu lösen und es kein Problem darstellt, dass unterschiedliche Regelungen in den verschiedenen Landesteilen existieren. (siehe S. 24, 114)

supranational: Internationale Organisationen sind dann supranational, d. h. den Mitgliedstaaten übergeordnet, wenn ihre Entscheidungen nach dem Mehrheitsprinzip getroffen werden und dann auch für Mitgliedstaaten gelten, die die Minderheitsposition vertreten haben. (siehe S. 79, 114, 115)

Untersuchungsausschuss: besonderer Parlamentsausschuss zur Untersuchung von Missständen in Regierung oder Verwaltung oder von Fehlverhalten von Politikern. Der U. kann Zeugen und Sachverständige vernehmen und sich Akten vorlegen lassen. Am Ende steht ein Abschlussbericht. Die Zusammensetzung des U.s entspricht den Mehrheitsverhältnissen im Bundestag. (siehe S. 102)

Vermittlungsausschuss: politisches Gremium, das zwischen Bundesrat und Bundestag fungiert und nur tätig wird, wenn es vom Bundestag, dem Bundesrat oder der Bundesregierung angerufen wird. Seine Aufgabe ist es, einen Konsens zwischen Bundestag und Bundesrat zu finden, wenn vom Bundestag beschlossene Gesetze im Bundesrat keine Mehrheit finden. Der V. besteht aus je 16 Mitgliedern des Bundesrates und des Bundestages. (siehe S. 107, 112)

Versäulung: Bezeichnung für eine aus mehreren religiösen, sozialen, ethnischen oder kulturellen Gruppen („Parallelgesellschaften") bestehende Bevölkerung, die nebeneinander her lebt und voneinander getrennte Organisationen nutzt bzw. wählt (z. B. religiöse Gemeinden, Kultureinrichtungen, Schulen, Medien, Parteien). (siehe S. 36)

Die These der **Videomalaise** – oft als eine Form der allgemeineren Mediamalaise angesehen – (Malaise (frz.) = Übelbefinden, Unglück, Widrigkeit) behauptet, dass das Fernsehen zu einer Entfremdung von der Politik führen würde. Negative Darstellung von Politik im Fernsehen würde demnach die Zuschauer/-innen zu dem Gefühl führen, keinen Einfluss auf die Politik nehmen zu können. Empirisch ließ sich allerdings nur ein Einfluss zwischen politischem Interesse und extensiver Nutzung von TV-Unterhaltungsprogrammen nachweisen (weshalb gelegentlich von „Unterhaltungsmalaise" gesprochen wurde). Zudem gibt es Hinweise darauf, dass Grobheit und verbale Aggressivität in der politischen Auseinandersetzung zwar das Interesse an politischen Themen verstärkt, das Vertrauen in die Akteure der Politik aber herabsetzt. (siehe S. 65)

Bei **Vorwahlen** (primaries) in den USA werden u. a. die Präsidentschaftskandidaten der Parteien (Demokraten, Republikaner) durch das Volk (also nicht nur durch die Parteimitglieder) bestimmt. Bei „offenen Vorwahlen" dürfen alle Wahlberechtigten eines Bundesstaates abstimmen, bei „geschlossenen Vorwahlen" muss man sich vorher für eine Partei entscheiden, über deren Kandidat man abstimmen will. In einigen Bundesstaaten gibt es jedoch keine Vorwahlen, sondern Caucuses. Hier dürfen nur Parteimitglieder und registrierte Parteianhänger Delegierte wählen, die auf den Nominierungsparteitagen ihre Stimme für einen Kandidaten oder eine Kandidatin abgeben. Dabei kommen die Anhänger der Parteien in Schulen, Kirchen oder Bibliotheken zusammen, beraten sich und stimmen ab, welchen Präsidentschaftskandidaten sie unterstützen möchten – teils auch per Handzeichen oder per Aufstellung im Raum. Ziel der Vorwahlen ist es, dem Volk ein Mitspracherecht bei der Kandidatenauswahl der Parteien zu geben und die Macht der Parteiapparate zu beschränken. (siehe S. 31, 35)

Wechselwähler wählen nicht bei jeder Wahl dieselbe Partei. (siehe S. 36)

Zusatzmandate → Ausgleichsmandate (siehe S. 89)

Zustimmungsgesetze sind solche, die der Zustimmung des Bundesrates bedürfen (seit 2006 ca. 50 % aller Bundesgesetze). Das sind a) Gesetze, die die Verfassung ändern. Sie erfordern die Zustimmung nicht nur von zwei Dritteln der Mitglieder des Bundestages, sondern auch von zwei Dritteln der Stimmen des Bundesrates. b) Gesetze, die Auswirkungen auf die Finanzen der Länder haben. Das sind vor allem Gesetze über Steuern, an deren Aufkommen die Länder oder Gemeinden beteiligt sind, etwa die Lohn- und Einkommensteuer, die Mehrwert- und Kraftfahrzeugsteuer. c) Gesetze, die von den Ländern auszuführen sind. Enthält ein Bundesgesetz irgendwelche Verwaltungsvorschriften, z. B. Gebührenregelungen, ist es insgesamt zustimmungsbedürftig. (siehe S. 112)

Abbildungsnachweis

Umschlag stock.adobe.com, Dublin (Ingo Bartussek); **6** krauß-verlagsservice, Wassertrüdingen ; Hans Fallada (1893–1947), Zitat.; (Hans Fallada, Zitat); Winston S. Churchill: Der zweite Weltkrieg. Übers. v. Irene Mühlon. Scherz & Goverts Stuttgart 1949.; („Demokratie ist die schlechteste aller Regierungsformen); Platon: Politeia. Der Staat. Nach der Übersetzung der Bücher I-V von Wilhelm Siegmund Teuffel und der Bücher VI-X von Wilhelm Wiegand. In: Platon's Werke. Zehn Bücher vom Staate. Stuttgart, 1855.; (Zitat Platon (ca. 428–347 v. Chr.): „Demokratie ist eine angenehme, herrenlose und bunte Verfassung, die [...]"); Friedrich Schiller (1759–1805): Demetrius oder die Bluthochzeit zu Moskau. (1857) 1. Aufzug, 1 . Szene.; (Demetrius oder die Bluthochzeit zu Moskau, 1. Aufzug, 1 . Szene); Jean-Jacques Rousseau: Der Gesellschaftsvertrag. Übers. v. Hermann Denhardt u. Werner Bahner. Reclam Leipzig 1978.; („Es genügt nicht, daß das versammelte Volk); Abraham Lincoln (1809–1865), Zitat.; (Abraham Lincoln, Zitat); **6.1** krauß-verlagsservice, Wassertrüdingen; **8.1** Süddeutsche Zeitung Photo, München (Blanc Kunstverlag); **9.1** krauß-verlagsservice, Wassertrüdingen; **10.1** imago images, Berlin (Rupert Oberhäuser); **11.1** Heinrich Böll Stiftung e. V., Berlin (Archiv Grünes Gedächtnis); **11.2** SZ Photo / DIZ München GmbH, München (Peter Probst); **12.1** krauß-verlagsservice, Wassertrüdingen; **13.1** Picture-Alliance, Frankfurt/M. (imageBROKER); **13.2** ShutterStock.com RF, New York (Janusz Pienkowski); **14.1** akg-images, Berlin (North Wind Picture Archives); **14.2** krauß-verlagsservice, Wassertrüdingen; **16.1** Picture-Alliance, Frankfurt/M. (dpa - Bildarchiv); **19.1** Ernst Klett Verlag GmbH, Stuttgart; **20.1** Borer, Johannes, Sion; **21** krauß-verlagsservice, Wassertrüdingen; **22.1** krauß-verlagsservice, Wassertrüdingen; **23.1** Picture-Alliance, Frankfurt/M. (dpa-infografik); **24.1** Picture-Alliance, Frankfurt/M. (Winfried Rothermel); **25.1** Eigene Berechnungen mit dem Abitur-Vergleichsrechner von SPIEGEL ONLINE, http://www.spiegel.de/lebenundlernen/schule/studium-und-nc-abiturnoten-sind-ungleich-in-deutschland-a-1044518.html; **27.1** Picture-Alliance, Frankfurt/M., FDP, Berlin (dpa / FDP / instagram); **31.1** krauß-verlagsservice, Wassertrüdingen; **31.2** imago images, Berlin (Müller-Stauffenberg); **31.3** imago images, Berlin (ecomedia/robert fishman); **32.1** Picture-Alliance, Frankfurt/M. (dpa / Bodo Marks); **33.1** krauß-verlagsservice, Wassertrüdingen; **34.1** Picture-Alliance, Frankfurt/M. (dpa-infografik); **35.1** laif, Köln (Klaus Stuttmann); **37.1** krauß-verlagsservice, Wassertrüdingen ; Andreas Vierecke, Bernd Mayerhofer, Franz Kohout: dtv-Atlas Politik. dtv München 2010, S. 96; (Historische Ursprungskonflikte der westeuropäischen Parteiensysteme nach Lipset/Rokkan); **37.2** krauß-verlagsservice, Wassertrüdingen ; Andreas Vierecke, Bernd Mayerhofer, Franz Kohout: dtv-Atlas Politik. dtv München 2010, S. 97; (Der vorherrschende Parteitypus in den westeuropäischen Parteiensystemen im Wandel der Zeit); **38.1** krauß-verlagsservice, Wassertrüdingen ; Andreas Vierecke, Bernd Mayerhofer, Franz Kohout: dtv-Atlas Politik. dtv München 2010, S. 59; (Politische Wertvorstellungen des Liberalismus); **39.1** Grafik: Prof. Uwe Jun, aus: Uwe Jun: Entwicklung des deutschen Parteiensystems nach 1945, in: Bundeszentrale für politische Bildung (Hrsg.): Informationen zur politischen Bildung, Heft 328: Parteien und Parteiensystem der Bundesrepublik Deutschland, Bonn 2015, S. 36; **39.2** krauß-verlagsservice, Wassertrüdingen; **40.1** krauß-verlagsservice, Wassertrüdingen; **40.2** krauß-verlagsservice, Wassertrüdingen; **40.3** krauß-verlagsservice, Wassertrüdingen; **40.4** krauß-verlagsservice, Wassertrüdingen; **40.5** krauß-verlagsservice, Wassertrüdingen; **41.1** Picture-Alliance, Frankfurt/M. (dpa-infografik); **41.2** Grafik nach: Tim Spier: Wie aktiv sind die Mitglieder der Parteien? aus: Spier, T., Klein, M., von Alemann, U., Hoffmann, H., Laux, A., Nonnenmacher, A., Rohrbach, K. (Hrsg.): Pateimitglieder in Deutschland, VS Verlag für Sozialwissenschaften 2011, Springer Fachmedien Wiesbaden GmbH, S. 99; **45.1** Daten: Deutsches Verbände Forum - verbaende.com & Deutsche Gesellschaft für Verbandsmanagement (DGVM), Tim Richter, Schätzung. Dezember 2018.; **48.1** krauß-verlagsservice, Wassertrüdingen ; Wolfgang Rudzio: Die organisierte Demokratie. Parteien und Verbände in der Bundesrepublik. J. B. Metzlersche Verlagsbuchhandlung und Carl Ernst Poeschel Verlag Stuttgart 1982, S. 41.; (ADRESSATEN UND METHODEN DES VERBANDSEINFLUSSES); **50.1** imago images, Berlin (Sabeth Stickforth); **50.2** krauß-verlagsservice, Wassertrüdingen; Manfred Quentmeier: Der Problemzyklus als neues „didaktisches Werkzeug" (2009). In: Manfred Quentmeier, Stefan Schneider: Probleme der Politikdidaktik - Brauchen wir neue Planungsmodelle? In: Politik unterrichten 1/2010, Jg. 25. Hrsg. v. Deutsche Vereinigung für Politische Bildung e.V. Niedersachsen, S. 49.; (Politikzyklus); **52.1** Gerhard Mester, Wiesbaden; **53.1** toonpool.com, Berlin (Kostas Koufogiorgos); **54.1** krauß-verlagsservice, Wassertrüdingen ; Andreas Füchter: Diagnostik und Förderung im gesellschaftswissenschaftlichen Unterricht. Didaktische Konzeption und unterrichtspraktische Ansätze für die Unterrichtsfächer Politik, Wirtschaft, Geschichte und Geographie. Theorie und Praxis der Schulpädagogik 1. Prolog Immenhausen 2009.; (Lobbyismus - Bereicherung oder Provokation); **56.1** Bundeszentrale für politische Bildung, www.bpb.de / Creative Commons by-nc-nd/3.0; **59.1** krauß-verlagsservice, Wassertrüdingen; Quelle: Sächsische Landeszentrale für Politische Bildung (slpb), Dresden; **60.1** krauß-verlagsservice, Wassertrüdingen ; Uwe Jun: Parteien und Medien (21.01.2016). Unter: http://www.bpb.de/izpb/219193/parteien-und-medien (Zugriff 30.08.2018); (Grundformen politischer Kommunikation); **62.1** krauß-verlagsservice, Wassertrüdingen ; Komponenten des Agenda-Setting- Prozesses (Schaubild, 18.05.2011). Unter: https://sites.google.com/site/medienagenda/Medienwirkungsforschung/agenda-setting (Zugriff 30.08.2018). In Anlehnung an: Michael Schenk: Medienwirkungsforschung. 3. Aufl. Mohr Siebeck Tübingen 2007.; (Komponenten des Agenda-Setting- Prozesses); **63.1** stock.adobe.com, Dublin (thingamajiggs); **64.1** Mohr, Burkhard, Königswinter; **65.1** Picture-Alliance, Frankfurt/M. (dieKLEINERT.de / Martin Erl); **65.2** krauß-verlagsservice, Wassertrüdingen; Medien und politischer Prozess. Eine Einleitung. In: Medien und politischer Prozess. Politische Öffentlichkeit und massemediale Politikvermittlung im Wandel. Hrsg. v. Otfried Jarren/Patrick Donges/Hartmut Weßler. Westdeutscher Verlag Opladen 1996, S. 26.; (Phasen des politischen Prozesses und der jeweilige Medieneinfluss); **68.1** toonpool.com, Berlin (Kostas Koufogiorgos); **68.2** krauß-verlagsservice, Wassertrüdingen; Quelle: BDZV-Bundesverband Digitalpublisher und Zeitungsverleger, Berlin; **69.1** krauß-verlagsservice, Wassertrüdingen; Quelle: Kantar – Mediengewichtungsstudie 2020-I; **73.1** krauß-verlagsservice, Wassertrüdingen ; Dietmar Janetzko: Manipulation in sozialen Netzwerken. In: Deutschland & Europa, Heft 74 (2017), S. 28. Hrsg. v. Landeszentrale für Politische Bildung Baden-Württemberg; (Manipulation in sozialen Netzwerken); **75.1.1** Getty Images Plus/Microstock, München (dinosoftlabs); **75.1.2** stock.adobe.com, Dublin (Daniel Berkmann); **75.1.3** stock.adobe.com, Dublin (Jamie); **75.1.4** stock.adobe.com, Dublin (vector_v); **76.1** Ernst Klett Verlag GmbH, Stuttgart; **78.1** Picture-Alliance, Frankfurt/M. (dpa-infografik); **79.1** Picture-Alliance, Frankfurt/M. (dpa-infografik GmbH); **80.1** Woessner / toonpool.com; **82.1** Bertelsmann Stiftung, Gütersloh; Quelle: SINUS-Institut und eigene Berechnungen auf Basis der Daten von YouGov Deutschland GmbH.; **85.1** Wieland, Tobias, Celle; **86.1** Timo Essner/toonpool.com; **88.1** Picture-Alliance, Frankfurt/M. (dpa-Infografik); **89.1** Picture-Alliance, Frankfurt/M. (dpa-Infografik); **90.1** Picture-Alliance, Frankfurt/M. (dpa-infografik); **91.1** krauß-verlagsservice, Wassertrüdingen; **92.1** stock.adobe.com, Dublin (pict rider); **94.1** Quelle: YouGov; **94.2** Peter Leger (Künstler), Haus der Geschichte, Bonn; **94.3** Picture-Alliance, Frankfurt/M. (Bildagentur-online / Schoening); **94.4** Picture-Alliance, Frankfurt/M. (ZB / Jens Büttner); **95.1** Picture-Alliance, Frankfurt/M. (ullstein bild - Archiv Gerstenberg); **97.1** stock.adobe.com, Dublin (sunt); **97.2** stock.adobe.com, Dublin (sunt); **97.3** stock.adobe.com, Dublin (sunt); **97.4** stock.adobe.com, Dublin (sunt); **97.5** stock.adobe.com, Dublin (sunt); **97.6** stock.adobe.com, Dublin (Sunflower); **98.1** Picture-Alliance, Frankfurt/M. (KEYSTONE / Gian Ehrenzeller); **99.1** krauß-verlagsservice, Wassertrüdingen ; Wir haben das letzt Wort (2017). Unter: https://www.eda.admin.ch/content/dam/PRS-Web/bilder/infografiken/de/3.1.6_DE.jpg (Zugriff 30.08.2018); (Wir haben das letzte Wort); **100.1** krauß-verlagsservice, Wassertrüdingen; **101.1** Bergmoser + Höller Verlag, Aachen; **102.1** krauß-verlagsservice, Wassertrüdingen; **103.2** Gerhard Mester, Wiesbaden; **104.1** Picture-Alliance, Frankfurt/M. (dpa); **104.2** Picture-Alliance, Frankfurt/M. (dpa); **104.3** Picture-Alliance, Frankfurt/M. (dpa); **104.4** Picture-Alliance, Frankfurt/M. (dpa); **104.5** krauß-verlagsservice, Wassertrüdingen; **105.1** krauß-verlagsservice, Wassertrüdingen; **105.2** Picture-Alliance, Frankfurt/M. (dpa); **105.3** Picture-Alliance, Frankfurt/M. (dpa); **105.4** Picture-Alliance, Frankfurt/M. (dpa); **105.5** Picture-Alliance, Frankfurt/M. (Maurizio Gambarini / Anadolu Agency); **105.6** Picture-Alliance, Frankfurt/M. (Florian Gaertner); **106.1** Niedersächsische Staatskanzlei, Hannover; **106.2** Innenministerium Baden-Württemberg; **106.3** Rheinland-Pfalz Signet; **106.4** Sachsen Signet; **106.5** Hamburg Signet; **106.6** Saarland Ministerium für Inneres und Sport, Saarbrücken; **106.7** Schleswig-Holstein Signet; **106.8** Bayern Signet; **106.9** Thüringen Signet; **106.10** Sachsen-Anhalt Signet; **106.11** Berlin Signet; **106.12** NRW Signet; **106.13** Land Mecklenburg-Vorpommern, Projektgruppe